Laços de Família

SUSAN WIGGS

Laços de Família

tradução
Ana Rodrigues

HARLEQUIN
Rio de Janeiro, 2025

Copyright © 2016 by Susan Wiggs. Todos os direitos reservados.
Copyright da tradução © 2025 by Ana Rodrigues por Editora HR LTDA.
Todos os direitos reservados.

Título original: Family Tree

Todos os direitos desta publicação são reservados à Casa dos Livros Editora LTDA. Nenhuma parte desta obra pode ser apropriada e estocada em sistema de banco de dados ou processo similar, em qualquer forma ou meio, seja eletrônico, de fotocópia, gravação etc., sem a permissão dos detentores do copyright.

COPIDESQUE	Gabriela Araújo
REVISÃO	Daniela Georgeto e Natália Mori
DESIGN DE CAPA	Renata Vidal
IMAGENS DE CAPA	Shutterstock
DIAGRAMAÇÃO	Abreu's System

Dados Internacionais de Catalogação na Publicação (CIP)
(Câmara Brasileira do Livro, SP, Brasil)

Wiggs, Susan
  Laços de família / Susan Wiggs ; tradução Ana Rodrigues. – Rio de Janeiro : Harlequin, 2025.

  Título original: Family tree.
  ISBN 978-65-5970-468-2

  1. Romance norte-americano I. Título.

24-242286   CDD-813.5

Índices para catálogo sistemático:
1. Romances : Literatura norte-americana   813.5
Eliete Marques da Silva – Bibliotecária – CRB-8/9380

Harlequin é uma marca licenciada à Editora HR Ltda. Todos os direitos reservados à Editora HR LTDA.

Rua da Quitanda, 86, sala 601A – Centro,
Rio de Janeiro/RJ – CEP 20091-005
Tel.: (21) 3175-1030
www.harpercollins.com.br

Em memória de meu pai,
Nick Klist,
com a mais profunda gratidão por todo o amor,
a coragem, a alegria e a sabedoria de toda
uma vida. Ele vive nos corações daqueles que
o amaram.

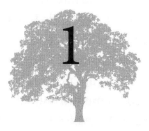

1

Agora

—Não acredito que a gente está discutindo por causa de uma búfala-d'água — comentou Annie Rush, ajeitando o colarinho da camisa do marido com cuidado.

— Então vamos parar de discutir — argumentou ele. — Já está tudo acertado.

Ele se sentou e enfiou primeiro um pé, depois o outro, nas botas de caubói... aquelas botas absurdas de tão caras que ela lhe dera no Natal anterior. Annie nunca tinha se arrependido da compra, porque ficavam muito bem nele.

— Não está tudo acertado. Ainda podemos cancelar. O orçamento para o programa já está no limite. E uma búfala-d'água? Vão ser setecentos quilos de teimosia.

— Qual é, amor. — Martin ficou parado diante dela, os olhos azuis cintilando como o sol em uma piscina. — Trabalhar com um animal vivo no programa vai ser uma aventura. E os espectadores vão adorar.

Annie soltou um suspiro exasperado. Casais brigavam pelas coisas mais estúpidas. Quem tinha deixado a pasta de dente sem a tampa? Qual era o caminho mais rápido: Ventura Freeway ou Golden State? Como se pronunciava a palavra rubrica. A regulagem ideal do termostato. Por que ele não limpava a pia depois de aparar os pelos da barba e do bigode.

E então aquilo. A búfala-d'água.

— Onde, na descrição do meu cargo, está escrito "domadora de búfalas"? — perguntou ela.

— A búfala vai ser uma parte integrante do programa.

Martin pegou as chaves e a pasta de trabalho e desceu as escadas, o salto das botas fazendo barulho no piso de madeira.

— É um péssimo uso do orçamento de produção — afirmou Annie, seguindo o marido. — Temos um programa de culinária. Isso não é o *Wild Kingdom*, com foco no mundo animal.

— O nosso programa é *O ingrediente-chave*. E quando o ingrediente da semana é muçarela, precisamos de uma búfala.

Annie rangeu os dentes para não prolongar a discussão e lembrou a si mesma que por trás da disputa estava o casamento deles. Mesmo pesando quase setecentos quilos, a búfala era apenas um detalhe. O que importava mesmo eram as coisas grandes: o jeito como Martin picava alho e cebolinha sem dificuldade enquanto cozinhava para ela. A dedicação dele ao programa que os dois tinham criado juntos. A transa gostosa no chuveiro na noite anterior.

— Vai ser fantástico — insistiu ele. — Confie em mim.

Martin passou o braço ao redor da cintura da esposa e lhe deu um beijo rápido.

Annie tocou a bochecha recém-barbeada dele. A última coisa de que ela precisava era um desentendimento com Martin. O marido não tinha noção de como a ideia dele era esquisita. Martin sempre acreditara que o programa devia o sucesso àquele tipo de excentricidade. Ela, por sua vez, estava convencida de que o sucesso do programa era fruto da autenticidade... além de um chef talentoso cuja aparência e carisma mantinham o público fascinado ao longo de uma hora por semana.

— Eu confio — sussurrou Annie, ficando na ponta dos pés para outro beijo.

Afinal, Martin era a estrela do programa. O produtor-executivo o ouvia, e ele estava acostumado a conseguir o que queria. Os detalhes, Martin deixava para Annie cuidar... a esposa, sócia, produtora. Cabia a ela fazer tudo funcionar.

Com a discussão ainda ressoando na mente, Annie apoiou as mãos no parapeito da janela que dava para o jardim da casa deles. Tinha um milhão de coisas para fazer naquele dia, a começar pela entrevista para a revista *People*… uma reportagem sobre os bastidores do programa.

Um lavador de janelas estava se preparando para subir em um andaime e começar a trabalhar. Martin passou por ele a caminho da garagem e parou para dizer alguma coisa ao homem, que sorriu e acenou com a cabeça. Martin, charmoso como sempre.

Um instante depois, o BMW conversível prateado dele saiu em disparada da garagem. Annie não entendia por que tanta pressa. O ensaio de segunda-feira só seria dali a horas.

Ela suspirou e saiu da janela, ainda tentando se livrar do resíduo emocional da discussão. A avó de Annie, Anastasia, gostava de dizer que uma briga nunca era sobre o motivo aparente. A búfala não era o ponto principal. Todas as discussões, em essência, eram sobre poder. Quem tinha poder. Quem o queria. Quem cederia. Quem triunfaria.

Em relação àquilo, não havia mistério. Annie cedia, Martin triunfava. Era assim que funcionava. Por ela permitir? Ou por se disponibilizar a trabalhar em equipe? Sim, os dois eram uma equipe. Uma equipe de sucesso com o próprio programa em uma emissora de TV em ascensão. As concessões que ela fazia eram boas para ambos. Boas para o casamento deles.

Outra coisa que a avó dizia e que tinha ficado gravada no coração de Annie: "Lembre-se do amor. Quando os tempos ficarem difíceis e você começar a se perguntar por que se casou, lembre-se do amor".

Ainda bem que para Annie aquilo não era difícil. Martin era um partidão. O tipo de homem bonito que fazia as mulheres pararem para olhar. E o charme incrível não se limitava ao programa. Ele a fazia rir. Quando eles tinham uma ideia juntos, Martin a pegava no colo e dançava com ela pela cozinha. Quando ele falava da família que um dia teriam, de bebês, ela se derretia, ansiando por aquele momento. Ele era seu marido, companheiro, um elemento insubstituível no trabalho de vida dela. *Beleza*, pensou Annie. *Então, beleza*. Que fosse como ele queria.

Annie checou o relógio, deu uma olhada no e-mail de trabalho (todos os e-mails eram de trabalho) e descobriu que o elevador hidráulico que tinham alugado para instalar a nova iluminação do estúdio estava dando problemas mecânicos.

Que maravilha… Mais uma coisa com que se preocupar.

O celular tocou, e a tela se iluminou com a imagem de um gato.

— Melissa — cumprimentou Annie, colocando a ligação no viva--voz. — O que houve?

— Só estou ligando para saber como estão as coisas — respondeu Melissa. Ela parecia estar sempre querendo saber como as coisas estavam, sobretudo nos últimos tempos. — Você viu aquele e-mail sobre a vaca?

— Búfala — corrigiu Annie. — E sim, eu vi. Além disso, soube de um elevador hidráulico que está com problema. E CJ, da *People*, vem aqui em casa para a entrevista. Então acho que vou chegar tarde. Tipo, *bem* tarde. Pede pra todo mundo esperar até depois do almoço. — Ela fez uma pausa e mordeu o lábio. — Desculpe. Estou mal-humorada. Esqueci de tomar café da manhã.

— Beleza, linda. E vá logo comer alguma coisa — falou Melissa, animada. — Tenho que ir.

Annie voltou ao computador para checar o horário marcado com a jornalista. CJ Morris faria uma matéria detalhada sobre o programa (não apenas sobre as estrelas, Martin Harlow e Melissa Judd, mas sobre toda a produção); desde a estreia, como um programa menor na TV a cabo, até o sucesso que se tornou. CJ já havia entrevistado Martin e Melissa. E ia lá naquela manhã para conversar com Annie, a criadora do programa. Era uma abordagem incomum para um artigo de revista; leitores casuais ansiavam por fofocas e fotos das estrelas. Annie esperava conseguir aproveitar ao máximo a oportunidade.

Enquanto esperava pela jornalista, ela fez o que uma produtora fazia: usou cada minuto livre para resolver pendências. Annie analisou com atenção o contrato de aluguel do elevador hidráulico até conseguir encontrar um número de telefone. Ela e Martin também tinham discutido por causa daquele equipamento. O custo do elevador com a melhor classificação de segurança era muito superior ao do hidráulico. Martin tinha insistido em escolher o mais barato… apesar das objeções de Annie. Como sempre, ela havia cedido e ele triunfara. Como tinham estourado o orçamento com a búfala-d'água, fora preciso economizar em outra coisa. E aí o elevador hidráulico dava defeito, e cabia a Annie resolver o problema.

Chega, disse ela a si mesma. Então, lembrou outra vez que precisava tomar o café da manhã e abriu a geladeira. Iogurte búlgaro com granola de bordo? Não, seu estômago vazio não se animou com a ideia. E aqueles rabanetes franceses para café da manhã, que tinham parecido tão atraentes no mercado de produtores, já haviam passado do ponto. Nem uma torrada lhe parecia apetitosa. Muito bem, então nada de café da manhã. Uma coisa de cada vez.

Annie foi até o lavabo e passou um pente no cabelo longo e escuro que havia sido alisado no dia anterior. Então, checou o batom e o esmalte das unhas. Ambos vermelho-cereja e combinando com perfeição. A saia lápis preta, as sandálias plataforma e a blusa branca soltinha garantiam um visual descolado e casual, uma boa escolha na atual onda de calor. Annie queria estar arrumada para a entrevista, mesmo sabendo que não haveria fotógrafo naquele dia.

A campainha tocou e ela correu para o interfone. Caramba, a jornalista tinha chegado mais cedo.

— Entrega para Annie Rush — disse a voz do outro lado da linha. Entrega?

— Ah… certo, pode entrar. — Ela destrancou a porta de entrada, segurando-a aberta e vendo um enorme buquê de flores tropicais exuberantes subindo, oscilante, os degraus de entrada. — Por favor, cuidado com a escada. Pode… pode deixar em cima da bancada mesmo.

O aroma intenso dos lírios Stargazer e das tuberosas brancas impregnou toda a sala. Ramos de flores mosquitinho acrescentavam um toque delicado ao arranjo. A entregadora pousou o vaso e afastou uma mecha de cabelo preto da testa.

— Bom proveito, senhora — disse ela.

Era uma moça nova, com tatuagens e piercings em lugares infelizes. As olheiras escuras sugeriam uma noite sem dormir, e havia um hematoma já desbotado em uma das bochechas. Annie costumava reparar em coisas como aquela.

— Está tudo bem? — perguntou à moça.

— Hum, está, sim. — A jovem indicou o buquê com um aceno de cabeça. — Parece que alguém está muito feliz com a senhora.

Annie pegou uma garrafa de água na geladeira e estendeu para a entregadora, junto de uma nota de vinte dólares.

— Cuide-se, viu — falou Annie.

— Pode deixar.

A jovem deu as costas e desceu a escada com pressa.

Annie pegou o pequeno envelope do florista em meio ao mar de flores: Rosita Flores Express. O cartão tinha uma mensagem simples: "Me desculpa. Vamos conversar melhor, amor".

Ah, Martin. Era um gesto típico do marido: opulento, exagerado... irresistível. Era provável que ele tivesse ligado e feito a encomenda no carro, a caminho do trabalho. Annie sentiu uma onda de afeto, e a irritação desapareceu. A mensagem fora bem o que ela precisava ler. Então, sentiu uma inquietante pontada de culpa. Às vezes, Annie achava que não confiava o bastante no marido, nas decisões que ele tomava. Talvez ele estivesse certo em relação à búfala, no fim das contas. Talvez aquele acabasse sendo um dos episódios mais populares do programa.

A campainha de segurança do portão soou de novo, anunciando a chegada de CJ.

Annie abriu a porta e foi atingida por uma onda de calor intenso.

— Entre logo antes que você derreta — disse.

— Obrigada. O calor está de matar. Ouvi no rádio que hoje vamos chegar a quase trinta e oito graus de novo. E tão cedo no ano.

Annie deu um passo para o lado e conduziu a jornalista porta adentro. Ela havia arrumado a casa e já estava grata pelas flores frescas que Martin mandara, pois conferiam um toque de elegância.

— Fique à vontade. Quer beber alguma coisa? Tenho uma jarra de chá gelado na geladeira.

— Ah, parece uma boa. É sem cafeína? Não estou consumindo nada com cafeína. E o tanino me faz mal também. É sem tanino?

— Não, infelizmente.

Por mais que já morasse ali há um bom tempo, Annie nunca se acostumaria com as inúmeras peculiaridades da dieta dos moradores do sul da Califórnia.

— Talvez só um copo d'água, então. Se for mineral. Cheguei cedo — adicionou CJ como quem pedia desculpas. — O trânsito é tão imprevisível que saí com bastante antecedência.

— Não tem problema. Minha avó sempre dizia: "Se não der para chegar na hora marcada, chegue mais cedo".

Ela foi até a geladeira enquanto a jornalista colocava as coisas no sofá e se acomodava.

Pelo menos Annie poderia impressionar a mulher com a água que serviria. Um patrocinador havia enviado amostras da água mineral dele que custava catorze dólares a garrafa, proveniente de um aquífero nos Andes, com quase quinhentos metros de profundidade, e que era engarrafada antes de ter contato com o ar.

— Que cozinha incrível — elogiou CJ, olhando ao redor.

— Obrigada. É onde todas as coisas deliciosas acontecem — respondeu Annie enquanto entregava a garrafa de água gelada.

— Imagino. Então, essa sua avó — comentou CJ, enquanto analisava um livro de receitas antigo na mesinha de centro. — Foi ela que escreveu esse livro, não foi? — Ela acionou o gravador no celular e deixou o aparelho na mesa. — Vamos falar dela.

Annie adorava falar da avó; sentia falta dela todos os dias, mas as lembranças a mantinham viva em seu coração.

— Minha avó publicou o livro nos anos 1960. O nome dela era Anastasia Carnaby Rush. Meu avô a chamava de "Doçura", em homenagem à marca de xarope de bordo da família, Doçuras Rush.

— Adorei.

CJ folheou o livro.

— O livro foi um campeão de vendas nas regiões de Vermont e da Nova Inglaterra por anos. Está esgotado agora, mas posso enviar uma cópia digital.

— Ótimo! E sua avó tinha formação como chef?

— Ela era autodidata, se formou em Letras, mas cozinhar era sua grande paixão. — Mesmo tanto tempo depois da morte da avó, Annie ainda conseguia visualizá-la na ensolarada cozinha da casa de fazenda, feliz da vida, preparando as refeições para a família todos os dias do ano.

— Ela levava muito jeito na cozinha, e dizia que toda receita tinha um ingrediente-chave que definia o prato.

— Entendi. É por isso que cada episódio da série se concentra em um ingrediente. Foi difícil vender a ideia para a rede de TV?

Annie deu uma risadinha.

— Vender a ideia não foi difícil porque, qual é, estamos falando de Martin Harlow.

Ela mostrou outro livro de receitas, o mais recente de Martin. Na capa havia uma foto dele parecendo ainda mais delicioso do que a torta de amora-preta suculenta e com crosta dourada que ele preparava.

— É bem isso. Ele é a combinação perfeita de caubói do Velho Oeste com chef Cordon Bleu. — CJ sorriu, sem esconder a admiração, então deu uma olhada nas revistas que estavam na mesinha de centro: *Us Weekly. TV Guide. Variety*. Todas haviam publicado matérias sobre o programa nos seis meses anteriores. — Essas são as matérias mais recentes?

— São. Pode dar uma olhada em qualquer coisa que chamar a atenção.

Ali perto estava outro livro precioso de Annie: um exemplar antigo de *Senhor das moscas*, encadernado em tecido e guardado em uma caixa de proteção resistente, um dos três que ela tinha. Annie torceu para que a jornalista não perguntasse a respeito.

CJ se concentrou em outras coisas: uma matéria de várias páginas na *Entertainment Weekly*, exibindo Martin cozinhando enquanto trajava a calça jeans desbotada característica e o avental de açougueiro por cima de uma camiseta branca confortável, que dava uma palinha do corpo tonificado e esculpido. A coapresentadora do programa, Melissa, estava ao lado dele; a personalidade contida dela era um contraponto perfeito para o vigor casual de Martin. A legenda dizia: "Será que descobrimos o próximo Jamie Oliver?".

Comida como entretenimento. Aquele não era o rumo que Annie havia imaginado para *O ingrediente-chave*, mas quem era ela para questionar um sucesso de audiência?

— Ele sem dúvida é um sucesso — opinou CJ —, mas hoje o assunto é você. Você é o centro das atenções.

Annie fez um breve resumo da própria formação acadêmica (escola de cinema e telecomunicações, com foco em artes culinárias) em um programa especial na Escola de Artes Tisch da Universidade de Nova York. O que ela não mencionou foi o sacrifício que tinha sido se mudar da Costa Leste para Los Angeles. Aquilo fazia parte apenas da história de Annie, não da história do programa.

— Quando você se mudou para a Costa Oeste?

— Parece que foi há muito tempo. Tem cerca de dez anos.

— Você tinha acabado de sair da faculdade, então?

— Isso mesmo. Eu não esperava acabar em Los Angeles antes mesmo que a tinta do diploma secasse, mas foi o que aconteceu. Parece súbito, mas não para mim. Quando eu tinha 6 anos, já sabia que queria ter um programa de culinária. Minhas primeiras lembranças são da vovó na cozinha, assistindo ao programa *Ciao Italia* na emissora pública local. Eu imaginava minha avó no lugar da Mary Ann Esposito, ensinando todo mundo a cozinhar. Amava o jeito que ela falava de comida, como lidava com a culinária e se expressava por meio dela, como falava e escrevia sobre comida e compartilhava tudo isso. Então, comecei a fazer apresentações de culinária para a vovó e, depois, para qualquer pessoa disposta a assistir. Cheguei até a me filmar apresentando um programa de culinária. Digitalizei as fitas VHS antigas para preservar a lembrança. Tem um tempo que Martin e eu estamos querendo parar para assistir às gravações.

— Que história incrível. Você descobriu cedo sua paixão.

Aquela paixão tinha nascido na cozinha da avó, quando Annie ainda era nova demais para ler ou escrever. Só que nunca tinha sido nova demais para sonhar.

— Eu achava que todo mundo era apaixonado por comida. Aliás, continuo achando, e é sempre uma surpresa quando descubro o contrário.

— Então você gostava de culinária antes mesmo de conhecer Martin.

E ali estava mais uma menção a Martin. O mundo presumia que ele fosse a coisa mais interessante a respeito de Annie. Como ela havia deixado aquilo acontecer? E por quê?

— Na verdade, tudo começou com um breve documentário que eu fiz sobre Martin, na época em que ele tinha uma barraquinha de comida em Manhattan.

— Aquele primeiro curta que viralizou, não foi? E ainda assim você continua nos bastidores. Já quis estar na frente das câmeras?

Annie manteve uma expressão neutra. *Óbvio que sim, todos os dias.* Aquele era o sonho dela, mas o mundo do audiovisual comercial tinha outras ideias.

— Estou sempre ocupada demais trabalhando na produção para pensar nisso.

— Nunca passou pela sua cabeça ser coapresentadora? É que estou pensando no que você disse sobre os programas de culinária que gravava na infância…

Annie sabia aonde CJ queria chegar. Jornalistas tinham um jeito todo particular de se embrenhar em assuntos particulares e extrair informações. Ali, porém, CJ não encontraria nenhum segredinho sujo.

— Leon Mackey, o produtor-executivo e dono do programa, quis uma coapresentadora, para evitar que Martin ficasse o tempo todo falando com a câmera. Martin e eu fizemos alguns testes juntos. Mesmo antes de a gente se casar, queríamos formar uma equipe na frente das câmeras e fora dela. Parecia romântico e único, seria um jeito de nos diferenciar de outros programas.

— Isso mesmo — concordou CJ. — E não deu certo?

Annie tinha ficado toda esperançosa quando ela e Martin fizeram os primeiros testes; achou que talvez a escolhessem. Só que não. Disseram que o programa precisava de alguém com quem as pessoas pudessem ter uma identificação maior. Uma pessoa mais refinada, disseram também. O que evitaram dizer foi que a aparência de Annie era "étnica" demais. Que a pele branca mais bronzeada e os cachos escuros espiralados não combinavam com a visão da típica garota estadunidense que o produtor-executivo procurava.

"Não é a escolha certa para o programa", explicara Leon. "Você parece a irmã mais nova de Jasmine Lockwood. Talvez isso confunda os espectadores."

Jasmine Lockwood apresentava um programa superpopular sobre culinária afetiva na mesma rede. Annie não via a semelhança, mas cedeu, colocando o programa à frente do próprio ego.

— De qualquer modo — disse ela à CJ com um sorriso aberto —, a julgar pelos números da audiência, encontramos a dupla certa para o programa.

CJ tomou um gole de água e ergueu a garrafa de vidro reta para admirá-la.

— Quando Melissa Judd entrou em cena?

Annie fez uma pausa. Não podia dizer que tinha sido quando Martin a conhecera na aula de ioga, embora tivesse sido o caso. Na época, Melissa trabalhava como apresentadora de um canal de compras, tarde da noite. Na entrevista antes do teste para o programa, ela havia declarado, muito séria, que a própria aparência sempre a tinha atrapalhado, porque as pessoas não conseguiam ver além da beleza para reconhecer o talento.

— Logo ficou nítido que Melissa e Martin tinham aquela química impossível de descrever e de fabricar — revelou Annie à jornalista —, e naquele momento a gente soube que precisava dela.

Annie não mencionou o trabalho que tinha sido necessário para preparar a nova coapresentadora para o papel. O jeito de falar de Melissa era estridente e bruto, e o tom era o de uma vendedora ambulante, a voz projetada para manter as pessoas acordadas tarde da noite. Annie tinha sido encarregada de trazer à tona os dons escondidos de Melissa. E havia dado duro para cultivar a personalidade alegre e estadunidense da mulher. Em sua defesa, Melissa aprendia depressa. Ela e Martin tinham se tornado uma dupla cheia de vigor no ar.

— Bem, você com certeza criou uma parceria de sucesso — opinou CJ.

— Hum... obrigada.

Às vezes, quando via o clima descontraído entre os dois apresentadores (na maioria das vezes, brincadeiras que ela mesma havia roteirizado com cuidado), Annie ainda se pegava desejando poder estar na frente das câmeras, e não apenas nos bastidores. Só que a fórmula estava funcionando. Além disso, Melissa tinha um contrato rígido.

Annie sabia que deveria conduzir a conversa de volta ao próprio papel no programa, mas estava pensando de novo no café da manhã. *Pãezinhos*, pensou. Com crosta de sal marinho e manteiga de bordo.

— Conte sobre o primeiro episódio — sugeriu CJ. — Eu assisti de novo ontem à noite. O ingrediente principal foi o xarope de bordo, o que é perfeito, considerando sua formação.

— Se por "perfeito" você quer dizer "quase um desastre", então sim — disse Annie com um sorriso, em seguida apontou para um quadro na parede, uma paisagem que a mãe havia feito da Montanha Rush, em Vermont. — O xarope de bordo é o negócio da minha família há gerações. Ou seja, parecia o ideal para o lançamento do programa. A produção foi montada, literalmente, em meu quintal… na floresta de bordo da família Rush, na cidade de Switchback, em Vermont.

Annie respirou fundo, sentindo uma onda de náusea. E não sabia dizer se o desconforto era causado pela lembrança ou pelo estômago vazio. Talvez fosse a preocupação em remexer no passado. Ela ainda se lembrava daquela sensação de inquietação, quando voltara à cidadezinha em que tinha crescido, cercada por todos que a conheciam havia anos.

Por sorte, o orçamento só permitira que a equipe passasse setenta e duas horas no set de gravação, e o cronograma estava apertadíssimo. Todas as coisas possíveis deram errado. A neve havia derretido cedo demais, transformando a intocada floresta de inverno em um pântano marrom de árvores desnudas, unidas por tubos de plástico para extrair a seiva que escorria, como dispositivos médicos intravenosos indo de árvore em árvore. A casa de açúcar, na qual se produzia o xarope de bordo e o local em que a mágica deveria acontecer, era barulhenta e cheia de vapor, então dificultava a filmagem. Kyle, irmão de Annie, tinha ficado tão desconfortável diante das câmeras que um dos editores chegou a perguntar se ele tinha "algum problema". Melissa pegou um resfriado, e Martin falou o temido "Eu avisei".

Naquele momento, Annie teve certeza de que sua carreira (o programa tão sonhado e cobiçado, a oportunidade que ela não podia perder) terminaria em um lamento, virando uma nota de rodapé na lista de programas fracassados. Ela ficou arrasada.

E foi então que Martin a salvou. Já de volta ao estúdio Century City, a equipe de pós-produção fez horas extras cortando e colando imagens, usando cenas de arquivo, refilmando com material gerado por computador, concentrando-se no apresentador sexy e inteligente ao extremo, Martin Harlow, e na companheira de cena bem ensaiada e alegre por natureza, Melissa Judd.

Quando a versão final foi ao ar, Annie estava sentada em uma cadeira de rodinhas na sala de edição, sem ousar se mover. À beira do pânico, ela prendeu a respiração... até que uma assistente lhe entregou o smartphone, mostrando uma longa lista de comentários nas redes sociais. Os espectadores estavam adorando.

Os críticos também adoraram o programa e elogiaram o amor contagiante de Martin pela comida depois de vê-lo encostado na parede da casa de açúcar, provando uma massa frita mergulhada na calda recém-preparada. E aplaudiram o prazer encantador de Melissa em preparar um prato e a maneira sedutora que ela convidava os espectadores a experimentá-lo.

Os números da audiência foram respeitáveis e as visualizações online aumentavam a cada hora. As pessoas estavam assistindo ao programa. Mais importante ainda, estavam compartilhando. O link viajou pelo éter digital, alcançando todo o mundo. A rede encomendou mais treze episódios na sequência dos oito originais. Annie olhou para Martin com lágrimas de alívio escorrendo pelo rosto. "Você conseguiu", dissera ela a Martin. "Você salvou meu sonho."

— Pela sua expressão — comentou CJ —, foi um momento emocionante.

Annie saiu do devaneio, surpresa consigo mesma. Trabalho era trabalho. Ela não costumava ficar com os olhos marejados por causa disso.

— Só lembrei como fiquei aliviada por tudo ter dado certo no final.

— Então, foi a hora de comemorar?

Com certeza. — Annie sorriu com a lembrança. — Martin comemorou com um jantar à luz de velas... e um pedido de casamento.

— Uau! Meu Deus! Você é a Cinderela.

Eles tinham se casado oito anos antes. Oito anos ocupados, produtivos e de sucesso. Às vezes, quando exageravam com proezas caras, como mergulhar em busca de ostras, procurar trufas ou ordenhar uma cabra nubiana, Annie se perguntava o que tinha acontecido com o ingrediente principal *dela*, o conceito que dera origem ao programa. A ideia simples tinha dado lugar aos episódios luxuosos naqueles tempos. E às vezes se pegava preocupada com o fato de o programa ter se desviado do sonho dela, sufocado por teatralidades e episódios chamativos que não tinham nada a ver com a visão inicial.

O programa tinha ganhado vida própria, lembrou Annie a si mesma, e talvez aquilo fosse uma coisa boa. Com seu conhecimento de culinária afiado e uma contabilidade ágil, ela fazia tudo funcionar, semana após semana.

"*Você* é o ingrediente principal", dizia Martin sempre. "Deu tudo certo por sua causa. Nas próximas negociações de contrato, vamos insistir em um papel na frente das câmeras para você. Talvez até outro programa."

Annie não queria outro programa. Queria *O ingrediente-chave*. Só que estava em Los Angeles havia tempo suficiente para saber como se portar, e grande parte do jogo envolvia paciência e atenção aos custos. O desafio era permanecer interessante, relevante... e dentro do orçamento.

CJ fez algumas anotações rápidas no tablet. Annie tentou ser sutil enquanto checava a hora e pensava no dia que tinha pela frente, com pendências se acumulando como o tráfego aéreo no aeroporto de Los Angeles.

Precisava fazer xixi. Annie pediu licença e foi ao banheiro do andar de cima.

Então se deu conta. Do atraso. Não do atraso do trabalho... Já estava posto que ela chegaria atrasada ao estúdio. Era a *menstruação* atrasada.

Ela prendeu a respiração e se apoiou na bancada do banheiro, pressionando as mãos na pedra fria.

Annie exalou bem devagar e lembrou a si mesma que fazia apenas algumas semanas que começaram a tentar. Ninguém engravidava tão rápido, certo? Ela presumira que teria tempo para se ajustar à ideia de começar uma família. Tempo de se planejar para encontrar uma casa maior, para domar a agenda. Tempo para pararem de brigar tanto.

Annie não tinha nem programado um calendário de ovulação. Não tinha lido os livros que a preparariam para "o que esperar quando se está esperando". Não tinha consultado um médico. Era muito cedo para aquilo.

Mas talvez... Ela pegou o kit que estava embaixo da pia, resquício de uma época em que *não* quisera engravidar. Se não descartasse a possibilidade, aquilo ficaria rondando sua mente o dia todo. As instruções eram bem simples, e Annie as seguiu ao pé da letra. Então, com muito cuidado, pousou a tira de teste na bancada e esperou. Depois de alguns minutos, sua mão tremia enquanto ela checava a janelinha de resultados. Uma linha cor-de-rosa significava que não estava grávida. Duas linhas significavam que estava grávida.

Ela piscou para se certificar de que estava enxergando direito. *Duas linhas cor-de-rosa.*

Por um momento, tudo pareceu congelar ao redor, o tempo cristalizado pelo assombro. O mundo desapareceu.

Annie prendeu a respiração mais uma vez e se inclinou para a frente, olhando o reflexo no espelho, e no rosto havia uma expressão que ela nunca tinha visto. Aquele era um dos momentos que a avó chamava de "momento-chave". O tempo já não passava apenas, sem ser notado. Não, era o tipo de momento que fazia tudo parar. Que a pessoa o destacava de todos os outros e o mantinha juntinho ao coração, como uma flor seca escorregando entre as páginas de um livro querido. Era feito de algo frágil e delicado, mas que tinha o poder de durar para sempre.

A avó sem dúvida diria que aquele era um momento-chave. Annie sentiu um nó na garganta... e uma sensação de euforia tão pura que se esqueceu de respirar.

É assim que começa, pensou.

Todas as inúmeras coisas na lista de pendências se transformaram em nada. Ela tinha passado a ter um único propósito no mundo: contar a Martin.

Annie lavou as mãos, foi para o quarto e pegou o celular. Não, ela não queria falar com Martin pelo telefone. Ele nunca atendia e quase nunca checava a caixa postal. Não tinha problema, porque Annie se deu conta de que a notícia era importante demais para ser transmitida por correio de voz ou mensagem de texto. Precisava dar a notícia pessoalmente ao marido, um presente oferecido de coração, uma surpresa tão doce quanto a que ela sentia no momento. Martin merecia ter um momento-chave próprio. Ela queria vê-lo. Queria estar olhando no rosto do marido quando dissesse as palavras mágicas: "Estou grávida".

Annie desceu depressa a escada e se juntou à jornalista na sala de estar.

— CJ, sinto muito. Aconteceu um imprevisto e preciso ir agora para o estúdio. Podemos terminar outra hora?

A jornalista ficou um pouco carrancuda.

— Eu tinha só mais algumas…

Não era nada bom aborrecer uma jornalista de uma revista importante. Só que Annie não conseguia se importar com aquilo, não naquele momento. Ela estava borbulhando de empolgação, sem conseguir se concentrar em qualquer coisa além da novidade. E não suportava a ideia de guardar aquilo para si por mais nem um instante.

— Pode enviar por e-mail as perguntas que faltam? Juro que não pediria isso se não fosse urgente.

— Você está bem?

Annie se abanou, de repente ruborizada e sem fôlego. Ela parecia diferente? Será que já mostrava o viço típico da gravidez? Que bobagem… Tinha acabado de descobrir.

— Eu… É que surgiu um imprevisto. Tenho que ir para o estúdio neste instante.

— Como posso ajudar? Posso ir junto? Dar uma força?

— É muita gentileza sua. — Annie não costumava ser tão imprudente com a imprensa. Parte do motivo para o programa fazer tanto sucesso era o fato de tanto ela quanto a equipe de relações públicas terem se empenhado em desenvolver o relacionamento com diversas mídias. Depois de pensar por um momento, Annie respondeu: — Tive uma ótima ideia. Que tal nos encontrarmos para jantar no Lucque… eu, você e Martin. Ele conhece o chef de lá. Podemos terminar a conversa enquanto saboreamos uma comida deliciosa.

CJ guardou as coisas na bolsa.

— O suborno funciona, sim, viu. Ouvi dizer que a espera de uma reserva no Lucque estava em seis semanas.

— A menos que se esteja com Martin Harlow. Vou pedir para minha assistente agendar e ligar pra você.

Annie se despediu da jornalista às pressas. Então, pegou as coisas (chaves, celular, laptop, tablet, carteira, garrafa de água, anotações de produção) e enfiou na bolsa de trabalho já cheia. Por um segundo, ela imaginou a bolsa que carregaria quando fosse uma jovem mãe ocupada: fraldas, chupetas... o que mais?

— Ai, meu Deus — sussurrou Annie. — Ai, meu Deus. Não sei nada de bebês.

Ela correu para a porta e desceu os degraus da casa geminada no condomínio Laurel Canyon. A casa deles era uma construção elegante, moderna, um lugar que mal podiam pagar. O programa estava ganhando força, e Martin assinaria um novo contrato em breve. Eles precisariam de um lugar maior. Com um quarto de bebê. Um quarto *de bebê*.

A onda de calor atingiu Annie como a explosão de uma fornalha. Mesmo na primavera do sul da Califórnia, aquilo era extremo. As pessoas estavam sendo incentivadas a ficar em casa, beber muita água e evitar ficar debaixo do sol.

Acima da passagem para a garagem, o cara em cima do andaime ainda lavava janelas. Annie ouviu um grito, mas só viu o rodo caindo quando já era tarde demais. O objeto caiu na calçada a poucos centímetros dela.

— Ei — falou ela, alto o bastante para que ele ouvisse. — Você deixou cair um negócio.

— Desculpe, senhora — gritou de volta o homem no andaime. Sem graça, disse: — Desculpe mesmo. Escorregou da minha mão.

Annie sentiu um arrepio frio subir pela coluna, apesar do ar abafado. Precisava passar a ter cuidado. Afinal, estava grávida. O pensamento a encheu de deslumbramento e alegria. E também provocou um leve tremor de medo.

Annie destrancou o carro, que respondeu com um *pi* em cumprimento. Cinto de segurança preso. Retrovisor ajustado. Ela se virou por um instante e olhou para o banco de trás. Estava cheio de sacolas de papel recicladas, bandejas e tigelas vazias da última gravação, quando o ingrediente principal fora o açafrão. Um dia haveria uma cadeirinha ali atrás. Para um bebê. Talvez lhe dessem o nome de Saffron, açafrão.

Annie se forçou a ficar imóvel por um momento, para absorver tudo. Desligou o rádio, então flexionou e relaxou as mãos no volante. E logo começou a rir alto, a voz em um crescendo até virar um grito de pura alegria. Imaginou o rosto do marido quando recebesse a notícia e sorriu durante todo o caminho até a saída do condomínio. Dirigiu com um cuidado excessivo, já se sentindo protetora em relação ao ser minúsculo, invisível e ainda desconhecido que carregava. A autoestrada cintilava com o sol e estava congestionada, com o tráfego avançando devagar. As colinas marrons e secas do cânion passavam ao lado. A poluição pairava acima de todos como o amanhecer de um inverno nuclear.

Na opinião dela, Los Angeles tinha charme de menos e concreto demais. Talvez aquela fosse a razão para a grande quantidade de trabalho criativo produzido ali. As colinas secas, o deserto de concreto e o céu sombrio eram um pano de fundo neutro para se criar ilusões. Por meio dos estúdios e palcos de som, as pessoas podiam ser levadas para lugares especiais: chalés à margem de lagos, refúgios à beira-mar, tempos passados, o outono na Nova Inglaterra, pousadas aconchegantes no inverno…

Vamos ter que nos mudar, pensou Annie. *Não há a menor possibilidade de criarmos um filho nesse ar imundo.*

Ela se perguntou se eles poderiam passar os verões em Vermont. Sua infância idílica voltou à mente com o brilho da nostalgia. Em Vermont, um engarrafamento em uma estrada sinuosa podia ter como causa o trator do vizinho esperando por uma vaca que tinha se desgarrado para além da cerca. Não existia poluição atmosférica, só ar fresco e doce com o aroma das montanhas e dos riachos de trutas. Era um paraíso imaculado, que ela nunca apreciara de todo até deixar para trás.

Nossa, acabara de saber da gravidez e já estava planejando a vida do bebê! Mas era porque estava muito pronta. Ela e Martin enfim teriam uma família. Uma *família*. Aquela era a coisa mais importante do mundo para Annie. Sempre tinha sido.

Ela se lembrou do desentendimento daquela manhã e também das flores entregues. Aquele momento mudaria tudo para eles, da melhor maneira possível. As brigas bobas que ardiam como saídas de vapor de um gêiser evaporaram de repente. Eles tinham mesmo discutido por causa de uma búfala? De um elevador hidráulico? Da tampa faltando no tubo de pasta de dente?

O celular de Annie vibrou, sinalizando a chegada de uma mensagem de texto de Tiger, sua assistente. "Problema sério com o andaime. Preciso de você agora."

Desculpe, Tiger, pensou Annie. *Depois.*

Depois que ela contasse a Martin sobre o bebê. Um *bebê*. Aquilo eclipsava qualquer emergência de trabalho no estúdio. Todo o resto (a búfala, o elevador hidráulico) parecia pequeno em comparação. Todo o resto podia esperar.

Annie entrou no estacionamento do estúdio Century City. O segurança no portão liberou sua passagem com um aceno breve, e ela seguiu pelo ofuscante labirinto de concreto cinza-claro pontilhado com oásis verdes ocasionais sob a forma de jardins repletos de palmeiras. Annie entrou em uma rua de acesso e estacionou na própria vaga, ao lado do BMW de Martin. Ela nunca ligara muito para carros esportivos. Eram pouquíssimo práticos se levasse em consideração o tipo de equipamento que costumavam carregar para o programa. Como estava prestes a virar pai, talvez Martin se livrasse daquele carro de dois lugares.

Enquanto seguia a pé para o trailer de Martin, Annie passou por um grupo de turistas em Segways (patinetes elétricos, controlados pela inclinação do corpo), que sem dúvida tinham a esperança de conseguir dar uma olhada no astro ou estrela favorita. Uma mulher ansiosa parou o patinete e tirou uma foto de Annie.

— Oi — cumprimentou a mulher —, você não é Jasmine Lockwood?

— Não — respondeu Annie com um sorriso quase de desculpas.

— Ah, desculpe. Você se parece com ela. Aposto que escuta muito isso.

Annie deu outro breve sorriso e contornou o grupo de turistas. Não era a primeira vez que alguém apontava sua semelhança com a diva da culinária. Aquilo deixava Annie confusa, pois não se parecia com ninguém além dela mesma.

Martin, o garoto de ouro, gostava de dizer que ela era a "amante exótica" dele, o que sempre fazia Annie rir.

"Sou uma vira-lata cem por cento americana de Vermont", retrucava ela. "Não dá para todo mundo ter um pedigree."

O bebê seria parecido com ela? Olhos castanhos e cachos pretos indisciplinados? Ou como Martin, loiro e majestoso?

Ai, meu Deus, pensou Annie, sentindo uma onda renovada de alegria. Um bebê.

Cabos de energia serpenteavam pelo beco que levava ao estúdio. Os trailers ficavam um ao lado do outro, e havia trabalhadores com fones de ouvido, segurando pranchetas e correndo de um lado para o outro. Ela viu o elevador hidráulico pairando acima do lugar da obra: todo esticado, com os suportes dobráveis de aço laranja formando um padrão em ziguezague, com a plataforma bem alta. Havia operários com capacetes e eletricistas cheios de fios aglomerados ao redor do elevador hidráulico. Um homem estava batendo na válvula de liberação manual com uma chave inglesa preta.

Ela avistou Tiger, que correu para cumprimentá-la.

— O elevador travou lá no alto.

Tiger parecia um personagem de anime, com o cabelo arco-íris e um macaquinho colorido. Ela também tinha o raro dom de fazer várias coisas ao mesmo tempo, e com qualidade. Martin dizia que Tiger era maníaca, mas Annie gostava da concentração afiada da assistente.

— Diga para destravarem — respondeu ela apenas e continuou a andar.

Ela sentiu a surpresa de Tiger; não era típico de Annie passar direto por um problema sem tentar resolvê-lo.

O trailer de Martin era o maior dos que estavam estacionados ali. E também o mais sofisticado, com camarim, vestiário, banheiro e cozinha completos, além de uma área de trabalho e outra de estar. Quando os dois se apaixonaram, tinham trabalhado juntos até tarde várias vezes ali, e acabavam fazendo amor na sala curva e adormecendo nos braços um do outro. O trailer estava fechado no momento, com as persianas abaixadas contra o calor escaldante. O ar-condicionado estava ligado.

Annie ficou ansiosa para entrar no frescor do trailer. Ela fez uma pausa para ajeitar a saia e endireitar a bolsa no ombro. Lembrou que precisava retocar o batom. Droga. Queria estar bonita quando contasse ao marido que seria mãe do filho dele. *Não importa*, disse Annie a si mesma. Martin não se importava com batom.

Ela digitou depressa o código no teclado ao lado da porta e entrou.

A primeira coisa que notou foi o cheiro: fresco, floral. Também tinha música tocando, uma música melosa. "Hanging by a Thread", uma música que Annie cantava a plenos pulmões quando não havia ninguém por perto, porque a música romântica melosa certa só fazia uma pessoa se sentir mais apaixonada.

Entrava uma faixa de luz estreita pela fresta sob as persianas. Annie levantou os óculos escuros para o alto da cabeça e deixou os olhos se ajustarem. Ela já estava prestes a chamar Martin quando seu olhar foi capturado por algo incomum.

Havia um celular na prateleira do camarim. Não era o aparelho de Martin, e sim o de Melissa. Annie reconheceu a capa rosa cintilante.

Então houve aquele momento. Aquela sensação terrível de saber, mas não saber de verdade. De não querer saber.

Annie parou de respirar. E tinha a sensação de que o coração havia parado de bater, por mais impossível que fosse aquilo. A mente girava em torno das opções, os pensamentos disparando como um rato em um labirinto. Ela poderia recuar naquele exato momento, sair do trailer, rebobinar e…

E fazer o quê? *O quê?* Dar um aviso aos dois, para que todos pudessem voltar a fingir que aquilo não estava acontecendo?

Annie foi tomada por uma fúria gélida que a incitou adiante. Foi até a área de trabalho, separada da entrada por uma parede retrátil, e empurrou a tela para o lado com um golpe de braço.

Martin estava montado em Melissa, usando apenas as botas de caubói de quinhentos dólares.

— Ei! — gritou ele e se sobressaltou, como um caubói em um cavalo selvagem empinando. — Ah, merda, Jesus Cristo.

Martin ficou de pé, todo atrapalhado, e pegou uma manta com franjas para cobrir a virilha.

Arfando, Melissa colocou uma almofada do sofá diante do corpo.

— Annie! Ai, meu Deus…

— É sério? — Annie mal reconheceu o som da própria voz. — Tipo, *sério mesmo?*

— Não é…

— O que parece, Martin? É *exatamente* o que parece.

Ela recuou, o coração disparado, ansiosa para ficar o mais longe possível dele.

— Annie, espere. Amor, vamos conversar.

Annie se transformou em um fantasma ali mesmo. Sentiu a mudança. A pele toda perdendo a cor até ela ficar transparente.

Martin via aquilo? Via através da pele dela, via o coração da esposa? Talvez ela já fosse um fantasma havia muito tempo, mas não tivesse se dado conta até aquele momento.

A consciência da traição a envolveu, e ela foi bombardeada por todo tipo de sensação. Descrença. Decepção. Horror. Repulsa. Foi como ter uma experiência extracorpórea. A pele dela vibrava. Annie sentia de verdade a pele vibrando com algum tipo de estática elétrica.

— Vou embora — anunciou ela.

Precisava vomitar em algum lugar.

— A gente pode, por favor, conversar? — insistiu Martin.

— Você acha mesmo que a gente tem alguma coisa pra conversar?

Ela encarou os dois por mais um instante, sentindo uma necessidade perversa de gravar a cena no cérebro. Foi então que o momento mudou.

É assim que termina, pensou Annie.

Porque era um daqueles momentos. Um momento-chave. Aquele que fazia a pessoa girar no próprio eixo e apontava para uma nova direção.

É assim que termina.

Martin e Melissa começaram a falar ao mesmo tempo. Aos ouvidos de Annie, parecia que balbuciavam frases inarticuladas. Um estranho borrão tomava sua vista. O borrão tinha um tom avermelhado. A cor da raiva.

Annie andou para trás, precisando escapar. Ela enfiou a mão na bolsa e pegou as chaves, que estavam no chaveiro da Doçuras Rush em forma de folha de bordo.

Então, girou o corpo na direção da porta e saiu para a rua de acesso com o passo determinado. Os olhos fixos à frente. O queixo erguido.

Provavelmente foi aquilo que a fez tropeçar no cabo. Ela caiu de joelhos, soltando as chaves na calçada com um tilintar. *E a humilhação não cessava.* Annie pegou as chaves e olhou ao redor, rezando para que ninguém tivesse visto.

Três pessoas correram até ela.

— Está tudo bem?

— Você se machucou?

— Estou bem — respondeu ela, limpando as mãos e os joelhos arranhados. — Sério, não se preocupem.

O celular na bolsa vibrava como uma serra elétrica, embora estivesse no modo silencioso. Annie passou pisando firme pela área da obra. Os operários ainda estavam se esforçando para resolver o problema do elevador, tentando abrir a válvula hidráulica. Ela não deveria ter deixado Martin convencê-la a contratar o modelo mais barato.

— Vocês têm que virar para o outro lado — gritou Annie para os operários.

— Senhora, para andar por aqui só de capacete — alertou um dos homens, acenando para que ela se afastasse.

— Já estou de saída — retrucou Annie. — Só estou dizendo que você está tentando acionar a válvula de escape do jeito errado.

— O quê?

— A válvula. Você está virando para o lado errado.

Que conversa estranha. Quando a pessoa descobria que o marido estava transando com outra mulher, não deveria ligar para a mãe, chorando, logo depois? Ou para a melhor amiga?

— Sabe... — insistiu Annie, ainda falando com o operário. — Para a esquerda solta, para a direita aperta.

— Como, senhora?

— No sentido anti-horário — explicou ela, fazendo um movimento com o chaveiro no ar para mostrar a direção.

— Annie. — Martin saiu do trailer e correu na direção dela. De cueca boxer, peito nu, botas de caubói. — Volta.

Annie apertou o chaveiro com força e sentiu as pontas da folha de bordo se cravarem na pele. O grupo de turistas nos Segways passou pelo fim da rua.

— É Martin Harlow — gritou alguém.

— Amamos seu programa, Martin! — disse outra garota do grupo. — Amamos você!

— Senhora, está dizendo para eu fazer assim?

O operário girou com força a válvula.

Um grunhido metálico soou de algum lugar no alto. Então toda a estrutura desabou.

2

—Mas, pai — disse Teddy, girando o corpo na banqueta da cozinha —, se a búfala-d'água pesa uma tonelada, como é que não afunda na lama?

Fletcher Wyndham deu uma olhada no programa a que o filho estava assistindo: uma escolha improvável para um garoto de 10 anos, mas Teddy gostava de *O ingrediente-chave*. A maior parte das pessoas de Switchback, em Vermont, acompanhava o programa de culinária, e não por causa do chef ou da coapresentadora loirona. Não, o motivo estava nos bastidores... uma rápida aparição nos créditos que rolavam enquanto a música tema um pouco irritante tocava.

O motivo era Annie Rush, a produtora.

O programa de culinária mais popular da TV tinha sido ideia de Annie, nascida e criada em Switchback. A professora do quarto ano de Teddy tinha estudado com Annie. Uns anos antes, haviam filmado um episódio ali mesmo na cidade, embora Fletcher tivesse ficado longe da produção. Desde então, Annie recebera o status de celebridade, embora não aparecesse diante das câmeras.

Melhor assim, pensou Fletcher. Vê-la na TV toda semana o faria perder a cabeça.

— Boa pergunta, filhote. Esse búfalo aí, por sinal, parece que está andando sobre as águas.

Teddy revirou os olhos.

— Não é um búfalo. É uma búfala, uma menina. Eles fazem queijo muçarela com o leite dela.

— Então por que não chamar de búfala-leiteira em vez de búfala--d'água?

— Porque ela mora na água. Dã.

— É incrível o que a gente pode aprender assistindo à TV.

— Pois é, você devia me deixar assistir mais.

— Vai sonhando.

— A mãe me deixa assistir o quanto eu quiser...

E ali estava. Era oficial que Teddy havia ingressado em um clube ao qual nenhuma criança queria pertencer: filhos confusos de pais divorciados.

Fletcher olhou ao redor, para o caos da casa para onde tinham acabado de se mudar, e ponderou sobre uma pergunta frequente: *Que merda aconteceu com minha vida?*

Ele conseguia localizar com precisão o momento decisivo. Uma única noite de muita cerveja e pouquíssimo senso o colocara em um caminho que tinha mudado todos os planos que já havia feito.

Mesmo assim, quando olhava para o rosto do filho, não conseguia sentir nem um pingo de arrependimento. Teddy tinha vindo ao mundo como uma trouxinha barulhenta, de rosto vermelho e carente, e a reação de Fletcher não fora de amor à primeira vista. Fora de medo à primeira vista... não do bebê, mas de *falhar* como pai daquela criança. Medo de fazer alguma coisa que estragasse aquele ser humano minúsculo, perfeito e indefeso.

Só havia uma escolha a fazer. Fletcher deixou o medo de lado e se entregou por inteiro a Teddy, movido por um poderoso senso de dever e um amor como nunca tinha sentido. No momento, Teddy estava no quinto ano, era fofo demais, atlético, bobo e doce. Às vezes, era um pé no saco também. No entanto, a cada momento de cada dia, o garoto era o centro do universo de Fletcher.

Teddy sempre fora uma criança feliz. O tipo de felicidade que fazia o pai ansiar por mantê-lo dentro de uma bolha protetora. Contudo, naquele momento, Fletcher percebeu que, apesar das intenções, a bolha tinha sido perfurada. O fim do casamento dele havia demorado muito para chegar, e ele sabia que a transição seria difícil para Teddy. Fletcher desejava ter conseguido poupar o filho da mágoa e da incompreensão, mas precisou acabar com aquele casamento para poder respirar de novo. Só esperava que um dia Teddy entendesse.

— O búfalo é um feito notável da engenharia da natureza — disse a coapresentadora de *O ingrediente-chave*, que servia como apoio daquele cujo ego precisava de um código postal próprio, também conhecido como Martin Harlow.

— Por que isso acontece, Melissa? — perguntou o anfitrião em um tom artificial.

Ela apontou para a búfala de aparência triste, dentro de um pequeno cercado em contraste com um fundo de pântano nitidamente gerado por computador.

— Bem, graças aos cascos largos, o animal consegue andar em superfícies bem macias sem afundar.

O anfitrião passou a mão pelo queixo.

— Bom ponto. Sabe, quando eu era criança, achava que tinha cinquenta por cento de chance de afundar em areia movediça, porque isso acontecia muito nos filmes.

A loira riu e jogou o cabelo para trás.

— Ficamos felizes por isso não ter acontecido!

Fletcher se encolheu de constrangimento.

— Ei, filhote, me ajude a arrumar as coisas?

Os itens grandes já tinham sido organizados, mas havia montes de caixas ainda fechadas.

— O programa tá quase acabando. Quero ver como fica o queijo.

— A curiosidade deve estar corroendo você por dentro — brincou Fletcher. — Ei, sabe onde usam queijo muçarela?

— Na pizza! A gente pode pedir pizza hoje?

— Podemos, sim. Ou a gente podia comer a pizza que sobrou da noite passada, né?

— Fresquinha é mais gostosa.

— É verdade. Vou pedir depois que a gente arrumar mais duas caixas. Fechou?

— Aham — disse Teddy, dando um soquinho no punho estendido do pai.

A casa nova tinha tudo o que Fletcher imaginara na época em que tivera alguém com quem sonhar: uma cozinha grande e aberta que dava para o resto da casa. Se ele soubesse cozinhar, coisas deliciosas aconteceriam ali. Só que a pessoa que preparava coisas deliciosas já partira de sua vida havia muito tempo. Ainda assim, o velho sonho persistira, e acabara levando Fletcher àquela casa em particular, um clássico da Nova Inglaterra com um século de existência. Continha uma lareira e um cômodo com estantes o bastante para reivindicar o direito de ser chamado de biblioteca. Havia uma varanda nos fundos com um balanço que ele tinha passado a tarde montando, e não era um balanço qualquer, mas sim um espaçoso e confortável, com almofadas grandes o suficiente para possibilitar um bom cochilo… um balanço com que Fletcher sonhava havia mais de uma década.

Eles abriram algumas caixas de livros. Teddy ficou em silêncio por algum tempo enquanto arrumava os exemplares nas estantes. Então, ergueu um dos livros.

— Por que esse livro se chama *Senhor das moscas*?

— Porque é incrível — respondeu Fletcher.

— Sei, mas por que o título é esse?

— Você vai descobrir quando for mais velho.

— É alguma coisa indecente que eu não deveria saber?

— É bem indecente.

— A mãe ia ter um ataque se eu contasse pra ela que você tem um livro indecente.

— Ótimo. Vou dar uma sugestão, então: não conte pra ela.

Teddy colocou o livro na estante, então acrescentou mais alguns à fileira.

— Hã… pai?

— Oi, filhote?

— É aqui mesmo que a gente mora agora?

O menino olhou ao redor da sala, com os olhos carregados de tristeza.

Fletcher confirmou com a cabeça.

— É aqui que a gente mora.

— Pra todo sempre?

— Isso.

— É muito tempo.

— É, sim.

— Então, quando eu chamar meus amigos pra virem na minha casa, eles vão vir pra esta ou pra nossa outra casa?

Não tinha mais "nossa". Celia havia tomado posse do lugar construído sob medida a oeste da cidade.

Fletcher parou de guardar os livros nas estantes e se virou para Teddy.

— Onde quer que você esteja, lá é seu lar.

Eles continuaram a arrumar as coisas juntos, guardando os últimos livros. Fletcher deu um passo para trás, apreciando o equilíbrio das estantes ao lado da lareira e a brisa da varanda dos fundos agitando as correntes do balanço.

A única coisa que faltava era a pessoa que tinha compartilhado aquele sonho com ele.

3

—Abra os olhos.

Uma voz desconhecida ressoou acima. Ela não saberia dizer se as palavras tinham sido ditas na própria mente ou no lugar em que estava. O som foi se afastando até sobrar o silêncio, marcado apenas por silvos e um zumbido baixo. Apesar do pedido, ela não conseguia abrir os olhos. Aquele lugar ali não existia. Existia apenas escuridão. Ela nadava em águas escuras, mas por algum motivo conseguia inspirar e expirar como se a água fosse sustância aos pulmões.

Outros sons preenchiam o espaço ao redor, mas ela não conseguia identificá-los… a inspiração e expiração rítmicas de uma máquina, talvez uma máquina de lavar louça ou algum tipo de bomba mecânica. Uma bomba hidráulica?

Ela estava sentindo o cheiro de… alguma coisa. Flores. Talvez repelente de insetos. Não, flores. Lírios. Lírios Stargazer.

Lírios do campo. Aquilo não era do *Sermão da montanha*? Era o nome de uma peça da escola, no ensino médio. Sim, o amigo dela, Gordy, tinha ficado com o papel de Sidney Poitier na produção.

— … mais atividade a cada hora que passa. Ela progrediu para a consciência mínima. Os enfermeiros da noite perceberam. O dr. King pediu outro eletroencefalograma e uma nova série de exames.

A voz de um desconhecido. Aquele sotaque. "Perceberam" soou diferente, "peceberam". A letra "r" era engolida em algumas palavras.

Aquilo era conhecido como pronúncia não rótica. Ela se lembrava daquilo dos estudos de jornalismo de rádio e televisão. De soltar a língua para pronunciar bem o "r". De se preocupar em falar o "e" vibrante. Nunca deixar nítido o próprio sotaque.

O sotaque da pessoa misteriosa vinha direto do norte de Vermont.

— Ajude aqui com o eletroencefalograma, sim?

Alguma coisa sacudiu a cabeça dela.

Pare com isso.

"Senhora, para andar por aqui só de capacete." Estavam colocando um capacete nela? Não, uma rede de cabelo. Não, uma touca de natação.

"Nadadoras, em suas marcas."

Ela se via inclinada para a frente, o corpo tenso como uma mola, os dedos dos pés curvados na borda do bloco de largada. Tinha sido uma das nadadoras mais rápidas da equipe do ensino médio, as Panteras de Switchback. No último ano do colégio, ela havia batido o recorde estadual dos cem metros costas. No último ano do colégio, via a vida se desenrolar como um rio cintilante e sem fim, com tudo diante de si. No último ano do colégio, se apaixonara pela primeira vez.

— ... sempre quis saber como eu ficaria com o cabelo curto assim — comentou uma das vozes.

E ali estava o "r" não rótico de novo, "sabê".

Bip. O som de largada ecoou pelo centro aquático. Annie mergulhou.

Seca. Por que a garganta dela estava seca, embora ela não estivesse com sede? Por que não conseguia engolir? Tinha alguma coisa rígida prendendo seu pescoço. *Tirem isso. Preciso respirar.*

Ela flutuou um pouco mais. Água na mesma temperatura do corpo. Precisava fazer xixi. Então não precisava mais. Depois de um tempo, não havia mais sensações físicas, apenas emoções pulsando na cabeça, no pescoço e no peito. Pânico e tristeza. Raiva. Por quê?

Ela era conhecida pelo comportamento calmo. "Annie vai dar um jeito nisso." Ela consertava o sotaque das pessoas. Problemas de iluminação. De cenografia. Válvulas travadas.

Para a esquerda solta, para a direita aperta. Ela demonstrou, com o chaveiro de folha de bordo na mão.

— Viu? O movimento… não é aleatório.

Uma voz de novo.

— Ela é canhota.

Outra voz.

— Eu sei que ela é canhota. Eu também sou.

Mamãe. Mamãe?

— Ela parece igual — disse a voz da mãe dela. Sim, era inconfundível. — Não vejo nenhuma mudança. Como sabe que ela está acordando?

— Não é bem acordar. É uma transição para um estado mais consciente. O eletroencefalograma mostra um aumento da atividade cerebral. É um sinal de esperança.

Uma voz diferente.

— As pessoas não despertam de repente de algo assim… vão retornando aos poucos, entrando e saindo do estado de consciência. Annie. Annie, consegue abrir os olhos?

Não. Não consigo.

— Aperte meu dedo.

Não. Não consigo.

— Consegue mexer os dedos dos pés?

Não. Jesus.

— Pode ser um processo demorado — prosseguiu a voz. — E imprevisível, mas estamos otimistas. As tomografias não mostram danos permanentes. A respiração dela tem estado excelente desde que removemos o tubo de traqueostomia.

Traqueo… *O quê?* Aquilo não tinha a ver com um buraco na traqueia? *Que nojo!* Era aquele o motivo da dor ao engolir, ao respirar?

— Desculpe. — A voz da mãe estava toda embargada. — É que é tão difícil ver…

— Eu entendo, mas esse é um momento para sentir esperança. Ela não teve muitas das complicações mais comuns, como infecção pulmonar, contraturas, alterações articulares, trombose… Muita coisa que poderia ter dado errado não deu. E isso é uma coisa boa.

— Como posso ver algo de bom aqui? — sussurrou a mãe dela.

— Eu sei que tem sido difícil, mas acredite em mim, ela tem sorte. Com essa nova atividade que detectamos, a equipe médica acha que ela mudou de nível. Continuamos otimistas.

— Muito bem. Então eu também estou otimista. — A voz da mãe saiu baixa, uma mistura de esperança e desespero. — Mas e se... e se ela estiver diferente quando acordar? Ela vai se lembrar do que aconteceu? Ainda vai ser nossa Annie?

— É muito cedo para saber se haverá sequelas.

— Como assim "sequelas"?

A voz da mãe soou baixa e tensa.

Em pânico.

— Temos que dar um passo de cada vez neste processo. Vamos fazer muitos exames nos próximos dias e semanas: cognitivos, físicos, neurológicos. Psicológicos. E os resultados vão nos ajudar a ter uma ideia da melhor maneira de ajudar Annie.

— Muito bem — respondeu a voz da mãe. — Como vamos contar tudo a ela? E se ela perguntar por ele? O que eu digo?

"Ele." Quem era ele? Alguém que lhe provocava a sensação de uma tristeza pesada, que a abatia.

— Vamos resolver as situações conforme elas forem acontecendo. E, é lógico, vamos continuar a monitorar com frequência.

— Ah, Deus. E se...

— Escute. E, Annie, se puder nos ouvir, escute também. Você é jovem, forte e sobreviveu ao pior. Acreditamos que vá ter uma boa recuperação.

Jovem, pensou Annie. *Isso é óbvio, dã.*

Então ela se perguntou quantos anos teria. Era estranho, mas não conseguia se lembrar... Conseguia lembrar com facilidade de quando tinha só 4 ou 5 anos, na casa de açúcar com a avó.

"Está vendo como cobre a espátula com perfeição? Quer dizer que a seiva se transformou em xarope. Podemos usar o termômetro, mas também devemos usar os olhos."

Então tinha 10 anos e estava na varanda frontal da casa da fazenda, observando o pai partir em meio a uma tempestade de pétalas cor--de-rosa das macieiras. O caminhão estava abarrotado de caixas de mudança, e o pai caminhava em um passo rígido e determinado. Podia ouvir soluços atrás dela, na sala, onde a mãe estava encolhida no sofá, enquanto a avó tentava acalmá-la.

O mundo de Annie se partira ao meio naquele dia. E ela não conseguira consertá-lo porque não entendia como ele havia se quebrado. Havia uma rachadura em seu coração também.

— É melhor você ir agora, Caroline — disse alguém. — Descansar um pouco. Esse processo… pode levar dias, talvez semanas. Ela vai ser monitorada vinte e quatro horas por dia e vamos entrar em contato ao primeiro sinal de mudança, seja qual for.

Um momento de hesitação. Um suspiro suave.

— Está certo. Então, eu volto amanhã — retrucou a mãe. — Nesse meio-tempo, por favor, me ligue se houver alguma mudança. Não importa se for no meio da noite.

— Com certeza. Dirija com cuidado.

Passos se afastando. *Volta*. A voz na cabeça dela era a voz de um homem. Ela não queria ouvir. Tentou escutar as outras pessoas ao redor.

— … conheci no ensino médio. Ela é daquela grande fazenda ancestral na Montanha Rush, em Switchback. — A voz tinha um tom de fofoca.

— Nossa, é verdade. Disputei um campeonato estadual de natação contra ela uma vez. Que mundo pequeno.

— Pois é. Ela saía com Fletcher Wyndham. Lembra dele?

— Ai, meu Deus. Quem não lembraria? Ela deveria ter continuado com ele.

Fletcher. Fletcher Wyndham. A mente de Annie continuou a repetir aquele nome até que correspondesse a uma imagem que ela guardava no coração. E se lembrou da sensação de amor que preenchia cada célula de seu corpo, nutrindo-a como oxigênio, aquecendo-a por completo. Ela ainda o amava? A voz dissera que Annie saíra com ele, no passado, então talvez o amor tivesse acabado. Como aquilo tinha acontecido? Por quê? O que tinha acontecido? "Ainda não acabou." Ela se lembrou dele lhe dizendo aquilo. "Ainda não acabou." Mas lógico que tinha acabado.

Ela se lembrou do ensino médio, da natação, dos rapazes e da pessoa mais importante de sua vida: Fletcher Wyndham. A faculdade então, e Fletcher de novo, aí ouviu um grande estalo e ele desapareceu.

Ela sentiu a consciência se esvaindo conforme o sono a envolvia. Um calor fantasma parecia cobrir suas pernas, transformando a escuridão em uma cor laranja densa, como se uma luz brilhasse de cima. Tentou se apropriar dos pensamentos e vagou pela imensidão, por uma paisagem onírica de imagens desconexas: risos se transformando em tristeza, uma viagem para um destino que ela não reconhecia. Depois disso, teve a sensação de estar em uma longa página em branco com tremulações irreconhecíveis nas bordas.

Não, ela não sabia a própria idade.

Ela não sabia de nada. Só sentia a incompreensão, a dor, a necessidade de respirar através da água.

"Nadadoras, em suas marcas."

E Annie disparou.

Música. Da banda Soundgarden? "The Day I Tried to Live." Então, Aerosmith. "Dream On." Por quê? No passado, a mãe e o pai dela dançavam músicas antigas que tocavam no rádio. Nas festas de açúcar, durante a extração e a fervura, dançavam enquanto o aparelho de som se sacudia na casa de açúcar. A avó fazia bolinhos de massa frita polvilhados com cristais de bordo, e pessoas chegavam de todos os lugares para provar os produtos.

Durante a temporada do açúcar, havia festas todos os fins de semana na Montanha Rush. Era uma época de transição e esperança, um sinal de que o inverno estava enfim dando lugar à ensolarada primavera. As noites geladas, seguidas de dias quentes, provocavam um degelo, ativando um fluxo de seiva durante o dia. A mudança de estação também ocasionava uma onda de música, comida e risadas, enquanto a família organizava reuniões em torno do grande evaporador fumegante da casa de açúcar.

O pai dela colocava uma placa no quiosque na beira da estrada: DOÇURAS RUSH – O LUGAR MAIS ACOLHEDOR DA MONTANHA.

Mais música pairando no ar… The Police. Hunters & Collectors. B-52's. Música após música levando Annie de volta à infância. "Love Shack" era a música dançante mais popular de todas. Só algumas pessoas sabiam que o apelido da casa de açúcar Rush era "Love Shack", ou "a cabana do amor". Menos pessoas ainda sabiam o motivo daquilo.

No inverno do último ano do ensino médio, Annie perdera a virgindade na casa de açúcar, cercada pelo vapor com aroma de bordo, enquanto se rendia de bom grado aos beijos suaves de um garoto que ela pensava que seria seu para sempre.

Annie nunca entendeu por que as pessoas diziam "perder" a virgindade. Ela não havia perdido nada naquela noite. Havia entregado... a virgindade, o coração, a alma, a si mesma, por inteiro. Para o bad boy da cidade, Fletcher Wyndham. Por isso, não, ela não havia perdido nada. Tinha ganhado algo novo... inesperado e doloroso de tão belo. O mundo havia mudado de cor para Annie naquela noite, como acontecia com as copas dos bordos ao primeiro toque da geada do outono.

"Ele não presta para você."

A mãe dela fora inflexível àquele respeito.

Como se a mãe tivesse se tornado algum tipo de especialista em relacionamentos depois que o marido fora embora.

O espaço atrás dos olhos de Annie doeu. Ela apertou as pálpebras. Piscou. Grande erro. Logo sentiu um forte clarão de luz direto no cérebro. *Ai.*

O lampejo a deixou curiosa, então ela piscou um pouco mais, apesar da dor. Tentou esfregar os olhos, mas as mãos não funcionavam. Então algo roçou seu rosto. Gotas frias tocaram seus olhos. Ela os manteve fechados até que o frio passasse. Queria mexer as mãos, mas algo a impedia. Atadas. Estava de mãos atadas. Não figurativa, mas literalmente. Alguma coisa acolchoada a impedia de fechar o punho.

Mais piscadas, mais fragmentos de luz. *Ai.* Ela conseguiu manter os olhos semicerrados e mexê-los por um momento ou dois, mas não a cabeça. Quarto desconhecido. Paredes bege lisas. Uma grade de trilhos de metal no teto. Para os suportes da câmera, certo? Ela se lembrou de uma discussão sobre o custo dos trilhos da câmera. Muitas discussões. Mais dor. Não atrás dos olhos. Em outro lugar. *Fuja. Fuja da dor.*

Ela precisava fazer xixi de novo.

Olhou mais ao redor. Luz difusa vinda da abertura retangular acima, a mesma luz que lhe dera vida quando o brilho quente passou sobre ela. Uma claraboia?

Ela sentia falta do céu.

Abriu os olhos outra vez, semicerrados. Sim, havia uma claraboia. Annie desviou o olhar e viu também uma fileira de janelas. A luz externa, filtrada por cortinas transparentes, refletia no piso. O calor de um antigo aquecedor a vapor criava vórtices invisíveis, flutuando para cima. Então, fechou as pálpebras e conseguiu abri-las de novo.

Passos. Alguém entrou. E fez... alguma coisa. Ajeitou um travesseiro. Fez alguma coisa mais abaixo e, de repente, ela não estava mais com vontade de fazer xixi.

Annie tentou abrir os olhos, mas não funcionou. Havia voltado a se transformar em um fantasma.

Os passos se afastaram até desaparecerem.

Volta.

Ela se concentrou em levantar as pálpebras e, daquela vez, os olhos permaneceram abertos. Incompreensão e tristeza. Luto. Aquilo era o luto, aquele peso no peito?

Annie se lembrou da sensação que tinha vivenciado no dia em que um membro da equipe de colheita de árvores entrou na casa da fazenda e contou sobre o avô dela: uma tarde, ele saíra em uma caminhonete para cortar uma árvore e foi esmagado quando um trator tombou em cima dele. Anos depois, houve aquela manhã ensolarada em que a avó não acordou.

Sim, Annie conhecia o luto. Ela fechou os olhos, mas a dor não foi embora.

Assim, se esforçou de novo para erguer as pálpebras. As imagens pulsaram diante de seus olhos, então devagar entraram em foco. Era um ambiente genérico. Reproduções impessoais de obras de arte na parede. Um hotel barato, talvez?

Passou os olhos da claraboia para o peitoril da janela. Ali havia uma coisa diferente... uma exposição de bugigangas. E nada impessoais. Annie tinha certeza de que reconhecia aqueles itens de muito tempo antes. De uma eternidade antes.

Seu troféu de natação mais alto e uma fita azul da competição estadual de artes culinárias: a Categoria Chef Júnior de 1998. Um exemplar do livro de receitas da avó, com a capa gasta e tão conhecida evocando ondas de lembrança. Annie tentou se agarrar às lembranças, mas cada uma delas desaparecia antes de se formar de todo, levada por uma onda de dor líquida.

Um recipiente metálico quadrado chamou sua atenção. Era uma embalagem de meio galão da Doçuras Rush, o xarope de bordo da família, produzido na Montanha Rush desde 1847. Era o que estava escrito na embalagem, embora ela não conseguisse distinguir as letras.

Como todas as embalagens tradicionais de xarope de bordo, a da Doçuras Rush mostrava uma cena típica de floresta no inverno: uma casa de açúcar vermelho-escura e uma parelha de cavalos puxando os barris de seiva, levando-os para ferver. Em primeiro plano estavam duas crianças de rosto saudável, com chapéus e luvas de tricô, andando de tobogã por uma encosta coberta de neve.

O que a maior parte das pessoas não sabia era que a casa de açúcar pitoresca era verdadeira, era a da Montanha Rush. As crianças eram Annie e o irmão, Kyle. A mãe deles, com o talento artístico singular, havia feito o desenho a partir de fotografias antigas.

Kyle tinha contratado um consultor de marca para sugerir formas de aumentar as vendas, e uma sugestão tinha sido redesenhar a embalagem antiquada. Kyle se recusara a considerar aquilo.

"As pessoas não querem ver mudanças nas coisas que amam", opinara ele.

Lembrando das palavras do irmão, Annie sentiu algo ainda mais poderoso do que a lenta dor de cabeça. No entanto, não conseguia nomear o sentimento. O que lhe provocou um desconforto na garganta.

Ela ouviu um pouco mais do silvo suave junto da batida. Como instrumentos de percussão aquecendo. De vez em quando, soava uma frequência sonora baixa. Não um bipe, mas um som. Um diapasão?

O céu dentro da claraboia era incrível de tão azul, o tipo de azul que fazia os olhos de uma pessoa arderem. Que lugar era aquele? Em que parte do mundo ela estava?

— Oi — disse Annie. A voz saiu como um ruído entrecortado, como um disco de vinil antiquado e arranhado. O pai tinha levado a coleção de discos ao partir. — Oi.

A coisa ao redor de seu pescoço a confinava, e ela não conseguia se levantar nem virar a cabeça. Os tornozelos e pulsos pareciam presos por algemas felpudas, como brinquedos sexuais indesejados. *Não, obrigada.*

Ela conseguiu mexer um pouco a mão esquerda, colocando-a à vista. A coisa rígida que mantinha seus dedos retos havia sumido. Aquela era a mão dela? Parecia a mão de uma desconhecida. As unhas tinham sido cortadas curtas e estavam sem esmalte. O que não fazia sentido, porque ela fizera as unhas no dia anterior... quisera parecer profissional para a entrevista da *People*.

Annie tocou o dedo anelar com o polegar. Nada de aliança.

Uma lembrança cintilou em sua mente. Um lar. Um trabalho. Uma vida.

A sensação de luto voltou. *Ai*, como o escoamento nas calhas da primavera através dos bosques de bordo. E simples assim, as lembranças foram levadas mais uma vez, intangíveis como um sonho.

Passos de novo. Mais movimentos ao redor. As solas de borracha macias rangiam no piso de linóleo enquanto as pessoas entravam e saíam. Annie piscou e viu de relance uma mulher com um uniforme de algodão estampado com gatinhos e estrelas. A mulher se inclinou para a frente, o hálito quente e cheirando a hortelã.

— Annie. Oi, Annie. Você consegue me ouvir?

— Hã. — A voz travada de novo, só um barulho rouco e sem tom. — Hã.

A mulher abriu um sorriso.

— Bem-vinda de volta — disse ela.

O som de papel rasgando, como se um rolo de papel de presente estivesse sendo arrancado. Mais passos, se afastando com determinação, e logo desaparecendo. Correndo. Fugindo.

Volta.

A mulher voltou a falar, mas não com Annie, e sim com alguém por cima do ombro dela.

— Ligue para a família... urgente.

4

Caroline Rush removeu as duas reproduções da parede do quarto de Annie no centro de reabilitação e substituiu as obras de arte da loja de um e noventa e nove por um par de pinturas originais da própria autoria. Se… Não. *Quando* a filha acordasse de novo, Caroline queria que ela visse algo familiar na parede. Ainda estava dominada pelo deslumbramento e pela gratidão que sentira quando recebera a ligação: Annie acordou. E falou.

Só que, enquanto Caroline descia a montanha e seguia pela estrada estadual até Burlington, Annie adormeceu de novo.

— Você escolheu dois dos meus favoritos — disse uma voz que Caroline não ouvia havia anos.

Ela ficou paralisada. Parou de respirar. Fechou os olhos. Então se recompôs e respirou fundo. Não deixaria aquele homem tirar seu fôlego. Não permitiria que ele a deixasse sem palavras. Bem devagar, Caroline se virou para encará-lo.

O ex-marido entrou no quarto. Ethan estava tão esguio e em forma quanto no dia em que o conhecera: um jovem dirigindo um caminhão cheio de produtos frescos.

— Oi, Caro. Vim para cá o mais rápido que pude. — Ele passou por ela e foi direto para a cabeceira de Annie. — O que está acontecendo?

— Dizem que ela está em transição.

Ethan abaixou os olhos para a filha e o rosto dele se suavizou, com uma expressão triste. Ele tocou o ombro ossudo de Annie através da camisola desbotada do hospital.

— O significa "em transição"?

— Essa é uma pergunta que você precisa fazer ao médico. Tudo o que sei está no e-mail que mandei para Kyle. Imagino que ele tenha encaminhado para você.

— Aham. Então ela enfim está acordando? Voltando para nós?

Caroline sentia o estômago apertado de pânico pela filha, uma sensação que conhecia bem demais naqueles tempos.

— Houve sinais...

Ethan passou os dedos pelo nariz, o rosto tenso com a emoção.

Mesmo tantos anos depois do divórcio, Caroline ainda não tinha ideia de como agir perto do ex-marido. Desde que ele tinha ido embora de casa, naquele dia glorioso de primavera em tons de rosa e azul, ela o vira poucas vezes. Ethan tinha comparecido ao casamento de Kyle com Beth, uma celebração pequena e íntima no Grange Hall em Switchback. Fora horrível porque o ex-marido levara Imelda com ele.

Caroline o odiara muito naquele momento, então se odiara por permitir que o ex-marido comprometesse a alegria dela no dia do casamento do filho. Ela se saiu melhor no casamento de Annie, anos depois. Àquela altura, já tinha erguido um muro impermeável para protegê-la da presença de Ethan. Ela fingia que o ex-marido era apenas um conhecido aleatório, como o homem que aparecia uma vez por ano para limpar o sistema séptico.

— Não sabia que você tinha uma favorita — comentou Caroline no momento, dando um passo para trás para se certificar de que os quadros estavam nivelados.

— Há muita coisa que você não sabia de mim — retrucou Ethan.

Ela se virou para encará-lo.

— Como assim?

— Precisa subir um pouco o canto direito — falou ele, indicando um dos quadros.

— Não, está perfeito assim.

Caroline deu outro passo para trás e viu que ele estava certo. Então, estendeu a mão e ajeitou o canto.

Ela se perguntou por que o ex-marido tinha dito que aquela obra em particular era uma das favoritas. Era uma paisagem da Montanha Rush, a vista voltada para o oeste, ao pôr do sol, no início do outono. O céu tinha um brilho especial naquela época do ano, tocando as campinas e as copas das árvores com a cor do fogo e alongando as sombras no vale que descia até a cidade de Switchback. Caroline havia captado bem a luz daquele jeito, conseguindo transmitir a natureza fugaz.

Ethan nunca havia gostado do lugar, embora tivesse sido a casa deles por dezoito anos. Depois que eles se casaram e ela engravidara muito rápido de Kyle, Ethan permanecera ali por obrigação. E partira assim que o filho deles alcançara a idade necessária para assumir a administração da propriedade rural.

— Por que é sua favorita? — perguntou Caroline sem olhar para ele.

— Porque você pintou com a alma — revelou Ethan, em uma resposta simples e inesperada. — E porque Annie sempre amou a vista de seu estúdio.

Caroline não tinha como argumentar contra aquilo. Ela havia pintado uma tela semelhante para Annie como presente de casamento.

A beleza da filha deles naquele dia era de tirar o fôlego. Todas as noivas ficavam lindas no dia do casamento, mas Annie exibira o tipo de beleza que cortava como uma faca, provocando uma emoção contraditória que fez Caroline apertar uma das mãos na outra com força. Ela não tinha nem se dado ao trabalho de conter as lágrimas quando a filha apareceu na praia isolada e rochosa da Califórnia ao pôr do sol. O cenário era tão diferente de Vermont que poderia até ser outro país. Outro planeta. No entanto, a expressão de Annie, tão cheia de esperança, era a mesma que Caroline via na filha todas as manhãs de Natal quando ela era pequena.

Por que a alegria provocava as mesmas lágrimas que a tristeza? Por que a garganta e o peito queimavam de dor em ambos os casos? Seria porque, no fundo, todos sabiam que a alegria era frágil e efêmera? Será que as lágrimas vinham da consciência de que tudo poderia mudar num piscar de olhos?

Caroline sabia que a felicidade podia ser destruída no minuto que um trator levava para tombar numa vala. No minuto que um marido levava para dizer: "Estou indo embora".

No minuto que um equipamento levava para cair na cabeça de uma jovem.

Ela olhou para a cama. Ethan estava sentado em silêncio ao lado de Annie, os olhos fixos no rosto imóvel da filha, como Caroline fizera por tantas horas. Como se sentisse Caroline observando-o, ele se virou no banco giratório.

— A que horas o médico vai vir?

— Eles nunca dão uma hora certa — explicou ela.

Como o silêncio entre eles estava estranho, ela colocou música para tocar, uma playlist que tinha feito com músicas de que achava que Annie gostaria. "How Do You Talk to an Angel" emanou do alto--falante; uma seleção infeliz, porque desencadeou uma lembrança de Ethan dublando a música enquanto a encenava com gestos exagerados para fazer a filhinha rir.

Será que ele se lembrava daqueles momentos? Será que certas músicas haviam criado lembranças indeléveis dentro dele? Será que Ethan de vez em quando pensava na doçura perdida da vida deles em família? Ou só se lembrava do descontentamento duro, do anseio por algo diferente?

— Onde você está hospedado? — questionou Caroline, optando por permanecer em assuntos neutros.

Ela não queria saber nada pessoal dele. E não queria que Ethan soubesse nada da vida dela. No entanto, quando o ex-marido a observava, mesmo tantos anos depois, ele parecia saber tudo sobre ela.

— No hotel do outro lado da rua; é um Best Western, eu acho. Na semana que vem vou para a casa dos meus pais, em Milton.

— Kyle disse que seu pai enfim decidiu se aposentar — comentou Caroline.

— Pois é. Ele está procurando um comprador para o negócio.

O pai de Ethan era um distribuidor independente de alimentos. Fora assim que Caroline conhecera o ex-marido, quando ele dirigia um caminhão da empresa do pai e fora a Montanha Rush buscar um carregamento de xarope de bordo. O logotipo na lateral do caminhão ("Lickenfelt, troca de comidas finas") a fizera sorrir, porque era um nome engraçadinho.

Caroline afastou a lembrança.

— Ah. Espero que ele encontre alguém para assumir a empresa. Kyle trouxe seu pai e Wilma aqui algumas vezes para verem Annie.

Eles ficaram sem assunto, então. Como era esquisito aquele homem ser um desconhecido para ela. Houvera uma época em que Caroline soubera tudo dele: o cheiro da pele e o sabor do hálito. Como soava a risada, como era a fúria. O formato das mãos. As coisas com que sonhava. A paixão e a frustração.

Eles haviam tido dois filhos lindos. Tinham netos juntos. No entanto, naquele exato momento, Caroline não tinha ideia do que Ethan estava pensando. Ela não sabia quem ele era, ou como havia conseguido aquela cicatriz esbranquiçada nas costas da mão, ou se precisava de óculos de leitura uma vez que estava na casa dos 50 anos.

As músicas antigas continuavam a tocar. A maior parte delas da época em que Annie era pequena. Caroline olhou, desconsolada, para a figura na cama, para aquele rosto sem cor, como uma estátua de mármore, pálida e imóvel.

— A Bela Adormecida — murmurou Ethan.

Caroline assentiu.

— Fiquei com tanto medo. Torço demais para que os médicos estejam certos sobre ela estar recobrando a consciência.

Ethan pressionou o indicador e o polegar nos olhos fechados, em um gesto que ela reconheceu: era a maneira dele de conter as lágrimas.

— Eu também torço — sussurrou o ex-marido.

— Ethan, os médicos me avisaram para não esperar que ela fosse voltar exatamente a mesma que era antes do acidente. Pode haver...

— Ela não queria dizer aquilo. — Algum dano. Sequelas, acho que foi como chamaram. E ninguém vai saber a extensão até ela acordar de vez. Mesmo que não haja nenhum dano permanente, Annie vai precisar de reabilitação intensiva.

— Faremos o que for preciso — declarou ele.

— É provável que leve semanas. Ou meses.

— O que for preciso.

Ah. Ora, que coisa linda. Nos anos anteriores, Ethan tinha ido a Vermont apenas duas vezes por ano para ver Annie e Kyle: por duas semanas durante as festas de fim de ano e por outras duas no verão, e passava a curta estada na casa dos pais dele, em Milton.

Quando ele dizia "o que for preciso", aquilo significava que planejava passar mais tempo ali? Caroline mordeu o lábio para não perguntar.

No momento tocava "Brand New Day". A parte da música sobre retroceder o relógio atingiu Caroline com força.

— Eu queria que fosse possível — falou ela baixinho, olhando para a filha.

— O quê? Retroceder o relógio?

Caroline confirmou com a cabeça.

— Eu a pressionei para construir aquela vida ou era mesmo o que ela queria?

— Como assim, produzir um programa de TV de sucesso? Parecia exatamente o que ela sempre sonhou.

Só que Caroline só conseguia se lembrar das discussões das duas.

— Talvez eu devesse ter apoiado mais o relacionamento entre ela e Fletcher — comentou ela. — Você não chegou a conhecer Fletcher, não é?

— Não, mas Annie me falou dele. Um namoradinho da adolescência. — Ele lançou um olhar para Caroline. — Acontece.

— Mas eles eram tão jovens. Como eu poderia saber?

— Pare com isso, Caro. — Ethan era a única pessoa que a chamava de Caro. — Você não pode assumir a responsabilidade pelas decisões de sua filha adulta.

— Um de nós teve que assumir a responsabilidade por tudo — retrucou ela, voltando ao antigo padrão de conversa dos dois, como se não houvesse passado tempo algum.

— Certo — disse Ethan, a voz tensa de raiva. — E como isso está funcionando pra você?

* * *

Annie ouviu vozes discutindo baixinho, do jeito que as pessoas faziam quando não queriam que ninguém soubesse que estavam brigando. As pessoas precisavam entender que aquela técnica nunca funcionava. Só porque uma briga acontecia em voz baixa não escondia o fato de que era uma briga. Mesmo que as palavras fossem inaudíveis, o clima de desentendimento pairava no ar como uma névoa.

Havia uma familiaridade assustadora nos sussurros tensos e sibilantes que pairavam por trás das pálpebras de Annie. Ela tinha 10 anos e ficava deitada no escuro, muito tempo depois da hora de dormir, esforçando-se para ouvir o que os pais diziam um ao outro. Não ouvia as palavras, mas parte dela já sabia que estavam prestes a destruir o casulo seguro da família. Ela havia visto a mãe chorando, abraçada à avó, e o olhar gelado do avô para o pai dela. Aquela sensação ruim inundou sua mente.

Abra os olhos. Annie se lembrou do comando e se esforçou muito para fazer aquilo, mas não conseguiu. Pensou em falar, mas não sabia o que dizer. Nunca tinha conseguido deter as discussões.

Quando Annie era pequena e um pesadelo a acordava, a avó a aconselhava a mudar de canal virando o travesseiro. Sempre funcionava.

Contudo, ela não conseguia se mexer. Não conseguia sentir o travesseiro sob a cabeça. Via-se forçada a permanecer imóvel enquanto a discussão continuava.

Annie tentou pensar em alguma coisa que fizesse os sussurros desaparecerem. Alguma coisa que acalmasse a agitação dentro de si. A mente foi para um lugar que ela conhecia com nitidez cristalina. Não sabia se aquele lugar era no presente ou uma eternidade antes. Talvez fosse apenas *longe dali.*

5

Antes

Annie não esperava se apaixonar naquele dia de inverno, no meio da temporada do açúcar. O frio intenso do norte de Vermont estava perdendo força na montanha. As noites geladas deram lugar ao degelo diurno, perfeito para a produção. Era fim de tarde e um raro raio de sol atravessava a montanha, conferindo um toque de ouro à paisagem. Ainda havia muita neve no chão, embora derretesse tão depressa quanto a seiva escorria. A imagem da luz através do ar límpido e frio criava uma beleza austera na floresta de bordo. Os galhos desnudos pareciam uma gravura intrincada em contraste com o azul profundo do céu. A neve era de um azul-prateado, cintilando à luz do sol e escurecendo nas ravinas bastante sombreadas que serpenteavam pela paisagem.

Annie estava no último ano do ensino médio, animada com as possibilidades que o futuro lhe reservava, o coração se abrindo como um botão na primavera. Ela não queria se apaixonar por um garoto, mas pela própria vida. Estava pronta para sair de casa e seguir o próprio caminho no mundo, queria que a vida fosse incrível, espetacular, singular, emocionante… tudo o que não cabia na Montanha Rush, em Switchback, no estado de Vermont.

Só que a vida sempre interferia nos planos das pessoas. As coisas aconteceram de forma inesperada e, de repente, uma rota traçada com tanto cuidado teve que ser recalculada.

Os produtores de açúcar de bordo que não estavam preparados para iniciar as operações corriam o risco de perder o momento certo da colheita da seiva. Na floresta dos Rush, que contava com oitenta hectares de prósperos bordos açucareiros, aquele era o auge do ano. O mesmo acontecia com todas as outras operações na área: um rápido frenesi de produtividade, uma corrida contra o tempo mais quente que se aproximava, para que se pudesse extrair a seiva antes que os bordos brotassem. A escola de ensino médio permitia a liberação antecipada durante a temporada do açúcar para que os alunos pudessem ajudar a família ou ganhar dinheiro fazendo parte de uma equipe de extração.

Annie se deu conta de que aquela seria sua última temporada de açúcar em casa, talvez para sempre. No outono, ela iria para a faculdade. Havia conseguido uma bolsa de estudos na Universidade de Nova York e pretendia aproveitar ao máximo. Planejava estudar cinema e telecomunicações, e tinha sido aceita em um programa interdisciplinar especial voltado para a teledifusão na área de artes culinárias. No ano seguinte, naquela época, ela estaria na faculdade. Ou talvez estivesse na França estudando técnicas de *mirepoix*, ou em uma sala de aula discutindo a Primeira Emenda. O importante era que enfim estaria em algum lugar novo.

Contudo, por ora, a faculdade parecia estar a anos-luz de distância. A corrida da seiva foi épica. Kyle teve que contratar ajuda extra, um grupo de garotos do ensino médio, para transportar seiva, mover lenha, operar as bombas e manter um fluxo constante de seiva fresca fluindo em direção ao evaporador.

Kyle usou o trator e uma prancha semelhante a um trenó para abrir caminho pela floresta até a casa de açúcar. Annie, a mãe e a avó já estavam com todo o equipamento de extração do açúcar lavado e esterilizado. A equipe de extração cravava estacas nas árvores e percorria quilômetros de tubos pelos bosques, descendo a colina até os tanques de coleta. As árvores ao redor da casa estavam equipadas com baldes galvanizados cobertos, antiquados, uma homenagem à antiga forma de coletar seiva, mas em grande parte aquilo era para os visitantes que iam até ali ver a operação.

Assim que as torneiras estavam no lugar, o fluxo de seiva começava, e a tranquila floresta de inverno se transformava em um centro de atividade enquanto as equipes coletavam a seiva no auge do frescor. O tanque de armazenamento elevado era conectado ao aparelho de osmose reversa, que removia a maior parte da água antes da fervura. Os homens trabalhariam até não ter mais luz do dia, até o frio noturno transformar a respiração deles em nuvens de vapor.

Quando começavam os longos dias de fervura na casa de açúcar, a mãe de Annie assumia o turno do início da manhã para terminar logo sua parte. A avó dela entrava em ação ao meio-dia e sempre levava algo recém-preparado da cozinha: donuts, café quente, biscoitos saídos do forno. As pessoas apareciam para tirar uma provinha e conversar, e saíam com xarope de bordo fresco, ainda quente na lata.

Annie tinha ficado encarregada da fervura do último turno, e ia todos os dias para a casa de açúcar depois da escola. Até o momento que ela começava a trabalhar no evaporador, a equipe no geral já tinha devorado as guloseimas da avó, embora ela sempre deixasse alguma coisinha reservada para a neta em um pequeno armário, ao lado do caderno de desenhos e dos lápis da mãe de Annie. Alguns anos antes, Kyle tinha levado um velho sofá Naugahyde para a casa de açúcar, para que a avó pudesse descansar os pés e fazer anotações no diário enquanto tomava conta da calda. Às vezes a seiva corria tão rápido que precisava ser fervida vinte e quatro horas direto, e o sofá era um ótimo lugar para tirar uma soneca.

A casa de açúcar era quente, cheia de vapor e aromas. Dois dos cachorros da casa, Squiggy e Clark, ficavam enrolados em cobertores ali perto. O rádio estava sintonizado na estação favorita da avó: a rádio pública, misturada com música clássica. Annie mudou para a estação Top 40. O som do Destiny's Child tomou o ar, se misturando ao crepitar do fogo, enquanto ela monitorava a calda no evaporador, mantendo o fogo aceso com lenha, verificando a temperatura e retirando a espuma. Annie gostava de ferver rápido, porque era boa naquilo e o processo produzia um xarope de melhor qualidade. A seiva fresca fluía para a panela do evaporador, então para a panela de xarope e, enfim, para a panela de finalização. Era ali que a mágica acontecia.

Era tão elementar: a água, o fogo, as ondas de vapor perfumado subindo pelas aberturas de ventilação do telhado. Quando Annie estava no fundamental, sua demonstração do processo lhe valeu uma fita azul na feira de ciências. Na aula de fotografia do ensino médio, ela fez um ensaio fotográfico, e uma foto assustadora da avó, meio escondida no vapor enquanto trabalhava no evaporador, foi escolhida para a coleção permanente do museu estadual de agricultura e indústria.

Enquanto Annie olhava pela janela, a equipe que trabalhava no bosque chegou ao topo de uma colina, a mesma colina que Annie já havia escalado umas cem vezes todos os invernos, arrastando o trenó atrás de si. Degan Kerry, aluno da escola dela, dirigia o veículo de quatro rodas, que estava atrelado a um trailer vermelho com dois tanques de coleta idênticos. Ela reconheceu Degan pelo cabelo ruivo que refletia o que restava da luz do sol. Os outros quatro caras pareciam ter bom senso o bastante para usar gorros quentes.

Degan era capitão do time de hóquei e também o valentão da escola; o tipo clássico, corpulento e irritado sem motivo, cercado por escudeiros de físico menos impressionante que pareciam existir apenas para incentivá-lo. No entanto, Kyle alegava que eles eram uma boa equipe de trabalho: fortes, rápidos e confiáveis; assim, quando precisava de trabalho duro, ele chamava Degan e os dois amigos, Carl Berg e Ivan Karev.

Como havia muita seiva correndo, Kyle tinha feito mais duas contratações naquele ano: Gordy Jessop e Fletcher Wyndham. Era nítido que não faziam parte do grupo de Degan. Gordy era um devoto declarado e muito empolgado de *Doctor Who* e de música eletrônica de percussão. Ele sofria de um lamentável caso de acne e estava acima do peso, e aquele conjunto de características era o mesmo que colocar um alvo grande e redondo nas costas do garoto.

Fletcher Wyndham, o último membro da equipe, não parecia ser alvo de ninguém.

Silencioso, distante e misterioso, ele era novo na cidade, o que logo o tornava uma anomalia, além de um foco de intensa especulação. Ninguém se mudava para Switchback no meio do inverno, a menos que fosse necessário. O fato de ter se matriculado tão tarde no colégio, no último ano, fazia de Fletcher um enigma único. Ele tinha cabelo bagunçado, o corpo longo e esguio e um sorriso lento e fácil.

Em segredo, Annie estava fascinada pelo recém-chegado desde que o vira na sala de aula do sr. Dow. Quando Fletcher tinha aparecido no escritório de Kyle na semana anterior em busca de trabalho, a temporada do açúcar de repente se tornara muito mais interessante.

Não se sabia muito dele. Fletcher tinha se mudado para a cidade com o pai. Os dois moravam em uma casa antiga, perto da ponte ferroviária. Em um lugar pequeno como Switchback, a ausência de uma mulher na família alimentava muitas especulações. Ao que parecia, ele era o tipo de garoto de quem as mães, incluindo a mãe de Annie, diziam às filhas para ficar longe. "Ele é um perigo. Vai acabar na prisão um dia. Não vai trazer nada de bom para você."

Ninguém conseguia explicar como um garoto aparentemente tão preocupante não parecia jamais se meter em encrencas. Desde a chegada, algumas semanas antes, Fletcher chegava à escola na hora, cuidava da própria vida, dominava a quadra quando a aula de educação física era dedicada ao basquete e, segundo rumores, tocava violão. A mãe de Annie dizia que ainda era cedo, que ele era novo na cidade e logo aprontaria alguma.

Annie achava que ele talvez fosse o cara mais descolado da escola, mas manteve distância, certa de que Fletcher não teria interesse algum em uma garota cuja vida consistia em reuniões do Clube 4-H, uma organização juvenil voltada para o desenvolvimento de habilidades mentais, sociais e manuais; no concurso estadual de culinária, duas vezes por ano; em tirar boas notas; e no trabalho na fazenda da família.

Depois de checar a temperatura no evaporador, Annie voltou para a janela. Havia dias durante a temporada de açúcar em que o tempo ficava péssimo, com a neve tão acumulada que era necessário usar raquetes de neve nos pés, ou tão chuvosa e lamacenta que fazia com que pessoas sãs tivessem vontade de esganar alguém. Aquele não era um daqueles dias. Era um dia que fazia a montanha parecer a quimera de um dia perfeito em Vermont, saída direto de um sonho: ar fresco, céu azul, neve solta, sol cintilando. A última temporada dela ali.

Enquanto observava os rapazes seguirem com as tarefas, Annie se lembrou de que estava cheia de desejos secretos. Ela queria transar. Nunca tinha chegado aos finalmentes com um cara. Tivera tudo planejado para transar com Manny, seu ex-namorado, mas eles haviam terminado e a oportunidade se fora. Annie não se arrependia muito, porque Manny não beijava nada bem e parecia muito mais interessado em si mesmo do que nela.

Ela tinha se livrado do namorado, mas não do desejo intenso que a consumia. Qual seria a sensação de pele nua pressionada em pele nua, da mão de alguém acariciando-a, de beijos intermináveis, de corpos unidos em direção a um prazer com o qual ela sonhava havia muito tempo? Aquelas perguntas enchiam a imaginação de Annie.

Algumas amigas dela haviam dito que o sexo era superestimado, e que ela não deveria ter altas expectativas. Celia Swank, de longe a amiga mais bonita e entendida no assunto, disse que uma garota tinha que aprender a gostar, porque sexo era a única linguagem que os caras entendiam de fato. Só que Pam Mitchell, a melhor amiga de Annie e aquela que sempre se dedicava de coração a tudo, disse que se fosse o cara certo, no momento certo, seria mágico.

Annie sempre tinha acreditado muito em magia.

O grupo de trabalhadores levou o trailer carregado até os grandes tanques de retenção e filtragem e conectou as mangueiras para transferir a seiva fresca. Fletcher foi recolher a seiva dos baldes antigos, pendurados nas estacas cravadas nos troncos das árvores.

Degan, Carl e Ivan começaram a provocar Gordy. Annie não conseguia ouvir o que estava sendo dito, mas só de olhar dava para ver que estavam atormentando o rapaz. Os três cercaram o pobre coitado como um bando de coiotes, sorrisos maldosos à mostra. Gordy desviava o olhar e encolhia os ombros, como se tivesse esperança de diminuir de tamanho. Ele não sabia que aquilo nunca funcionava?

Como que para provar a teoria dela, Degan deu um tapa na nuca de Gordy, fazendo com que o gorro com protetores de orelha dele caísse no chão. Então, fez um gesto obsceno enquanto Carl e Ivan riam.

Que bando de babacas.

Gordy se afastou e tentou dar de ombros, com um sorrisinho desconfortável. Annie já sabia que aquilo também não funcionaria.

Ela soltou um suspiro e vestiu a parca.

— Vamos, cachorros — disse ela aos cães, Clark e Squiggy. — Vamos ver se a gente consegue pôr tudo em ordem. — Do lado de fora, na tarde fria, ela disse: — Ei, alguém pode me dar uma mãozinha?

Os cães correram ao redor e farejaram, levantando as pernas e se sacudindo.

— Com certeza. — Degan bateu as mãos enluvadas em uma salva de palmas exagerada. — Que tal essas mãos?

— Hilário — rebateu ela. — Sério, preciso de ajuda com as panelas do evaporador. Gordy, pode vir?

— Ah, nada disso, não, ele não pode ir. — Degan segurou Gordy pela gola. — Vou enfiar o merdinha aqui no tanque de seiva.

— Faz isso e meu irmão te demite — prometeu Annie, embora não tivesse ideia de se aquilo era verdade.

— Só se você contar a ele — falou Degan, já arrastando Gordy na direção de um tanque de coleta cheio de seiva gelada.

O pobre Gordy parecia prestes a vomitar.

— E é o que eu estou prestes a fazer — retrucou Annie.

— Ah, tá.

Degan soltou Gordy, empurrando o garoto no chão com força o bastante para fazê-lo cair de joelhos.

Antes que Annie pudesse respirar aliviada, Degan segurou-a pelo braço e puxou-a para dentro da casa de açúcar. Ele cravou os dedos com força no tecido fofo da parca dela. Annie girou o braço e tentou se desvencilhar, mas só conseguiu despir metade do agasalho.

— Para com isso, Degan.

— Você me chamou aqui pra ajudar, lembra? — disse ele, deixando o casaco cair no chão. — Você queria ficar sozinha comigo, isso sim. Então aqui estou.

Annie ignorou a insinuação.

— Ah, ótimo. Então você pode levar esses barris lá pra fora e colocar todos no trailer verde.

— E o que eu ganho com isso? — retrucou o rapaz. Antes que ela pudesse responder, Degan a empurrou contra a parede de madeira áspera da casa de açúcar. — Manny me contou que você nunca transou com ele, mas há uma primeira vez pra tudo, né?

É sério isso?, pensou Annie. *Sério mesmo?* Ela levantou o joelho em um movimento rápido. Não deu para acertar o alvo em si, mas ainda assim ele cambaleou para trás, sem fôlego. Degan curvou o corpo e, quando se endireitou, pegou um balde de seiva crua e fria.

— Você tá tão ferrada — bradou ele, derramando o conteúdo em Annie. — Talvez isso te deixe mais doce.

Annie tentou sair do caminho dele a tempo dando um pulo para o lado, mas a seiva fria encharcou a calça jeans e escorreu para dentro das botas que ela usava.

— Ei — contrapôs Annie. — Já chega, Degan Kerry.

— Eu acabei de começar — falou ele, e deu um passo em direção à jovem.

Quando viu o brilho feroz nos olhos de Degan, Annie sentiu medo pela primeira vez. Então a porta foi aberta de súbito, e uma rajada de ar frio invadiu o local.

— Algum problema aqui? — A voz de Fletcher Wyndham não era alta, mas pareceu alcançar cada canto da casa de açúcar.

E, embora tivesse feito uma pergunta, ele não esperou por uma resposta. Fletcher era menor que Degan, mas parecia maior pelo jeito que se movimentava. A expressão em seus olhos era penetrante e intimidadora.

— Tem trabalho a ser feito lá fora — comunicou Fletcher.

— É mesmo? Ah, e de repente você é o chefe? — Degan balançou a cabeça, passou por Fletcher e saiu da casa de açúcar. Em vez de começar a trabalhar, empurrou Gordy na direção de um tanque aberto, ao lado de uma árvore. — Eu te prometi um mergulho, não foi?

Movendo-se com uma rapidez surpreendente, Fletcher foi até Degan e segurou-o pela parte de trás da calça e pela gola. Então, levantou Degan e bateu o corpo dele contra o tronco de uma árvore, prendendo o cinto do outro rapaz em um gancho feito para sustentar um balde.

— Ouvir não é muito seu forte, né — comentou Fletcher.

— Que porra é essa? — Os dedos dos pés de Degan pairavam acima do chão enlameado. — Filho da puta…

Os dois escudeiros de Degan davam risadinhas abafadas enquanto ele se contorcia para um lado e para o outro, tentando descer.

Leais até o fim, pensou Annie, começando a tremer de frio.

Degan conseguiu se soltar da árvore. Houve um som de rasgão, então ele caiu de quatro na lama. Os cachorros saltitavam ao redor, achando que era tudo brincadeira. Quando Degan se levantou, a calça deslizou para baixo, revelando uma cueca boxer e pernas grossas e peludas. Ele puxou a calça para cima e lançou um olhar furioso para Fletcher, mas não conseguiu o efeito ameaçador desejado porque tinha que ficar segurando a calça para não cair.

— Vou acabar contigo — ameaçou Degan, grunhindo.

Fletcher protegeu os olhos e olhou para o céu.

— Vocês podem encerrar por hoje — falou, então se virou para Annie. — Gordy e eu vamos terminar a filtragem.

Ele deu as costas a Degan e se afastou. Degan soltou um rosnado alto e se impulsionou à frente, mas a calça caiu de novo e ele tropeçou na lama pela segunda vez. Fletcher nem se deu ao trabalho de olhar na direção dele.

Degan se levantou, com a expressão furiosa. Porém, Annie viu algo mais no rosto do garoto violento: incerteza.

Ela se prostrou na frente dele e se dirigiu a Degan e aos amigos:

— Está na hora de vocês irem pra casa. E não se deem ao trabalho de voltar. Amanhã eu levo o cheque com o pagamento final de todos.

Então ela prendeu a respiração, rezando para que eles cooperassem.

A insegurança de Degan se transformou em agressividade. Annie se manteve firme, embora sentisse o estômago se revirar. *Vai embora*, pensou ela. *Só vai.*

— Você ouviu o que ela disse — interveio Fletcher, parado atrás de Annie. — Se mandem.

Degan soltou uma série de palavrões enquanto se afastava, segurando a calça, e descia a montanha pela floresta em direção ao estacionamento perto do escritório de Kyle. Ivan e Carl se entreolharam, então olharam para Annie. Ela cruzou os braços e ficou encarando os dois até eles seguirem Degan.

— Já vão tarde — murmurou Annie, enquanto eles desapareciam na floresta.

Seu coração estava disparado. Ela nunca ficava confortável com dramas e conflitos.

Annie e Gordy seguiram Fletcher até a casa de açúcar. Lá dentro, ela ficou perto do fogo que ardia sob o evaporador, tentando se aquecer.

— Ei, valeu, cara — disse Gordy, lançando um olhar reverente para Fletcher. — Foi daora o que você fez.

O garoto mais alto deu de ombros.

— Não me agradece. Faz um favor a si mesmo e descobre como deixar de ser um alvo.

— Eu não sabia que estava sendo um alvo — murmurou Gordy, abaixando os olhos. — Como vou saber quando Degan vai vir pra cima de mim no estilo *Senhor das moscas*?

— Não é nada assim tão complexo — retrucou Fletcher, com um toque de irritação na voz. — Olha as pessoas nos olhos e fala para elas pararem.

Os cachorros se aninharam juntos nas mantas.

Fletcher olhou Annie de cima a baixo.

— Você tá encharcada.

— Olhar Degan nos olhos com certeza não funcionou pra mim — revelou ela.

— Você precisa de roupas secas?

— Tá quente aqui perto do fogo.

Annie sentiu o rosto ficar vermelho. Apesar do desconforto que sentia, gostou do jeito que Fletcher olhou para ela. Interessado, sem parecer grosseiro. Pelo menos, ela esperava que ele estivesse interessado. A maioria dos caras a ignorava, porque ela não tinha cabelo longo e brilhante nem peitos grandes. Era baixa, com cabelo cacheado beirando o crespo, e uma pele branca mais escura que não combinava muito com Vermont no inverno.

— Uau, é incrível aqui dentro — comentou Gordy. — Nunca estive dentro de uma casa de açúcar antes.

Annie ergueu as sobrancelhas.

— Achei que todo mundo já tinha entrado em uma. — Ela se virou para Fletcher. — E você? Também é novo na produção do açúcar?

Ele deu um breve sorriso.

— Quando eu pensava em calda pra panqueca, era uma garrafa plástica no formato de uma senhora idosa que me vinha à mente — respondeu, referindo-se a uma marca conhecida de calda industrializada.

Annie estremeceu.

— Essa imitação de calda vai acabar te matando. Acho que isso é até ilegal no estado de Vermont. O verdadeiro xarope de bordo é puro. Nada é tirado ou colocado, a não ser água — alertou ela. As pernas estavam grudentas por causa da seiva, mas ela ignorou o desconforto. Havia trabalho a ser feito, e Annie amava ter uma plateia. Além disso, era uma forma de deixar para trás o conflito com Degan. — É aqui que a coisa de verdade é feita. A gente ferve quarenta galões de seiva pra conseguir um único galão de xarope de bordo. — Annie mostrou a eles como o líquido fluía pelas panelas. — É assim que fica mais doce a cada minuto.

— É uma pena que você não possa usar essa técnica com irmãs — comentou Gordy. — As minhas são azedas.

Annie checou o relógio na parede. Já estava quase na hora do jantar, e ela provavelmente não chegaria a tempo, porque o trabalho ali ainda não estava terminado.

— A seiva tem que ser fervida enquanto tá fresca — explicou a jovem. — É por isso que fervemos o mais rápido possível durante a temporada. E é por isso que meu irmão vai ficar bravo quando eu contar a ele que demiti três caras que ele contratou.

— Ele não vai ficar bravo quando você contar por que fez isso — argumentou Gordy.

Annie ignorou o comentário. Kyle tinha passado a ter uma família: havia se casado com uma mulher que já tinha dois filhos. E sem dúvida estava mais preocupado com os resultados financeiros do que com valentões do ensino médio.

— Veremos.

Ela mostrou aos dois como verificar a calda processada: quando a calda cobria uma espátula de determinada maneira, aquilo significava que tinha atingido a temperatura de quase cento e quatro graus e estava pronta para ser retirada da panela de finalização e colocada nos barris. Annie levantou o suporte de amostras para controle de qualidade com as quatro embalagens transparentes e mostrou aos rapazes os quatro tipos de xarope: dourado, âmbar, escuro e muito escuro.

— Pra mim, tudo parece bom — comentou Fletcher, mas sua atenção não estava no suporte de amostras.

— Ei, como está indo? — questionou Kyle, aparecendo do nada, e bateu com as botas no degrau da frente da casa para tirar a neve e a lama antes de entrar.

Ele cumprimentou Gordy e Fletcher com um aceno de cabeça.

Kyle era oito anos mais velho do que Annie, um homem forte, de ombros largos, cabelo e olhos escuros como os da irmã. Tinha um riso fácil, mas às vezes a raiva surgia com a mesma facilidade. Seu trabalho de tempo integral era no Serviço Florestal, mas, além disso, todas as operações na Montanha Rush (a produção de açúcar, os pomares e a operação madeireira) eram de sua responsabilidade desde que ele completara 18 anos e o pai deles tinha ido embora.

— Tá indo tudo bem — respondeu Annie. — Devo terminar em mais ou menos uma hora.

Kyle esticou o pescoço para olhar pela janela.

— Cadê o resto do pessoal?

Annie lançou um olhar rápido para Fletcher, então voltou a encarar o irmão.

— Eu demiti os três. Eram uns preguiçosos.

— Ah, que droga, Annie — reclamou Kyle, com os olhos fixos no equipamento ocioso do lado de fora. — Estamos só na metade da temporada. Preciso de todo mundo a postos.

— Você não precisa de gente preguiçosa — contrapôs ela, torcendo o nariz. — Contrata um grupo diferente.

— Todas as florestas de bordo da região estão com falta de mão de obra esse ano. Onde vou encontrar mais ajuda? — Ele arrancou o gorro e jogou no chão. — Você sabe quanto custa perder até mesmo um dia de extração.

— Hum, posso fazer uma sugestão? — perguntou Gordy.

— Qual? — Kyle parecia irritado.

— Minhas irmãs poderiam ajudar.

— Suas irmãs. Você está oferecendo o trabalho das suas irmãs.

— Bem, você teria que pagar a elas.

— Você sabe como é esse trabalho — argumentou Kyle. — Frio, sujo e cansativo. Não é exatamente um trabalho para mulheres.

Gordy pareceu desconcertado, mas respondeu:

— Você não conhece minhas irmãs.

Kyle fez uma cara cética, mas apontou com a cabeça em direção à porta.

— Vamos ligar para elas.

Enquanto os dois subiam a colina em busca de sinal de celular, Annie voltou ao trabalho.

— Peço desculpas por ele — comentou a jovem. — Kyle fica estressado durante a temporada do açúcar.

— Por que não contou a ele que Degan foi um babaca com você?

— Eu não queria... — Ela parou de falar. — Boa pergunta. Não sei por quê. E falando nos babacas, você não está com medo de eles tentarem se vingar?

Fletcher deu uma breve risada.

— Isso não vai tirar meu sono.

— Bem, obrigada por intervir.

Annie estava gostando de conversar com ele. Fletcher era... diferente. Não era como os caras com quem ela estudava.

— Quer ajuda com mais alguma coisa?

Sim. Ela tentou agir com calma.

— Aham, seria uma boa.

Annie checou a densidade da calda com um hidrômetro. Depois mostrou a Fletcher como eram removidos os grânulos de açúcar, passando o xarope através de um filtro-prensa. A calda clara e dourada estava pronta, escorrendo para os barris. Ela pegou uma amostra em uma xícara de café e entregou a Fletcher.

— Deixa esfriar um pouco e experimenta — orientou ela. — Você nunca mais vai nem olhar para aquela embalagem plástica.

Ele soprou o líquido, fazendo um biquinho como se em preparação para um beijo. Annie o observou, fascinada. Fletcher provou o xarope de bordo, e um sorriso se espalhou devagar por seu rosto.

— É uma delícia — elogiou ele.

Eles terminaram as tarefas juntos, trabalhando lado a lado enquanto conversavam.

— Você acabou de se mudar pra Switchback, né? — perguntou Annie.

Como se ela não soubesse. Quando Fletcher se matriculou na escola, algumas semanas antes, a novidade tinha tido o efeito de um maremoto entre as meninas do último ano. Garotos novos eram raros naquela cidade pequena. E garotos novos descolados, bonitos e interessantes criavam um grande rebuliço.

— Aham.

— E...? — incitou Annie.

Fletcher se virou para ela com um sorriso de lado, cheio de charme.

— E o quê? De onde eu vim? Como é minha família? Como acabei aqui em Switchback?

— Correndo o risco de ser intrometida, sim.

— Dou conta de uma garota intrometida. — Fletcher ajudou Annie a limpar o equipamento. — Meu pai é mecânico, especializado em importação estrangeira, mas consegue consertar qualquer coisa.

— Eu vi que ele comprou a oficina mecânica de Crestfield na cidade.

Fletcher confirmou com a cabeça.

— Ele importa scooters da Itália também. Conserta o que precisa, então vende, principalmente on-line.

— E sua mãe?

— Somos só meu pai e eu.

— Ah. E cadê sua mãe?

Ele lançou um olhar de alerta para ela.

— Você disse que dava conta de uma garota intrometida.

— Vou te contar dela, mas não hoje.

— Justo. — Ela se sentiu mal por bisbilhotar e mudou de assunto. — Minha mãe é artista. Ela desenha e pinta. Nunca teve um ensino formal de arte, mas é muito boa. Está vendo a ilustração na lata de xarope de bordo? E nos nossos rótulos? — Ela apontou para uma prateleira cheia de embalagens. — Tiveram como base uma pintura de minha mãe. As crianças na foto somos Kyle e eu.

— Nossa, que legal! E seu pai?

— Hum. Vou ter que pensar se quero ou não te contar a respeito — retrucou Annie, brincalhona.

— De boa. Assim, a gente vai ter o que conversar na próxima vez.

Próxima vez.

— Não é nenhum grande segredo. Meu pai foi embora de casa quando eu tinha 10 anos. — Annie se perguntou se o medo, a incompreensão e a mágoa tão antigos ainda ecoavam na própria voz. — Eu nem imaginava que aquilo poderia acontecer. O que é estranho, porque eles brigavam muito.

— Você era só uma criança.

— Minha mãe diz que ele sempre sonhou em se aventurar em outro lugar. Então, logo depois que Kyle completou 18 anos, meu pai anunciou que tinha comprado um terreno em uma praia na Costa Rica e que construiria um acampamento pra surfistas lá.

— A Costa Rica parece incrível.

— Também achei. Minha mãe e meus avós, nem tanto. Minha mãe ficou tão furiosa que se divorciou dele, voltou a usar o sobrenome de solteira e mudou também meu sobrenome e o de Kyle pra Rush. Ela queria que fosse como se meu pai nunca tivesse existido. — Annie fez uma pausa, surpresa com a facilidade com que as palavras fluíam enquanto ela conversava com ele, que era praticamente um desconhecido. — Acho que pra mim e pro Kyle foi bom que ele existisse. A mudança de sobrenome também foi uma coisa boa. O sobrenome de meu pai era um absurdo: Lickenfelt, tipo liquefeita, sabe?

Fletcher deu um tapa no próprio joelho.

— Então você era Annie Lickenfelt? Acho que não sente falta disso.

— Puts, não mesmo.

— E agora, com que frequência você vê seu pai? Você vai pra Costa Rica?

— Só fui pra lá uma vez. As praias são como se vê nos cartões postais, e eu aprendi a surfar.

— Maneiro.

Annie assentiu.

— É mais difícil do que parece, mas depois que a gente pega uma onda, nunca mais quer parar. Lá tem frutas tropicais crescendo à vontade por toda parte, e achei que os frutos do mar tinham gosto de doce. Os pescadores locais pegavam direto na beira da praia. Também vi pássaros e macacos inacreditáveis. Ah, um dia, a gente fez tirolesa em uma floresta de chocolate. De cacau, tecnicamente.

— Por que você só foi pra lá uma vez?

— Meu pai volta a Vermont duas vezes por ano pra ver os pais dele em Milton, então eu vou até lá. A passagem aérea e o tempo de viagem pra chegar daqui até Dominical são absurdas. Quatro voos, saindo de Burlington. Além disso, não sou muito fã da namorada do meu pai, a Imelda. Ela é venenosa que nem cobra.

— Tudo bem, mas eu toleraria cobras se isso significasse surfar na Costa Rica.

— Lá também tem crocodilos. Grandes. Eles ficam nos estuários dos rios, então os surfistas precisam tomar cuidado.

— Aposto que, ainda assim, surfar seria daora.

— Você não tem o sotaque daqui — comentou Annie.

— Já morei em muitos lugares.

Ela esperou que ele especificasse, mas Fletcher não disse mais nada. *Da próxima vez*, pensou Annie de novo, já torcendo para que a temporada de açúcar daquele ano fosse longa.

— Você também não tem o sotaque daqui — opinou ele.

— Ah, mas te garanto que ele aparece, se eu "quisé" — falou Annie, usando o sotaque mais forte.

Fletcher riu.

— Por que você não quer?

— Quero fazer disciplinas ligadas a rádio e TV na universidade. Uma das primeiras regras é que a gente não pode parecer que vem de um lugar específico. Os sotaques regionais limitam a gente.

— Com o que você quer trabalhar na área de rádio e TV?

Annie não costumava comentar de seu sonho com ninguém, porque não queria ouvir que seria difícil ou que não poderia ser realizado, ou que era preciso conhecer as pessoas certas, caso contrário nunca conseguiria um espaço para si. Ainda assim, por instinto ela confiava que Fletcher não diria nenhuma daquelas coisas.

— Um programa de culinária.

— Culinária? Sério?

Ele não pareceu achar aquilo engraçado nem estranho.

— Sério.

— Maneiro.

Ela foi até o armário em que deixavam as comidas e ofereceu a ele um biscoito de noz-pecã com glacê de bordo.

— A gente fez ontem de noite.

Fletcher deu uma mordida no biscoito e levou a mão ao peito.

— Cara, que gostoso. Você vai se dar muito bem com o programa de culinária. Se todo mundo soubesse fazer alguma coisa assim, provavelmente já teríamos a paz mundial.

Annie riu.

— Tá vendo, é isso que eu amo. Fazer comida que deixe alguém feliz.

— Ah. — Ele enfiou o resto do biscoito na boca. — Esse sou eu sendo mais do que feliz. Esse sou eu sendo... Nossa.

Ela riu de novo.

— Bordo é o favorito de todo mundo. É uma daquelas coisas de que a maior parte das pessoas nunca se cansa. Já experimentou caramelo de bordo?

— Não.

Annie pegou uma concha de xarope quente da panela de finalização, saiu e derramou um fio fino em um monte de neve limpa.

— Tá vendo? O xarope endurece e se transforma no caramelo mais puro do mundo.

Fletcher quebrou um pedaço e provou.

— É bom mesmo.

— Quando quero dar um tchan, desenho flocos de neve e teias de aranha com o xarope.

— Uma artista, como a mãe.

Annie não conseguia parar de sorrir. Como todo mundo acabou achando que aquele cara não era boa coisa, só porque ele tinha cabelo comprido e ninguém sabia de onde tinha vindo? Fletcher era muito legal.

— Como você não é do tamanho de um zagueiro de futebol americano depois de comer açúcar de bordo o dia todo, todos os dias? — questionou Fletcher.

Annie se perguntou se aquilo era um elogio ou só um comentário.

— Faço parte da equipe de natação desde o terceiro ano. Além disso, trabalho que nem mula aqui. O trabalho não é só produzir açúcar algumas semanas por ano. A gente precisa cuidar das árvores pra que sejam boas produtoras de seiva. Então tem a lenha. Não sou muito de cortar lenha, mas já fiz isso algumas vezes. Normalmente dirijo o trator com a caçamba atrás. No verão, temos que cuidar do jardim e dos animais. No outono, a gente também fica ocupado com a cidra de maçã.

— E você quer deixar tudo isso pra ir pra cidade grande e começar uma carreira na TV.

— Nossa, sim. Quero muito. Por que isso te espanta?

Fletcher a encarou de um jeito que Annie não estava acostumada, como se a estivesse *vendo* de verdade. Não só o cabelo longo e escuro, ou os seios, mas quem ela era de verdade.

— Porque, enquanto falava daqui, você parecia a pessoa mais feliz do mundo — comentou ele.

— É mesmo?

— Aham.

— Bem. Acho que deve ser porque eu *sou* feliz, mas quero ser feliz tentando outra coisa, uma coisa que sempre sonhei fazer.

— Faz sentido.

— E você? Quais são seus planos depois da formatura?

— Eu provavelmente vou trabalhar com meu pai. Ele precisa de ajuda extra pra fazer o negócio decolar.

Annie ficou um pouco desanimada. A mãe sempre a alertava sobre garotos da cidade sem ambição. "Esse tipo de homem só vai atrapalhar você", dizia a mãe. "Nunca conquistam nada. Ficam acomodados, só querem constituir família, assim como os pais e os avós fizeram."

Annie não via aquilo como uma coisa ruim em si. Só que aquele exato roteiro não tinha funcionado para os pais dela. Não era de admirar que a mãe fosse tão cética.

— Então você tá a fim de ser mecânico — arriscou ela.

Fletcher sorriu.

— Tô a fim de garotas e cerveja. E de xarope de bordo. Acabei de adicionar isso à lista.

6

Fletcher Wyndham continuou a ajudar na casa de açúcar pelo resto da temporada, trabalhando lá todos os dias depois da escola e o dia todo aos sábados e domingos. E, como tinha dito, Gordy levou as duas irmãs mais velhas para trabalhar. Paula e Roberta eram garotas grandes, como Gordy, mas muito mais extrovertidas, e pareciam amar atividades ao ar livre. Elas coletavam, transportavam e davam tão duro quanto qualquer homem.

Todos os dias, quando Annie encerrava a etapa da fervura, Fletcher entrava na casa de açúcar e eles conversavam: sobre a escola, a vida, as famílias, o futuro, tudo. Ela ficaria ouvindo-o falar o dia todo se pudesse; gostava da cadência da voz de Fletcher e do brilho nos olhos dele quando a observava. Gostava das mãos grandes e da graciosidade atlética com que ele se movia. Annie gostava de Fletcher de um jeito que nunca tinha gostado de garoto nenhum.

Ela se perguntava como seria transar com ele. Sexo ainda era uma coisa desconhecida para Annie, embora pensasse naquilo o tempo todo. Era como a Europa: um lugar que tinha estudado e que ansiava conhecer, mas ainda não tivera oportunidade. Ela estava só esperando o momento.

Todos os instintos e anseios de Annie lhe diziam que Fletcher Wyndham era o momento. No entanto, por mais que fosse muito fácil conversar com ele, ela ainda não tinha conseguido encontrar um jeito de abordar o assunto. A julgar pelos namorados passados, Annie achava que tudo o que precisava fazer era se oferecer, e ele aproveitaria a oportunidade. Só que não queria fazer aquilo. Fletcher era importante para ela. A opinião dele importava. Não queria que ele achasse que ela era fácil, ou pior, que queria usá-lo.

Talvez Fletcher não estivesse interessado nela. Como ela saberia ao certo? Eles precisavam se conhecer melhor. Talvez então as coisas fluíssem ao natural.

— Vai ter uma competição no Instituto de Culinária em Montpelier no sábado — comentou Annie um dia, enquanto terminava a fervura do xarope. — Quer ir?

Ele a encarou através do vapor que subia do evaporador.

— E fazer o quê? Eu sei cozinhar algumas coisas, mas a ponto de competir? Provavelmente não.

— Não, é pra *me* ver cozinhar — explicou Annie. Então ficou vermelha. — Sei que não parece o auge da diversão, mas...

— Vou, sim — confirmou ele. — Vai ser maneiro.

No sábado de manhã, a avó ajudou Annie a colocar os ingredientes necessários em uma caixa térmica e lhe desejou sorte.

— Você vai com a picape? — perguntou a avó.

— Vou de carona com um amigo.

— É mesmo?

Aquele era o código para: "É melhor você se explicar".

— É Fletcher, um dos caras que trabalha para o Kyle. — Annie reparou no cenho franzido da avó. — Ele é legal. Está no mesmo ano que eu no colégio, e somos amigos.

— Sei.

Mais um código, daquela vez querendo dizer: "Não se meta em encrenca". A avó observou o rosto de Annie daquele jeito dela, com os olhos escuros calmos e sábios.

— Então seu amigo tem interesse em culinária?

— Acho que o interesse dele é em mim — admitiu Annie. — Pelo menos, espero que seja.

Ela saiu pela porta dos fundos antes que mais alguém acordasse, o que era bom, porque a mãe provavelmente dificultaria sua vida. Quando Fletcher parou o carro na frente da casa dela, Annie já estava cheia de energia para o dia inteiro.

— Adoro essas competições — confessou ela enquanto eles seguiam para Montpelier, no sul do estado. — Fica parecendo que eu sou exibida?

— Talvez.

— Ninguém gosta de gente exibida.

— Mas alguém gosta de você.

Fletcher manteve os olhos na estrada. Annie viu um leve sorriso nos lábios dele, e aquilo desencadeou uma sensação quente que se espalhou pelo corpo dela. Depois de alguns minutos, Fletcher ligou o rádio e eles conversaram sobre as músicas de que gostavam. Ela era fã de músicas pop alternativas, como Nelly Furtado e Cake. Ele gostava das músicas antigas, da época do pai: Smiths, Led Zeppelin, David Bowie. Annie prometeu baixar algumas favoritas dele no iPod dela.

Quando entrou na cozinha-escola do Instituto de Culinária da Nova Inglaterra, Annie estava muito segura de si em relação ao que apresentaria. O tema da competição era queijo cheddar de origem local, e ela tinha adaptado a própria receita de sopa de cheddar, maçã e cerveja, usando maçãs e cidra da Montanha Rush.

— Desculpa se tudo isso for meio esquisito pra você — disse ela a Fletcher, enquanto ele se acomodava na plateia, atrás dos jurados. — Normalmente, minha avó ou minha amiga Pam vêm comigo, mas elas não tiveram como deixar a produção de açúcar.

— Não é esquisito — garantiu Fletcher. Então ele olhou para o grupo eclético de pessoas e acrescentou: — Bem, até é, mas no bom sentido. Vai lá, acaba com eles.

Talvez tanta arrogância me dê azar, pensou Annie, enquanto separava os ingredientes e começava os trabalhos. Os aprendizes de chefs não eram pouca coisa. Havia pratos de massa folhada crocante, obras com azeite de trufas e espuma gourmet, misturas com ingredientes frescos e colhidos a dedo, cortes sofisticados de carne, massas caseiras.

Em comparação com aquilo, a sopa rústica dela parecia humilde. Annie manteve uma expressão neutra enquanto, com habilidade, preparava maçãs, cenouras, aipo e batatas e colocava tudo para cozinhar na cerveja que o pai de Pam produzia, junto do caldo que havia cozinhado com perfeição na noite anterior. Cada ingrediente, até o raminho de tomilho, vinha de algum produtor local, no máximo a alguns quilômetros de casa. Depois de batida no liquidificador com queijo cheddar e creme, a sopa ficou suave e reconfortante. O único toque sofisticado era um redemoinho de *crème fraîche* por cima.

Os jurados, um chef famoso de Boston e dois professores, provaram cada prato e depois convidaram os espectadores a fazer o mesmo. As esperanças de Annie aumentaram quando a sopa densa de queijo cheddar desapareceu, mostrando ser uma das favoritas do público. Fletcher fez um sinal de positivo para ela. E o chef famoso, Tyrone Tippet, a chamou de lado e disse:

— Você preparou uma coisa interessante aqui, viu? Adorei te ver cozinhar.

— É mesmo?

Annie quase explodiu de orgulho.

— Aham. A habilidade com a faca, a conexão com a comida. E você cozinhou olhando para o público como se quisesse dar um abraço em cada pessoa. Melhor ainda foi o jeito como eles estavam olhando para você.

Annie ficou vermelha, sabendo que Fletcher era o motivo daquele comentário.

— E como estava a sopa?

— Saborosa e perfeitamente temperada. Você sabe, né? — Tyrone entregou o cartão de visita a ela. — Não sou o único juiz, mas, se você for a Boston, dê uma passadinha em Soul, a instituição.

Naquele momento, Annie soube que não havia vencido a competição. Aquilo foi confirmado quando anunciaram o resultado. Ela guardou a fita de menção honrosa dourada e branca na mochila e se juntou a Fletcher no saguão do auditório.

— Poxa. Que droga — murmurou ela. — Desculpa ter feito você vir aqui pra me ver perder.

— Você não perdeu — falou ele, enquanto saíam juntos. — Seu prato foi de longe o melhor.

Quanto mais tempo Annie passava com Fletcher, mais gostava dele. E mais pensava em sexo.

— Não acredito que o vencedor foi um prato de macarrão com queijo — resmungou ela. — Como podem ter escolhido macarrão com queijo, entre todas as coisas?

— Bacon — opinou Fletcher. — Dã.

— Ei. — Ela deu um soquinho de brincadeira no ombro dele. — Também tinha óleo de trufa branca envolvido. Maldito seja o óleo de trufa branca. E desde quando isso é um produto local?

No caminho de volta para casa, Annie contou a Fletcher o que o chef famoso havia dito sobre o jeito dela de cozinhar, a forma que as pessoas a observavam e a conexão que viu nela com a comida e o público.

— Você acha estranho eu gostar de culinária do jeito que outras pessoas gostam de esportes ou de música?

— Não é estranho. É legal você gostar tanto de uma coisa.

— Eu gosto mesmo — concordou Annie, desenhando com o dedo através da névoa na janela. Um coração. Uma flor, prestes a desabrochar. Às vezes ela ficava tão cheia de sonhos que quase explodia, como um grão de pipoca em óleo quente. *Poc*. — E não é só de culinária. Às vezes acho que sou meio que ambiciosa demais, mas quero tudo.

— Tudo? Talvez você precise ser mais específica.

— Quero que tudo o que tem pra acontecer no mundo aconteça comigo.

— Inclusive tsunamis e avalanches?

— Ah, qual é! Estou falando de ondas do mar, trens-bala, caçar trufas e me perder em uma cidade desconhecida. Quero ver e experimentar tudo.

Fletcher desviou os olhos para ela por um instante, então voltou a se concentrar na estrada.

— Não tenho dúvida de que você vai conseguir isso.

Ele mexeu no rádio e encontrou uma estação que tocava músicas dos anos 1990. Quando chegaram a Switchback, já estava escurecendo. Naquele meio-termo entre as estações (que não era inverno intenso, mas também ainda não era primavera), a cidade tinha uma aparência desolada e exausta. Fletcher buzinou quando passaram pela oficina, rebatizada de Oficina GreenTree. Annie viu o pai dele lá dentro, trabalhando embaixo de um carro que tinha sido içado em um elevador. A oficina em si parecia meio triste, com placas desbotadas e faixas de borracha penduradas nas paredes, além de pilhas de pneus e ferramentas com aparência oleosa por toda parte.

Ela se perguntou se Fletcher tinha outros sonhos além de trabalhar com o pai, mas não conseguiu pensar em uma maneira de perguntar sem que parecesse uma ofensa.

Ele subiu a montanha até a casa dela e a acompanhou até a porta. Eles ouviram os sons do jantar em andamento vindo da cozinha.

— Quer entrar? — perguntou Annie. — Você podia ficar pra jantar.

Fletcher sorriu e tocou a barriga.

— Ainda estou cheio das amostras do concurso.

— Eu também.

Ela sentiu uma mistura de decepção e alívio. Queria passar mais tempo com Fletcher, mas sabia que seria estranho levá-lo para conhecer a família dela. Todo mundo agiria da forma mais gentil, lógico. Todos na família de Annie sempre eram gentis. Só que haveria perguntas intrometidas, silêncios estranhos e conversas forçadas. E ela não queria submetê-lo àquilo.

Fletcher ficou parado ali por um instante, olhando para ela. Então, sem pressa, ele passou uma das mãos em torno da cabeça de Annie e a outra pela cintura. Em um movimento gentil, puxou-a para junto de seu corpo, inclinou-se e beijou-a.

Annie soube na mesma hora que aquele era *o* beijo, do tipo que tinha o poder de parar o tempo. Ela ficaria acordada metade da noite pensando naquilo e acordaria pela manhã ainda sonhando com aquele momento. Foi a melhor sensação do mundo... Nunca havia se sentido daquele jeito com ninguém. Nunca. Um sentimento intenso, eufórico e empolgante. Annie não conseguia imaginar como tinha vivido dezoito anos sem aquela sensação de plenitude.

— Até depois — sussurrou ele.

— Tchau, Fletcher.

Depois que ele foi embora, Annie entrou em casa sem nem sentir o chão direito. A família estava sentada ao redor da longa mesa: a mãe; Kyle e a esposa, Beth, e as crianças.

— Esse sorriso é um sorriso de vencedora? — perguntou Beth, enquanto colocava alguns pedaços de vagem na bandeja da cadeirinha de Lucas. — Ganhou o primeiro lugar?

— Nem de longe — disse Annie, ainda flutuando em uma nuvem de felicidade.

Beijar Fletcher Wyndham tinha sido muito mais especial do que ganhar um prêmio estúpido. Annie nem conseguia se lembrar do que era decepção. Ela foi até a pia e lavou as mãos.

— A competição deve ter sido fraudada, então — declarou a mãe em lealdade. — De jeito nenhum alguma coisa poderia ter um sabor melhor do que sua sopa de cerveja e cheddar. Sinto muito, meu bem.

— Tá tudo bem.

— Seu amigo gostou da competição? — perguntou a avó com um olhar sabichão.

Annie não conseguia parar de sorrir.

— Fletcher gostou, sim — respondeu ela, baixinho. — Ele gosta de *mim*.

— Fletcher Wyndham? O recém-chegado? — perguntou a mãe.

— Ele não é mais "recém-chegado". Fletcher trabalhou com a gente durante toda a temporada de açúcar, não é, Kyle?

Kyle só assentiu e se inclinou para cortar o frango da enteada, Dana.

— Não acho que ele devia passar tanto tempo aqui — comentou a mãe, passando a cesta de pão. — Você parece distraída por causa dele.

Annie deu um sorriso.

— Aham.

— Você precisa se concentrar no seu futuro.

— Acabei de passar o dia em uma competição.

— É verdade, mas você disse que não se saiu tão bem como costuma se sair. Será que não foi porque estava distraída?

— Sim, foi exatamente isso — disse Annie. — Eu fiquei olhando abobalhada para o Fletcher e não cozinhei bem.

— Ah, meu bem. Você sabe que não é isso que estou dizendo. Só quero ver você correndo atrás dos seus sonhos.

— Foi o que o papai fez, e você ainda está brava por causa disso.

Beth e a avó observavam Annie e a mãe como espectadoras de uma partida de tênis. Kyle e as crianças continuaram a comer, indiferentes.

— Seu pai abandonou a família. É bem diferente. Annie, esse é seu momento, um momento especial para você criar o futuro que deseja, sozinha. Você está no começo da vida, quando tudo é possível. Não deixe que suas escolhas sejam influenciadas por esse garoto.

— Mãe! — Annie se irritou. — Você nem conhece Fletcher.

A mãe comprimiu os lábios.

— Sei mais do que pensa. Guarde minhas palavras: Fletcher Wyndham não vai trazer nada de bom para você.

Agora

—*T*odos de pé. O tribunal está em sessão — anunciou o oficial de justiça —, presidido pelo honorável Fletcher Wyndham.

— Sentem-se, por favor — orientou Fletcher, dirigindo-se a todos no tribunal enquanto ocupava o lugar no banco.

O prédio do tribunal de justiça era antigo e imponente, com salas de audiência cheias de correntes de ar e ecos que pareciam sussurrar, dando uma sensação de seriedade ao ambiente. Não muito tempo antes Fletcher passava por ali a caminho da escola ou da garagem do pai, sem jamais imaginar que um dia aquilo seria seu domínio.

Ouviu-se um arrastar geral de cadeiras, o barulho de pastas sendo colocadas em cima de mesas e de conversas murmuradas enquanto as pessoas se acomodavam. Fletcher arrumou os papéis e o martelo e analisou a sala de audiência: escrivães e advogados; alguns clientes de aparência nervosa; Natty Gilmore, da *Gazette*; o relator e o oficial de justiça do tribunal; um ou dois observadores. Todos os olhos estavam voltados para ele.

Assim que assumiu o cargo, Fletcher costumava ficar constrangido ao extremo quando entrava no tribunal de toga, pois sabia que era o centro das atenções. Sabia que, muitas vezes, tinha a responsabilidade de mudar o rumo da vida de alguém. Quem ele ajudaria naquele dia? Quem estava magoado, furioso, frustrado? Quem tinha cometido uma grande estupidez e precisava de uma saída? Que nuances da lei ele interpretaria?

Fletcher sentiu o celular vibrar no bolso, mas ignorou. Suas regras para dispositivos móveis na sala de audiência eram rígidas, e ele também as cumpria. A audiência da manhã de sexta-feira era uma caixinha de surpresas. Ele e a assistente já haviam revisado os assuntos administrativos e os procedimentos de rotina do dia. A programação daquele dia em particular reunia a variedade típica de atividades: audiências de saneamento, depoimentos, solicitações; e todos podiam contar com uma reviravolta interessante. Earl Mahoney estava processando um cara do Texas por lhe vender um touro reprodutor que se revelou estéril. O vendedor em tese sabia que o touro não teria o desempenho esperado, mas vendeu o animal mesmo assim. O problema era que Vermont não tinha jurisdição sobre Jimbo Childress, o texano, porque Jimbo nunca havia estado em Vermont nem fizera negócios lá. Earl, que não desistia jamais, providenciou para que Childress "ganhasse" uma viagem gratuita para Vermont no outono anterior para ver as gloriosas cores do outono na região. Enquanto o texano desavisado se instalava na pousada aconchegante, na charmosa cidade de Putnam, um oficial de justiça lhe entregou a intimação.

Perdeu, Jimbo, pensou Fletcher. *Você foi pego.* Ele tinha permitido que o processo avançasse. Então Fletcher pensou: *Cacete. Eu amo meu trabalho.*

Embora trabalhasse com minúcia ao longo de toda a manhã no tribunal, Fletcher se recusava a ficar entediado ou impaciente, embora um bom número de casos fosse, *sim*, tedioso. Ele se recusava a checar o celular, que vibrava com mensagens de minutos em minutos. Fletcher mantinha a atenção nos casos diante de si. Alguns eram frustrantes ou muito mesquinhos, como a mulher que reivindicava uma indenização por sofrimento emocional depois de visitar uma casa mal-assombrada no Halloween; ou o homem que processava o distrito escolar depois que o filho foi cortado do time de hóquei por faltar às aulas. Outros envolviam quantidades absurdas de papeladas. Uma petição de setenta e cinco páginas não era incomum, e Fletcher era um daqueles juízes que lia tudo.

Aquele era o trabalho dele. E Fletcher sabia, por dolorosa experiência pessoal, que o dia de uma pessoa no tribunal podia ser o pior dia da vida dela. O mínimo que um juiz poderia fazer era prestar atenção.

Naquele dia, Earl Mahoney saiu satisfeito, pois o problema com o touro estéril seria resolvido. Algumas petições foram concedidas, uma intimação cancelada. Após o intervalo do almoço, Fletcher suportou um debate de duas horas com advogados adversários sobre uma disputa de direitos de propriedade. Mais audiências de petições. Uma audiência de saneamento. Uma audiência de mérito. Em uma cidade pequena, um juiz tinha muitas funções e lidava com tudo o que entrava pela porta.

O oficial de justiça lhe passou um bilhete. Fletcher passou o olho pelo papel depressa e na mesma hora sentiu o estômago se revirar.

— Vamos fazer um recesso de quinze minutos — falou, e pontuou a declaração com uma batida do martelo.

Fletcher saiu pela porta lateral e desceu um pequeno corredor até sua sala.

A porta estava entreaberta. Lá dentro, um garoto vestindo a toga extra de Fletcher estava de pé em cima de uma cesta de lixo virada para cima, de modo que a toga caía até o chão, fazendo-o parecer bastante alto. O garoto brandia um abridor de cartas como uma arma. Não, como uma varinha de bruxo. Ele estava avançando aos poucos por toda a série de Harry Potter e sonhava em ir para uma escola de bruxos.

— Oi, Teddy — cumprimentou Fletcher.

O garoto se virou assustado, e a cesta de lixo tombou.

— Opa — disse Fletcher, se adiantando na direção dele.

Tarde demais. Teddy caiu no chão e o abridor de cartas voou de sua mão e deslizou pelas tábuas de madeira.

Fletcher se agachou ao lado do garoto.

— Ei, você está bem?

— Isso depende… — respondeu Teddy em voz baixa — … do quanto tô encrencado.

— Você podia ter quebrado o pescoço.

O garoto rolou no chão e se sentou.

— Desculpa, pai.

— Pendure essa toga — comandou Fletcher, enquanto pegava o abridor de cartas e levantava a cesta de lixo. — E se você tivesse caído em cima do abridor de cartas, hein? E se ele apunhalasse você no fígado e você sangrasse até a morte antes que a ambulância chegasse aqui?

— Então você teria uma bagunça gigante pra limpar — falou Teddy, fingindo uma expressão séria.

Fletcher ficou olhando o menino pendurar a toga com cuidado em um cabideiro.

— O que você está fazendo aqui, afinal? Achei que ia para a casa da sua mãe depois da escola.

— Eu vou. A mãe marcou da gente se encontrar aqui, porque ela tá vindo falar com você.

Nossa, que alegria.

— Preciso voltar pra sala de audiência — contrapôs Fletcher.

Como se ela não soubesse daquilo.

— Vou ser rápida — falou uma voz da porta.

— Oi, mãe — cumprimentou Teddy e se aproximou para dar um abraço rápido na recém-chegada.

Ela afastou o cabelo loiro dos olhos do filho.

— Oi, meu amor. — Então, se virou para Fletcher. — Eu quero me mudar.

— Eu não — reclamou Teddy. — *Pai.*

Fletcher retesou a mandíbula para conter as palavras que realmente queria dizer a Celia.

— Teddy, vá fazer um lanche na copa.

— Mas…

— A gente não vai demorar — garantiu Fletcher. — Vejo você já, já, beleza?

Teddy soltou um suspiro pesado, pegou a mochila e saiu da sala.

Fletcher se virou para encarar Celia. Ela estava linda e arrumada com perfeição, como sempre. O cabelo loiro brilhante e as unhas vermelhas cintilantes, os dentes impecáveis e muito brancos. Sua ex-esposa troféu.

— Você tinha mesmo que dizer isso na frente dele? — comentou Fletcher.

— Teddy sabe que eu quero me mudar.

— E você pode ficar à vontade pra fazer isso, mas Teddy fica comigo.

— Você sabe muito bem que eu jamais abandonaria meu filho.

— Então se mude depois que ele crescer.

Sim, pensou Fletcher. *Mude-se para onde Judas perdeu as botas.*

— Teddy tem só 10 anos. Não quero esperar até que ele cresça. Não há nada para mim nesta cidade. Aqui é tudo horrível.

— Jesus, você está se ouvindo? Qual a razão disso agora?

Merda, será que era outro namorado? Alguém que não gostava de ter que ficar indo e voltando de uma cidadezinha em Vermont?

— Não posso continuar vivendo assim — declarou Celia.

— Assim como? Como alguém que não quer arrumar um emprego porque isso atrapalharia todas as compras e viagens?

Ela fungou.

— Fletch, por que não nos mudamos todos para Boston? Éramos felizes lá quando nos casamos, não é verdade? Você poderia trabalhar em uma grande firma de advogados, fazer carreira como sócio ou…

Ele falou em um tom bem baixo, embora quisesse gritar:

— Não vou me mudar para Boston. A vida de Teddy está aqui.

— E a *minha* vida?

A paciência de Fletcher se esgotou.

— Que merda você quer, afinal? Você conseguiu tudo o que disse que queria no divórcio, lembra? A casa, o apartamento na Flórida, os dois carros, a custódia compartilhada, o plano de aposentadoria, metade de todos os bens…

— Não me reduza a um clichê. Eu queria uma vida de verdade com você, Fletcher.

— Você encontrou uma vida de verdade nas compras.

— Muito engraçado. Minha felicidade alguma vez teve importância pra você?

Fletcher não respondeu. Sendo sincero, ele não sabia a resposta. O que tinha concluído em relação a Celia era que ela provavelmente nunca seria feliz. No caso dela, sempre havia algo mais a desejar: uma casa melhor, uma afiliação em um clube, uma casa de férias em South Beach, joias caras, uma vida social de maior prestígio; mas conquistar aqueles desejos nunca lhe trazia alegria. A raiva dela contaminava o ar como uma toxina.

Celia amava Teddy. Isso era algo que Fletcher nunca questionaria. Todo mundo adorava Teddy, do mesmo jeito que todo mundo adorava um cachorrinho novo em um dia ensolarado. O filho deles era afetuoso, engraçado e inteligente, o tipo de garoto que outros pais aprovavam e os professores elogiavam.

Aquilo em si era gratificante para Fletcher, porque ele próprio nunca tinha sido aquele tipo de garoto. Ele fora o estranho, o recém-chegado, o menino sem mãe, objeto de desconfiança. Fletcher nunca quis que Teddy passasse por aquele tipo de sofrimento; por isso decidira criar o filho no lugar mais estável e seguro que conhecia: bem ali, em Switchback. A princípio, Celia concordara, mas a satisfação tivera vida curta; ela sempre parecia precisar de algo que pairava fora do alcance.

Fletcher recuperou a paciência com esforço.

— Preciso voltar ao tribunal. Podemos terminar essa conversa em outro momento?

Celia o encarou, os lindos olhos azul-celeste ficando frios.

— Não há o que conversar. Não sei por que achei que você me ouviria com o coração e a mente abertos.

— Meu foco é Teddy. Ele precisa de nós dois. — Fletcher continuou em um tom mais suave: — Se você precisa mesmo morar em outro lugar, está livre para fazer isso. Só... por favor, arrume um jeito de continuar presente na vida do nosso filho.

O olhar de Celia ficou triste.

— Você sabe que eu não posso viver sem Teddy.

— E ele não pode viver sem a mãe.

Ela o encarou por um longo momento. Quando ela se virou em direção à porta, Fletcher percebeu que ela estava jogando a toalha.

— Diga a Teddy que eu o vejo mais tarde, está bem?

Fletcher demorou algum tempo para voltar a se concentrar na lei. O piso irregular de madeira e as vidraças onduladas da sala eram um testemunho da idade do prédio, que remontava à década de 1880. As credenciais emolduradas dele estavam penduradas na parede, e havia uma placa com os nomes de todos os antecessores, homens e mulheres que haviam pisado naquele chão e ordenado a lei por décadas. Aquelas salas de audiência já tinham abrigado Emerson Gaines, que passara a servir na Suprema Corte.

Fletcher teve a distinção de ser o juiz mais jovem do estado. Alguns dias, porém, o juiz mais jovem do estado não se sentia tão jovem. Muita vida já tinha acontecido com ele enquanto outras pessoas de sua idade ainda estavam aquecendo os motores. Ele não tinha planejado que fosse daquela forma. Contudo, também não tivera escolha.

A maior parte das pessoas ansiava pelas noites de sexta-feira. Dias que eram para relaxar, ativar o modo fim de semana. Pizza e filmes. Esportes no ginásio do ensino médio: futebol, hóquei ou basquete, dependendo da temporada. Happy hour ou jantar com amigos. Fletcher não era como a maioria das pessoas. Ele não tinha nenhum apreço especial pelas sextas-feiras, quando tinha que entregar o filho à ex-esposa.

Após o trabalho no tribunal, um grupo de camaradas saía para jogar basquete e depois tomar uma cerveja no Switchback Brewpub. Quando Teddy estava com a mãe, Fletcher muitas vezes se juntava a eles, então voltava para uma casa vazia, com o fim de semana também vazio se estendendo à frente.

Aquele tinha sido o acordo no divórcio e o qual ele era obrigado a cumprir. A vida tinha ficado melhor depois que havia se separado de Celia. Fletcher tinha uma casa na cidade, perto da escola de Teddy e do tribunal. Ele tinha encontros ocasionais, mas nada sério. No fundo, provavelmente não queria nada sério. Era bom em muitas coisas, mas manter um relacionamento duradouro não parecia ser uma delas.

Os assuntos do tribunal estavam se encerrando no fim do dia quando Gordy Jessop entrou correndo na sala de audiência, com as abas do paletó mal ajustado ondulando ao redor e a respiração ofegante. Apesar da aparência desalinhada, Gordy era um bom advogado, que tinha construído um escritório local bastante importante nos últimos anos. Na época em que trabalhara em uma empresa rival, Fletcher o havia enfrentado muitas vezes. E Gordy cuidara do divórcio de Fletcher.

— Já está tarde, eu sei — comentou Gordy. — Desculpe, Meritíssimo.

Fletcher checou a hora no relógio acima da porta da sala de audiência. Inferno. Ele não queria manter a equipe trabalhando até tarde na sexta-feira.

— O que aconteceu, advogado? — perguntou ele.

— Tenho uma petição aqui para revogar uma procuração.

Gordy apresentou os documentos, que haviam sido carimbados pelo escrivão. A tinta mal parecia seca.

Fletcher não gostou nada da ideia de ler o maço de documentos, mas não poderia tomar uma decisão sem fazer aquilo.

— É uma emergência?

— Hum, não. Não exatamente. Mas é urgente.

— Peça para Mildred agendar para segunda-feira.

— Meritíssimo. — Gordy transferiu o peso do corpo de um pé ao outro, desconfortável. — Se pudesse dar só uma olhada...

Gordy não costumava ser tão insistente. Fletcher retesou a mandíbula. Então abaixou os olhos para a petição e piscou algumas vezes para clarear a visão, porque não tinha certeza se poderia confiar nos próprios olhos.

A ação estava sendo movida em nome de Annie Rush, que antes atendia pelo nome de Annie Rush Harlow.

Annie Rush.

Mesmo depois de tanto tempo, as lembranças e os sentimentos nunca tinham desaparecido por completo. Naquele momento, ao ver o nome dela nas páginas de um documento judicial, Fletcher se sentiu um bocado inibido na presença das pessoas que estavam no tribunal. Só de pensar em Annie, uma torrente de lembranças surgiu: olhos risonhos e cílios escuros. Um rosto capaz de iluminar o mundo. Um coração cheio de sonhos. Alegria, raiva e desesperança. E, enfim, a rendição.

Embora estivesse com o coração acelerado, Fletcher manteve o comportamento habitual de distanciamento profissional.

— O que aconteceu, advogado?

— A família dela, mais especificamente a mãe, precisa que a procuração seja revogada. Foi designada ao marido dela, um camarada chamado...

Ele consultou um dos formulários.

— Martin Harlow — murmurou Fletcher.

— Sim. A situação dela mudou de modo radical. — Gordy olhou por cima do ombro para a sala de audiência quase vazia. A luz da tarde do lado de fora estava desaparecendo. Gordy voltou os olhos para Fletcher. Então, se inclinou, com a voz mais baixa. — Fletcher. Annie precisa de você.

— Obrigada por agilizar isso — disse Caroline Rush a Fletcher. — Annie não precisa mais de procuração. Principalmente não do... — Ela parou antes de dizer o nome de Martin. — E obrigada por passar aqui em casa. Você não precisava fazer isso.

— Eu quis fazer. Sinto muito pelo que aconteceu com Annie.

A mão de Caroline tremia enquanto ela colocava o documento legal na pasta com cuidado. Caroline sentiu uma enorme sensação de alívio, além de tristeza e apreensão. Anos antes, ela havia entregado com prazer a filha a Martin Harlow, certa de que o futuro de Annie estava garantido com um marido que a amaria para sempre. No momento, Caroline recebia a filha de volta e não tinha mais ideia de em que acreditar.

— Sente-se — convidou ela, apontando para a mesa da cozinha. — Acabei de passar um café.

— Obrigado.

Caroline colocou a prensa francesa em cima da mesa, junto de um prato de biscoitos de bordo salgados.

— Não tenho as habilidades culinárias de minha mãe nem de minha filha — informou ela —, mas acho que, se usarmos manteiga e xarope de bordo em boa quantidade em uma receita, não é preciso ter muita habilidade.

Fletcher provou um biscoito, e a expressão em seu rosto foi de prazer.

— Bom saber.

Fletcher Wyndham não fora o preferido de Caroline na época em que namorara Annie. Caroline não tinha visto potencial ali. Só o que vira fora um obstáculo para o futuro da filha. Aos olhos de uma mãe que desejava um futuro glorioso para a prole, o rapaz não passava do filho de um homem sem rumo certo, um garoto que provavelmente ficaria estagnado no trabalho de mecânico na oficina, tomando cerveja e jogando na loteria, e acabaria se tornando fraco e sem rumo na meia-idade.

Olhando para Fletcher no momento, Caroline sentiu vergonha e arrependimento. Desejou ter olhado com mais atenção e visto um jovem extraordinário. O fato era que ela nem olhara. O problema dela com Fletcher Wyndham não tivera nada a ver com Fletcher Wyndham. Ou com Annie, por sinal. O problema fora a própria Caroline.

"Já chega desse Fletcher", tinha dito Caroline à Annie, quando a filha estivera prestes a mudar de ideia sobre a faculdade. No momento Caroline tinha que admitir para si mesma que o que ela estivera mesmo dizendo era: "Já chega desse Ethan Lickenfelt".

Ah, como ela tinha amado aquele rapaz na caminhonete branca e quadrada de mercado. E tinha sido ingênua a ponto de acreditar que amá-lo seria o bastante para criar uma vida de felicidade perfeita, não importava o que acontecesse. Aos 18 anos, Caroline não tinha entendido que as frustrações e as adversidades tinham o poder de corroer até o amor mais profundo e frustrar os sonhos mais almejados.

O abismo entre a vida que Ethan queria e a que ele acabou encontrando na Montanha Rush acabara com o casamento deles. Ambos estavam comprometidos com os filhos e com a família, mas, no fim das contas, o esforço cobrou o preço. Havia um limite de mentiras que uma pessoa conseguia contar a si mesma antes de ter que encarar a verdade.

— Senhora Rush? — A voz de Fletcher interrompeu os pensamentos dela.

Caroline não era a sra. Rush. Ela não era "sra." coisa nenhuma.

— Por favor, me chame de Caroline.

— Caroline. Eu só estava me perguntando o que acha.

— Desculpe, eu não estava ouvindo — confessou ela.

— A situação deve ser muito estressante.

— É, sim… mas não é só isso. Eu queria pedir desculpas.

Fletcher franziu o cenho.

— Pelo quê?

Caroline suspirou e empurrou o prato de cookies na direção dele.

— É um pedido de desculpas que estou devendo há muito tempo. Muito tempo mesmo, Fletcher, e é horrível eu não ter dito nada até agora. Mas quero que saiba que eu estava errada a seu respeito, quando você se mudou para Switchback. Muitas pessoas estavam erradas sobre você.

Ele deu um sorriso rápido, de lado. Em uma coisa Caroline *não* estivera errada: o rapaz era absurdamente bonito. Só que aquilo tinha sido parte do problema dela com Fletcher. Como um garoto tão bonito poderia ser confiável?

— Não se sinta mal — tranquilizou Fletcher. — Agora que tenho um filho, entendo bem esse instinto de proteção.

— Obrigada, mas isso não é desculpa. Nunca me dei ao trabalho de tentar conhecer você de verdade, e isso não foi justo.

— Imagino que você estivesse mais preocupada com Annie. Além disso, talvez eu tenha sido um pouco babaca. Quanto mais tempo trabalho no tribunal, mais me convenço de que isso é verdade para a maioria dos rapazes naquela idade.

— Quando penso no papel que eu tive no afastamento de vocês, sinto uma vergonha profunda. Nada disso teria acontecido se eu tivesse deixado vocês em paz.

— Acredite em mim, você não foi a causa do nosso rompimento… nem na primeira vez, nem na segunda. Annie e eu conseguimos estragar tudo nós mesmos.

— É gentileza sua dizer isso, mas aquele Martin Harlow… Alguém devia tê-lo pegado e pendurado pelas bolas.

— Nisso eu vou ficar devendo — brincou Fletcher.

— Ele despachou Annie de Los Angeles para cá via transporte médico, como se ela fosse uma mercadoria com defeito, consegue imaginar isso?

— Eu… não. Não consigo.

— Mas estou grata por ela estar aqui. Annie precisa da família. Agora mais do que nunca. A equipe de atendimento no hospital diz que pode levar semanas ou meses até que ela possa voltar para casa, mas você conhece Annie. Quando ela decide alguma coisa, nada a detém.

Fletcher concordou com a cabeça.

— Essa é a Annie que eu conheci.

Eles ficaram em silêncio, tomando o resto do café. Caroline ofereceu mais uma xícara, mas Fletcher negou com a cabeça.

— Soube do seu divórcio — comentou ela. — Sinto muito.

— Talvez seja óbvio, mas vou dizer assim mesmo: acontece com os melhores de nós.

— Depois do meu divórcio, as pessoas me diziam que eu deveria encarar aquilo como uma oportunidade para aprender e amadurecer. — *E eu fiz isso?*, ponderou Caroline. Em alguns dias, ela não tinha tanta certeza. — É uma grande mudança, eu sei. Como está seu menino?

— Teddy é incrível. Está confuso com a situação, mas estou mantendo as coisas o mais estáveis que posso para ele. Comprei uma casa na rua Henley… a antiga casa dos Webster. A reforma foi um projeto e tanto. Teddy gosta de morar perto da escola.

Caroline sentiu outra onda de remorso. Fletcher parecia ser um bom homem. Por que ela nunca havia se dado ao trabalho de conhecê-lo melhor?

— E você? Gosta de lá?

Ele sorriu.

— Depois de toda aquela reforma, nunca mais vou me mudar.

8

Antes

— Vamos nos mudar — anunciou Sanford Wyndham, jogando a bomba bem no meio do último ano de ensino médio do filho.

— De novo?

Fletcher deixou o livro de educação cívica de lado e olhou para o pai. A televisão transmitia notícias que pareciam nunca cessar: o país inteiro estava tentando descobrir como combater um grupo terrorista chamado Talibã. No último dia 11 de setembro, o mundo tinha sido virado do avesso pelos ataques ao Pentágono e ao World Trade Center. Alguns amigos de Fletcher já haviam assumido o compromisso de se alistar no exército assim que as aulas terminassem. No momento, com o anúncio repentino do pai, Fletcher também pensou em se alistar.

— Eu não vou com você — afirmou o rapaz.

— Você não tem escolha. Eu preciso de você, filho. E vai adorar o lugar — argumentou o pai, com os olhos brilhando como acontecia quando ele estava convencido de que tinha achado o caminho certo.

Fletcher, por sua vez, não estava convencido de nada. Ele olhou para a TV, que mostrava soldados sendo transportados pelo deserto em veículos pesados.

— Quando?

— Depois do recesso de fim de ano na escola.

— Que merda, pai.

Ele olhou ao redor do pequeno chalé. Os mesmos móveis surrados que eles carregavam de um lugar para outro, para casas diferentes. Fletcher não tinha reclamações sobre morar em Dover, onde estavam desde o verão anterior. A escola ali não era uma merda. Ele estava na reta final para a formatura e já pensando no que fazer depois.

— Que merda.

— Para com isso. Vai ser ótimo. Eu comprei um negócio em Vermont...

— Em Vermont?

Fletcher visualizou bordos e neve. Infindáveis hectares de neve. E... o que mais? Sorvete Ben & Jerry's. Queijos Cheddar e Cabot. Folhas de outono. *Merda.*

Mudar de casa era a história da vida dele com o pai. Fletcher tentou contar nos dedos o número de mudanças que já haviam feito. Oklahoma, Texas, Virgínia, Carolina do Sul ou do Norte (ele não lembrava qual), Indiana, Delaware... Os dedos acabavam. E então aquilo. A merda de Vermont.

O pai dele estava sempre atrás da próxima grande empreitada que lhes garantiria segurança financeira. O problema era que nada dava certo, porque eram ideias absurdas. Em uma das várias tentativas, ele tinha começado um negócio que transformava urnas de cinzas em recifes subaquáticos. Ele também comprou um parque temático para adultos com maquinário pesado no lugar de brinquedos. Depois houve aquele rebanho de cabras alugadas para carpir mato, a entrega de pizza em uma scooter italiana com alto-falantes tocando Andrea Bocelli...

Se surgia uma ideia estranha e fadada ao fracasso, Sanford Wyndham a abraçava.

— Desta vez, as coisas vão ser diferentes — disse o pai, como sempre fazia. — Você vai ver.

— Claro que vou — retrucou Fletcher.

A ideia de passar de novo pela trabalheira de uma mudança para correr atrás de outra ideia absurda o deixou com dor de cabeça.

— Soube de uma oficina mecânica... Parece que o dono está se aposentando e vendendo tudo. O negócio vem com a clientela pronta, todos os equipamentos e estoque de que precisamos, tudo pronto para uso. É a única oficina em quilômetros. É uma coisa dada, só um tonto desperdiçaria a chance — afirmou o pai.

Na verdade, pensou Fletcher, *a pessoa tem que ser muito tonta para achar que seria um bom negócio.*

— E ainda tem um grande bônus — continuou o pai. — Scooters.

— Scooters. Você tá falando tipo… motos?

Aquilo despertou o interesse de Fletcher. Ao menos um pouco.

— Isso mesmo. Graças a algumas leis obscuras de importação e exportação, Vermont é o melhor lugar para importar uma scooter usada. Eu cuido da papelada e ficamos com uma boa parte da taxa. É um ótimo negócio. E comprei uma máquina de café expresso incrível, uma máquina profissional, vem da Itália também. A gente pode montar um balcão de café expresso na garagem.

— Legal — respondeu Fletcher. — Vamos acrescentar uma mesa de massagem. Oficina Sanford: Scooters, Expresso e Massagem.

— E um salão de manicure — acrescentou o pai. — As garotas adoram salões de beleza, certo?

— Não sei, você que tem experiência na coisa.

— Deixa de ser engraçadinho.

Fletcher sabia que poderia discutir com o pai até ficar rouco, mas também sabia que seria inútil levantar as inúmeras objeções e apontar as possíveis armadilhas. O pai sempre tinha uma resposta pronta para tudo, mesmo que fosse a resposta errada.

— Se eu mudar de escola agora, talvez não consiga me formar a tempo.

Cacete. Aquilo seria uma merda.

O pai coçou a cabeça.

— Para que você precisa se formar? Já é tão inteligente.

Fletcher fechou com força o livro de educação cívica.

— Ah, não sei… Talvez para que eu tenha a chance de entrar em uma faculdade? E sim, eu já conheço toda a história de como você saiu de casa aos 16 anos e construiu uma vida sem ter que perder tempo na sala de aula. Mas eu não sou você, pai.

— Concordo. Você é dez vezes mais inteligente do que eu jamais serei. É por isso que preciso de você, Fletch. Só me ajuda a fazer esse negócio em Vermont decolar e não vai ter que se preocupar comigo.

Sanford olhou de cara amarrada para os dois macacões pendurados na porta da frente. Eram da oficina de troca expressa de óleo local, na qual ambos trabalhavam desde a mudança para Dover, para uma empresa chamada Você, Lubrificado. O lugar era uma merda, mas ao menos pagava o aluguel, mesmo que por pouco.

— Isso aí não vai dar em lugar nenhum, com certeza — continuou o pai, apontando para o macacão. — Vamos dar um show lá em Vermont.

Fletcher sabia quando uma discussão estava perdida. Então, cheio de uma resignação enfadonha, ele só deu de ombros e disse:

— Tá bom.

Na semana seguinte, eles colocaram todos os pertences em um trailer alugado, prenderam ele atrás da caminhonete e seguiram de Delaware para Vermont.

Fletcher tentou não pensar no que estava deixando para trás: alguns amigos com quem gostava de praticar mountain bike ou passear na praia; uma namorada chamada Kayla, que chorou em seus braços quando ele se despediu; e um emprego estável no serviço de troca de óleo local. Àquela altura, ele havia parado de esperar que a vida voltasse a algum padrão normal. Apenas seguia qualquer plano que surgia na cabeça do pai, sem esperar nada. Exceto, talvez, algum porém. Sempre parecia haver um porém, algum motivo para o plano dar errado e logo eles se viam falidos e na estrada de novo.

A cidade se chamava Switchback, o que já pareceu um nome curioso para Fletcher, porque queria dizer "estrada curva em zigue--zague". Para chegar lá, eles dirigiram por estradas geladas e cobertas, passando por colinas onduladas e subindo por montanhas de granito, serpenteando em curvas fechadas que provavelmente haviam dado o nome à cidade. Quanto mais subiam, mais fria e nevada ficava a paisagem. O céu era de um cinza monótono: a cor do frio. Fletcher nunca havia vivenciado um inverno daquele jeito: hectares e mais hectares de neve ondulantes; a beira da estrada coberta por bancos de neve suja que tinha sido removida da pista; o céu uma extensão de nada, sombria e sem cor.

Enfim passaram por uma placa de madeira esculpida à mão que dizia: Switchback, Vermont. Altitude: 673. População: 7.647. A próxima placa, da Câmara de Comércio, declarava: Bem-vindo a Switchback. Um desvio e você nunca mais vai embora.

Isso é uma promessa ou uma ameaça?, pensou o jovem.

No centro da cidade, o limite de velocidade caiu para trinta quilômetros por hora. Fletcher tinha visto fotos de cidadezinhas típicas da Nova Inglaterra, e aquele lugar era ainda mais… provinciano. Havia uma igreja com campanário branco e uma área verde com um gazebo cercado por um parapeito; uma biblioteca com pilares que também parecia fazer as vezes de centro cultural; lojas e pequenos negócios que exalavam certa peculiaridade; e um quarteirão grande que abrigava uma escola de ensino médio com um aviso na marquise: Lar das Panteras de Switchback. As ruas laterais eram ladeadas por árvores esguias e casas de madeira pintada, e os jardins com cercas brancas na frente estavam quase enterrados sob espessas mantas de neve.

A principal atração da cidade era o tribunal, uma construção clássica perfeitamente simétrica da Nova Inglaterra, com "1878" gravado em algarismos romanos na pedra. O prédio imponente e majestoso ficava na entrada de um parque. Com as luzes brilhando nas janelas e na cúpula do sino no topo do telhado, o tribunal era lindo e tinha uma aparência pacífica. Um punhado de escrivães e advogados estava saindo do trabalho, as pastas executivas embaixo do braço, descendo os largos degraus sob as colunas da frente.

O movimento parecia lento nas lojas e cafés locais. Era óbvio que janeiro não era o mês mais popular para passeios turísticos a Vermont.

Sanford parou no café Sweet Maria, que tinha cheiro de paraíso: café, pães, quitutes assados e cebolas grelhadas. Eles comeram alguma coisa, e o pai de Fletcher perguntou a um cara sentado no balcão como chegar a Rookery, onde eles ficariam hospedados até que ele encontrasse um lugar para alugar. Fletcher e o pai mal conseguiam entender a fala do cara devido ao sotaque forte.

A Rookery acabou se revelando uma pousada repleta de antiguidades de aparência sofisticada e paninhos de mesa em todas as superfícies. Quando soltaram as mochilas surradas no piso do saguão de entrada, a mulher no balcão de recepção, Mildred Deacon, segundo o crachá, não torceu o nariz de um jeito visível, embora Fletcher suspeitasse que fosse isso o que ela estivesse fazendo na mente.

No dia em que se matriculou como novo aluno na escola de ensino médio de Switchback, Fletcher tinha um objetivo. Ele pretendia permanecer invisível; queria ficar na dele e dar um jeito de conseguir chegar ao final do ano para poder seguir em frente com a própria vida.

Fletcher sabia o que precisava fazer: tinha que enviar os registros escolares para a administração, se reunir com um orientador e pegar o horário das aulas. Torcia para conseguir créditos suficientes e se formar.

A orientadora da escola era uma mulher chamada srta. Elkins, que estava sentada em uma daquelas bolas de ginástica grandes, infladas, atrás de uma mesa bagunçada, enquanto analisava o histórico dele. A srta. Elkins tinha um espaço entre os dois dentes da frente, mechas roxas no cabelo e óculos de aro de tartaruga em estilo "gatinho".

— Cinco escolas em quatro anos — murmurou ela. — E essa é a sexta. Uau.

Fletcher não disse nada. Ela não parecia esperar uma resposta. Pela janela da sala de orientação pedagógica, ele via os alunos chegando para as aulas do dia. Pareciam garotos e garotas comuns, andando em grupos, falando alto e se empurrando de um lado para o outro enquanto seguiam para os armários e as salas de aula. A maior parte dos alunos estava agasalhada contra o frio, com casacos volumosos, botas de cano alto e chapéus com protetores de orelha.

— Suas notas são excelentes — declarou a srta. Elkins, com certa surpresa.

Fletcher confirmou com a cabeça, ansioso para que a reunião terminasse.

— Para satisfazer os requisitos de graduação, você vai precisar terminar o inglês avançado, fazer alguma aula de ciências com laboratório, além de uma língua estrangeira e um crédito de educação física. — A srta. Elkins tamborilou por algum tempo com um lápis na mesa, então se voltou para o computador e analisou a tela com profunda concentração. — Acho que vai dar certo. Então, a proposta é a seguinte: posso conseguir o horário de aulas de que precisa se você abrir mão do tempo na sala de estudos e fizer inglês avançado. Isso parece possível?

— Beleza.

Tanto faz, pensou o rapaz.

— Sua sala de orientação é o ateliê de artes industriais do sr. Dow.

— Tá certo.

— E as atividades extracurriculares? — perguntou ela. — Esportes, clubes? Teatro? Banda?

Por Deus, não.

— Hum, não, senhora.

Ela preencheu um formulário e clicou em imprimir.

— O que traz você a Switchback?

— Meu pai comprou uma oficina mecânica e uma empresa de importação na cidade.

— Ah… a oficina de Crestfield — constatou a srta. Elkins em um tom animado. — Lógico. Todo mundo leva o carro para consertar lá. Ouvi dizer que o sr. Crestfield está se aposentando. Então seu pai é mecânico.

— Isso mesmo.

Apesar da falta de senso comercial, Sanford Wyndham tinha um dom dado por Deus: conseguia consertar qualquer coisa. Ao longo dos anos, o pai de Fletcher tinha consertado motores de carros e barcos, motores pequenos, geradores enormes, carrinhos de golfe, máquinas eólicas, escavadeiras, tratores; se houvesse peças móveis, ele conseguia consertar. Sanford sempre quisera ter a própria oficina, mas nunca havia tido condições de abrir um negócio até então. Ao que parecia, uma oficina mecânica no meio de um lugar congelado no fim do mundo tinha um preço baixo.

— Você também trabalha com carros?

— Aham. Vou trabalhar com meu pai depois da escola e nos fins de semana.

Fletcher também era bom em consertar coisas. E, na verdade, não tinha escolha, uma vez que ele e o pai quase nunca tinham dinheiro para contratar outra pessoa.

— E depois que se formar no ensino médio? Quais são seus planos?

— Hum. — *Dar o fora*. Aquilo servia como um plano? — Acho que vou continuar ajudando meu pai. Ou talvez faça alguma outra coisa.

— Você se candidatou à vaga de alguma faculdade?

Ah, claro, pensou Fletcher. Faculdade. O que era aquilo?

— Não, senhora.

— Hum. Podemos conversar mais a respeito em outro momento. Com suas notas, você tem boas chances de entrar em uma faculdade. Fique à vontade para me procurar se tiver qualquer dúvida. Qualquer uma mesmo.

— Tudo bem. Obrigado.

A folha com o horário escolar sussurrou enquanto saía da impressora. A orientadora pedagógica pegou e entregou a Fletcher.

— É um desafio ser o aluno novo na escola, mas tenho certeza de que você vai se sair bem aqui. Temos um bom grupo de alunos, e os professores são excelentes. Você vai se adaptar com facilidade.

— Com certeza, obrigado.

Assim que Fletcher saiu do escritório, o sinal da aula tocou. Um garoto esbarrou no ombro dele.

— Ei — bradou o garoto. — Olha pra onde tá indo!

Começamos bem...

O corredor estava superaquecido e com cheiro de cachorro molhado. Havia folhetos colados nas paredes anunciando uma competição de natação, uma venda de bolos, uma reunião do movimento LGBT+, um baile.

Fletcher respirou fundo e se juntou ao empurra-empurra acelerado e ao fluxo de alunos que seguiam para a aula. Ele encontrou o armário que lhe tinha sido designado, então foi para a sala de orientação: o ateliê de artes industriais. Fletcher entrou e olhou ao redor. Os alunos andavam por ali, pendurando mochilas e falando alto de tudo e nada. Poderia ter sido qualquer sala de aula de qualquer escola de ensino médio. Ele encontrou um lugar vazio em uma mesa em frente a uma garota de cabelo loiro comprido e peitos incríveis. Fletcher fez um esforço para manter os olhos fixos no rosto dela e acenou a cabeça em cumprimento.

— Oi, meu nome é Fletcher — disse ele. — É meu primeiro dia aqui.

A garota o observou de cima a baixo devagar.

— Sorte sua. Eu me chamo Celia. Celia Swank.

Celia tinha um belo sorriso. Na verdade, a garota tinha… tudo belo.

O professor era um cara de aparência estressada chamado sr. Dow. Fletcher foi até onde o homem estava, para se apresentar, e ficou parado perto da porta, esperando sua vez. Naquele momento, o sr. Dow estava lidando com uma garota baixa, de cabelo escuro, que afirmava ter a necessidade urgente de um maçarico.

— Não posso deixar você sair da sala com isso, Annie — explicou o professor. — Afinal, para que precisa de um maçarico?

Ela indicou uma bandeja com copinhos de vidro cheios de creme de ovos.

— Para o meu crème brûlée de bordo — revelou a menina. — Tô preparando o doce na cozinha da aula de economia doméstica. Por favor. Eu já devolvo.

O professor a encarou com uma expressão severa, então checou o relógio.

— Certo, tudo bem, mas devolva assim que terminar de usar.

— Obrigada, sr. Dow — falou Annie, animada, e guardou o maçarico em uma bolsa que já estava cheia demais. — Vou guardar uma prova para o senhor.

— Fechado.

A garota saiu levando a bolsa e a bandeja, com uma expressão radiante no rosto. Ela desviou o olhar para Fletcher e focou nele por um segundo. Olhos castanhos, grandes e com uma expressão de curiosidade, mas não hostil. Ele abriu a porta para ela.

— Ah, obrigada! — falou Annie e saiu para o corredor.

Uma figura a menina. Também era uma graça. Talvez ele pudesse… Não. Fletcher não tinha a intenção de fazer amigos naquela cidadezinha no alto das montanhas. Ele achava que aquilo nem seria possível. O fato de ter se matriculado na escola no meio do ano era quase uma garantia de que ninguém se daria ao trabalho de olhar para ele. Mesmo assim, Fletcher guardou o nome dela: Annie.

A manhã se desenrolou devagar. Ele conheceu os professores com quem teria aulas, pegou cópias das ementas curriculares, registrou o empréstimo de livros didáticos; a mesma rotina já tão conhecida e um pouco deprimente.

Então, o sinal anunciando a hora do almoço tocou e uma onda de alunos seguiu para a cantina. Por experiência própria, Fletcher sabia que, em qualquer escola de ensino médio, dava para encontrar um lugar para se sentar no refeitório. Só era preciso procurar um garoto quieto, esquisito e marginalizado com quem ninguém mais queria se sentar e pronto. O garoto teria grande prazer em dividir a mesa, sem problemas.

Um novato não podia se dar ao luxo de ser exigente.

Fletcher atravessou o refeitório barulhento com a bandeja de tacos com cheiro de cebola e milho enlatado, além de um pudim cor de lama que o fez ansiar pelo crème brûlée maçaricado daquela garota. Ele avistou um garoto sozinho na ponta de uma mesa. Seus movimentos eram lentos e ele tinha uma expressão triste e mãos pálidas. O garoto poderia até ter passado despercebido, só que parecia gostar de roupas absurdas: um boné xadrez no estilo de Sherlock Holmes, uma imitação de jaqueta militar, a barra da calça enfiada em coturnos. Era provável que aquele tipo de roupa fizesse do garoto um alvo, mas com certeza não lhe garantia qualquer amigo. Talvez ele gostasse de chamar atenção.

— Tem problema eu me sentar aqui? — perguntou Fletcher.

— Não. — A expressão abatida do outro garoto desapareceu, e ele se apresentou: — Eu sou Gordy Jessop. Da turma de 2002.

Não era de se surpreender que houvesse muito a descobrir sobre Gordy caso a pessoa desconsiderasse a estranheza. Ao longo dos dias seguintes, Fletcher descobriu que o garoto tinha três irmãs mais velhas que se autodenominavam "lenhadoras". A mãe dele era uma poeta que publicava o trabalho em livretos e os distribuía de graça no mercado dos produtores no verão, e o pai era advogado de patentes. Gordy falava francês, porque a mãe era de Quebec, e gostava de temperar a conversa com frases na outra língua; outra característica que não o tornava querido pelos demais alunos. Gordy não parecia se importar com aquilo, o que Fletcher achava legal. Gordy também sabia uma quantidade absurda de latim, o que era hilário, considerando que era uma língua morta, além de parecer ter um poço sem fundo de informações aleatórias no cérebro.

— Você sabia que "dreamt" é a única palavra na língua inglesa que termina com as letras "mt"? — perguntou ele um dia, no final da primeira semana de Fletcher em Switchback.

— Não se a pessoa não souber soletrar — comentou Fletcher.

— Tudo bem, você sabia que tem uma quadra de basquete no último andar do prédio da Suprema Corte?

— Ninguém sabe disso.

— Eu sei. A quadra mais suprema do país. Entendeu?

— Rá rá.

— Eu não tô brincando. E lá vai mais uma: Montpelier é a única capital estadual dos Estados Unidos que não tem um McDonald's.

— Nossa, que alívio. Mas o que se faz por aqui nos fins de semana?

— Jogos de hóquei e disputas de natação. Você gosta de alguma dessas coisas?

Fletcher deu de ombros.

— Eu sei nadar. Nunca joguei hóquei no gelo.

— Quis dizer se você gosta de assistir.

— Escolho a natação, então, desde que sejam meninas nadando.

— Eu preciso encontrar um trabalho de fim de semana — comentou Gordy. — Você trabalha?

— Mais ou menos, na oficina do meu pai. Mas, como ele tá arrumando o lugar pra colocar pra funcionar, ainda não tem muito o que fazer.

— A gente devia tentar trabalhar na temporada do açúcar — sugeriu Gordy.

Fletcher estava sempre de olho em mais trabalho remunerado.

— O que é esse negócio de temporada do açúcar? — perguntou ele.

Gordy soltou uma gargalhada, incrédulo.

— Cara. A temporada do açúcar é a *raison d'être* de toda essa região, é a razão pela qual tudo isso existe.

Ele explicou que, assim que o tempo mudasse, a temporada começaria. Todos que tinham uma quantidade razoável de bordos-açucareiros nas propriedades atarraxavam torneiras nas árvores e coletavam seiva. As maiores operações comerciais usavam uma rede de dutos para coletar a seiva, e então vendiam ou ferviam em grandes casas de açúcar. Todas aquelas propriedades locais precisavam de ajuda temporária para extrair a seiva das árvores, levar até os evaporadores, abastecer as caldeiras, manter o fogo aceso e transportar barris de xarope.

Na sexta-feira, depois da escola, os dois garotos subiram a Montanha Rush no velho Bronco de Gordy.

— Essa é a operação que funciona há mais tempo. Aposto que precisam de muita ajuda aqui — opinou Gordy, atrapalhando-se com a marcha enquanto subia a estrada sinuosa. O garoto era um péssimo motorista. E devia saber disso, porque olhou para Fletcher com uma expressão tímida. — Eu não sou lá essas coisas com o câmbio manual.

— A prática ajuda.

Fletcher se esforçou para não vomitar quando o caminhão fez uma curva fechada.

— Pois é. Sou melhor nas descidas.

Ótimo.

— A Montanha Rush tem mais de mil metros de altura — anunciou Gordy, citando outro fato aleatório. — Ela foi batizada em homenagem a Elijah Rush, um famoso abolicionista durante a Guerra Civil. Não me pergunte como sei disso.

— Não vou perguntar — murmurou Fletcher enquanto tentava acalmar o estômago.

— A Underground Railroad era um negócio importante por aqui. Por estar tão perto do Canadá e tudo mais.

— Bom saber.

Eles passaram por uma placa rústica em que se lia: BEM-VINDO À FAZENDA DE BORDOS DA FAMÍLIA RUSH. LAR DO XAROPE DE BORDO DOÇURAS RUSH EM PEQUENAS EMBALAGENS.

Ao longe havia uma casa de fazenda grande e antiga, pintada de branco, com uma varanda na frente e uma cerca ainda meio enterrada na neve. Chaminés se projetavam das extremidades da casa, lançando uma espiral de fumaça para o céu. Era muito bonita, o tipo de casa que Fletcher imaginava quando era criança e morava em um apartamento alugado qualquer, sempre se perguntando como seria ter uma família normal.

O caminho que levava até a entrada da casa tinha uma plaquinha que dizia: PROPRIEDADE PARTICULAR.

Gordy seguiu com o carro na direção oposta até um pequeno estacionamento pavimentado com uma mistura desagradável de cascalho, lama e neve. Uma placa apontava para um antigo prédio agrícola identificando-o como o escritório, e outra para uma trilha esburacada que dizia: PARA A CASA DE AÇÚCAR.

Uma picape preta brilhante com escapamento duplo e um adesivo de clube de tiro estava estacionada perto do prédio comercial.

— Que maravilha... — comentou Gordy, estacionando perto do outro carro. — Essa é a caminhonete de Degan Kerry.

— Quem é Degan...

Três caras saíram do escritório. Dois deles usavam as jaquetas da escola de ensino médio. O outro vestia um casaco antigo do exército soviético.

— Acho que você ainda não teve o prazer de conhecer — respondeu Gordy. — Ele é o ruivo grandalhão. Uma mistura em partes iguais de atleta do hóquei e babaca.

— Ora, ora, olá, moças — exclamou o cara chamado Degan com um sorriso aberto e falso.

— Oi, Degan. — Gordy pareceu encolher alguns centímetros. — Esse é Fletcher Wyndham. Ele é novo na escola.

Então ele apresentou os outros dois garotos: Carl e Ivan.

— Prazer — disse Fletcher em um tom neutro, além de um aceno breve e educado de cabeça.

Os garotos enfiaram as mãos nos bolsos e o observaram devagar da cabeça aos pés.

Ele soube logo que, no que se referia a valentões, aqueles eram três amadores. Fletcher havia sobrevivido a quatro escolas de ensino médio em cidades maiores antes dali, por isso aqueles garotos não o preocupavam nem um pouco.

— Vocês vão trabalhar na temporada do açúcar? — perguntou Degan.

— Essa é a ideia — respondeu Gordy, já caminhando em direção ao escritório. — Até mais.

Fletcher acenou com a cabeça mais uma vez. Degan se plantou no meio do caminho, esticando o queixo em um desafio óbvio. Fletcher se recusou a morder a isca.

— Por favor, você na frente — falou, então se afastou para o lado e fez um gesto amplo com o braço.

Degan o encarou por um instante além do necessário. Fletcher observou os olhos semicerrados e percebeu que o garoto era só gogó, que havia uma leve centelha de dúvida naqueles olhos. Um covardão comum. Então Degan passou por ele e seu ombro roçou o de Fletcher com mais força do que o necessário.

Grande coisa, otário.

Enquanto seguiam para o escritório, Gordy lançou um olhar preocupado a Fletcher.

— Ei, a gente pode descer a colina até o Peychaud, se você quiser. Ouvi dizer que eles também estão contratando.

— Você disse que Kyle Rush paga melhor.

— É verdade. — Gordy soltou um suspiro. — Parece que Degan e o grupo dele vão trabalhar aqui.

— E daí?

— Então você quer tentar mesmo assim?

— Uhum, quero.

Não havia a menor possibilidade de Fletcher se deixar intimidar por uns deliquentezinhos do ensino médio. Ele estava prestes a explicar aquilo a Gordy quando alguma coisa chamou sua atenção.

Na encosta mais acima do escritório da fazenda apareceu uma garota, deslizando pelo campo de neve intocada com raquetes de neve nos pés. O cabelo escuro e encaracolado estava escapando do gorro vermelho de tricô, e Fletcher a reconheceu. Era a garota do maçarico: Annie. Ela estava acompanhada por três cães, jogando um pedaço de pau para os três disputarem.

Annie se movia e ria como uma criança, e a risada emanou colina abaixo. Então um dos cães viu Gordy e Fletcher, soltou um latido de alerta e desceu a colina para enfrentar os intrusos. Os outros dois cães seguiram o exemplo, ignorando o comando gritado pela menina.

Um instante depois, Fletcher e Gordy estavam cercados por cães, que latiam e abanavam o rabo. Fletcher estendeu a mão para um vira--lata de pelo bagunçado.

— Ei, amigo. Calminha.

O cachorro fez uma reverência brincalhona, então se afastou. A garota se aproximou deles. Os grandes olhos castanhos dela refletiam o sol, e Fletcher sabia que conseguiria ficar olhando para aquele rosto o dia todo.

— Ah, oi, Gordy — cumprimentou Annie, então olhou para Fletcher com uma expressão curiosa.

Provavelmente estava tentando identificá-lo.

— Oi, Annie — respondeu Gordy. — Esse é Fletcher. A gente está procurando seu irmão.

— Kyle está no escritório.

Os cães giravam em torno dela, disputando a atenção. Um deles levantou o galho na direção da garota. Annie encarou Fletcher com um sorriso suave. Ela ficava ainda mais bonita quando sorria. Seu rosto estava ruborizado por causa do frio, e os cílios eram os mais longos que ele já tinha visto.

— Vocês vão fazer parte da equipe de extração? — questionou ela.

— Se seu irmão precisar de ajuda — argumentou Fletcher.

— Ah, ele precisa de toda a ajuda que conseguir — afirmou Annie.

— Então, até depois.

O olhar dela se demorou um pouco mais em Fletcher. Então Annie assoviou para os cachorros, deu uma palmadinha na perna e seguiu pela neve.

Fletcher protegeu os olhos com a mão e a observou na colina, movendo-se com leveza nas raquetes de neve, enquanto brincava com os cachorros. Na segunda-feira, quando tinha se matriculado na escola de ensino médio de Switchback, Fletcher achou que aquilo seria a pior coisa que já lhe acontecera.

Só que, depois de conhecer Annie Rush, tinha a sensação de que aquilo estava prestes a mudar.

9

Agora

—Annie? Sou o dr. King e venho cuidando de você. Minha equipe e eu.

Ela tentou engolir. Foram necessárias três tentativas. A sensação na garganta era terrível, parecia entupida de dor. Annie piscou até o rosto do homem à frente entrar em foco. Doutor King. Ela nunca ia ao médico. Conhecia aquele homem? Ele tinha uma cara boa. O tipo de rosto de quem costumava estar ao ar livre. Cabelo cor de areia e olhos azul-claros a observavam com uma intensidade peculiar. Não do tipo que deixava a pessoa desconfortável, mas do tipo que desejava criar um vínculo.

Ela emitiu uma única sílaba, que soou como uma dobradiça enferrujada.

— Ah.

Annie sentiu que a boca não estava funcionando direito. Não reconheceu a própria voz. Parecia estranha e arrastada, como se ela tivesse passado a noite em uma balada. Não fazia mais aquilo. Fazia? Já tinha feito alguma vez?

— Hum... obrigada?

Annie não sabia bem o que dizer a um desconhecido que alegava estar cuidando dela.

Ela ouviu um som áspero, de alguma coisa se rasgando, quando mãos cheirando a sabonete abriram o velcro da faixa ao redor de seu pescoço. O colar cervical foi retirado, e o ar fresco atingiu a pele exposta. Annie tentou virar a cabeça, mas o pescoço estava tão rígido que ela mal conseguia movê-lo.

A mente estava cheia de perguntas e de incompreensão. Também havia sentimentos, que pareciam flutuar dentro dela, mas o único que Annie conseguia nomear era a frustração por não conseguir expressar os outros sentimentos.

Alguém ativou a opção de "sentar-se" da cama, e ela sentiu o corpo sendo erguido. A mulher com uniforme estampado de gatinhos e estrelas também soltou as faixas que restringiam os movimentos dos pés e das mãos. Annie tentou flexionar os dedos das mãos e dos pés. Havia alguma coisa presa em seu dedo. Então, ela girou os pés na altura dos tornozelos. Todas as articulações estavam rígidas e dormentes. Annie tentou girar os punhos, mas não funcionaram muito bem também.

O dr. King se inclinou para a frente, os olhos sempre fixos nos dela.

— Você sofreu um acidente. Lembra disso?

Annie ergueu a mão. Aquela era a mão dela? Havia um prendedor de roupa branco no dedo indicador. Uma caixa pesada no bolso da camisola estava conectada a ela por fios com ponta de ventosas. E ela usava uma bata de hospital.

Por causa do acidente. Que acidente? Uma imagem surgiu em sua mente: um rodo caindo do andaime de um lavador de janelas. Outro lampejo: ela dirigindo por uma rodovia movimentada, com pressa para chegar a algum lugar. Ela estava com pressa porque… O pensamento flutuou para longe.

— Eu ppppp… preciso de uma escova de dente.

Sim. Por favor. Sua boca parecia o fundo de uma caverna.

Alguém colocou uma bandeja curva na frente dela, com uma escova de dente embrulhada em plástico e um tubo de pasta de dente pequeno. Annie estendeu a mão para a escova de dentes. Os dedos se recusaram a pegá-la. Estava fraca demais até para levantar aquele pequeno plástico. Ela ficou olhando para os próprios dedos como se pertencessem a outra pessoa.

— O q-que aconteceu com meu esmalte? — perguntou, a voz rouca e embriagada, ainda olhando para a própria mão.

O médico pegou a mão dela, a que estava sem o prendedor de roupa branco cintilante.

— Paguei oitenta dólares por aquela manicure — explicou Annie. — Era um esmalte em gel.

Ele a encarou com uma expressão da mais pura ignorância masculina.

— Estou tentando descobrir se você tem consciência do que aconteceu — explicou ele. — Como chegou aqui?

— Eu mesma estava dirigindo — respondeu ela.

Uma sensação latente de mau presságio a invadiu como um rio escuro. Annie sentiu a mente se esforçando para compreender o que estava acontecendo. Talvez fosse um sonho, um daqueles sobre um lugar desconhecido, com pessoas desconhecidas indo e vindo.

O médico acenou com a cabeça, parecendo concordar. A moça com uniforme de gatinhos aproximou um carrinho com um laptop e um monitor da cama. Outra pessoa, uma mulher que se apresentou como dra. Riley, apareceu com um estetoscópio. Ela auscultou o peito de Annie em ambos os lados, na frente e atrás. *Inspire fundo. Expire.* Depois, a médica pressionou o disco de metal liso no pescoço de Annie, explicando que checava a pulsação da artéria carótida.

— Você sabe que dia é hoje? — perguntou o dr. King.

— A não ser que eu tenha perdido alguma coisa, é segunda-feira.

Isso. A entrevista para a revista tinha sido marcada para segunda-feira. No geral havia um ou dois dias de pré-produção e a gravação do programa começava na quarta-feira. A agenda de gravação do programa costumava funcionar com a precisão de um relógio. Aquela era uma das muitas estratégias dela para manter tudo dentro do orçamento. O pensamento desapareceu depressa, e o fio da memória voltou a escapar.

Ela viu o médico dar um breve sorriso ao trocar um olhar com a médica, então se virou para Annie.

— Houve um acidente — revelou ele. — Você sofreu uma lesão na cabeça.

Ela havia tropeçado em alguma coisa. *Estou bem, sério...* Aquele pensamento também desapareceu nas asas de uma borboleta.

Annie voltou a levantar a mão e analisou as unhas sem esmalte, cortadas bem curtas. Então tocou a própria cabeça. Não parecia machucada. Mas...

— Cabelo — disse ela em um sussurro agudo. — O que aconteceu com meu cabelo?

Aquilo era esquisito. Quando ela saíra de casa de manhã, o cabelo comprido e pesado estava preso com uma linda presilha de plástico. No momento o cabelo parecia... um monte de cerdas curtas. O cabelo...

— Meu cabelo sumiu.

E, pela primeira vez desde que tinha acordado, Annie sentiu medo.

— Oi, meu amor.

Aquela voz. Chamando-a de "meu amor". A voz e o jeito de falar fizeram Annie acordar. *Abra os olhos.*

Um rosto pairando acima dela como a lua cheia. Um sorriso doce e triste. Então, alegria. Alegria molhada.

O nome do rosto passou rápido pela mente de Annie e desapareceu. Ela se esforçou para trazê-lo de volta.

— Mãe. Não chore, mãe.

A voz dela ainda soava tão estranha.

Era como a voz de uma mulher que tomava uísque e fumava charutos no café da manhã.

— Ah, Annie. Eu não consigo evitar. Estou tão feliz. Eu achei... Todos nós achamos... — A mãe olhou para alguém que estava parado ao pé da cama. A mulher com uniforme de gatinhos e estrelas mais uma vez. — Posso tocar nela?

A mulher concordou com a cabeça. Um abraço da mãe. Cheiro de brisa no cabelo dela. A sensação doce e deliciosa de segurança. *Mãe.*

Então veio Kyle. O irmão mais velho, porte de lenhador, sorriso com lágrimas nos olhos.

— Olha só quem voltou — murmurou ele e se inclinou para a frente. O toque suave dos lábios dele em sua testa.

— Ah, meu amor. Nós ficamos tão assustados — disse a mãe.

— Você vai ficar bem — falou o pai.

Ele pegou a mão de Annie e deu um beijo na palma, como fazia quando ela era pequena. "Para depois, quando eu não estiver aqui", dizia.

Espera. O pai dela?

Devia estar sonhando. O pai tinha deixado a família havia muito tempo. Mas ali estava ele: cabelo grisalho, dentes brancos, mandíbula quadrada, olhos cor de manjericão.

Uma pizza com manjericão, tomate e muçarela havia sido batizada em homenagem à Rainha Margherita de Saboia e tinha as cores da bandeira italiana. O queijo branco exclusivo era feito com leite de búfala italiana. Annie não tinha ideia de por que aquele pensamento específico lhe ocorria no momento.

— Oi — disse ela.

Lábios secos. Boca seca.

— Tome.

Alguém tocou seus lábios com uma pequena esponja molhada presa a um palito.

Os jalecos brancos pairavam ao redor, iluminando cada um dos olhos dela com um feixe de luz e dando comandos simples. "Siga minha mão com os olhos. Toque o nariz com o dedo. Agora feche os olhos e toque de novo o nariz. Feche os olhos e estenda os braços. Bata palmas em um padrão específico."

Annie sabia o que queriam que ela fizesse, mas o simples ato de levantar uma das mãos a deixava exausta. E levantar os braços? Sem chance. Era como se estivessem sendo puxados para baixo por sacos de areia.

Seu cérebro parecia ter a textura de ovos mexidos. Era impressionante como poucas pessoas entendiam de fato como preparar ovos mexidos. Ovos frescos, de preferência do galinheiro do quintal, eram o ingrediente-chave do prato. Era importante evitar batê-los até formar um líquido uniforme e homogêneo; em vez disso, deviam usar um garfo e mexer com delicadeza para que os ovos mantivessem os atributos naturais. Adicionava-se, então, uma pitada grande de sal e outra pequena de pimenta. Aí era hora de aquecer a manteiga na frigideira sem deixar dourar. No momento em que a manteiga começava a espumar, colocava-se os ovos. Contava-se devagar até dez e já se podia mexer com suavidade a mistura com uma espátula de madeira. Enquanto os ovos ainda estivessem úmidos (mas não molhados), retirava-se a panela do fogo. E então podia servir os ovos em um prato quente com torradas cobertas de manteiga. Alimento bom de cérebro.

Alimento bom para o cérebro. Não *de* cérebro. Annie nunca tinha sido fã de miúdos, o nome bonitinho para órgãos comestíveis, por isso não saberia dizer ao certo como era um cérebro. Na verdade, poderia, sim. Ela havia feito uma matéria de neurociência na faculdade. As meras imagens do livro já serviram para que ela concluísse que aquele não era o caminho profissional certo.

Os pensamentos dela pareciam disparar em todas as direções. Talvez o cérebro dela não fosse como ovos mexidos, e sim como pipoca. Sem a tampa da panela. Um pensamento se formava e logo desaparecia antes que ela pudesse compreendê-lo.

Concentre-se. Preste atenção. Ela se repreendeu com severidade.

E assim aconteceu. Mais batidinhas nos lábios com a esponja molhada, Annie engoliu uma gota de água. Gosto nojento de celulose. Então, olhou nos olhos da mãe e viu o céu.

— O que acabou de acontecer? — perguntou.

A voz estridente como estática no rádio.

Outro jaleco branco segurava uma câmera apontada para ela. Aquilo era uma gravação? Não. A câmera não era um modelo profissional. Além disso, a gravação era às quartas-feiras, e ainda era segunda-feira…

— Quedjahe… — As palavras não se formaram direito. Annie tentou de novo. — Qu… Que dia ehjee?

Ainda não estavam fluindo juntas. Ela sentia a boca tão seca. Mais esponja no palito em seus lábios.

O pai correu a mão pelo braço dela em um toque fugaz de afeto.

— É bom ouvir sua voz — disse ele.

Annie sempre tinha adorado a voz do pai. Quando era bem pequena, ele lia para ela histórias de aventura que supostamente estavam além da capacidade de compreensão da menina, como *A expedição Kon-Tiki*, *A Odisseia*, *A Ilha do Tesouro*. Mas aquelas histórias não estavam além da capacidade de compreensão de Annie. Ela compreendia muito bem o desejo de se aventurar em lugares distantes, descobrir coisas novas, ver as maravilhas do mundo, mesmo que aquilo significasse enfrentar um perigo assustador. Assim, se aconchegava na curva ampla e protetora do ombro do pai e deixava que as histórias que ele lia a levassem para terras distantes. Mas, então, o próprio pai se empolgou. E quis uma aventura para si mesmo.

"Sua mãe e eu estamos nos divorciando. Nada disso é culpa de vocês. Nosso amor por vocês nunca vai mudar."

Se não era culpa dela, por que ela era a única que estava sofrendo?

— Sua equipe de atendimento está se referindo a você como um milagre — contou a mãe. — Para mim, você sempre foi um milagre, mas eles estão se referindo à sua recuperação.

— Equipe de atendimento. — Se Annie se concentrasse nas palavras, elas saíam melhor. Roucas e gaguejantes, mas compreensíveis. — Eu tenho uma equipe de atendimento? Que d-diacho é isso?

— Eles estão cuidando de você desde que foi trazida para cá — explicou a mãe.

"Para cá." Como assim? Annie ergueu os olhos para a claraboia. Era dali que vinha o calor, os raios de sol que ela sentia despertando suas pernas e corpo.

Acidente. O médico de olhos azul-claros tinha mencionado um acidente, mas Annie não conseguiu entender o que ele queria dizer.

— Eu tropecei em um cabo.

Sim. Um lampejo de lembrança. Ela tentou fisgá-la, mas não conseguiu. Estava com pressa. Correndo de... do quê?

— Não foi esse o acidente — corrigiu Kyle. — Tinha um andaime...

Outro lampejo: flores frescas, calor e névoa.

— O rodo do lavador de janelas, sim. Agora eu me lembro. Mas não me atingiu. Só chegou perto.

— Só escute — pediu o irmão. — Não tinha nenhuma menção a qualquer lavador de janelas no relatório. Você está aqui por causa de um acidente de trabalho. Um andaime, uma espécie de plataforma em cima do elevador, deu defeito e desabou.

Annie. Uma voz chamando o nome dela. *Volta.*

— Sério?

Então Annie ficou irritada. Havia se oposto desde o início àquele elevador hidráulico. Lógico, era mais barato, mas economizar na segurança não deveria ser uma opção.

— Cadê meu celular? Vou pedir à minha assistente para registrar uma reclamação.

As palavras vieram de um lugar dentro dela que Annie não reconhecia.

— Não se preocupe com isso, meu bem. Está tudo resolvido — garantiu a mãe.

— Como assim "está tudo resolvido"?

Annie franziu o cenho, aborrecida, e olhou, pensativa, na direção da janela. As flores da macieira estavam em plena floração, rosa-perolado e marfim, um gracioso arco de galhos em contraste com um céu ensolarado.

Ela tinha permissão de subir nas macieiras do pomar na Montanha Rush, mas não nos bordos. Quando subia nos bordos, sujava as roupas com a seiva pegajosa e a avó a repreendia. Uma bronca de Anastasia Carnaby sempre parecia magoar mais. Embora ela nunca levantasse a voz, o tom e a expressão facial passavam uma sensação de tamanha decepção que a vergonha intensa que provocava era mais profunda do que qualquer repreensão estridente.

"Ah, Annie."

Ela voltou de novo os olhos à família. O pai. Kyle. A mãe. A família dela. Estavam longe de serem perfeitos, mas naquele momento ela só sentia amor vindo deles. E por eles.

— Que lugar é esse? — indagou.

Havia jalecos e médicos, sim, e placas de alerta e álcool para as mãos nas paredes, mas faltava o emaranhado de equipamentos e a impressão de alta tecnologia de um hospital.

— É a área de tratamento especializado do Burlington General — informou a moça de uniforme.

Espera. Quê?

— Burlington tipo… em Vermont? — perguntou Annie, incrédula.

— Como raios eu vim parar em Vermont?

Em casa. Ela enfim estava em casa. Só que Vermont não era mais a casa dela. Era?

A mãe soltou um suspiro trêmulo, e os olhos ficaram marejados.

— Ah, Annie. Estamos tentando explicar, mas é tanta coisa. A gente não quer jogar tudo em cima de você de uma vez.

A preocupação parecia pressionar o peito de Annie. Ela ansiava por dormir outra vez, por mergulhar fundo naquela piscina de nada. Precisava dormir, mas eles pareciam querer que ela permanecesse acordada. *Fica comigo, Annie. Fica.* A voz fantasma em sua cabeça pertencia a alguém que ela achava que conhecia.

— Você ficou inconsciente depois do acidente — contou o pai dela.

— Foi uma lesão na cabeça, filhota. Uma lesão séria.

"Filhota." Por que ele a estava chamando daquele jeito? Ela não era a filhota dele havia décadas. Lesão na cabeça. Annie ergueu um braço que parecia muito pesado, respirou fundo para ganhar coragem e tocou o cabelo muito curto. A cabeça não parecia ferida.

— Por isso cortaram meu cabelo? — Ela deu um sorriso minúsculo.

— Acho que consigo lidar com o cabelo curto por um tempo.

Annie se virou para o irmão, que a observava como se ela tivesse acabado de puxar o pino de uma granada de mão. Kyle nunca tinha conseguido manter uma expressão impassível.

— O que foi? — perguntou Annie.

— Nada.

— Você está me olhando de um jeito engraçado.

Kyle olhou para a enfermeira, então para a pessoa com a câmera.

— A situação não tem graça nenhuma, fedelha.

Aquele era o apelido que o irmão usava com ela. "Fedelha." No passado, Annie o tirava do sério, espionando-o com as namoradas quando ele era adolescente.

Kyle mexeu os pés, abaixou os olhos por um momento, então voltou a olhar para ela.

— Você ficou inconsciente por muito tempo. Tipo, muito, muito tempo. Foi tenso. Havia uma chance de você ter morte cerebral. A equipe de transplante de órgãos queria...

— Kyle — interrompeu a mãe, mordendo o lábio.

— Eles queriam meus órgãos?

Annie não conseguia compreender bem aquilo. Órgãos do corpo. Miúdos. Aqueles aos quais ela não era chegada.

— Ninguém sabia dizer se você ia acordar ou não — continuou Kyle.

Annie bocejou. Queria dormir de novo. Dormir e nunca mais acordar. *Concentre-se*, ela disse a si mesma. *Fique aqui. Não deixe essas pessoas pegarem seus órgãos.*

— Estou acordada agora. Então, obrigada por não doarem meus órgãos, eu acho.

Kyle riu, e Caroline deu um tapa no braço do filho.

— Você disse muito tempo — sussurrou Annie. — Não. Você disse muito, muito tempo. Quanto é *muito, muito* tempo?

Kyle então ficou muito sério. Todos ficaram em silêncio por alguns momentos. Annie contou as batidas do próprio coração. Então chamou:

— Mãe?

A mãe dela estava chorando de novo, a cabeça baixa.

— Pai?

— Você ficou inconsciente por um ano — revelou Ethan. — É isso que a gente está tentando explicar. Você perdeu um ano inteiro.

— Um ano.

As palavras saíram ásperas da garganta de Annie.

"Você ficou inconsciente por um ano."

Aquelas tinham sido as palavras exatas do pai.

— Isso não tem graça — falou Annie.

Ela tentou assimilar a ideia de um ano, mas a mente parecia funcionar com uma estranha letargia. Um ano inteiro. Como era um ano? Como uma pessoa sentia a passagem do tempo? Os pensamentos se formavam devagar, como xarope de bordo chegando ao ponto de bala mole. Embora a água fervesse a cem graus, a seiva tinha que aquecer até quase cento e quatro graus. Àquela temperatura, a seiva se transformava em xarope.

O pai dela ainda estava falando, mas a mente de Annie havia divagado de novo.

— Desculpe — falou ela. — O que você disse?

— Ninguém está brincando — disse o pai. — Você viveu algo terrível, mas o pior já passou. Agora temos que seguir em frente a partir daqui.

Annie mal conseguia se mover. Os músculos pareciam muito fracos. Os membros eram como vermes rastejantes. Ela olhou para as próprias mãos. Então olhou para a mãe.

— Então foi isso que aconteceu com meu esmalte? Sumiu porque estou dormindo há um ano? Um ano inteiro, caralho... Isso é impossível.

Aquele era o tipo de coisa que as pessoas divulgavam na internet: "Mulher dorme por um ano e acorda irritada por causa da unha feia".

— Você vai ficar mais forte. Mesmo que provavelmente não tenha essa sensação, você vem se exercitando com frequência — explicou a mãe. — Alguém da equipe de atendimento tem exercitado seus braços e suas pernas para preservar o tônus muscular. Eu vinha pelo menos três vezes por semana, Annie. Às vezes mais. Segurava sua mão, massageava cada dedo... — Os olhos dela ficaram marejados de novo, e ela lançou um olhar desesperado para a enfermeira. — Darby pode explicar melhor, eu acho.

A enfermeira que estava diante do suporte de computador com rodinhas listou uma rotina de cuidados tomados enquanto Annie dormia, dia após dia. Houve aspiração traqueobrônquica, massagem facial, exercícios passivos para a amplitude de movimento. Apesar de tudo aquilo, os membros de Annie pareciam fiapos de macarrão. O cérebro, pipoca. Ela não conseguia nem apoiar os braços atrás do corpo para se erguer na cama. Darby ajeitou um travesseiro atrás dela.

Enquanto fazia aquilo, a enfermeira explicou que, no início, havia um tubo de respiração, mas que acabou sendo substituído por uma traqueostomia, um tubo menor no pescoço; como tinha menor probabilidade de causar lesões permanentes, era melhor para uso a longo prazo. No momento Annie respirava ar umidificado.

Fizeram um buraco no meu pescoço, pensou Annie. De imediato ela o procurou com a mão e encontrou uma faixa de gaze ali. *Tenho um buraco no pescoço*. Ela estava prestes a pedir um espelho para poder vê-lo, mas desistiu da ideia. Ver uma coisa daquelas provavelmente a faria cair durinha.

— Você vai sentir a garganta dolorida por um tempo. Fale baixo e não se esforce — orientou Darby, a enfermeira. — Com o tempo, sua voz vai voltar ao normal.

A mãe de Annie secou as lágrimas com um lenço de papel.

— Li vários livros para você — contou ela —, como fazia quando você era pequena. Ninguém tinha como dizer se você me ouvia ou não.

O pai de Annie lia histórias de aventura. A mãe lia poesia e livros de fantasia onírica. *Tigre! Tigre! Brilho, brasa...*

— Talvez eu tenha ouvido. — Quando se lembrou da sensação especial e aconchegante de ler na cama com a mãe ou o com pai, Annie voltou a sentir aquele formigamento na garganta. Será que as lágrimas sairiam pelo buraco no pescoço? — Não sei se ouvi. Não consigo... Não me lembro de nada.

O pai deu uma palmadinha constrangida na perna dela.

— Você tem muito trabalho pela frente. E muitas pessoas dispostas a ajudar. Sei que vai superar isso.

Superar. Até que ponto? Onde a pessoa se via depois que *superava* alguma coisa? O que aconteceria *depois*? Aquilo era um destino em si? Ou apenas outra porta aberta? Uma saída de emergência?

Annie analisou o rosto do pai. Era um belo rosto, mas pertencia a um desconhecido. Depois que deixou a família, ele não foi mais muito presente na vida de Annie.

— O que você está fazendo aqui? Você não tem aulas de surfe para dar na Costa Rica?

— Estou aqui por sua causa. E vou ficar o tempo que você precisar.

— Precisei de você quando tinha 10 anos — contrapôs Annie —, mas você foi embora.

— Ah, sim — interveio Kyle. — Questões de família. O administrador de seu caso disse que todos nós receberíamos aconselhamento familiar. Pelo menos não vai faltar assunto.

— Mostre os dentes.

— Hã?

Annie olhou para o crachá da mulher. PATSY SCHEIN, TERAPIA OCUPACIONAL. Annie não sabia quanto tempo tinha se passado desde a visita da família dela. *Foi ontem? Semana passada? Ano passado?* Talvez ela tivesse sonhado com os pais e com o irmão. Não sabia o que era real e o que era imaginário. Não sabia como era a passagem do tempo.

— Vamos fazer alguns testes simples — disse Patsy com um tom animado. — Vamos, dê um sorriso cheio de dentes pra gente.

Aquilo era real? Annie cerrou os dentes. Não estava com vontade de sorrir. Então, a mulher fez com que ela fechasse os olhos e levantasse os braços ao mesmo nível à frente do corpo, como o monstro de Frankenstein em movimento. Seus braços estavam tão fracos que ela mal conseguia sustentá-los erguidos. Precisava ir à academia com mais frequência. Pelo jeito a levariam a uma academia. Alguém havia escrito aquilo no quadro branco em frente à cama.

Patsy a orientou a repetir uma frase: "Será que o sol cintila em Cincinnati?". Então murmurou três palavras ("livro", "veleiro", "ideia") e pediu que ela repetisse as três alguns minutos depois. Ao que parecia, queriam se certificar de que a mente dela estava funcionando.

Annie sabia que estava... e não estava. Ela não conseguia permanecer acordada. Passava o tempo todo grogue. Pensamentos passavam direto pela mente, se estilhaçavam e desapareciam como fogos de artifício. Ela identificava a presença de sentimentos, mas nem sempre conseguia atribuir palavras às emoções. Havia coisas das quais se lembrava com uma nitidez cristalina, como o som da voz da avó cantando músicas de programas, o cheiro úmido da chuva de verão na calçada ou o toque dos lábios de um menino na primeira vez que ele a beijou. Ela sabia como era o sabor do ar da montanha em um dia de céu azul na primavera e a sensação sedosa da água do lago Rainbow em um dia quente de verão.

De outras coisas, no entanto, ela mal se lembrava: do misterioso "acidente" mencionado pelo dr. King. Disseram que ela havia passado três dias entrando e saindo do estado de consciência, mas Annie não sabia distinguir o espaço de um dia. Ela nem tinha certeza se sabia o que era "acordar". Naquele momento, ela estava acordada ou sonhando?

Uma voluntária entrou no quarto empurrando um carrinho com livros e revistas. Era uma adolescente esbelta e tinha a pele clara, com alguns piercings no lábio e na sobrancelha, e uma manchinha de geleia de mirtilo no queixo. A garota tinha alguns dentes faltando, mas havia uma certa doçura em seu sorriso que atraiu Annie. Um crachá a identificava como Raven.

— Você quer algo pra ler? — perguntou a garota.

Annie pensou a respeito. Livro, veleiro, ideia. Ela gostava de ler, não gostava?

— Você tem alguma recomendação? — perguntou ela.

Raven deu de ombros.

— Acabei de terminar esse.

Ela entregou a Annie um livro com uma capa sombria: *A boa vizinha*.

Annie abriu o livro e deu uma olhada. As palavras nadavam e dançavam diante de seus olhos, e as mãos tremiam com o esforço de segurar o exemplar.

— Talvez eu leia depois. Obrigada — murmurou Annie, deixando o livro no carrinho-bandeja diante dela. — Você gosta de trabalhar aqui?

Outro dar de ombros.

— Sou voluntária. É tranquilo. Dos males o menor.

— Quais os outros males?

Raven hesitou.

— O juiz Wyndham me mandou prestar serviço comunitário.

— Ah.

O nome mexeu com alguma parte do cérebro de Annie. *Wyndham*.

— Foi só porque eu matei aula. Não sou perigosa nem nada — explicou Raven, aparentemente interpretando mal a expressão de Annie.

— Lógico que não. Eu não achei… Não importa. Obrigada pelo livro. Pode passar por aqui quando quiser.

— Pode deixar. — Raven deu ré com o carrinho em direção à porta, então ficou parada ali. — Hum, posso te ajudar em mais alguma coisa?

Annie respirou fundo.

— Talvez… um espelho?

Raven franziu o cenho.

— Ah. Você quer um espelho pequeno, tipo de maquiagem?

— Sim, tudo bem. Serve. — Como seria a cara amassada de sono de uma pessoa que acordava depois de um ano inteiro dormindo? Annie tinha quase certeza de que não gostaria do que veria, mas era melhor saber logo. — Hum, quer dizer, se não for dar muito trabalho.

— De jeito nenhum. Estou aqui pra ajudar as pessoas. Pode pedir o que precisar.

Que tal um ano? *Posso ter meu ano de volta?*

— Não gosto de dar trabalho — explicou Annie.

Raven acenou com a cabeça.

— Aham. Sei como é. Vou ver se consigo encontrar um espelho pra você.

Raven saiu por alguns minutos. Ou talvez tivessem sido horas. Annie tinha dificuldade em ter uma noção exata da passagem do tempo. Tinha perdido um ano inteiro em um piscar de olhos. Talvez Raven tivesse saído do quarto por um ano.

Ou não. A garota voltou, ainda com a mancha de geleia de mirtilo no queixo. Ela lançou um olhar furtivo à porta enquanto colocava um pequeno espelho redondo de mão na mesinha com rodas diante de Annie.

— Não deixa ninguém ver — recomendou Raven.

— O quê, o espelho?

Raven confirmou com a cabeça.

— Não é pra você ter acesso a nenhum objeto pontiagudo.

— Sério?

A garota deu de ombros.

— Eles ficam com medo de os pacientes se machucarem.

Annie soltou um suspiro, o que fez o peito doer. Então, pegou o espelhinho. Parecia mais pesado que uma frigideira de ferro quando ela levantou e colocou diante do próprio rosto. Ela conhecia aquele rosto, embora tivesse dificuldade de decifrar as emoções à mostra ali. A pele estava de uma palidez amarelada doentia. Os olhos eram como os do avô: grandes e castanhos. O cabelo… curto, sem estilo. Ela parecia uma mulher destruída de algum romance inglês, que caíra em desgraça e fora tosada.

— Talvez eu considere a ideia, agora que vi o que fizeram com meu cabelo — comentou Annie. Quando viu a expressão no rosto de Raven, acrescentou: — É brincadeira. Pode acreditar, não vou usar cacos de vidro para me cortar.

Outra mulher apareceu no quarto. Nancy, uma fisioterapeuta.

"Empurre minha mão com a sua. Empurre minha mão com o pé. Ótimo. Jogue as pernas para o lado da cama."

Ela colocou um cinto grosso ao redor da cintura de Annie e a ajudou a se levantar. Os joelhos de Annie cederam, e ela caiu de volta na cama. Elas repetiram o exercício algumas vezes, então Annie adormeceu… depressa e sem esforço, como se alguém tivesse desligado um interruptor de luz.

Uma palavra surgiu em sua mente. Switchback. Era um lugar, certo? Sim. A casa *dela*. Ela era um pássaro, pairando pela paisagem, e via o campanário pintado da igreja congregacional, os riachos cintilando com trutas fluindo pelas montanhas, as fazendas e florestas nos arredores, a pedreira de onde ela pulava na água azul-claro em um dia quente de verão. Annie conseguia dar zoom na imagem como se fosse uma câmera em um suporte ou um quadricóptero, sobrevoando a ampla casa de fazenda tão conhecida, com os barulhos do dia a dia da família. Quando ampliou a imagem, sentiu ondas de euforia e alegria, e logo decepção e desespero. Aqueles sonhos eram tecidos em fios de confusão e saudade.

Os dias fluíam juntos, momentos que se seguiam como contas de madeira em um colar. Annie queria dormir o tempo todo, mas eles insistiam para que ela comesse. No entanto, só tinha permissão de ingerir líquidos insossos e viscosos, por mais que tivesse tentado explicar que aquilo era o mesmo que não comer. Comer era um ato sensual e multifacetado que envolvia não apenas sabor, mas aroma e textura, temperatura e paladar. Comer era um ato social entre as pessoas, uma forma de se conectar com os outros.

A dieta que lhe era servida ali era um processo de ingestão sem graça, consumida em isolamento ou com um auxiliar sentado por perto.

Annie se preocupava com a possibilidade de o líquido sair pelo buraco no pescoço.

Queriam que ela se mexesse, mas só com o cinto de transferência e alguém por perto para ajudá-la. Nunca sozinha. Os cuidadores diziam que seu corpo estava se ajustando, recalibrando, e que aquilo precisava ser feito de forma gradual e deliberada. Um dos psicólogos a orientou a se imaginar apertando o botão de reinicialização de um computador. Recomeçando. Não ajudou. *Sistema operacional não encontrado.*

Na maior parte do tempo, ela não pensava nem lembrava. Os sentimentos eram cores. O azul frio da solidão era uma sombra na neve. O vermelho quente era o filamento da raiva. O laranja mutável, uma névoa de confusão. Esperança amarela, o sol como uma bola quicando no horizonte. A alegria era uma quimera que ela nunca conseguia tocar porque não era real.

Lembranças pairavam e desapareciam, impossíveis de compreender e reter. Disseram que ela precisava treinar a respiração. Respirar cada vez mais fundo, enchendo os pulmões ao máximo, a protegeria contra uma pneumonia. Então ela inspirava. Expirava. Inspirava pelo nariz, expirava pela boca. *Cheire as rosas, apague a vela. Faça a bolinha azul no espirômetro alcançar 750.*

Tudo era uma revelação. O canto de um pássaro no jardim. O cheiro da loção Jergens. O peso leve de uma caneta na mão. Ela era canhota? Destra? Não conseguia se lembrar. Quando escrevia palavras no papel, Annie usava a mão esquerda, mas não reconhecia a caligrafia.

E se viu bombardeada por informações e conselhos. Enquanto estava em coma, havia passado por um exame SPECT, um método de diagnóstico por imagem, que não mostrara anormalidades no fluxo sanguíneo cerebral. Aquilo era bom, segundo a enfermeira de plantão. Outros exames eram feitos todo dia, e os resultados também eram encorajadores. Era provável que a amnésia pós-traumática diminuísse aos poucos. Conforme o estado de saúde dela continuasse a melhorar, a confusão desapareceria. As lacunas absurdas de memória poderiam ser preenchidas em algum momento.

Às vezes Annie era levada em uma cadeira de rodas pelo centro de reabilitação. O lugar cheirava a pés. A pessoas velhas. A desinfetante com aroma de pinho. Ela participou de uma reunião de grupo com outros pacientes em cadeiras de rodas. Alguns com andadores. Um fisioterapeuta os guiou em exercícios. "Passe o balão para quem está à direita. Olhe para cima, olhe para baixo." Na maior parte do tempo, os pacientes permaneciam estranhamente silenciosos.

Annie guardou os nomes deles com facilidade e foi informada de que aquilo era um sinal de progresso. Havia Ida, que estava se recuperando de um derrame. Hank, usando o que parecia ser um capacete de polo aquático modificado. Georgia sofria de tremores o tempo todo. E o pobre Lloyd, tão debilitado que a mãe mostrava a todos a foto de *antes* dele para que pudessem ver como já tinha sido forte e bonito, diferente da figura contorcida na cadeira de rodas.

Uma assistente social disse que Annie deveria exercitar a gratidão, porque a maioria das pessoas nunca saía de um coma prolongado.

Gratidão. Sim, ela se sentia grata. Pelo que, exatamente, não tinha certeza.

— Eu quero ir lá fora — anunciou ela.

— Boa ideia — respondeu a cuidadora.

Sua acompanhante daquele dia era Phyllis, uma mulher calada e robusta que ajudou Annie a passar da cama para a cadeira de rodas com habilidade e eficiência. O longo corredor era claro e limpo, cheio de carrinhos médicos e cuidadores com pagers e prontuários nas mãos. Alguns pacientes idosos descansavam nas cadeiras de rodas, e as expressões vazias e as bocas abertas deles despertavam a compaixão de Annie. E certa identificação também. Ela era um deles.

As portas automáticas se abriram e, num piscar de olhos, ela estava do lado de fora. O sol da manhã no jardim a banhou como um bálsamo curativo. Annie inclinou a cabeça para trás e deixou o calor e a luz brincarem em seu rosto. Ela respirou fundo o ar doce com a brisa vinda do lago Champlain. O ar tinha um sabor. Era verde e macio, uma luz na língua.

— Eu me lembro disso — declarou ela. — Da sensação do sol. Do cheiro e do sabor. Mas é diferente.

— De que maneira? — perguntou Phyllis.

Annie se esforçou para conseguir responder, mas as palavras não saíram.

— Estou com fome.

— Então você está com sorte. As orientações de hoje dizem que você deve começar a comer alimentos sólidos. Posso levar você de volta para dentro, lá no quarto a gente pede para servir a refeição.

— Prefiro comer aqui fora.

Phyllis hesitou, mas logo assentiu, determinada.

— Você está certa, a manhã está gostosa demais para ficar lá dentro. Vou pedir para alguém trazer seu café da manhã aqui.

Annie olhou para as árvores que começavam a florescer e para as nuvens em movimento. Agradecer. Respirar.

— Sempre adorei a primavera — revelou Annie.

— Eu também. — Phyllis empurrou a cadeira de rodas até uma mesa de ferro forjado. — Meus filhos ficam irritados e agitados perto do fim do inverno, depois de passarem tempo demais dentro de casa. É um grande alívio quando podem sair para brincar do lado de fora.

Annie sempre quisera ter filhos. Aquele pensamento a atingiu, e ela arquejou com uma dor assombrosa. Então ela fugiu e procurou desanuviar a mente até os pensamentos virarem um azul vasto e vazio como o céu.

Um funcionário chegou com o café da manhã em uma bandeja, que colocou na mesa diante de Annie. Ele removeu a tampa abobadada com um floreio, como um garçom em um belo restaurante.

— Bom apetite — falou o homem com um sorriso. — Pikey, o chef, preparou especialmente para você.

A primeira refeição sólida de Annie foi uma panqueca marrom-dourada coberta com manteiga e calda quente. O cheiro estava tão bom que ela quase chorou de alegria. Annie usou os talheres com alças moles, mais fáceis de segurar, para cortar um triângulo úmido da borda da panqueca. A manteiga derretida e a calda escorreram para o vazio, acumulando-se no prato grosso de porcelana branca.

Ela colocou a primeira porção na boca, e todos os sentidos foram preenchidos, até ela achar que explodiria. Aquela porção de comida poderia definir o conceito de conforto doce. O tempo parou, e não havia nada além daquele momento. Annie fechou os olhos e permitiu que um sorriso tomasse seu rosto.

— Tem gosto de paraíso — elogiou ela.

— É o melhor de Vermont. Sua mãe nos fez prometer que usaríamos o xarope de bordo de sua família.

— Doçuras Rush.

Annie abriu os olhos e continuou a comer. Ela soube com uma súbita certeza de que, quando se tratava de despertar a memória, não havia nada mais evocativo do que comida deliciosa. A estimulação sensorial, de fragrância e calor, sabor e textura, despertava o passado adormecido. A cada mordida, as lembranças fluíam por ela, poderosas e vívidas. Vapor de bordo subindo até a saída de ar das bandejas do evaporador. O crepitar seco do fogo de lenha.

"Você tem cheiro de xarope de bordo."

Aquela voz. Annie se lembrou da voz, combinada com um rosto. E um nome: Fletcher Wyndham. Ele havia dito aquelas palavras a ela pouco antes de fazerem amor pela primeira vez. Annie ouviu a voz sussurrando em seu ouvido, como se estivesse acontecendo naquele momento. Sua mente se expandiu e voltou no tempo, buscando algo que parecesse mais real e substancial do que o mundo em que ela havia acordado.

Antes

Os últimos dias da temporada de açúcar de 2002 levaram um período de calmaria à Montanha Rush. O fluxo de seiva diminuía de modo natural conforme as árvores brotavam com os dias mais longos e o aumento da temperatura. A neve derretida enchia as calhas com água corrente e transformava o solo da floresta em lama.

Kyle parecia feliz com a produção da temporada. Eles tinham conseguido encher um número recorde de galões de xarope de bordo e tinham seiva extra suficiente para vender *in natura* para um grande produtor ao sul do estado. As equipes contratadas já não eram mais necessárias, de um modo geral, a não ser para arrancar as torneiras das árvores, permitindo, assim, que os furos de coleta cicatrizassem.

A equipe de natação de Annie da escola havia participado de uma competição naquela manhã. A jovem disputara em duas categorias individuais e um revezamento, e tinha se classificado entre as primeiras nas três, garantindo o primeiro lugar nos cem metros nado peito. Annie foi direto do chuveiro do vestiário para um almoço generoso que a avó deixara na geladeira de casa, um sanduíche de fatias grossas de pão com queijo Cabot ralado com cebolinha e rabanete, coberto com maionese, e um pote de purê de maçã com especiarias do outono anterior. Perfeito depois de uma competição desafiadora.

Annie soltou os cachorros para que corressem um pouco fora de casa e foi cuidar das tarefas. Apesar de a primavera já estar se aproximando, o dia estava frio, e seu cabelo, ainda úmido do chuveiro, tinha congelado em cachinhos apertados enquanto ela subia até a casa de açúcar. A fervura daquele dia seria a última da estação. Eles tinham parado de fazer xarope depois do brotamento, porque o açúcar da colheita tardia tinha um sabor esquisito.

Fletcher estava trabalhando sozinho na floresta de bordo. Ela o viu lá no alto da colina, usando um martelo de garra para arrancar as torneiras, jogando cada bico de metal afiado em uma bolsa de lona para ser limpa e guardada para o ano seguinte.

Ele trabalhava da mesma forma que fazia todo o resto, com uma graciosidade e eficiência peculiares, mostrando uma confiança inata nas próprias ações. Embora a mãe de Annie o tivesse rotulado de desordeiro, ele era o trabalhador mais rápido que já haviam tido na montanha. A mãe de Annie era amiga da mãe de Degan Kerry, e a sra. Kerry afirmara que Fletcher era um delinquente que já havia sido expulso de três escolas.

Aquilo fora o bastante para criar do nada o título de bad boy da cidade, com base apenas em uma fofoca. E serviu para que Annie se apegasse ainda mais a ele. Fletcher prometera ir à casa de açúcar depois que terminasse de arrancar a última torneira. Aquilo deixou Annie zonza de tanta empolgação, porque os dois teriam o lugar só para eles. O resto da família dela tinha ido ao centro da cidade para a cerimônia de inauguração na escola que Beth administrava. A escola Haven fora realocada para um edifício histórico, recentemente restaurado para garantir mais salas de aula e alojamentos para os alunos.

Beth era uma cunhada incrível. Ela havia se mudado para Switchback para trabalhar como diretora de um internato para adolescentes. Beth tinha dois filhos pequenos, Dana e Lucas, um coração de ouro e uma conta bancária vazia. Depois que ela e Kyle se casaram, a fazenda Rush voltara a ser uma fazenda familiar.

Beth era muito astuta em relação às pessoas. Ela dizia que conseguia decifrar um adolescente como um enigma de livro. Annie esperava que a cunhada não conseguisse *decifrá-la*, porque tinha toda a intenção de dar uns amassos em Fletcher Wyndham.

Ela deixou as botas enlameadas do lado de fora, alimentou o evaporador e a fervura começou. O cômodo se aqueceu com o brilho profundo do fogo, e o vapor do bordo se erguia pelas aberturas nas vigas.

Fletcher apareceu no fim da tarde. A lama havia congelado, e ela ouviu o rangido dos passos se aproximando da casa de açúcar. Annie abriu a porta e jogou os braços ao redor dele, amando o jeito como o abraço forte a fazia se sentir: reconfortada. Cuidada.

— Que bom que você chegou — disse ela, já puxando-o para dentro e fechando a porta. — Pode ficar mais um pouco?

— Era pra eu ajudar na oficina. Os clientes não param de aparecer. O que é bom, acho, considerando que meu pai precisa que o negócio dê certo. Mas ainda assim... — Fletcher parou de falar, beijou-a, então a abraçou com tanta força que levantou os pés dela do chão. — Pensei em você o dia todo.

— Eu também.

— Assisti às suas duas primeiras provas. Adoro te ver nadar.

— Sério?

— Você é boa, Annie. Além disso, fica uma delícia de maiô. Eu teria ficado para os revezamentos, mas Kyle precisava da minha ajuda. — Fletcher pegou um dos scones da avó de Annie e mergulhou na panela de calda. — Não conta pro seu irmão, mas, se fosse preciso, eu aceitaria só o xarope como pagamento.

— Você não bate bem — brincou ela, sentindo-se atraída por ele como ferro por um ímã.

— Nunca disse que batia bem — sussurrou Fletcher, pegando as mãos dela e entrelaçando os dedos dos dois.

Annie olhou nos olhos verde-avelã, que refletiam as chamas do fogo a lenha. Ela estava constrangida, tímida e sem fôlego de tanto desejo. As brasas sob o evaporador davam um brilho suave à casa de açúcar e, quando viu a luz brincando no contorno do rosto dele, Annie sentiu uma onda de emoção tão intensa que fez seu peito doer.

Fletcher se inclinou para a frente e beijou-a com delicadeza. Os lábios dele tinham gosto de bordo, e eram suaves e gentis nos dela, cheios de promessas.

— Estou nervosa — sussurrou Annie.

Aquele meio-sorriso de Fletcher...

— Eu também.

Ela tocou a bochecha dele.

— Sério? Achei que nada pudesse te deixar nervoso.

— Você — falou Fletcher, então pegou a mão dela e pressionou-a no próprio coração acelerado. — Você me deixa nervoso.

— Não é de propósito. Não entendo. Por quê?

— Porque você é muito linda, eu gosto muito de você, e quero fazer isso direito.

Annie se derreteu todinha. Ninguém nunca tinha falado com ela do jeito que Fletcher falava ou olhado para ela do jeito que ele olhava.

— Aqui vai um segredo! — exclamou Annie. — Não vou saber se a gente tá fazendo direito ou não. Nunca fiz isso antes.

— Aqui vai outro segredo! — Foi a vez de Fletcher dizer. — Nem eu.

— Então eu acho que a gente não devia se preocupar em estar fazendo direito ou não — falou ela, tirando o suéter pela cabeça.

O que lhes faltava em experiência, eles compensaram em entusiasmo. E ternura. E sinceridade. E frequência. Conforme aprofundava o relacionamento com Fletcher, Annie ficava cada vez mais inebriada e, às vezes, era como se estivesse voando. Fletcher tinha despertado uma paixão tão intensa nela que a fazia se sentir toda fora do prumo. Os sentimentos a consumiam.

Uma mudança fundamental aconteceu em seu âmago. O mundo parecia diferente em todos os aspectos. O próprio ar tocando a pele parecia diferente. O gosto das coisas mudou, as cores ficaram mais vivas. Annie passou a vivenciar o mundo em um nível todo novo, tudo por causa da forma que se sentia.

Era viciante, aquele fluxo de pura emoção, sem nem uma gota de algo racional como um pensamento. O coração dela foi reorganizado. Annie sabia que aquilo era uma impossibilidade física, mas era bem como se sentia. Ela acordava todos os dias pensando em Fletcher e adormecia todas as noites sonhando com ele.

Entre um momento e outro, eles passavam o máximo de tempo possível juntos. Annie mergulhou no amor por ele com um tipo de abandono imprudente que não era nada do seu feitio. Costumava ser uma planejadora, traçava com cautela o curso a cada dia. Mas não quando se tratava de Fletcher.

A primavera irrompeu pela paisagem, e eles foram fazer uma trilha juntos, levando um piquenique para o prado perto do riacho que corria pelas macieiras. E se beijaram enquanto o vento soprava uma tempestade de pétalas rosas e brancas nos dois. O coração de Annie parecia prestes a explodir com tanta beleza. Fletcher a levou para um passeio em uma das scooters importadas do pai. Embora soubesse que a mãe não aprovaria, ela pediu para Fletcher ensiná-la a guiar a scooter sozinha. Os dois exploraram as estradas estreitas e sinuosas juntos, e Annie levou a câmera com a qual tirou fotos e fez vídeos breves, o que a obrigou a ficar acordada até tarde para editá-los.

Eles encontraram um lugar tranquilo na biblioteca, que também fazia as vezes de centro cultural, em um canto iluminado no meio da seção 910. Havia um sofá com braços arredondados ao lado de uma mesa com um lampião a óleo.

— Essa sempre foi minha seção favorita na biblioteca — sussurrou Annie. — Viagem e geografia. Quando eu era mais nova, gostava de fechar os olhos, escolher um livro de forma aleatória e planejar uma viagem imaginária para aquele destino.

— Pra onde você iria se pudesse escolher qualquer lugar do mundo? — perguntou Fletcher, enquanto folheava um livro de fotos mostrando o Salar de Uyuni, na Bolívia.

— Ah, não tenho como responder isso. Quero viajar para todos os lugares. Quero ver tudo no mundo.

— Você tem que começar em algum lugar.

— Já escolhi onde vou fazer o intercâmbio no exterior, no terceiro ano da faculdade. Aix-en-Provence. Fica no sul da França. — Ela pegou um livro da estante, que já tinha consultado inúmeras vezes. — Lá tem aquelas casas de fazenda tradicionais, chamadas *mas*. Eram fazendas totalmente autossustentáveis no passado. Todos os prédios ficam voltados para o sul, protegidos de um vento chamado mistral. E ali mesmo se cultivava tudo de que a população local precisava: azeite de oliva, frutas, vegetais, gado, laticínios, até seda.

— Xarope de bordo?

— Hum… isso não.

— Eu nunca poderia viver em um lugar que não tivesse xarope de bordo.

— Ah, não, isso é bem limitante. Olha só isso. É o paraíso. — Annie olhou, apaixonada, para a imagem de uma *mas* do século XVIII, cercada por vinhedos e olivais, tudo banhado pelo brilho dourado do sol. Então, ergueu os olhou para Fletcher. — E você? Pra onde iria se pudesse ir a qualquer lugar?

— Eu gosto muito daqui.

Ele manteve os olhos fixos nela o tempo todo.

Ai, céus.

— Para quais faculdades você se candidatou?

— Nenhuma. Não tem como eu juntar dinheiro para pagar.

— Ah. — Annie abaixou os olhos, arrependida de ter perguntado. Só que não conseguiu abandonar o assunto. — Então, hum, você tem vontade de ir pra faculdade?

— Tenho. E, sim, pesquisei subsídios, empréstimos e bolsas de estudo. Mesmo assim estaria fora do meu alcance, a não ser que eu ganhasse na loteria ou fizesse algo radical, como entrar pra Guarda Nacional.

— Não te deixa nervoso pensar em entrar pro exército depois do que aconteceu no 11 de setembro?

— O que aconteceu naquele dia deixa *todo mundo* nervoso. A srta. Elkins falou que eu devia procurar uma faculdade noturna ou fazer aulas on-line.

— Ora, tudo bem, então — falou Annie, o tom animado demais. — Já é um começo.

Alguém do outro lado das estantes fez *shh* para os dois.

Fletcher sorriu e encostou o dedo na boca dela.

— Ah, sim. Se você perguntar ao meu pai… ou à sua mãe, eles vão dizer que eu nunca vou ser nada na vida.

— Então você está perguntando para as pessoas erradas — sussurrou ela, de modo que só ele conseguisse ouvir. — Devia perguntar pra mim.

— Muito bem, o que você acha, srta. Annie Rush?

— Eu acho — disse ela, enquanto passava os braços ao redor do pescoço dele e se inclinava para beijá-lo — que você vai conquistar o mundo.

Na aula de inglês avançado, Annie escreveu um poema no estilo de Elizabeth Barrett Browning, listando as virtudes de um alvo anônimo do afeto dela e afirmando como amava cada parte dele.

— Você tá com os quatro pneus arriados, hein... — brincou Pam quando leu o poema.

— Eu não tô arriada, tô *flutuando* — declarou Annie, sem a menor vergonha.

Ela olhou para a amiga com uma expressão eufórica. Ela e Pam tinham crescido juntas, e eram o tipo de melhores amigas que se declaravam inseparáveis para o resto da vida, mesmo que o tempo e a distância as separassem em algum momento.

— É tão inesperado. Eu não tinha ideia de que o amor podia ser assim.

— Assim como?

— Do mesmo jeito que as pessoas vão se sentir quando provarem esses cupcakes.

Ela e Pam estavam preparando e confeitando cupcakes Lady Baltimore, que seria a contribuição das duas para a próxima festa dos formandos. Lado a lado, recheavam cada cupcake com frutas ao conhaque e nozes, então acrescentavam uma nuvem branca e fofa de cobertura de merengue batido.

Pam deu um passo para trás e analisou a bandeja cheia de cupcakes lindos.

— Ficaram incríveis, não ficaram?

— Com certeza. Agradeça a seu pai pelo contrabando de conhaque pra nós. É delicioso.

O pai de Pam era um mestre destilador, especializado em uísques e conhaques envelhecidos em barris. Ele era fornecedor de bares chiques em Nova York e Boston.

— Eu fico curiosa pra saber se é diferente cada vez que acontece — especulou Pam. — Tô falando do amor, não dos cupcakes.

— O que eu estou sentindo só pode acontecer uma vez na vida — declarou Annie com total confiança. — Eu jamais conseguiria me sentir assim por nenhuma outra pessoa.

— Como você sabe?

— Eu só sei.

— Minha mãe diz que eu não deveria encontrar o amor da minha vida até ter pelo menos 28 anos.

— Por que 28?

— Ela diz que antes disso as pessoas não conhecem a si mesmas de verdade.

Como psicóloga da escola, a dra. Mitchell tinha alguma autoridade no assunto, mas Annie sabia que tinha que haver exceções. Ela e Fletcher eram um caso excepcional. Ela sentia aquilo no âmago do ser. Seu coração o havia escolhido, e não era culpa de ninguém que o tivesse encontrado dez anos antes da data ideal, de acordo com o cronograma da dra. Mitchell.

Annie mal conseguiu esperar para mostrar o verão em Vermont para Fletcher. Eles fizeram trilhas e pescaram trutas, com os cachorros pulando ao redor. Na cidade, havia shows no parque, uma feira de produtores todo fim de semana e outra de antiguidades aos domingos que atraía visitantes de todos os lugares. Annie e Fletcher pararam na banca de um sebo para folhear livros empoeirados. Ela arquejou quando encontrou um exemplar de *Senhor das moscas* em uma caixa elegante.

— Esse é meu livro favorito da vida — afirmou Annie. — E você tá me olhando de um jeito estranho. Por que tá me olhando de um jeito estranho?

— Porque também é meu livro favorito. Tô falando sério, é mesmo.

— Então nós dois temos muito bom gosto pra livros.

— Custa vinte e cinco dólares — informou o livreiro. — É um item de colecionador.

Annie olhou para o livro com uma expressão de pesar enquanto o colocava de volta.

— É mesmo um tesouro — concordou, e foi para a banca seguinte.

Ela se virou para dizer algo a Fletcher, e viu que ele estava comprando o livro.

— Ai, meu Deus — disse Annie quando Fletcher lhe entregou a caixa. — Não acredito que você fez isso.

— É nosso livro favorito. Quero que você fique com ele.

Ela quase desmaiou de amor por ele, literalmente. Então pegou o livro e segurou junto ao peito antes de guardá-lo na mochila.

— Obrigada — disse Annie. — Vou guardar o livro com minha vida.

— Eu li duas vezes.

— Eu li três. E vou ler esse aqui hoje à noite. Tenho uma queda por livros antigos.

— E eu tenho uma queda por sorvete — declarou ele, já se encaminhando para uma barraca em que serviam sorvetes caseiros em casquinhas também caseiras.

Annie adorava passear pela cidade de mãos dadas com Fletcher, os dois saboreando os sorvetes enquanto caminhavam pelas ruas sombreadas.

— Eu gosto dessas casas grandes e antigas — comentou Fletcher enquanto eles admiravam as casas imponentes da rua Henley.

— Eu também. Se você pudesse morar em qualquer uma delas, qual escolheria?

Ele olhou de um lado a outro no quarteirão, então apontou.

— Aquela, com as venezianas e a varanda que dá a volta até os fundos.

— O nome é casa Webster — contou Annie. — E é a que eu escolheria também, mas não por causa da varanda. Entrei nela uma vez, para uma reunião do Clube 4-H, então sei que tem uma biblioteca incrível com lareira.

— Se tivesse uma piscina, seria perfeita — comentou Fletcher, terminando o sorvete. — Nossa, como tá calor hoje.

— Eu sei de uma coisa melhor do que uma piscina. Switchback tem um segredo. Vamos pegar as roupas de banho e toalhas, e eu te mostro.

Pouco tempo depois, eles seguiam de carro por uma estrada rural, cercada por uma mata densa, até um local em que havia alguns carros estacionados na margem gramada. Vários garotos e garotas em roupas de banho encharcadas surgiram de súbito de uma trilha quase escondida.

A trilha serpenteava por uma floresta exuberante, coberta por samambaias, que exalava o aroma fecundo de terra úmida, as árvores alimentadas por uma rede de pequenas nascentes borbulhantes. O dossel da floresta se abria ao redor de uma pedreira formada por terraços de rocha lisa, pináculos e penhascos que cercavam uma piscina natural da água mais límpida e azul do mundo, iluminada pelo sol de verão. Em uma extremidade, uma série de cachoeiras se derramava na piscina em uma torrente dramática. Calhas criavam toboáguas naturais entre as paredes estreitas do cânion. Havia penhascos e afloramentos rochosos de onde se podia pular, e piscinas rodopiantes escondidas nas sombras. O rugido da cachoeira era pontuado por gritos de alegria daqueles que saltavam e mergulhavam nas profundezas.

Fletcher parou de andar e protegeu os olhos com a mão para ver melhor.

— Que incrível… — murmurou ele, absorvendo a cena. — Que lugar é esse?

— Se chama Pedreira do Luar. Dizem que os pilares da Biblioteca Pública de Nova York e os degraus da Suprema Corte são feitos de mármore extraído daqui — contou Annie. — Você tem medo de altura?

Fletcher sorriu.

— Depende de onde vou aterrissar.

Eles deixaram as toalhas em uma saliência da pedra lisa e aquecida pelo sol e subiram até um ponto logo abaixo das quedas d'água. Uma cortina de água fria e forte caiu nos dois quando chegaram a uma saliência três metros acima da parte mais funda da piscina.

— Só tem um jeito de descer — gritou Annie, a voz quase abafada pelo barulho da cachoeira.

Fletcher pegou a mão dela.

— Quando você quiser.

Eles foram até a borda e pularam, se soltando quando caíram na água. O mergulho foi longo e profundo. Ninguém nunca havia tocado o fundo ali; havia rumores de que eram cento e cinquenta metros de profundidade. Annie via a sombra de Fletcher por perto, tremeluzindo em um fluxo rodopiante de bolhas. Ela bateu as pernas e subiu até a superfície, e ele se juntou a ela um instante depois, o rosto cintilando de alegria.

— Uau — falou Fletcher, se deslocando pela água e sorrindo para Annie. — Só... *uau.*

De todos os momentos-chave que Annie havia vivido, aquele talvez fosse o mais nítido e aguçado de todos. Naquele instante, ela teve uma sensação de felicidade tão poderosa que foi quase assustadora. Queria se agarrar ao sentimento para sempre.

A temperatura da água era tão inconstante quanto a luz: gelada em lugares profundos e na sombra, e aquecida pelo sol em outros. Eles encontraram riachos lentos fluindo pelas rochas parcialmente submersas, calhas com correntes rápidas, escorregadias por causa do musgo verde-escuro, formando um tobogã natural. As partes aquecidas pelo sol, nos pontos em que a água fluía passo a passo, criavam pequenas cascatas que pareciam feitas para massagear as costas.

— Vamos vir aqui todos os dias — sugeriu Fletcher.

— Pelo resto da vida — completou Annie.

Em uma noite fresca, enquanto ajudava a mãe a arrumar a cozinha depois do jantar, Annie decidiu abordar o assunto que vinha ocupando sua mente o verão todo. Kyle estava trabalhando no escritório da fazenda, e Beth dava banho em Lucas. Dava para ouvir as risadas gostosas dos dois no banheiro do andar de cima. Na sala de estar, a avó lia uma história do Ursinho Pooh para Dana. Annie e a avó tinham preparado truta frita e uma salada da horta: ervilhas e brotos de ervilha, hortelã e rabanetes franceses de café da manhã. *Crumble* de ruibarbo de sobremesa. Não sobrou nada. Com duas crianças e cinco adultos em casa, nunca sobrava.

— Vou tirar um ano sabático — anunciou Annie.

Ela viu o rosto da mãe ficar muito pálido.

Annie tirou os últimos pratos da mesa e colocou em cima da bancada.

A mãe olhou para ela, aborrecida, enquanto carregava a lava-louças.

— Vou fingir que não ouvi isso.

Annie se deu conta de que provavelmente deveria ter planejado melhor aquela conversa. Por outro lado, não haveria nenhum momento bom para falar a respeito e ao menos as duas tinham a cozinha só para elas. Aquele sempre fora o cômodo favorito de Annie na casa. Os armários e o piso eram feitos de madeira de bordo com furos de extração, que conferiam marcas distintas às peças. Depois que a seiva secava de vez e as árvores não eram mais úteis para a produção de xarope, eram extraídas para que a madeira fosse utilizada. Os padrões eram criados pela perfuração e pela cicatrização dos buracos de cada estação. Cada tábua tinha uma história e era um lembrete do empreendimento que sustentava a família por gerações.

O avô de Annie tinha feito as bancadas usando antigas superfícies de evaporação, polindo o aço inoxidável até que brilhasse como as superfícies de um restaurante sofisticado. Quando ainda era pequena demais para alcançar o balcão, Annie subia em um banquinho ao lado da avó e a ajudava a cozinhar, enquanto absorvia a arte e a energia de uma mestra da cozinha. No nicho ao lado ficava a mesa redonda em que a avó servia as refeições mais incríveis: milho recém-colhido, frango assado com limão e alecrim, grandes travessas de ervilha, tortas de frutas vermelhas recém-saídas do forno. A grande mesa bem gasta era o cenário de comemorações de aniversário, tarefas do dia a dia, conversas sérias, batalhas com os deveres de casa, notícias felizes, enfim, do vaivém da vida da família.

— Preciso que você me escute, mãe. — Annie tentou de novo. — Já chequei com a secretaria de inscrições. Eles vão deixar que eu mantenha a colocação e a bolsa se eu decidir tirar um ano sabático.

— E por que diabo você faria isso? Até pouco tempo, mal podia esperar para ir embora de Switchback.

Annie sabia que não havia sentido em esconder a verdade da mãe.

— Eu não estou conseguindo lidar com a ideia de deixar Fletcher.

A mãe comprimiu os lábios, mas a expressão dos olhos se suavizou.

— Ah, meu bem. Todo mundo fica assim por causa do primeiro amor.

Annie acreditava do fundo do coração que ela e Fletcher não eram todo mundo. O que eles tinham era único, mas não conseguia encontrar as palavras certas para explicar aquilo à mãe.

— Não vou conseguir focar na faculdade se estiver ocupada só sentindo falta de Fletcher o tempo todo.

— Se ele te ama mesmo, então vai querer que corra atrás dos seus sonhos.

— Mãe, *ele* é meu sonho.

— Não vou discutir com você, Annie, porque, acredite ou não, entendo o que está sentindo. Talvez eu até me lembre de como é se apaixonar e nunca mais querer sair de perto de quem se ama. Só quero saber... Como vai ser sua vida se você ficar aqui? Como vão ser seus dias? Você vai acordar de manhã e... fazer o quê?

— Vou tocar meus projetos. Ler e estudar. Aprender mais sobre culinária e desenvolvimento de receitas, fotografia e videografia. Foi isso que me levou à faculdade, afinal.

— O que vai acontecer nessa mesma época, no ano que vem? Vocês vão estar dispostos a se separar no ano que vem?

Annie mordeu o lábio, e desviou o olhar dos olhos astutos da mãe.

— Não estou tentando ser cruel — continuou a mãe. — Só quero ter certeza de que você pensou bem a respeito disso.

— Penso nisso o tempo todo. Fletcher e a faculdade não são mutuamente excludentes.

— Então vá para a faculdade. Não deixe que outra pessoa, mesmo alguém que você ama, afaste você disso.

Annie olhou para a mãe, que parecia quase em pânico.

— A vida é minha. A escolha também.

— Se desistir da faculdade, não dá para voltar atrás.

— Eu tenho 18 anos.

— Exatamente. Mostre *uma* pessoa de 18 anos que tenha feito boas escolhas. — A mãe soltou um suspiro. — Olha só. Quando eu tinha sua idade, me vi na mesma situação que você.

— Com meu pai.

A mãe concordou com a cabeça.

— Você não acha que eu também tinha sonhos?

— Acho que devia ter… Quais?

Annie se sentiu meio culpada por não saber ao certo quais eram os sonhos da mãe. Ela só tinha presumido que eram se casar com o pai dela e criar uma família na fazenda.

— Eu tinha sido aceita em uma escola de arte de Nova York. O Instituto Pratt.

Era uma das melhores escolas de arte do país. Talvez do mundo.

— Sério? Você nunca me disse isso.

— Porque eu nunca cheguei a estudar lá.

— Por que não?

— Porque eu estava apaixonada. Achei que tinha encontrado algo que queria mais do que a escola de arte. E não suportava a ideia de ficar longe de seu pai.

— Você ficou em Switchback por causa do papai.

Annie sentiu um aperto no peito.

A mãe enfileirou os pratos na lava-louças.

— Meus pais queriam que morássemos aqui para ajudar e para fazer um pé-de-meia. Eles tinham muito espaço e nós, nenhum tostão, então o plano pareceu fazer todo o sentido na época. Eu adiei meu futuro. E é impressionante como planos temporários têm um jeito todo especial de criar raízes quando um bebê nasce. Eu tive Kyle, e não me entenda mal, não trocaria a maternidade por nada. Mas aquilo significava que, para mim, a escola de arte e o sonho de morar na cidade grande estavam cada vez mais distantes. Com um bebê recém-nascido e um marido, eu não podia deixar tudo aquilo em suspenso para ir embora estudar.

— Então você está dizendo que meu pai te impediu de seguir esse caminho?

— Sim. Não. Tudo me impediu. Eu só não quero que isso aconteça com você.

— Não precisa ser assim. Afinal, eu não vou me casar e ter um filho, como... — Annie parou de falar.

— Como eu fiz?

Annie se sentiu mal pela mãe.

— Mesmo assim você seguiu com sua arte — argumentou a jovem, indicando a cozinha ao redor com um gesto amplo da mão. — O papai e o vovô transformaram o loft em cima da garagem em um estúdio pra você. E suas pinturas estão por toda parte.

A mãe fechou a lava-louças e ligou o ciclo de lavagem de alta pressão.

— É verdade. Mas onde está meu marido?

— Eu não vou sobreviver sem você — disse Annie a Fletcher, desesperada, enquanto o verão caminhava em direção ao outono, e o início das aulas se aproximava.

Ele a abraçou com gentileza, o afeto silencioso tão doce que parecia dor.

— Eu não quero ir — sussurrou ela.

— E eu não quero que você vá.

— Não suporto a ideia de perder um único dia com você. Vou ficar. Quem se importa com o que minha mãe diz? Vou arrumar um emprego, assim como você, e nós dois podemos fazer a faculdade noturna e aulas on-line.

— Isso parece incrível. Acho que você deve mesmo dar as costas para a bolsa de estudos fantástica que conseguiu em uma das melhores faculdades do país e arrumar um empreguinho qualquer aqui na cidade.

— Você sabe que não é assim.

— *Shh.* — Ele encostou o dedo nos lábios dela. — Você não vai fazer isso. De jeito nenhum.

— Fletcher...

— Para de falar disso. Não seja tonta.

Para alívio da mãe, Annie começou o primeiro ano na faculdade como o planejado. Era a oportunidade de uma vida, e Fletcher não a deixaria perder aquilo. Só que ele era o amor de uma vida, e ela não queria estragar aquilo.

O dono de uma movimentada revendedora da Piaggio, a fabricante italiana de scooters, tinha oferecido um emprego a Fletcher na loja e também um lugar para dormir ali. A revendedora ficava no Brooklyn, a apenas uma ponte da Universidade de Nova York.

Annie estava contando os dias para a mudança de Fletcher. Ela já imaginava os dois andando de mãos dadas pela cidade, comendo em cafés com mesinhas na calçada, comprando comida para viagem e a dividindo sentados em um banco ensolarado de um parque enquanto conversavam sobre tudo no mundo. A cidade era tão movimentada e vibrante, tinha uma energia irresistível. Annie estava dominada pela empolgação ali, e a única coisa que faltava era Fletcher.

As aulas começaram, e Fletcher continuava em Vermont. A oficina estava com muito serviço. Ele não podia só abandonar o pai. Annie tentou ser paciente. Tentou se concentrar na faculdade.

Ela já sabia que a matéria favorita naquele período seria Fotografia e Imagem. Uma das primeiras tarefas foi capturar luz e sombra em preto e branco. Uma tarde, Annie foi até o parque Washington Square, bem perto do campus, e tirou fotos do corrimão de ferro forjado com um emaranhado de bicicletas presas ali, de um passeador de cães cercado pelos bichos sob sua tutela, de crianças brincando em um trepa-trepa. A melhor foto foi a de uma barraquinha de comida, na qual um cara de calça jeans desbotada e avental de chef preparava sanduíches cubanos. Uma nuvem de vapor envolvia o espaço de trabalho do homem, e um galho de árvore se arqueava sobre ele em uma moldura natural, lembrando o formato de seus braços longos e musculosos. Perfeito.

Annie comprou um sanduíche dele, embora não pudesse se dar ao luxo de ficar comprando comida fora do refeitório. O cara entregou a ela o sanduíche embrulhado em papel, com um sorriso tão cativante que Annie colocou todo o troco no pote de gorjetas. Então, ela correu de volta para o dormitório, uma suíte que dividia com outras três garotas muito bagunceiras e artísticas, e ligou para Fletcher para contar a ele sobre seu dia.

— Mal posso esperar pra você chegar. Quando vai poder vir? — perguntou ela.

— Tô me organizando pra isso.

— O quando? Ou o como?

Fletcher riu.

— As duas coisas. Vamos dar um jeito.

— E quando isso acontecer — afirmou Annie, cheia de esperança —, vamos ficar juntos para sempre.

O "para sempre" deles durou menos de duas semanas.

O celular tocou quando Annie estava terminando um dia de seminários e de uma análise crítica de fotos. Ela estava na rua, a caminho de um restaurante em que esperava conseguir um trabalho de meio período.

— É tudo tão incrível — contou Annie. — Nem sei por onde começar a desbravar. Por Little Italy, eu acho, seria o mais lógico. Eu já descobri um mercado familiar em que recebem entregas diárias de Nápoles. Então...

— Annie, ei, espera um pouco.

Havia um tom diferente na voz dele... Sério. Estranho. Annie parou na frente de uma barraca de frutas em uma esquina. Abelhas zumbiam acima das maçãs colhidas cedo.

— Aconteceu alguma coisa — disse ela, sentindo uma pontada de preocupação.

— Meu pai sofreu um acidente. Ele está no hospital. Ele... Tô aqui com ele agora.

— Onde? O que aconteceu? Ele vai ficar bem?

— Ele... Eles o trouxeram de helicóptero para o centro de trauma de Burlington. Foi um acidente na oficina. Um conector de alimentação deu pau, e a perna do meu pai foi esmagada.

O zumbido das abelhas e os sons da rua movimentada com a aglomeração de pessoas passando apressadas desapareceram. Ela se lembrou do avô, que tinha sido esmagado quando o trator capotou. A expressão no rosto da avó naquele dia ainda assombrava Annie. Será que aquela era a expressão no rosto de Fletcher no momento?

— Meu Deus — sussurrou Annie. — Você deve estar tão assustado...

— Aham. — A voz dele estava fraca de exaustão. — Tô feliz por terem trazido ele pra cá. Meu pai vai precisar… Ah, merda, Annie, eu não consigo nem pensar direito.

— Como eu posso ajudar? Quer que eu volte pra casa?

— Não — respondeu Fletcher depressa. — Afinal, não tem nada pra fazer além de esperar. Esse hospital… Fica no campus da Universidade de Vermont. E arrumaram um lugar para eu ficar. Sabe como é, enquanto ele está aqui.

— Ah, Fletcher, eu sinto tanto. Como seu pai está? Você já conseguiu falar com ele?

— Ele está totalmente apagado por causa dos analgésicos. Eles vão ter que… A perna dele não tá só quebrada. Quando o conector quebrou, um Jeep Wagoneer caiu em cima dele. A perna foi esmagada do joelho pra baixo, e ele ficou imobilizado. Preso… Meu pai não conseguia alcançar o telefone e desmaiou várias vezes. Eu estava no ferro-velho quando aconteceu, tinha ido procurar uma porta traseira. Quando voltei, eu o ouvi gritando.

— Ah, Fletcher. Eu quero ajudar.

— Não tem nada… Merda. Ninguém além dos médicos pode ajudar meu pai. — Fletcher fez uma pausa, e Annie o ouviu respirando fundo. — Vão ter que amputar a perna dele.

Ela ficou tonta e teve que se apoiar no prédio. Precisou se concentrar nas pirâmides bem organizadas de maçãs em exposição.

— Ah, não.

— Ele passou seis horas preso na oficina. Chamam de isquemia prolongada. Os médicos disseram que tentar manter a perna dele exigiria um monte de operações a mais e um tempão no hospital, sem garantia de sucesso. Poderia haver complicações sérias, e ele nunca mais conseguiria usar a perna. Perderia a sensibilidade no local e não poderia colocar o peso nela.

— Então… vão amputar?

Annie passou a mão na própria perna.

— Vão. Ele vai ter que fazer um negócio chamado amputação guilhotina no nível do joelho.

— Você não pode deixar seu pai — concluiu ela.

— Não posso — concordou Fletcher.

Annie ficou mais tonta ainda, com tristeza e medo. Havia muita coisa que ela não compreendia. Porém, naquele momento, teve a mais completa e absoluta compreensão de que nada que ela e Fletcher tinham planejado aconteceria.

11

Agora

— A árvore está para a noz como a ovelha está para o quê?
— Queijo.

A terapeuta fez uma marcação na prancheta.

— É provável que a resposta correta seja lã, mas o queijo de leite de ovelha é subestimado — comentou Annie. — Além disso, tem um gosto melhor. Penso em comida o tempo todo.

— A água está para o gelo assim como a maçã está para o quê? — A terapeuta não estava para conversa.

— Torta de maçã.

As perguntas daquele dia estavam deixando Annie na defensiva. Preocupada. Às vezes, ela tinha a sensação de que o cérebro estava pairando à beira de alguma coisa importante, como se pudesse explodir a qualquer momento.

— Você sabe dizer o que a levou a dar essa resposta? — perguntou a terapeuta.

Ela era uma mulher negra, que usava óculos em forma de meia-lua empoleirados no nariz, o cabelo arrumado em cachos brilhantes. Ao contrário de muitos outros cuidadores ali, a terapeuta não usava uniforme nem jaleco, mas uma saia e suéter cor de ameixa e um crachá com o nome: Doutora Binnie Johnson, Mestre em Serviço Social.

— Porque é o correto? E, se não for, então quem inventou esse teste por certo nunca comeu minha torta de maçã.

— Então você gosta de fazer torta? É boa nisso?

— Eu ganhei prêmios pelas minhas tortas. Estou falando sério. Prêmios.

— Uma vela está para um navio assim como uma trava está para...?

— Uma bola de futebol.

A boca da dra. Johnson tremeu em um quase sorriso.

— O que foi? — perguntou Annie.

— Você deveria dizer "para um cadeado".

— Essa foi a primeira resposta que me ocorreu, mas não achei certo.

— Tente ouvir a si mesma.

— Como assim?

— Estou querendo dizer que você sabe mais do que pensa que sabe. Escute sua voz interior e não a de outra pessoa.

— Minha voz interior parece com a do locutor do *Sábado Gigante*.

— Desculpa, parece com o quê?

— É um programa de música pop latina. Frenético e incompreensível.

A dra. Johnson escreveu alguma coisa em um Post-it e colou no quadro branco na parede oposta à cama. O bilhete dizia: "Mente tranquila".

Após a sessão, Annie se deitou na cama e tentou tranquilizar a mente. Só que foi bombardeada por uma enxurrada de vozes altas e frenéticas, junto a imagens e lembranças aleatórias, como peças de um quebra-cabeça que não conseguia compreender. O mundo havia encolhido até ficar do tamanho daquele quarto. Com direito a: higienizador para as mãos na parede, como se ela fosse tóxica. Pacotes de loção impossíveis de abrir, que não lhe adiantavam de nada. Água em uma jarra de plástico barata que tinha gosto de, bem, plástico. Uma bandeja curva de vômito, em cima da mesa de cabeceira com rodinhas, porque às vezes era como se ela engolisse na direção errada.

Annie ergueu os olhos para o teto. Como podia estar tão exausta quando só o que tinha feito eram alguns jogos de associação de palavras?

Vinha sendo submetida a um montão de testes: físicos, psicológicos, cognitivos, neurológicos e muitos que pareciam não servir para medir nada além do senso de absurdo. Ela era considerada uma paciente extraordinária por causa do longo tempo que passara em coma e do alto nível das funções físicas, mentais e intelectuais depois daquele tempo. Contudo, Annie não se sentia nada extraordinária, só fraca e confusa.

Pensar fazia a cabeça doer, e tudo a cansava. Ela cochilava por alguns minutos ou por uma eternidade. Uma terapeuta ocupacional e uma assistente entraram no quarto.

— Quer tomar um banho? — perguntou a terapeuta ocupacional.

Annie suspirou. Até então, só havia tido permissão para tomar banhos de esponja.

— Quer se casar comigo?

A mulher sorriu.

— Imaginei mesmo que você quisesse.

O box com chuveiro tinha quase o tamanho de um quarto, e era equipado com um banco de plástico e barras de apoio, além de pilhas de toalhas de aparência áspera e frascos de sabonete e xampu. Ela despiu a camisola do hospital sem reclamar; toda a dignidade já fora pelo ralo havia muito tempo. Sua pele lhe parecia estranha de tão pálida e tinha marcas cinzentas e pegajosas de cola velha de acessos intravenosos e eletrodos.

Annie se imaginou dormindo, sendo mantida viva por cola e esparadrapo. Para onde tinha ido durante todo aquele ano? O que tinha perdido? O que estava escondendo de si mesma?

Com a ajudante pairando por perto, Annie deixou a água escorrer pelo corpo, e o jato morno fluindo por ela a fez chorar.

Chorar também era exaustivo, então ela tentava não ceder à tentação.

Annie inclinou o rosto em direção ao chuveiro e desejou que aquele banho pudesse durar para sempre. Depois, a terapeuta ocupacional a ajudou a se secar e a vestir uma camisola limpa. Ela ficou morta de vergonha ao perceber que, embora tivessem cortado todo seu cabelo e mantido as unhas aparadas, o pessoal dali não havia feito muito em relação à depilação. A situação das axilas dava a impressão de que ela estivera morando em uma caverna. No caso das pernas… o estado era ainda pior: uma massa branca flácida coberta de pelos escuros.

— Eu devia ter continuado dormindo — comentou ela enquanto a ajudavam a voltar para a cama.

Annie se deitou, exausta, e começou a contar os azulejos do teto. Vinte e oito para um lado. Quarenta para o outro... Mil cento e vinte no total. Ela sabia fazer contas. A professora da terceira série tinha sido a sra. Marge Green, que havia ensinado a turma a encontrar a área de um retângulo ao desenhar um grande bolo de chocolate e cortá-lo em seis quadrados de um lado e cinco do outro. O problema com o bolo era que era preciso usar leitelho fresco tanto no bolo quanto na cobertura. O sabor ácido e a textura suave do ingrediente criavam um equilíbrio perfeito com o chocolate amargo e a cremosidade da cobertura.

Olha só, eu me lembro de coisas, pensou Annie. *Só não me lembro de tudo*. Ela queria ter uma mente tranquila. Queria descobrir quem era, não dez anos antes, mas naquele momento. Ou no ano anterior, antes do longo sono. Poderia perguntar à família, mas um impulso visceral a impedia. Queria recuperar sozinha as lembranças perdidas. Não queria que fossem filtradas pela mãe, que tendia a dar o toque particular às coisas. O psicólogo da equipe que cuidava dela apoiava aquilo. Ele havia dito que as lembranças retornariam no próprio tempo, quando Annie estivesse pronta.

A dra. Johnson voltou com mais perguntas e tarefas mentais.

— Quero que você conte de trás para a frente, a partir de cem, subtraindo sete a cada vez.

— Uhum — confirmou Annie. — Já, já começo.

— Não, eu quero que faça o mais rápido que puder. Comece com cem. Então subtraia sete...

— Pessoas sem lesões cerebrais conseguem fazer isso? Ei, Raven — gritou ela para a garota do carrinho de livros que estava passando no corredor —, conte de trás para a frente, a partir de cem, subtraindo sete a cada vez.

Raven parou do lado de fora da porta.

— Hein?

— Viu só — disse Annie à dra. Johnson. — Ninguém consegue fazer isso. Vamos passar para outra coisa.

— Cem — disse uma voz masculina. — Noventa e três, oitenta e seis, setenta e nove...

— Parece que você tem uma visita — comentou a dra. Johnson. — E é um sabichão, ainda por cima.

O polegar de Annie encontrou o botão de se sentar, algo que ela ainda nem tinha conseguido fazer antes. "Progresso, não perfeição." Um dos terapeutas tinha sugerido que aquele poderia ser um mantra. Annie havia argumentado que não era um mantra, mas um slogan. Precisão na linguagem era a chave para a nitidez. Especificidade resultava em desambiguação.

— Fantástico — murmurou ela. — Adoro visitas.

Era fácil ser sarcástica, e não tão exaustivo quanto sentir de verdade. Annie se apoiou nos braços fracos. Nem pareciam braços; eram mais como apêndices moles que pertenciam a outra pessoa. A uma outra Annie, talvez. De outra época. Uma da qual ela não conseguia se lembrar.

Seu nome verdadeiro era Anastasia, como a avó. Ela adorava ter o mesmo nome da avó. Sentia muita falta dela e não tinha o menor problema em se lembrar dela. Por que as lembranças mais intensas eram das pessoas de quem ela mais sentia falta, como a avó e…

— Setenta e dois, sessenta e cinco — disse a voz da porta.

Annie olhou para o recém-chegado.

E se esqueceu de respirar. A respiração foi roubada pelo choque. Fletcher Wyndham sempre havia tido aquele efeito nela.

— Tem problema se eu entrar? — perguntou ele.

— Volto para dar uma olhada em você mais tarde — falou a dra. Johnson, e o olhar se iluminou enquanto ela focava em Fletcher antes de sair.

Ao que parecia, ele tinha aquele efeito em muitas mulheres.

Respire, disse Annie a si mesma. *Sinta o cheiro das rosas. Apague a vela. Encontre a voz.*

Era Fletcher, mas uma versão dele da qual ela não se lembrava. Ou talvez aquele fosse um Fletcher que ela nem chegara a conhecer. O garoto que havia conhecido no ensino médio era magrelo, durão e indomável. Aquele garoto tinha se transformado em um jovem intenso, atraente, determinado e incrivelmente sexy. Ali, diante dela, estava um homem de terno e gravata, mas que ainda mantinha um pouco do charme desleixado: cabelo mais longo do que o padrão e a sombra de uma barba. E havia ganhado corpo. Os membros desengonçados tinham ficado fortes. A atitude desleixada já parecia autoconfiança. Fletcher estava diferente. Mais firme e sólido do que o garoto dos seus sonhos do passado.

Algo que parecia dor cintilou nos olhos dele.

Mas, quando ele sorriu, foi como se o sorriso acendesse um interruptor naqueles olhos, e Annie viu alguém que já fora o mundo todo para ela.

— Não, não tem problema — respondeu Annie naquela voz que ainda lhe soava estranha. — Pelo amor de Deus, óbvio que não.

Ela olhou ao redor do quarto, enquanto se perguntava se deveria convidá-lo a se sentar. A mobília parecia comum, embora cada peça fosse coberta por um revestimento plástico. Ao que parecia, pessoas sob cuidados de enfermagem de longo prazo tendiam a vazar.

— Como você me encontrou? — questionou Annie.

Ela abaixou os olhos para as próprias pernas. Estavam feias e pálidas, como dois pães longos e pastosos não assados. Então, levou a mão ao cabelo. Tão curto. Espetado. Fletcher já passara os dedos pelos fios longos do cabelo dela. E dizia que amava aqueles cachos cheios.

— Sua... Eu soube pela sua mãe.

— Você falou com minha mãe?

Era muito estranho imaginar os dois conversando.

Fletcher foi até perto da cama e se sentou na cadeira revestida de plástico, destinada às visitas.

— Sinto muito pelo acidente. Sua mãe disse que você é um milagre.

— Eu não me sinto um milagre, mas eu entendo. Todo mundo achava que eu nunca acordaria.

Annie não conseguia parar de olhar para ele. Os olhos penetrantes. A mandíbula quadrada. Fletcher era um homem que parecia ter sido feito para ser encarado.

— Como você está se sentindo, Annie?

Aquele não era o mesmo "como você está se sentindo?" da equipe de atendimento. De manhã, uma assistente social tinha lhe entregado uma folha com emojis de rosto redondo com expressões para ajudá-la a descrever as próprias emoções: feliz, triste, preocupada, brava, assustada, bem-humorada.

"Como você está se sentindo?" Annie revirou a pergunta na mente.

— As pessoas têm me feito muito essa pergunta. Às vezes, perguntam *o que* estou sentindo. Eu me sinto descolada do mundo. Descolada do tempo.

— Não sei como é isso.

— É como...

Annie mordeu o lábio.

A emoção que sentia era uma mistura das carinhas de preocupada e triste da folha de emojis. *Mente tranquila.* De acordo com a equipe ali, ela estava fazendo um excelente progresso. Pouco tempo antes, sua atividade diária consistia em um terapeuta levantando um de seus membros e pedindo para ela oferecer resistência.

Cada músculo precisara ser fortalecido, porque cada músculo havia adormecido com o cérebro machucado. Ela apertara bolinhas de borracha. Abrira e fechara a boca. Dera de ombros. Levantara os braços. Os joelhos. As sobrancelhas. Tudo.

E tinha que exercitar a mente também. Aquele jogo estúpido de analogia já era parte da rotina. Além disso, ela estudava cartões com cores, formas e palavras. E tinha experimentado fazer um sanduíche de manteiga de amendoim. Tentara escovar os dentes. E escrever o próprio nome, primeiro usando a mão esquerda e depois a direita. A mão esquerda funcionara melhor, por isso ela estava quase certa de que ainda era canhota. Fazia jogos de memória. Tinha gabaritado o uso do banheiro, porque a alternativa era impensável. Talvez fosse aquele o significado de "motivação".

Enquanto explicava tudo aquilo a Fletcher, Annie abaixou os olhos, porque não queria que ele visse o rosto triste-preocupado.

— Isso é... Sinto muito. — Ele empurrou a cadeira mais para perto da cama. — Annie, sinto muito. Sinto muito mesmo por tudo que aconteceu com você.

— Você não foi responsável por isso. — Ela deu um sorrisinho. — Ou talvez tenha sido e eu não me lembro.

— Vai ter que confiar em minha palavra, então.

— Confiar em sua palavra.

Annie ousou levantar os olhos e observar o rosto de Fletcher. Aquele rosto. No passado ela vira o mundo inteiro nos olhos dele. Havia confiado na palavra dele muito tempo antes, mas não tinha sido o suficiente.

— Como posso ajudar? — perguntou Fletcher.

Sempre prestativo. Aquela era uma das razões pelas quais eles tinham se separado, anos antes, não era? Fletcher ajudara. Tomara conta das coisas. De outras coisas. Não dela.

— Em tese, estou recebendo toda a ajuda de que preciso aqui. — Ela indicou com um gesto o quadro branco que descrevia a agenda do dia: fisioterapia, terapia ocupacional e cognitiva. — O cérebro se reconecta após uma lesão. É por isso que tenho que reaprender velhos hábitos. E é por isso que não consigo me lembrar de certas coisas.

— De que coisas? — Fletcher deu uma risadinha. — Desculpa, que bobagem... Perguntar se você consegue se lembrar das coisas que esqueceu.

— Ainda assim faz todo o sentido para mim. — De uma coisa Annie se lembrava com certeza: adorava conversar com Fletcher. — É desorientador. Disseram que tenho que ter paciência e me situar. As pessoas aqui dizem o tempo todo que a chave é a motivação. Estou tentando descobrir o que é sentir motivação.

— Não deve ser difícil pra você, Annie. Você sempre foi uma pessoa motivada.

É mesmo? A palavra não significava nada para ela no momento. Annie reparou na alfaiataria perfeita do terno dele, delineando os contornos elegantes do corpo.

Fletcher franziu um pouco a testa.

— Algum problema?

— O terno. Tem um talhe fino. — *Talhe*, como um corte preciso, sob medida, ela não sabia por que se lembrava tão bem da expressão. — Eu nunca vi você de terno antes.

Ele abriu um sorriso. Ah, aquele sorriso. O tempo não havia diminuído o efeito devastador.

— Até me esqueço de que ele tem um "talhe" bom. Tenho que usar terno para trabalhar na maior parte do tempo.

— Ah. Onde você trabalha?

Ela sabia onde ele trabalhava? Aquilo era algo de que havia esquecido, ou tinha perdido tanto o contato com Fletcher que não sabia mais nada dele?

— No tribunal. Sou juiz. Eu me formei advogado e, no ano passado, fui nomeado para o tribunal.

Advogado. Juiz.

— Uau. Só… uau — comentou Annie. — Isso é bem impressionante.

— É mesmo?

— Você tá brincando, né? Sim, é impressionante. Eu sabia disso de você? Essa é uma das tantas coisas no grande buraco negro de todas as coisas de que esqueci?

— A gente não manteve contato, Annie. — Fletcher abaixou os olhos para as mãos, flexionando-as e abrindo-as. — Não fazia sentido.

Ah. Eles não haviam mantido contato depois da separação. Annie se perguntou o que sabia de Fletcher e o que havia esquecido. Ela não sabia ao certo de onde ele era, mas aquilo parecia algo que nunca tinha chegado a saber. Fletcher não falava muito da origem, mesmo quando os dois eram jovens e conversavam a respeito de tudo. Antes de chegar a Switchback, ele havia morado em muitos lugares por todo o país.

— As pessoas diziam que você nunca seria ninguém. — Annie levou a mão à boca. — Eu não deveria ter dito isso? Sou direta demais, de acordo com os médicos daqui. Pessoas com LCT nem sempre têm noção dos limites sociais. LCT é a abreviação de lesão cerebral traumática.

— Muitas pessoas que *não* sofreram uma LCT nem sempre têm noção dos limites. Vejo isso todo dia na sala de audiência.

— Você tem uma sala de audiência. Isso é muito legal! Eu sempre soube que você faria alguma coisa importante. Queria ter estado por perto para ver.

A julgar pela expressão no rosto de Fletcher, Annie desconfiou de que estava falando sem pensar de novo. Só que também estava dizendo a verdade. Ela soubera, sem sombra de dúvida, que ele era especial.

— Você vai melhorar. Eu conheço você, Annie. Vai conseguir…

— Superar isso — completou ela. — É o que todo mundo diz, mas ninguém diz o que acontece depois que eu superar. E agora estou me lamuriando. Disseram que as lembranças vão voltar, mas talvez não todas. Talvez algumas tenham se perdido para sempre, e isso pode ser uma coisa boa. Só que às vezes eu entro em pânico, fico preocupada com todas as outras coisas de que esqueci. — Annie o observou de novo, e sentiu uma forte emoção subindo pelo peito. — Eu me lembro de muitas coisas em relação a você. Não tenho certeza se são lembranças ou sonhos.

Ela abaixou os olhos para as mãos, para os próprios dedos entrelaçados. Era para ela fazer exercícios apertando uma bolinha de hora em hora para fortalecer as mãos. Assim, pegou duas bolinhas e começou a apertar.

— Fletcher, por que você está aqui?

— Eu queria ver você, mas não deveria ter vindo se isso te chateou.

— Acho que não estou chateada.

Annie tentou descobrir se sabia o que era chateação. Havia um emoji na folha representando a *chateação*? Quando Fletcher entrara no quarto, Annie tinha sentido uma onda de empolgação. Não era uma sensação desagradável. Ela não estava chateada.

— Foi gentileza sua vir aqui — falou ela por fim. — Mas você sempre foi gentil, não é?

— Depende de a quem você perguntar.

Annie continuou apertando as bolinhas macias enquanto o analisava, e suas mãos se lembraram da sensação dos ombros de Fletcher quando o abraçava. Ela passava os dedos pelos braços musculosos, encontrava as mãos e entrelaçava os dedos aos dele. Antes Fletcher cheirava a uma combinação de ar livre com a oficina do pai. Quando ele andava em uma das scooters, seu cabelo ficava com o cheiro do vento por horas.

— Estou encarando demais, não é? — questionou Annie.

— Eu não ligo.

Ela sentiu o coração se aquecer.

— Eu me lembro de como me sentia em relação a você — comentou Annie. — Eu me lembro de *nós*. A gente era tão jovem, não é? Jovens e românticos. Ah, meu Deus, eu era obcecada por você. Isso deixava minha mãe perturbada. Ela morria de medo de que eu começasse a ter filhos seus, ficasse redonda e feliz e nunca tivesse uma vida própria.

Annie voltou a encará-lo. Observou o pomo de Adão se mover enquanto ele engolia. A perspectiva de ter filhos com ele não parecia tão terrível. Ela sempre quisera ter filhos. Talvez ainda quisesse.

Fletcher apoiou os cotovelos nos joelhos e se inclinou para a frente.

— Obcecada por mim? Você nunca me disse isso.

— Acho que eu costumava ter mais filtros. Mas você não percebia? Você foi a coisa mais importante que já aconteceu comigo. Eu não conseguia imaginar a vida sem você. Mas acabou, não é?

— Foi… interrompido.

Annie suspirou.

— Lembranças são coisas estranhas, não são? Não se pode tocá-las nem segurá-las, mas elas têm um poder incrível. Como perdi muitas das lembranças, tenho a sensação de ter perdido esse poder. — Ela ergueu os olhos para ele. As mãos doíam por apertar as bolinhas. — Estou me lamuriando de novo.

— Não está, não. — Fletcher cobriu as mãos doloridas dela com as dele. Então completou, com a voz baixa e cheia de uma intensidade peculiar: — Você não precisa fazer isso sozinha, Annie. Eu me lembro de todos os momentos.

12

Antes

O acidente na oficina acabou com a inocência de Fletcher de maneira tão completa e abrupta quanto a amputação tirou a perna do pai. Ele teve que aprender um novo idioma: passou a saber o que significava ter uma fratura exposta de alto grau com lesão vascular grave e danos ao nervo tibial posterior. Viu-se obrigado a compreender o vocabulário complicado da ala cirúrgica e a assimilar o ritmo de vida de quem passava vinte e quatro horas por dia em um hospital.

Também aconteceu outra coisa. Fletcher se deu conta de que passara a ser responsável não apenas por si mesmo, mas também pelo pai, pela oficina e pelo enfrentamento diário da vida, do que precisava ser feito. Mesmo que um cara perdesse a perna, o mundo não parava para esperar que ele se recuperasse. Havia decisões a serem tomadas, e era Fletcher quem deveria tomá-las.

Também havia perguntas a serem respondidas, indagações intermináveis da equipe médica. O pessoal do hospital avisou que o acidente tinha que ser todo documentado para que o pai pudesse fazer um aviso de sinistro e solicitar o pagamento do seguro de acidentes do trabalho. A papelada, com todas as inevitáveis demandas, às vezes parecia esmagadora, e mantinha Fletcher atento o tempo todo, no telefone, esperando, falando com pessoas a milhares de quilômetros de distância, desconhecidos que não davam a mínima para a perna do pai dele, que não hesitavam em dizer coisas como "o seguro não cobre essa ocorrência". Contudo, Fletcher não tinha escolha. O pai precisava de alguém para lutar por ele.

Em um mundo ideal, aquilo nem deveria ser uma luta. Quando a perna de um cara era esmagada em um acidente, o seguro deveria cobrir os custos médicos. Simples assim. Até se descobrir que a seguradora impossibilitava aquilo.

No dia seguinte à cirurgia, o pai estava bem, no que dizia respeito aos sinais vitais, mas parecia atordoado. Ele ficou recostado na cama, olhando para a perna… ou para o espaço vazio no ponto em que a perna deveria estar. A enfermeira explicou que ele estava tomando vários medicamentos diferentes, e alguns o deixavam sonolento e confuso.

O pessoal do hospital disse que a reabilitação começaria quase de imediato. Sanford precisava aprender a se locomover apenas com uma perna, e então com uma prótese.

E havia mais papelada com que lidar. Alguém do setor administrativo do hospital pediu a Fletcher para preencher formulários intermináveis e sinalizou todos os lugares que precisavam ser assinados. Diretivas médicas, procurações, formulários financeiros, formulários de consentimento.

— Você está me dando todo o poder — disse ele ao pai com um sorriso. — É melhor tomar cuidado.

— Faça o que é certo por mim — respondeu o pai —, ou vou dar um chute no seu rabo.

— E como vai fazer isso com uma perna só?

— Espertinho.

— Na verdade, aquele folheto que entregaram explica que você vai ter a perna de titânio mais avançada, a mais foda que já foi feita.

Fletcher tentou dar um tom otimista à voz, embora a seguradora tivesse dito que a perna mais cara não era "clinicamente necessária". Fletcher achou que deviam estar brincando, mas logo aprendeu que as companhias de seguro não tinham senso de humor.

— Uma perna nova. Mal posso esperar.

O rosto do pai parecia muito pálido e cansado, mas os olhos ardiam de raiva.

Já tarde na noite anterior, Fletcher tinha lido que os problemas mais comuns de uma pessoa amputada eram raiva e tristeza; não apenas para o paciente, mas para a família. *Não brinca*, pensou.

— Pai, o que aconteceu foi uma merda. Fico furioso de tão merda que foi. Queria muito que houvesse alguma coisa que a gente pudesse fazer para que não tivesse acontecido. Só que aconteceu, e é a maior porrada do mundo. Vamos resolver uma coisa de cada vez.

O pai apenas assentiu, a expressão sombria, e assinou todos os formulários necessários. A mão dele estava instável, e a letra parecia estranha, irregular, o que assustou Fletcher. Pela primeira vez na vida, ele olhou para o pai e viu um homem velho.

— Tanto faz — murmurou o pai. — Acho que não vou ser muito útil na oficina por um tempo. — Ele ficou em silêncio e estalou os dedos. — Uísque.

— Você não pode tomar...

— Não, quero dizer que a gente pode virar fabricantes de uísque. Não preciso de duas pernas para isso, e venho estudando sobre o assunto. Lembra daquele ano em que trabalhei na área de expedição e recebimento no Kentucky? Hoje em dia há uma grande demanda por produção de uísque em pequenos lotes.

— Uhum — respondeu Fletcher, sem a menor disposição de entrar em uma discussão. — Parece ótimo.

Na verdade, a ideia de destilar uísque não parecia absurda. Ele havia trabalhado em uma fábrica de barris no Kentucky no segundo ano do ensino médio e achava a alquimia da fabricação de uísque muito interessante. Era no mínimo intrigante que uma combinação de água de nascente e grãos conseguisse produzir algo tão singular.

A amiga de Annie, Pam Mitchell, trabalhava na destilaria do pai e tinha comentado que eles precisavam expandir os negócios. Só que aquela era uma conversa para outra hora.

O pai olhou, irritado, para um formulário de consentimento que autorizaria a investigação do incidente.

— Foi aquele maldito guincho motorizado. Foi comprado novo. O representante de vendas disse que era o melhor, mas óbvio que mentiu.

É um lixo, além de um perigo. Filho, não quero que você chegue nem perto daquela coisa, a não ser para levar ao depósito de lixo.

O comentário ficou na cabeça de Fletcher. Um perigo.

— Agora você precisa descansar, pai. E eu preciso ir até a oficina para encontrar com o perito de seguros.

— É, diz a ele para tomar cuidado perto daquele lixo.

— Deixa comigo.

Enquanto dirigia montanha acima, Fletcher viu que havia perdido uma ligação de Annie. E se deu conta de que não tinha vontade de retornar a chamada. Não havia nada que pudesse dizer que não fosse magoá-la. Os planos que tinham feito pareciam uma ilusão àquela altura. Ainda assim, aquilo não o impedia de se lembrar do perfume do cabelo dela e do gosto do beijo, ou das transas incríveis. Fletcher nunca tinha conhecido uma pessoa que o escutasse como Annie. Ela acreditava nele. Ela o *entendia*. Annie vivia em um lugar dentro dele que não deixava espaço para mais ninguém. Era difícil imaginar a vida sem ela, mas todo o futuro dele tinha se transformado. Em um instante devastador, tudo mudou.

Fletcher entrou na oficina e encontrou tudo igual a como quando os paramédicos tinham levado o pai embora. Ele sentiu um aperto de pânico no peito enquanto avaliava os danos. E foi assombrado pela lembrança da voz do pai, rouca de tanto pedir ajuda por horas. Por que Fletcher não estivera ali?

No dia, ele tinha perdido a noção do tempo vasculhando o ferro--velho do outro lado da cidade. Então, encontrara Celia Swank, e eles ficaram enrolando por mais uma hora ou mais, falando de como era esquisito que a escola tivesse terminado. A turma deles havia se dispersado, apenas alguns permaneceram na cidade. Celia tinha tentado flertar com ele, mas Fletcher fingiu não notar. Os peitos épicos e os lábios brilhantes não o tentavam, mas ele conversou com ela, ouvindo as fofocas sem prestar muita atenção. E, o tempo todo, não tinha a menor ideia de que o pai estava preso sob uma tonelada de metal, quase morto. Lembrar daquilo fazia a culpa se revirar dentro de Fletcher.

A oficina arrasada parecia a cena de um crime violento. Havia ferramentas e trapos que tinham sido atirados para todos os lados pelo pai, em um esforço para chamar a atenção de alguém enquanto estava preso sob o carro e sangrando, provavelmente atordoado de tanta dor. Na área em que o pai tinha caído, a marca deixada pelo sangue parecia uma mancha escura de óleo, e o odor peculiar contaminava o cheiro usual da garagem. O lugar tinha cheiro de matadouro.

Fletcher olhou com raiva para o equipamento de aço quebrado. Monte de merda. Grande coisa a propaganda feita pelo representante de vendas da empresa de equipamentos, dizendo que o aparelho era top de linha. Bastou um defeito para destruir a vida de um homem. Um único evento, que afetara não só o futuro e o sustento de Sanford, mas também o de Fletcher. Todos os planos que ele tinha feito viraram pó.

Gordy Jessop, que tinha chegado da universidade para passar o fim de semana em casa, apareceu para saber se podia ajudar. Ele ouviu com uma expressão sombria enquanto Fletcher lhe contava todos os detalhes sórdidos... sórdidos mesmo.

— Cara, que droga. A perna dele. — Gordy estremeceu. — Que merda.

Fletcher teve vontade de acertar aquela monstruosidade com uma marreta.

— Meu pai quer que eu leve esse negócio pro depósito de lixo, pra que não esmague mais ninguém.

— O depósito de lixo. Ouvi dizer que Degan Kerry está trabalhando lá agora. Acho que o reinado de terror do cara no ensino médio teve um fim nada glorioso.

— Vou levar assim que o cara do seguro terminar aqui.

Fletcher deu a volta devagar no elevador de carros desabado. O equipamento ainda cintilava de novo, tinha até os adesivos alardeando as características: capacidade de elevação de sete toneladas. Acabamento com pintura eletrostática. Construção de aço sólido.

Ele se abaixou e analisou um adesivo, que se soltava do metal retorcido.

— Aço sólido, o cacete — murmurou ele.

— O que é isso? — perguntou Gordy.

— Olha pra esse lixo. O adesivo diz que é de aço sólido, mas foi colado aqui pra cobrir uma solda. Não passa de palhaçada.

Depois de analisar com mais atenção, Fletcher encontrou várias outras soldas de metal em vez de aço sólido. A raiva começou a arder no peito. A vida do pai dele tinha sido destruída porque aquela empresa de equipamentos questionável não tinha vendido a eles o produto prometido.

— Será que a gente consegue tirar isso daqui? — perguntou Gordy, e se curvou para pegar um pedaço quebrado.

— Espera.

Fletcher teve um lampejo de inspiração.

— O quê? O cara do seguro?

— Isso. A gente não pode tocar em nada aqui. Não até que esteja tudo documentado.

— Como assim?

— A gente precisa de fotos e de alguma espécie de relatório de acidente. Não só do cara do seguro. A gente precisa de alguma coisa que seja, tipo, totalmente oficial.

— Cacete, você tá certo. — Gordy entendeu depressa a situação. — Aposto que dá para o seu pai processar a Companhia de Elevadores Automotivos.

Fletcher guardou cada recibo e foto produzidos para o processo de sinistro, e fez muitos registros próprios, incluindo um vídeo que filmou com uma câmera emprestada, enquanto o perito de seguros gravava o relatório. Ele também descobriu um cara na cidade que era inspetor de segurança. A especialidade do homem era silvicultura, mas ele era engenheiro mecânico e concordara na hora com Fletcher em relação ao equipamento defeituoso. Não só havia soldagens nos pontos em que deveria ter sido usado aço sólido, como faltava ao elevador outro recurso de segurança essencial, um mecanismo que ele chamou de trava de braço. O inspetor de segurança preparou e assinou um ofício comparando o elevador que tinha sido vendido ao pai de Fletcher com a descrição do produto e com a garantia do fabricante.

Em Burlington, Fletcher foi até a biblioteca da universidade com um passe especial do hospital e usou a internet por horas, até os olhos ficaram turvos e o cérebro doer. Com o nariz metido nas pesquisas, ele absorveu fatos e números como uma esponja e também fez anotações para garantir.

No dia seguinte, foi até a Courthouse Plaza, um bairro de advogados, e começou a bater na porta de escritórios de advocacia. Ninguém o deixava passar pela recepção. Antes de alguém falar com ele, já queriam o pagamento de algo chamado "taxa de antecipação". O problema era que Fletcher e o pai não tinham dinheiro sobrando. O pedido de indenização do seguro estava levando uma eternidade para dar um retorno, e com o pai na reabilitação por semanas, Fletcher mal conseguia arranjar dinheiro para as compras, menos ainda para um advogado.

Ele voltou à biblioteca e à internet e passou a ler artigos, resumos e livros de direito. E descobriu que não precisava de um advogado. Qualquer cidadão comum tinha o direito de entrar com uma ação caso fosse lesado. Muito bem, então. Sanford Wyndham era um cidadão comum. E tinha sido lesado. Fletcher descobriria como entrar com o processo. Ele se empenhou por dias, estudando as etapas envolvidas no procedimento, fazendo pilhas de anotações e mapeando uma estratégia.

Annie ligava muito para ele, mas Fletcher não atendia. Precisava se manter focado, e ela era uma distração. Ele optou por mandar um e-mail dizendo que estava ocupado com o pai e com a oficina. Desde o acidente, Annie parecia estar a um milhão de quilômetros de distância. Até que um dia Fletcher se sentiu culpado e ligou para ela.

— Desculpa — falou ele. — Tenho um monte de merda pra resolver.

— Eu sei, Fletcher. — Havia um toque de mágoa na voz dela. — Eu queria poder ajudar.

— Não preciso da sua ajuda — respondeu Fletcher, e percebeu que as palavras tinham saído mais duras do que a intenção. — Quer dizer, é só que… Ah, Deus. Essa história está tomando todo meu tempo.

— Não se sinta mal. Só quero que saiba que tô pensando em você. Que sinto sua falta. A gente se vê no feriado de Ação de Graças, tudo bem?

— Uhum. Tudo bem.

Fletcher estava furioso quando encerrou a ligação. Não com Annie, mas com ele mesmo. Com a situação. Só que ficar furioso não resolveria as coisas.

Ele contou o plano ao pai, que respondeu que ele tinha perdido a sanidade.

— Lembra daquela frase antiga de que não se pode lutar contra o sistema? — perguntou o pai. — Pois é verdade. Você não devia perder tempo com uma ideia absurda. Preciso que mantenha a oficina funcionando para a gente não falir.

— Vou fazer as duas coisas — garantiu Fletcher. — Posso cuidar da oficina durante o dia e trabalhar no caso à noite. Enquanto isso, é melhor você focar em se reerguer…

— E haja foco, agora que só tenho *um* pé para me erguer, né?

— Você entendeu. E deixa que eu me preocupo com o resto.

De muitas maneiras, a vida de Fletcher não mudou tanto. O pai sempre tinha sido como uma criança grande: impulsivo, ousado e irresponsável. Com frequência era Fletcher que se lembrava do que eles precisavam no supermercado ou de quando deveriam ir ao dentista. Ainda muitíssimo jovem, tinha aprendido a falsificar a assinatura do pai em autorizações escolares e cheques, porque com frequência Sanford esquecia de pagar as contas. Entrar com um processo era só mais uma coisa que teria que fazer sozinho.

Fletcher se dava conta de que talvez tivesse que cuidar do pai para sempre. *Jesus.*

Sanford assinou mais papéis… de má vontade. Os documentos estavam todos disponíveis na internet para qualquer um imprimir e usar. Eram formulários oficiais para mostrar ao tribunal que Sanford Wyndham tinha legitimidade para ajuizar a ação.

Aquele foi só o primeiro passo. Então Fletcher teve que detalhar o ocorrido em uma petição, apresentar os fatos e descobertas para provar que tinha mesmo um caso e mostrar que o pai tinha direito à indenização.

Fletcher ficou muito ansioso com a coisa toda. Ele estudou o processo até os olhos praticamente sangrarem. Então produziu e preencheu com minúcia todos os documentos judiciais necessários. Por causa das horas intermináveis de leitura, Fletcher sabia que cada palavra, cada sinal de pontuação, era crucial.

As sete primeiras tentativas foram logo rejeitadas pelo escrivão do tribunal, por causa de detalhes técnicos. Faltava alguma coisa, um documento havia sido preenchido de maneira incorreta, ou não era relevante para o caso. Cada vez que Fletcher fazia as correções e voltava, o processo era rejeitado por um motivo diferente. Ele começou a se sentir como um competidor de gameshow, sendo eliminado e tendo que começar tudo de novo, do zero.

Por fim, conseguiu acertar cada linha de cada documento, e a audiência foi marcada. A irmã de Gordy cortou o cabelo dele. Não foi um corte muito bom, mas ela fez de graça.

No dia designado para a audiência, Fletcher vestiu o único terno, com uma camisa branca de colarinho duro e uma gravata de seda azul. Ele pegou emprestado o par de sapatos bons do pai, por coincidência, o mesmo que um dia foi comprado para comparecer diante de um juiz. Só que, daquela vez, não fora Sanford Wyndham o reclamante.

Fletcher olhou para os próprios pés. Então se abaixou e amarrou os cadarços com força. Já na frente do tribunal, ele andava de um lado para o outro, repassando várias vezes os fatos na cabeça. *Prove que você tem o direito de processar. Prove que tem um caso. Leve o caso diante do tribunal competente.*

Homens e mulheres de roupas formais subiam e desciam, apressados, as escadas até a entrada com colunas, e todos pareciam saber bem para onde estavam indo. Uma mulher em um vestido de renda segurando algumas flores saiu do tribunal com um cara em um smoking azul-claro: noivos. Fletcher supôs que outro casal, ambos de rosto impassível, que subia devagar as escadas, estava no outro extremo do espectro do casamento, caminhando para o divórcio.

Ele pensou em Annie por um instante. Havia semanas que não passava nem cinco minutos conversando com ela. Aquilo não era justo com Annie. O mais decente a fazer seria liberá-la do compromisso. De qualquer forma, Annie provavelmente estava pronta para aquilo, uma vez que já tinha conhecido pessoas novas na faculdade e começava uma vida própria.

Então, ele domou os pensamentos e checou, pelo que deveria ser a décima vez, no mínimo, a papelada que carregava. Aquilo não deveria ser tão complicado. O pai tinha comprado um equipamento com defeito e acabara perdendo a perna por causa disso. O caso parecia simples, mas, depois de preparar e submeter todos os documentos, Fletcher sabia que não seria.

Ele secou as palmas suadas das mãos na calça e entrou na sala de número 4. Os assentos da sala de audiência lembravam bancos de igreja, e Fletcher ficou confuso, se perguntando onde deveria se sentar. Acabou escolhendo um lugar na ponta de um banco vazio e se sentou para esperar.

A juíza era uma mulher que parecia não se intimidar nem com a morte. Ruth Abernathy usava o cabelo preso para trás e mantinha a boca de lábios finos em uma permanente expressão de censura. Sobrancelhas grossas e retas se encontravam no meio, criando uma carranca na testa que parecia vitalícia. E ela ainda usava óculos de leitura de armação escura empoleirados na ponta do nariz.

Fletcher se certificou de que o celular estivesse no silencioso. Os olhos fixos à frente. Um dos artigos que lera afirmava que os juízes valorizavam o respeito e a dignidade.

Ele se questionou sobre o respeito quando o primeiro caso surgiu. Um cara queria processar o vizinho cujo labrador preto não parava de latir. O vizinho planejava processar o cara por pichar uma obscenidade no já mencionado labrador preto. Ele tinha até levado o cachorro na coleira com a frase ainda escrita em um rosa brilhante nas costas do bicho, arrancando risadinhas da tribuna. Em poucos minutos, os dois estavam gritando um com o outro, até que a juíza bateu o martelo na mesa e mandou todos se acalmarem. Quando se descobriu que o cachorro só uivava quando o apito de mudança de turno soava na pedreira de cascalho, ela ordenou que o vizinho que usara a tinta pagasse pelo banho do cachorro e mandou os três embora.

Fletcher tentou não ficar sacudindo a perna de impaciência durante os casos seguintes. Então um policial uniformizado chamou o número de seu caso. Fletcher respirou fundo e se levantou.

Conforme se aproximava da longa mesa diante do banco da juíza, ele parecia um homem a caminho da forca.

A juíza Abernathy consultou o maço de papéis à frente.

— Senhor... Wyndham.

— Sim, senhora. — As palmas das mãos dele estavam suando. — Meritíssima.

— E o senhor é o autor?

— Não, senhora, hum, Meritíssima. O autor seria meu pai, Sanford Wyndham. Ele está no hospital. Ainda em tratamento intensivo.

As narinas da mulher durona se dilataram.

— Estou ciente disso. Eu leio tudo.

Então por que perguntar se sou o autor?, pensou Fletcher consigo mesmo.

— E seu pai não tem advogado?

— Exatamente, Meritíssima. Eu tenho a procuração dele.

— Sim, também estou ciente disso. Quem preparou essa petição? Ela se referia ao documento legal à frente dela.

— Eu mesmo, Meritíssima.

— Você é... estudante?

— Não, Meritíssima. Hum, não mais. Eu me formei em junho.

A monocelha se ergueu de leve.

— Onde?

— Na escola de ensino médio de Switchback.

A monocelha se ergueu ainda mais.

— E o senhor está entrando com uma ação contra — disse ela, consultando as anotações à frente — a Companhia de Elevadores Automotivos.

— Isso mesmo.

A juíza o interrogou com rapidez e minúcia, disparando perguntas como uma saraivada de tiros de metralhadora. Fletcher achou que tinha se saído bem, porque estava preparado. Havia passado semanas lendo, pesquisando e estudando o tempo todo, enquanto esperava pela próxima rodada de más notícias sobre o pai.

— Trata-se de uma alegação séria — falou a juíza Abernathy. — Se realmente quer que isso vá adiante, vai precisar de representação.

— É um bom conselho, mas meu pai e eu não podemos pagar um advogado.

Ela o encarou por tanto tempo que ele achou que estava tentando perfurá-lo com o olhar. Então, falou:

— Senhor Wyndham, tenho boas e más notícias para o senhor. A boa notícia é que a jurisdição está clara e o senhor tem fundamento para a ação.

Sim. Sim. Sim. Fletcher deu um soco invisível no ar em triunfo.

— Obrigado, Meritíssi…

— Eu não terminei — retrucou ela, dura. — Não quer ouvir as más notícias?

Na verdade, não.

— Sim, Meritíssima.

— É possível que haja um caso aqui, mas o senhor está bastante despreparado para o trabalho que uma situação como essa envolve. Esse é um caso de defeito do produto? Fabricação defeituosa? Negligência? Danos pessoais? O réu é realmente culpado, ou a culpa seria de um fabricante de peças?

Merda.

— Isso não é terreno para um leigo sem preparo. Portanto, embora eu vá permitir que o processo siga adiante, tenho uma condição. O senhor precisa encontrar um advogado.

— Mas eu…

— Veja, não posso forçá-lo a fazer isso, mas, se não fizer, não vai conseguir alcançar o objetivo. Não vai querer seguir com isso sozinho, sr. Wyndham. Por acaso já procurou a Defensoria Pública?

— Sim. A fila de espera é muito longa. Ninguém soube dizer quando chegaria minha vez.

A Defensoria Pública era como um país em desenvolvimento: lotado e caótico. Depois que Fletcher esperou quatro horas para falar com alguém, um estagiário lhe disse que poderia levar meses ou até mais antes que ele conseguisse alguma ajuda. A prioridade era a população carcerária, não processos contra uma grande empresa.

A juíza comprimiu os lábios no formato de ameixa.

— Continue procurando, então. E não vá ligar para um daqueles advogados 0800 que se vê na TV. Ficou nítido que o senhor é bom em pesquisa. Portanto, pesquise e encontre um advogado que trabalhe com honorários de contingência.

Merda. Merda. Merda. Ele tinha passado quase todas as horas em que estava desperto apenas tentando colocar aquela petição na frente dela.

— Mas…

O martelo foi batido, e o próximo caso foi chamado.

Encontrar um advogado era algo fácil para a juíza dizer, não para Fletcher fazer. Parecia que a maioria dos advogados não tinha qualquer interesse em ajudar um garoto sem dinheiro cujo pai havia perdido uma perna. Fletcher sentiu vontade de desafiar a juíza e cuidar ele mesmo do caso, de qualquer forma, mas se lembrou do tom de voz dela quando disse: "Não vai querer seguir com isso sozinho".

Porém, quanto mais ele lia sobre o caso, mais confuso tudo ficava. Fletcher sabia que precisava de ajuda e estava cansado de dar com a cara em diferentes portas. Ele seguiu o conselho de Abernathy, fez uma lista de advogados especializados em casos de lesões e agendou consultas com os três principais. O que lhe rendeu três rejeições. Os advogados não acreditavam nele ou não achavam que o caso valia seu tempo.

Fletcher mudou de estratégia, então. Selecionou quatro fotos bem explícitas do acidente: uma foto do elevador desabado, um close do adesivo em que se lia "construção em aço sólido" descolado e revelando uma solda defeituosa, uma da perna mutilada do pai e outra da região da amputação no primeiro dia do pós-operatório. Imprimiu as fotos em papel brilhante, no tamanho 36 x 28 cm, em cores vivas. Então marcou outra consulta, daquela vez com um cara chamado Lance Haney, que já havia ganhado uma causa para um empregado de uma madeireira que sofrera uma lesão no trabalho. Em vez de ficar tentando se explicar para a recepcionista ou para algum assistente jurídico do escritório de advocacia, Fletcher foi direto para o escritório do sr. Haney e colocou as fotos em cima da mesa.

— Sou Fletcher Wyndham — declarou o jovem. — Isso foi o que aconteceu com meu pai sete semanas atrás. E aconteceu porque há soldas nos pontos em que o fabricante alegou que era aço sólido.

Ele também colocou em cima da mesa um arquivo com as outras fotos, o relatório da seguradora, a declaração juramentada da ASSOE (Administração de Segurança e Saúde Ocupacional dos EUA) e o relatório do inspetor de segurança.

— Preciso contratar um advogado que trabalhe com honorários de contingência.

Lance Haney era careca na parte de cima da cabeça e tinha um tufo de cabelo escuro nas laterais, como um padre franciscano. Usava um suéter com botões na frente por cima de uma camisa xadrez, o que não o fazia parecer em nada com o defensor ferrenho dos clientes que Fletcher esperara encontrar.

Haney analisou as fotos. Ao contrário da mulher na loja em que Fletcher mandara imprimi-las, o advogado não pareceu prestes a vomitar. O rosto suave em formato de lua permaneceu inexpressivo. Então ele levantou os olhos para Fletcher e disse:

— Acho que é hora de acabar com a raça de uma certa empresa.

Aquilo soou tão estranho vindo de alguém tão certinho que Fletcher quase riu. Quase. Ele percebeu um brilho nos olhos do advogado. Um brilho frio, como os olhos de um tubarão.

— Esse é o plano — disse Fletcher. — Entrei com uma petição, mas a juíza Abernathy disse que tenho que contratar um advogado.

— Você já chegou até Abernathy?

O advogado analisou um documento, contorcendo os lábios como se estivesse com um gosto ruim na boca.

— Há uma cópia da petição no arquivo. Aceita trabalhar com honorários de contingência?

Haney se recostou na cadeira.

— Aceito. Não vou cobrar nada a não ser que você ganhe.

— Quanto?

— Um caso como esse exige uma mundo de pesquisa, de investigação. Centenas de horas, e a Companhia vai ter um exército de advogados à disposição — informou o homem.

— Mas você consegue ganhar o caso.

— Consigo um acordo justo para você.

— Por contingência.

— Foi o que eu disse.

— E quanto seriam os honorários?

— Vou precisar de cinquenta por cento.

— Metade? — Fletcher pegou as fotos. — Desculpe, mas não.

Haney se inclinou para a frente e colocou a mão nas fotos.

— Sou o melhor que você vai encontrar na região.

— Quem disse?

O advogado lhe entregou um folheto.

— Depoimentos de clientes. Fique à vontade para ligar para qualquer um deles e conseguir uma referência.

— Vou ligar. Todos eles lhe deram metade do valor do acordo?

— Cada caso é um caso.

— Então isso é um não. Vou fazer uma contraproposta. Você fica com vinte por cento, meu pai com oitenta.

Haney empurrou as fotos e a pasta para o outro lado da mesa.

— Até logo, garoto.

De um jeito estranho, Fletcher percebeu que estava gostando da conversa. Haney estava sendo um babaca, mas era nítido que não era estúpido.

Fletcher pegou a pasta e guardou na bolsa que carregava.

— Tenha um bom dia — respondeu o jovem.

— Sessenta e quarenta — ofereceu Haney.

— Cara, é meu *pai*. Ele tem só 47 anos. E, além de ter enterrado as poucas economias que tinha na oficina, ainda tem um empréstimo de pequeno empresário para pagar. E tem que viver o resto da vida com uma perna só. Vinte e dois por cento.

— Trinta e cinco.

A pesquisa que Fletcher tinha feito a respeito do valor da comissão sugerira alguma coisa na faixa entre vinte e trinta e cinco por cento, então o cara pelo menos já estava dentro da estimativa.

— Qual é seu plano?

— Não vou ter um plano de ação antes de fazer mais pesquisas, mas minha estratégia em um caso como esse costuma ser processar todo mundo. Por tudo.

Processar todo mundo. Fletcher gostou de ouvir aquilo.

— Vinte e cinco. — Ele fingiu que olhava para um relógio que não existia. — Preciso ir para o meu próximo compromisso.

— Vinte e oito, e não se fala mais no assunto — cedeu Haney. — Deixe o material aqui e volte amanhã às nove.

Fletcher saiu para a rua em meio a uma rajada de neve. Como já era novembro? Para onde tinha ido o tempo? Deveria estar aliviado, uma vez que o caso estava nas mãos de um advogado. Em vez disso, estava exaurido. Ele acordava todas as manhãs pensando no caso e dormia todas as noites ainda pensando naquilo. Entre um momento e outro mantinha a oficina funcionando… e pensava mais um pouco no processo.

"Em um caso como esse, costuma-se processar todo mundo. Por tudo." Haney explicou que "todo mundo" se referia não só à empresa, mas também ao representante de vendas e a todos os fabricantes de peças envolvidos. Todos poderiam ser considerados responsáveis. Nenhum deles conseguiria devolver ao pai dele a vida que conhecera. Contudo, como Haney havia argumentado, um acordo justo possibilitaria que a vida dele seguisse em frente.

O caso se tornou uma obsessão para Fletcher, do mesmo jeito que Annie já havia sido.

Annie foi passar o feriado de Ação de Graças em casa naquele ano, e sentia um frio na barriga enquanto o trem seguia o percurso saindo da Penn Station. Desde o acidente de Sanford Wyndham, os telefonemas, e-mails e cartas entre ela e Fletcher tinham sido reduzidos drasticamente. Annie tentava não levar para o lado pessoal. Ela *não* levava para o lado pessoal. Ele estava lidando com uma circunstância extraordinária, e ela por certo não era uma prioridade naquele momento.

As amigas no dormitório da universidade haviam lhe dito que aquilo era um grande sinal de alerta. Um cara deveria colocar a namorada como prioridade, não importava o que acontecesse. Não importava se a avó dele estivesse sendo queimada viva, ou se o cachorro estivesse perdido, ou se a perna do pai dele tivesse sido esmagada.

Annie ignorou as colegas de dormitório. Elas não sabiam muito mais que ela sobre a vida, e não conheciam Fletcher. Ainda assim, quando o trem parou na estação, sibilando e suspirando, ela praticamente pulou do assento. Então puxou com força a mala do bagageiro, e se desviou antes de o volume cair no corredor. A última coisa de que Fletcher precisava era ter que lidar com outro acidente.

Annie arrastou a mala até a saída do vagão do trem e saiu na plataforma da antiga estação de tijolos vermelhos. A estação tinha sido construída em 1875 e, sob uma camada de neve, parecia nebulosa e deslocada no tempo.

Ela foi saudada por uma onda de ar frio; os invernos de Vermont geralmente já estavam a pleno vapor no Dia de Ação de Graças. Um fluxo de passageiros transitava pela plataforma. Annie viu Fletcher perto da saída, reconhecendo na mesma hora a forma esguia, delineada pela luz de um lampião a gás de ferro forjado. Ela chamou o nome dele, acenou e correu o resto do caminho até o namorado.

Mais perto, Annie soltou a alça da mala e deu um pulo, agarrando-se a Fletcher com os braços e pernas.

— Ai, meu Deus — disse ela, a voz abafada pela gola do casaco dele. — Senti tanta saudade.

Fletcher a colocou no chão com gentileza e abraçou-a apertado por alguns segundos. E, de alguma forma, naqueles poucos segundos, Annie soube. Só soube. Aquele momento não era nada parecido com o reencontro feliz que havia visualizado na mente durante a viagem para casa. Eles não se fundiram com perfeição, os corações batendo em conjunto, a conversa fluindo fácil, do jeito que as coisas tinham sido no verão anterior.

Annie respirou fundo, se afastou, segurou-o pelos braços e demorou um momento analisando-o. Fletcher estava diferente de maneiras que ela não havia previsto. Ele parecia mais magro e mais rijo, os belos ângulos e planos do rosto mais marcados pela preocupação e pelo trabalho. Até o cheiro de Fletcher estava diferente, porque ela sentia o aroma doce e oleoso da oficina em sua pele e cabelo. Ele parecia distraído, quando tudo o que Annie queria era que ele a levantasse nos braços. Porém, Fletcher não fez aquilo.

— Obrigada por vir me buscar — disse ela.

— Claro. Claro.

Ele se abaixou e puxou a mala dela pelo saguão até o estacionamento.

A mãe tinha falado que queria buscá-la, mas Annie se manteve firme. Queria todo o tempo sozinha com Fletcher que pudesse ter. Até uma viagem de quarenta e cinco minutos para Switchback contava como tempo sozinha com ele.

Fletcher guardou a bagagem no porta-malas, se acomodou atrás do volante e saiu do estacionamento da estação, enquanto Annie se perguntava se seriam quarenta e cinco minutos de silêncio constrangedor. Ela tentou não deixar aquilo acontecer. Antes de mais nada: prioridades.

— Me fala do seu pai — pediu Annie. — Como ele está, agora que voltou pra casa?

— Melhor, depois que saiu da reabilitação. Aquela clínica era horrível. Agora ele se locomove de muletas, e temos uma cadeira de rodas para os trajetos mais longos.

— Ele vai… vai conseguir uma perna mecânica?

— Uhum, uma prótese, mas vai levar tempo. Ele tem que fazer muito mais reabilitação, fisioterapia e terapia ocupacional. Então, vai ganhar uma prótese temporária enquanto a outra, personalizada, estiver sendo feita.

— Eu me sinto tão mal por ele. — Annie se virou de lado no assento e analisou Fletcher. Ele manteve os olhos na estrada, os limpadores afastando a neve que caía. — E você, como você está, Fletcher?

— Bem. Ocupado. Sei mais de cuidados com membros amputados do que você quer ouvir.

— Eu quero ouvir. Me conta como é um dia típico seu.

Ela torcia para não estar deixando transparecer o desespero na voz.

— Sério?

— Eu quero saber como está sendo essa situação pra você.

— Não, você não quer.

Ele aumentou o volume do rádio. Usher estava cantando "U Don't Have to Call".

Ela girou o botão para desligar o rádio.

— Eu disse que quero saber.

Fletcher lançou um olhar para ela.

— Toda manhã, eu ajudo meu pai a se levantar da cama e mijar. Às vezes ele suja tudo, então eu o coloco no chuveiro, sentado em um banquinho. Às vezes, ele cai e me xinga. Então o coloco na cama para se vestir. Enquanto ele faz isso, preparo o café da manhã e torço pra conseguir convencer ele a comer.

Annie estremeceu, enquanto imaginava as dificuldades das questões cotidianas.

— Algum problema com o apetite dele?

Ela ficou horrorizada com a ideia. Pessoas que não gostavam de comer eram um mistério para Annie.

— O problema é o comportamento dele. Mas não posso culpar o cara — acrescentou depressa. — Qualquer um que tenha passado pelo que ele passou está fadado a ter problemas. — Fletcher flexionou as mãos no volante. Os faróis de um carro que se aproximava iluminaram brevemente seu rosto, que parecia ter sido esculpido em mármore. — Ele não quer comer, não quer tomar banho, não quer se exercitar, não quer fazer nada além de beber cerveja e assistir à TV.

Aquilo não parecia nem um pouco com o sr. Wyndham que Annie tinha conhecido durante o verão. O cara que conhecia era positivo e tranquilo, mais como um amigo do que um pai.

— Coitado — murmurou ela baixinho. — Deve ser muito difícil pra ele. E pra você.

— Eu não me importo que seja difícil. Faria qualquer coisa pelo meu pai, mas é uma droga quando nada muda. Todo dia eu tenho que encher o saco dele o tempo todo, e às vezes funciona, mas às vezes eu só desisto e vou trabalhar. E, depois do trabalho, encho um pouco mais o saco dele pra ele comer, então o coloco na cama. Aí me ocupo com o processo.

— Como assim? Não é função do advogado que você contratou?

— Aham, mas tem muito mais do que isso. Meu pai e eu temos que fazer pesquisas e prestar depoimentos, escrever declarações, enviar toneladas de documentos. É tudo uma grande confusão, uma estupidez, e está demorando uma eternidade.

Annie ficou sentada ali em silêncio, digerindo aquilo. Ela conhecia Fletcher. Ele era o tipo de pessoa que não fazia as coisas pela metade. Ao contrário, mergulhava de cabeça. Fletcher devia revisar cada passo e cada documento com o advogado.

— Vocês dois vão ao jantar de Ação de Graças amanhã lá em casa, né? — perguntou ela.

— Annie. — Ele parou o carro no começo da entrada da garagem e puxou o freio de mão. — É muita gentileza sua e de sua família nos convidar, mas meu pai e eu não vamos.

Ela sentiu o coração apertado. No trem, tinha imaginado todos reunidos em volta da mesa da avó, com todas as extensões que a antiga mesa de madeira tinha, prestes a comer a melhor refeição do ano. Não havia nada como um banquete compartilhado para unir as pessoas.

Annie engoliu em seco para conseguir encontrar a própria voz.

— Como assim, você tem alguma coisa melhor pra fazer?

— De jeito nenhum. Não tem nada melhor do que comer na sua casa, você está brincando? É que o humor do meu pai é sempre péssimo, e é uma tarefa hercúlea tirá-lo de casa. Seria deprimente se ele estivesse na sua comemoração de Ação de Graças.

— Ele seria bem-vindo, e você também.

Tudo bem. A mãe de Annie tinha resistido à ideia quando a filha abordara o assunto, mas, no fim das contas, abrira o coração para Fletcher e Sanford. Ninguém na família Rush tolerava a ideia de alguém não ter um jantar de Ação de Graças.

— É o que as famílias fazem, certo? Só porque uma pessoa está de péssimo humor não significa que ela deva ser excluída.

A voz dele era baixa e firme ao dizer:

— Nós não somos da família.

Annie podia sentir o desconforto que emanava de Fletcher e, embora ansiasse por estender a mão e pegar a dele, sentia que o toque não seria bem-vindo.

— Vocês são, sim. Ou vão ser, quando estiverem sentados à mesa com todos os outros. Fletcher...

— Escuta, eu sei que fizemos planos.

Annie soube então que ele não estava falando do jantar de Ação de Graças.

— Fizemos. Isso é apenas um contratempo temporário. Um obstáculo no meio do caminho.

— Eu não posso só ir embora para Nova York. Não agora. Nem no mês que vem, nem mesmo no ano que vem. É absurdo acreditar que a gente pode ter um futuro juntos. Nossa vida é muito diferente agora. Eu sei que você sabe disso, Annie. Não finge que não sabe.

O tom gelado na voz de Fletcher causou calafrios pelo corpo todo dela.

Até no coração.

— Não desiste da gente. Posso trancar a faculdade por um tempo. Aí eu volto e te ajudo com seu pai.

— Você não quer fazer isso.

— Eu quero, sim.

— Então *eu* não quero que você faça isso. Jesus. Você não entende? Eu não quero sua ajuda, não quero que você tranque a faculdade e não quero que volte pra Switchback.

No Dia de Ação de Graças, Fletcher passou a manhã relendo uma longa petição de arquivamento feita pela equipe adversária de advogados. Ele já sabia àquela altura que era uma tática de protelação. Era para mexer com a cabeça do reclamante, caracterizando o processo como um estratagema para arrancar dinheiro de uma grande empresa. Também tinha o objetivo de gerar mais horas de trabalho para Lance Haney, o que aumentaria as chances de ele cometer algum erro, como um pequeno detalhe técnico qualquer para que o caso fosse rejeitado.

Fletcher pesquisou a jurisprudência citada na petição, e algumas tiveram exatamente o efeito que os advogados da Acme planejavam: deixaram-no com medo de que o caso fosse rejeitado.

Ele mandou um e-mail detalhado a Haney lembrando ao advogado do prazo para responder e pediu para ver a resposta antes que fosse arquivada. Fletcher sabia que o costume dele de ficar supervisionando cada coisinha irritava Haney, porque o advogado lhe dizia aquilo, com frequência e nitidez. Fletcher não se importava. Não queria ser amigo do cara. Queria justiça para o pai.

Haney (e o pai, se fosse sincero) tinha lhe dito que ele estava se envolvendo demais no caso. Que deveria deixar as coisas para os advogados e o sistema de justiça resolverem. Fletcher ignorou os dois. Advogados e juízes não se importavam do jeito que ele se importava. Para eles, era apenas mais um dia de trabalho. Para Fletcher, era o futuro do pai.

Ele estava se sentindo um merda por causa da conversa com Annie na noite anterior. Ela não tinha feito nada de errado. *Ele* também não tinha feito nada de errado. Só que, desde o acidente, tudo tinha mudado e ele não conseguia fazer com que voltasse a ser como antes. Em um instante, ele tinha grande parte da vida à frente, como um vasto país desconhecido. No instante seguinte, suas opções tinham se reduzido a uma: apoiar o pai.

Por mais que quisesse ficar com Annie, Fletcher sabia que era melhor para os dois seguirem em frente. Bem, melhor para ela, ao menos. Quanto a ele, precisava fingir que não se importava, quando, na realidade, o peito doía como se ele tivesse levado um tiro. Quando a vira saindo do trem, na véspera, seu coração quase explodira, e fora preciso recorrer a toda a força de vontade para não a abraçar e nunca mais soltá-la. Só que não havia contado aquela parte a Annie. Não fazia sentido, e só serviria para os dois se sentirem pior.

Assim, quando ouviu a porta de um carro bater e viu Annie caminhando determinada pela calçada da frente com uma cesta de vime nos braços e uma sacola de compras no ombro, Fletcher ficou confuso. Que parte do "adeus" ela não tinha entendido?

— Não me olhe desse jeito — alertou ela, quando ele abriu a porta. — Eu não vim aqui pra implorar nem pra rastejar. — Annie passou por ele e foi para a sala de estar. A cesta exalava um aroma tão delicioso que Fletcher quase desmaiou. — Estou aqui pra ver seu pai.

— Ele não tá...

Merda. Fletcher olhou ao redor da casa, constrangido com o jeito como estavam as coisas. Ele mantinha tudo no lugar, mas não de um jeito organizado e bonito. Não havia tapete no piso e a maior parte dos móveis tinha sido empurrada contra as paredes para dar espaço para o pai manobrar.

O pai estava vestido... mais ou menos. Ele usava o traje habitual de calça de ginástica com zíper na lateral, um moletom cinza velho, tênis e dois dias de barba por fazer. Pelo menos não tinha começado a beber ainda.

O pai estava esticado no sofá, com os olhos vidrados na TV. O debate antes do jogo tinha acabado de começar e um locutor já previa uma grande reviravolta em uma competição de futebol americano qualquer.

— Oi, sr. Wyndham — cumprimentou Annie com o tom simpático.

Ela colocou as coisas que tinha levado na bancada da cozinha. Aromas deliciosos enchiam o ambiente. Fletcher teve vontade de cair de cara na cesta.

— Annie, oi, menina. Que bom te ver. — O pai tentou sorrir. — Eu me levantaria para cumprimentar você direito, mas, como pode ver, estou indisposto.

Ela foi até o sofá e se sentou na poltrona ao lado dele, como um passarinho hesitante. Annie era tão bonita, com aquele cabelo e os olhos brilhantes, o rosto franco e entusiasmado. Fletcher tinha ouvido que todas as pessoas tinham uma parte sombria, mas ele nunca tinha visto nenhuma parte sombria em Annie. Ela era iluminada como o sol, o tempo todo.

— Sinto muito pelo acidente — disse Annie ao pai dele. — E por todos os momentos difíceis pelos quais tem passado.

O pai tirou o som da TV e cruzou as mãos atrás da cabeça.

— É, a vida tem sido um morango...

Annie se inclinou e recolheu as garrafas de cerveja da noite anterior: quatro.

— Parece que você deu uma festa e eu não fui convidada.

— É isso que eu faço. Farra. Talvez eu volte a fumar, como fazia quando estava no ensino médio.

— Ah, isso seria fantástico — comentou ela, sem expressão. — Então o senhor seria um alcoólatra com câncer e uma perna só. Uma tríade.

Fletcher apertou os lábios, tentando conter a vontade de rir da expressão do pai.

— Você é desaforada — comentou o pai dele, carrancudo. — Sempre foi.

— Ninguém mais fala "desaforada". Eu nem sei o que isso significa, mas, se significa que estou trazendo um banquete de Ação de Graças e o prazer de minha companhia, então sim. Sou desaforada.

— Você trouxe o jantar.

— Eu trouxe o jantar. Fletcher disse que o senhor não iria até a fazenda, então decidi trazer o jantar para cá.

O pai fez uma careta para a TV, que mostrava uma montagem de jogadores de futebol americano de pescoço grosso se aquecendo. Eles corriam depressa por uma série de pneus, as pernas grossas bombeando como pistões.

— Sua intenção foi boa, mas não estou com fome.

— Ah, está sim.

Annie levou as garrafas para a cozinha e colocou na lixeira de reciclagem. Então, olhou para as pilhas de pastas e caixas em cima da mesa de jantar. Era tudo relacionado ao processo. Declarações, petições e documentos. O sr. Haney chamava de "produto do trabalho".

— Tem que tirar isso daqui — declarou Annie. — Me ajuda, por favor?

Fletcher tinha tudo organizado.

— Mas…

— Tudo bem, eu mesma tiro — concluiu ela.

Ele decidiu não opor resistência. Era impossível resistir à *Annie*, e Fletcher sabia que a refeição que ela havia levado seria épica. Annie e a avó cozinhavam como profissionais. Ele e o pai não faziam uma refeição normal juntos desde antes do acidente.

— Eu faço — disse ele.

E levou tudo para o hall de entrada enquanto ela limpava a mesa.

— Papelada não tem nada a ver com a mesa de jantar. Minha avó sempre diz que não se deve trabalhar onde se come.

— Quem disse que a gente come na mesa?

— Hoje, *eu* estou dizendo. Precisamos de pratos, copos e talheres. Todo o resto, eu trouxe.

Annie parecia um redemoinho, pegando jogos americanos coloridos e guardanapos de pano, velas em suportes e travessas de comida cobertas. Ela terminou de pôr a mesa, acendeu as velas, então foi até o pai dele e pegou as muletas encostadas no braço do sofá.

— O jantar está servido. E se o senhor ousar dizer que não está com fome, eu vou levar tudo embora.

Fletcher estava hipnotizado pelos aromas incríveis que emanavam da mesa.

— Ele está com fome — falou para Annie. — Nós dois estamos morrendo de fome.

— Fale por você — retrucou o pai. — Eu não estou com vontade de comer.

— Pelo menos seja sociável — comentou Annie. — O senhor consegue fazer isso, não é?

— A porra da minha perna está doendo — bradou o pai, bravo. — Não estou com vontade de me levantar.

Fletcher cruzou a sala em dois passos.

— Sei que a porra da sua perna dói, mas você não pode falar com ela desse jeito. Nunca. Uma vez eu tive um pai que me disse que não se deve falar palavrão com uma mulher. O que aconteceu com aquele cara, hein? Agora levanta a bunda daí e vamos comer.

O pai ergueu as sobrancelhas e encarou Fletcher com um toque de respeito. Então se levantou usando as muletas e se transferiu para a cadeira de rodas. E seguiu até a mesa.

Annie permaneceu imperturbável o tempo todo. Ela começou a preparar um café fresco, então tirou a tampa das travessas, uma por uma.

— Hoje, para o deleite gastronômico de vocês, temos peru que foi marinado durante a noite em água salgada saborizada com xarope de bordo. — Ela fez o movimento floreado de uma garçonete habilidosa, com a mão indicando o prato que incluía duas coxas de aparência deliciosa. — O peru vem da fazenda de Earl Mahoney. A carne é orgânica, de animais criados soltos. Nós assamos em manteiga de sálvia.

Também temos bolinhos de batata-doce caseiros com ketchup sriracha, e molho de cogumelos selvagens e nozes… — Annie percebeu o olhar do pai de Fletcher. — Não julgue até provar. Sei que todo mundo tem opiniões fortes sobre molho, mas esse aqui vai te fazer mudar de ideia. Onde eu estava? Purê de batata com alho e o molho da carne, compota de cranberry com conhaque e torta de abóbora em uma base de noz--pecã e bordo.

— Desisto — disse o pai, levando a mão ao abdômen enquanto se posicionava diante da mesa. — Eu me rendo. Isso é um maná dos céus. E fique sabendo que não vou deixar você ir embora. Nunca mais.

Sanford disse aquilo sorrindo, com a expressão mais feliz que Fletcher via no rosto do pai em semanas.

Annie se sentou e indicou com um gesto que Fletcher fizesse o mesmo. Então, em uma ação tão natural quanto encantadora, ela pegou uma das mãos de cada um deles.

— Na minha família, não agradecemos em silêncio — declarou.

— Lógico que não — murmurou Fletcher.

Ele a amava tanto naquele momento que não conseguia nem enxergar direito.

— Não seja desaforado. — Ela deu uma piscadinha para o pai de Fletcher, então abaixou os olhos. — Agradecemos por esta refeição deliciosa, pelo futebol na TV e por termos uns aos outros. — Ela apertou as mãos deles, então soltou-as. — Que tal?

— Perfeito — respondeu Fletcher. — Ei, olha só…

— Então vamos comer.

Annie serviu um prato enorme de comida para pai e filho. Foi sem dúvida a melhor refeição que Fletcher já havia feito na vida. Ele se pegou desejando ter um estômago extra para poder continuar comendo aquilo o dia todo. O pai mergulhou no prato à frente, deixando escapar um gemido baixo de prazer. E não parou de comer até terminar o segundo prato. Annie provou um pouquinho de cada coisa.

— Você não está com fome? — perguntou Fletcher.

— Não quero acabar com o apetite — explicou ela, e limpou os lábios com um guardanapo. — Tenho outro jantar a comparecer. — Então, ela se levantou e pegou a parca. — Senhor Wyndham, foi muito bom te ver.

— Pode apostar, meu bem. Obrigado. De verdade. — O pai deu um sorriso satisfeito e uma palmadinha no abdômen. — E desculpe por eu ter sido um babaca... um velho rabugento.

— Eu perdoo se o senhor comer tudo o que sobrou.

Fletcher a acompanhou até o carro.

— Isso foi incrível. Totalmente inesperado. Não sei o que dizer.

— Um "obrigado" já basta.

Annie sorriu, embora Fletcher tenha percebido um brilho de tristeza em seus olhos.

— Foi muita gentileza sua. Eu queria... — O vento frio atravessava a blusa dele. Fletcher indicou a casa com um gesto. — Eu me sinto mal por estar preso aqui. Você viu como é com meu pai.

Ela assentiu, já sem sorrir.

— Vi.

— E ainda tem toda a parte jurídica...

— Não foi pra isso que contratou o advogado? Pra lidar com a parte jurídica?

— Uhum, mas ainda tem uma tonelada de pesquisa a ser feita. Fiquei acordado metade da noite até encontrar um caso a ser citado para apoiar nossa petição e obrigar os executivos da empresa a responderem perguntas mesmo quando os advogados deles os instruírem a não... — Ele viu os olhos dela ficarem mais distantes. — Enfim... É complicado.

Annie cruzou os braços e o encarou com uma expressão pensativa.

— Você gosta disso. Não nega. Parte sua está empolgada com isso.

Ela descobrira, então. Annie descobrira o segredo que ele guardava trancado a sete chaves, a revelação que o pegara de surpresa e que era tão poderosa que ele não conseguia ignorar. Ele estava gostando *mesmo* do processo: da pesquisa, da lógica, de meter a cara em estudos de caso e jurisprudências. Gostava da forma que um caso era construído, degrau por degrau. E mesmo que Haney reclamasse e dissesse para ele parar de ficar supervisionando tudo, Fletcher se recusava a recuar.

— Preciso fazer tudo o que puder pra ajudar — respondeu ele apenas. O vento sacudia sua blusa fina. — De qualquer forma, obrigado. Você é incrível.

Fletcher pressionou as mãos com força ao lado do corpo para evitar puxá-la para si e abraçá-la para sempre.

O sorriso de Annie ficou mais aberto. A tristeza, mais evidente. A dele também.

— Essa sou eu. Incrível. A gente se vê, Fletcher. Boa sorte com seu pai.

Annie entrou no carro e bateu a porta, rápido e com força.

Fletcher ficou ali, tremendo no frio cortante de novembro, vendo-a ir embora, as luzes do carro iluminando as rajadas de neve da tarde escura. Então ele se virou e voltou para dentro de casa. O pai estava saboreando outro pedaço de torta de abóbora com uma colherada de chantilly adoçado com bordo, e deu um gole de uma caneca fumegante de café.

— Filho, foi com ela que você terminou ontem?

— Aham.

— Você é bem estúpido. Sabe disso, não é?

— Sim, pai. Eu sei.

Annie subiu a Montanha Rush em lágrimas. Não podia chamar aquilo de rompimento, só que sentia como se fosse, porque ela e Fletcher estavam se perdendo um do outro. Ele havia dito aquilo na noite anterior, embora ela não tivesse compreendido de todo a situação até o momento em que entrou na casa dele. Então a coisa a atingiu como uma pancada na cabeça. A vida de Fletcher girava em torno do pai, da oficina e do processo naquele momento. Não havia espaço no mundo dele para ela.

Quando entrou na cozinha da fazenda, Annie chorou um pouco mais nos braços da mãe.

— Eu sei que dói — disse a mãe. — Sinto muito, querida.

— Não, não sente. Você queria que a gente se separasse.

— Eu nunca quis que você se magoasse. Meu Deus, nenhuma mãe desejaria isso a uma filha. O meu único desejo é que você descubra o que quer da própria vida antes de tentar construir uma vida com outra pessoa.

— Agora não importa mais. Aconteceu tudo bem do jeito que você queria. Ele tem que ficar em Switchback, e eu tenho que ir embora.

— Você vai ficar bem — garantiu a mãe. — Vai levar tempo, mas eu prometo que você vai seguir em frente e ficar bem.

Annie e Fletcher nunca mais falaram sobre unir a vida. Era apenas impossível. Ele ficou com o pai, lógico. Não havia escolha. E Annie voltou para a faculdade.

No início, a falta que sentia dele parecia um ferimento em carne viva, que não cicatrizava. Contudo, o tempo cumpriu seu papel. A desolação das semanas e depois dos meses que se seguiram acabou se transformando em uma dor entorpecida. A distância física parecia um abismo enorme, e o vínculo que antes parecia invencível se tornou um fio frágil.

Os caminhos de Annie e Fletcher divergiram como um trilho de trem que se bifurcava em um cruzamento de mão única. Annie foi levada para o mundo que ela queria habitar muito antes de Fletcher aparecer. Perdeu-se em aulas sobre estratégias de narrativa e linguagem de vídeo. Aprendeu a operar todo tipo de câmera, equipamentos de iluminação e lentes, e aprimorou o conhecimento de enquadramento e edição digital ao se aventurar a fazer gravações próprias, desbravando a energia da cidade. Ela apontou a câmera para temas que a empolgavam, como as barraquinhas de comida e parquinhos perto da Washington Square, ou o mercado de peixes em Hunts Point.

Annie conseguiu um emprego de meio período em um novo restaurante badalado chamado Glow. Foi a shows por toda a cidade e conseguiu uma identidade falsa para conseguir entrar em bares com veteranos.

Acabou descobrindo um jeito de pensar em Fletcher sem imediatamente ficar com os olhos marejados. E, depois de algum tempo, descobriu um jeito de evitar sequer pensar nele.

13

Agora

Kyle e a esposa, Beth, estavam presentes no momento em que Annie conseguiu ficar de pé sozinha. Antes ela precisava da ajuda de duas pessoas, além do cinto de marcha ao redor da cintura. Cada movimento exigia concentração intensa e, depois de apenas alguns minutos, parecia que Annie tinha corrido uma maratona: sem fôlego, os músculos trêmulos, o suor escorrendo pelas têmporas. A equipe de atendimento não dava trégua. Ela precisou tentar várias vezes até que, enfim, chegou o momento de se levantar e ficar de pé sozinha.

O irmão e a cunhada tentaram parecer despreocupados, enquanto permaneciam sentados juntos no sofá do quarto de Annie, de mãos dadas, atentos. A fisioterapeuta aguardava ao lado da cama, pronta para segurar o cinto se as pernas de Annie cedessem, o que às vezes acontecia.

— Talvez isso demore — avisou Annie, mexendo nas pulseiras.

A pulseira de identificação tinha um código de barras que era escaneado toda vez que ela tomava um comprimido. Havia outra pulseira em que se lia RISCO DE QUEDA em letras grandes.

— Leve o tempo que precisar — respondeu Beth.

— Eu nunca entendi essa frase… "leve o tempo que precisar". E se eu levar menos tempo do que preciso? Ou mais? Vou ter problemas?

— É só uma expressão — explicou Beth. — Acho que significa "não precisa se apressar", mas também não procrastine.

Annie percebeu que estava deixando os dois nervosos.

— Você está agindo de um jeito diferente do habitual — comentara a mãe dela no dia anterior.

Ela não estava agindo como ela mesma? Como quem estaria agindo?

Annie olhou de relance para Nancy, a fisioterapeuta do dia. Nancy só assentiu com firmeza, como quem dizia "Você consegue".

Eu consigo, pensou Annie. *Eu consigo*. Havia evoluído muito desde que uma equipe de captação de órgãos pairara ao seu redor, esperando para saber se seria declarada sua morte cerebral. Todos ficavam repetindo como ela havia tido sorte, que a maior parte das pessoas nunca se recuperava daquele tipo de coma. Era jovem e saudável, e a lesão não tinha sido tão grave quanto poderia ter sido, fora basicamente um lobo frontal ferido, sem osso quebrado. Só que Annie não se sentia nada sortuda. Ela se sentia… perdida.

Quando olhou para o irmão e para Beth, Annie sentiu o coração inchar no peito. Aqueles dois. Kyle tinha sido uma parte tão importante do mundo dela quando era menina. Oito anos mais velho, ele fora uma combinação de companheiro de brincadeiras e professor, e sempre tinha conseguido encontrar um equilíbrio entre as implicâncias e os ensinamentos. Com o incentivo de Kyle, Annie havia aprendido a ser destemida na montanha, fosse em um tobogã, em um snowboard ou nos esquis. Ele tinha mostrado a ela o melhor lugar para pegar girinos na primavera, como jogar mumblety-peg (uma brincadeira com canivete), como fazer uma bandeja no basquete e um mergulho de partida em uma competição de natação.

Kyle tinha mostrado a ela que nem todos os homens eram como o pai deles, que deixavam a família para trás.

E Beth. Ela e os dois filhos, Lucas e Dana, tinham se juntado à família em uma onda de alegria barulhenta. E agora a cunhada e Kyle tinham mais dois filhos, Hazel e Knox. A mãe de Annie gostava de chamar os dois de Cereja e Bolo. A cereja do bolo. Era importante que os dois se equilibrassem e se complementassem. Ninguém queria que a cereja fosse azeda demais e sobrepusesse o gosto do bolo. Assim como a cobertura também não poderia ter um gosto forte demais.

Por isso a manteiga *noisette*, ou manteiga queimada, era um ingrediente-
-chave na cobertura. Era suave e de sabor rico, sem adicionar doçura.

— Ainda não estou pronta para ficar de pé — disse Annie a Nancy.

— Sua avaliação de ontem diz que você está pronta, sim — respondeu Nancy.

— Preciso tirar um cochilo — alegou Annie.

Quando dormia, ela sonhava com um passado distante. Só que, nos
sonhos, não parecia tanto tempo assim. As imagens difusas do passado
pareciam ter acontecido apenas alguns momentos antes. Quando dormia, a mente se enchia de dias coloridos de outono. Varrer folhas no
quintal. Patinar no gelo no lago Eden Mill. Andar de bicicleta, cuidar
do jardim com a avó, ir ao mercado dos produtores. Fritar folhas de
sálvia para o molho do jantar de Ação de Graças. Tudo parecia muito
real até ela acordar para a realidade iluminada pelas luzes fluorescentes
do centro de reabilitação.

— Caroline fica preocupada com você ter dificuldade para acordar
de novo — contou Beth.

— E perder todas essas atividades incríveis?

Annie olhou ao redor do quarto. Na parede oposta à cama havia
um quadro de cortiça decorado com cartões artesanais feitos pelas
sobrinhas e sobrinhos, e os quadros pintados pela mãe dela. O irmão
e a cunhada tinham levado outro original de Caroline Rush naquele
dia. Era uma paisagem tocante e melancólica da vista da varanda da
frente da casa da fazenda. O pomar de maçãs estava florescendo, e
toda a encosta da montanha brilhava com o verde primaveril dos
bordos-de-açúcar em botão. A mãe tinha um talento especial com luz
e sombra. Annie se perguntou como teria sido a vida da mãe se ela
tivesse ido para a escola de arte. Será que teria permanecido casada
com o pai? Ou teria se estabelecido em um loft no SoHo e se juntado
à cena artística de Nova York?

— Que tal você fazer uma tentativa? — sugeriu Nancy. — Vou estar
bem ao seu lado. Mostre pra gente que consegue sair da cama.

Colocado daquele jeito, não parecia que ficar de pé deveria ser um
desafio tão grande. Annie seguiu a rotina que tinham lhe ensinado.
"Primeiro, erga o corpo para se sentar. Passe as pernas para o lado

e para baixo." Ela olhou, carrancuda, para as pernas muito magras, vestidas com uma calça de ioga. "Para o lado e para baixo." Pronto. "Deslize o corpo para a beirada da cama. Pés separados." Ela usava meias amarelas berrantes com sola antiderrapante. "Incline-se para a frente, o nariz inclinado na direção dos dedos dos pés. Use a força do abdômen e endireite o corpo."

Depois de alguns inícios malsucedidos, Annie ficou de pé, com a cama atrás dela, só um pouco ofegante.

Nancy posicionou o andador de idosinha na frente dela.

— Muito bem — elogiou Nancy. — Segure aqui e se firme. Como está se sentindo? Alguma tontura?

— Tontura completa — respondeu Annie, segurando as alças do andador. — Mas está tudo bem. Estou bem.

— Bom trabalho. — Beth se levantou e deu um abraço em Annie, inclinando-se por cima do andador. — Você é incrível. Estamos muito orgulhosos.

— Por sair da cama? As expectativas estão baixas, então.

Annie treinou andar de um lado para o outro no corredor, ladeada por Kyle e Beth enquanto passavam pelas portas largas dos outros quartos, com cartões de nome e avisos escritos com letras bonitas: "Oxigênio em uso. Dieta cardíaca. Risco de queda". Raven, a garota dos livros, passou empurrando o carrinho.

"Pé esquerdo, pé direito, mantenha-se dentro dos limites do andador. Não o empurre à frente como um cortador de grama ou um carrinho de compras." Era estranho ter que dizer a si mesma como andar. Ainda assim, Annie preferia se movimentar a ficar deitada na cama.

Kyle e Beth ouviram com atenção enquanto Nancy reiterava a importância do exercício diário regular.

— Fazemos parte do seu plano de alta — explicou Kyle. — Querem ter certeza de que vamos conseguir ajudar você quando chegar em casa.

Casa. A imagem que lhe vinha à cabeça quando pensava em casa era antiga, como um cartão-postal vintage na mesa do escritório, um lembrete do motivo pelo qual uma pessoa trabalhava duro. Ela conseguia ver o lugar como um dos sonhos de muito antes. Um daqueles sonhos que parecia ter sido no dia anterior. Ela conseguia imaginar com perfeição a estrada rural que subia a colina. A casa de fazenda centenária em que tinha passado a infância, em uma montanha que recebera o nome do bisavô da mãe dela, uma casa pintada de branco, com uma varanda por toda a volta, o jardim limitado por uma cerca branca. Pomares, flores, um riacho com trutas, um lago, colinas para trenós... o paraíso. A extensa floresta de bordo Rush cobria as colinas ao redor da fazenda e, escondida ali, ficava a casa de açúcar, na qual a mágica acontecia todo inverno.

— Continue — incentivou Nancy, e Annie percebeu que havia parado no meio do corredor, aparentemente sem conseguir pensar e se mover ao mesmo tempo. — Quando chegarmos ao salão, você pode sentar e conversar um pouco.

Annie estava sem fôlego e trêmula quando chegaram à área de estar no salão. A decoração era tão sem graça quanto o resto do lugar, mas havia uma bela lareira de pedra e uma parede com estantes abarrotadas de todos os tipos de livros.

— Fletcher Wyndham veio me ver — contou a Kyle e Beth.

Kyle se virou para encará-la.

— O que ele disse?

— Hum, só... Sabe como é, ele soube que eu estava aqui. Acho que decidiu aparecer para uma visita. É o que as pessoas fazem às vezes, visitar um amigo ou parente doente. Uma vez Fletcher me disse que, depois do acidente do pai, ninguém foi visitar o homem, por isso ele provavelmente achava que pessoas hospitalizadas precisassem receber visitas, mesmo que dissessem que não.

— Ah — murmurou Kyle. — Acho que tudo bem, então.

Annie não queria contar ao irmão sobre o emaranhado absurdo de emoções que Fletcher havia despertado nela. Não estava pronta para falar de lembranças, fossem boas ou ruins.

— Você parece muito tenso, Kyle. Não era para ele ter vindo? — Ela fez uma pausa, enquanto pensava a respeito. — Eu sei que não sou parente dele, mas, pelo jeito, amiga também não, né?

— Está tudo bem — disse Beth com gentileza, e tocou o braço do marido. — Annie, você quer receber outras visitas? Sua antiga amiga, Pam Mitchell, adoraria vir. Assim como o professor Joel Rosen, seu orientador na Universidade de Nova York. E a treinadora Malco... ela ainda está no comando da equipe de natação, e você foi uma das estrelas ali, lembra?

"Nadadoras, em suas marcas."

— A decisão é sua — continuou Beth. — A gente não quer que acabe zonza com tanta coisa ao mesmo tempo.

— As pessoas dizem isso o tempo todo — falou Annie. — Eu já passo a maior parte do tempo zonza. A novidade seria ficar *não zonza*. A gente fala desse jeito?

— O objetivo é deixar você bem o bastante para voltar para casa — declarou Beth.

— Quando?

De repente, Annie desejou aquilo desesperadamente. Tanto que sentiu vontade de esmagar algo.

Depois que o irmão e a cunhada foram embora, Annie dormiu por um longo tempo. Quando acordou, foi almoçar no refeitório em vez de comer na cama. Fazer uma refeição solitária em uma bandeja com rodinhas a fazia se sentir incapaz, por isso ela resolveu se mexer e se sentar diante de uma mesa. Os outros pacientes eram quietos e pouco comunicativos, concentrados nas próprias lesões e problemas de saúde.

Annie não gostou do refeitório. Todos se sentavam em mesas separadas, comendo sozinhos, a não ser pelos que não conseguiam se alimentar e tinham alguém ao lado para ajudá-los a levar a comida à boca. Era um espaço silencioso e deprimente ao extremo. Não era de admirar que a maioria das pessoas fizesse as refeições nos quartos.

Comer deveria ser uma atividade comunitária. Quando acontecia de forma solitária, era só uma função corporal.

— Posso me sentar com a senhora? — perguntou Annie à senhora sentada à mesa ao lado.

— Hum — murmurou a mulher.

Annie interpretou aquilo como um sim e foi até a grande mesa quadrada.

— Meu nome é Annie.

— Mavis.

A mulher endireitou a postura na cadeira. Ela era idosa, com cabelo branco e fino e óculos em uma corrente de contas.

Annie viu um homem observando-as e indicou com um gesto a cadeira vazia ao lado dela. O nome do homem era Jax. Ela se lembrava dele da reunião em grupo.

— Quer se sentar aqui?

Logo vários outros pacientes estavam olhando para eles.

— Precisamos juntar as mesas — comentou Mavis.

— Pois boa sorte — murmurou Jax. — Iggy está responsável pelo andar hoje.

Iggy era a funcionária de quem ninguém gostava, uma fascista em relação às regras com uma prancheta na mão e uma atitude mal-humorada. Alguém comentou que ela era uma ex-agente penitenciária.

Annie chamou a mulher com um gesto.

— Pode nos ajudar a juntar algumas das mesas?

— Vou ter que checar.

— Checar o quê?

— Com a supervisão.

Annie respondeu com um sorriso doce.

— Boa ideia. A gente espera enquanto você faz isso.

Iggy segurou a prancheta contra o peito, deu uma meia-volta brusca e saiu do refeitório, talvez torcendo para encontrar um supervisor que citasse alguma regra que dizia que as mesas não podiam ser movidas.

— Beleza, bora! — orientou Annie em um sussurro alto.

Aqueles que eram fisicamente capazes se levantaram e juntaram os móveis em uma longa mesa de banquete.

Quando a fascista retornou, os olhos cintilaram de irritação enquanto ela observava o refeitório reorganizado.

— A mobília não deve ser movida sem uma ordem de serviço.

— Tudo bem — concordou Annie. — Vamos manter assim, então.

Iggy inflou as narinas. Segurou a prancheta com mais força. Então deu as costas de novo e foi até o posto perto do carrinho de medicação.

Annie e os outros pacientes formavam um grupo debilitado. Sim, estavam debilitados, mas ainda eram humanos. E se sentar ao redor de uma mesa, como uma família, reforçava aquilo. Lá estava Wendell, a vítima do acidente na extração de madeira. Jax, o ousado, antes membro de uma gangue de motociclistas, que no momento era um ciborgue com rosto de pedra e peito cercado por uma gaiola de metal, a cabeça coroada com um aparato espetado que o fazia parecer um personagem de *Guerra dos Tronos*. Ida era linda de perfil vista pelo lado direito, mas todo o lado esquerdo do rosto parecia derretido. Vítima de derrame. Havia outros na outra ponta da mesa, e Annie estava determinada a conhecê-los melhor da próxima vez.

Ela se lembrou do poder da comida de unir as pessoas. De curar.

— A comida é horrível — comentou alguém.

— Estamos em uma dieta especial — respondeu Luanna, uma paciente cardíaca.

— E como se chama a dieta? Programa de perda de peso com comida asquerosa?

— Não é asquerosa, mas é sem graça.

— Eu gostava de comer pimenta chipotle assada com biscoitos salgados — revelou Jax.

— Eu fazia minha própria geleia de mirtilo — contou Ida.

— Podemos fazer melhor — falou Annie baixinho.

— O quê?

— Melhor. A gente pode fazer melhor. Vamos fazer melhor. — Annie sabia que tinha padrões muitíssimo altos. Apenas com base no sabor e na textura, identificava que a cozinha usava ingredientes e métodos institucionais. Ela olhou para o prato de legumes cozidos demais e batatas ricas em amido. — Vocês sabiam que uma fruta ou legume médio viaja cerca de dois mil e quinhentos quilômetros antes de ser vendido a um consumidor?

— Não — respondeu Mavis, cutucando a fatia de presunto com um garfo. — Nunca soube disso.

— Quarenta por cento das frutas e doze por cento dos legumes vêm de outros países — continuou Annie, arrancando aqueles fatos de algum canto do cérebro que começava a despertar. — Então, para evitar que os alimentos estraguem durante o transporte, os produtos precisam ser colhidos antes que tenham a chance de amadurecer por completo. A maior parte das pessoas não entende como o amadurecimento pleno é importante. Quando os produtos amadurecem ao natural, absorvem nutrientes do ambiente... do sol, da chuva e do solo. Ou seja, frutas e legumes que amadurecem durante o transporte carecem de nutrientes essenciais.

— Bom saber — falou Ida, e tomou um gole de água. — Em casa, tento comprar todas as frutas e vegetais do mercado de produtores.

— Isso é ótimo. Se todo mundo fizesse isso, todos teríamos dietas mais saudáveis.

— Mas é caro.

— Também é muito melhor para a saúde. E, se você se mantém saudável, está economizando dinheiro. — Annie rolou a cadeira para longe da mesa e foi até onde Iggy estava de pé... e emburrada. — Eu quero conhecer o chef.

— O chef. — A mulher franziu o cenho. — Ah, você quer dizer o gerente da cozinha.

— Eu posso falar com ele?

Iggy comprimiu os lábios. Então o rosto se suavizou. Talvez ela tivesse se conformado com a junção das mesas.

— O horário de almoço acabou, então acho que Pikey não se importaria. Quer que eu empurre a cadeira até lá?

Poucos minutos depois, Annie estava na grande cozinha comercial, cercada por prateleiras e bancadas de aço inoxidável, áreas de preparação e limpeza. Pikey era um homem negro alto com um jaleco branco de chef, calça xadrez e tamancos pretos. Annie se animou na mesma hora. Havia algo bem irresistível em ver um cara usando roupas de chef.

— Oi, Bela Adormecida. — Ele secou as mãos em um pano de prato e cumprimentou Annie com um aperto de mão. — Esse foi o apelido que a equipe lhe deu.

— Já tive apelidos piores.

— Todos nós, né? Em que posso ajudar? A equipe do andar está me dizendo que você não tem comido muito. Anda sem apetite?

— Eu tenho apetite, mas, infelizmente, descobri que sou exigente.

Ele assentiu e coçou o queixo.

— Parece algo que minha primeira esposa diria.

— Comida é minha vida — revelou Annie em um rompante.

O desabafo a pegou de surpresa, mas parecia verdade.

— Meu bem, comida é a vida de todos. Alguns de nós entendem isso melhor do que outros.

Ela olhou para a geladeira com porta de vidro cheia de produtos em caixas vindas de um armazém de Chicago. As prateleiras estavam repletas de grandes latas de ingredientes e enormes recipientes de plástico que guardavam óleo e outros condimentos.

— Você gosta de trabalhar aqui?

— Ah, sim. Foi uma troca e tanto. Eu trabalhava para um resort de luxo no lago Saranac. Brotos de samambaia salteados na manteiga com tomilho, truta à meunière, coisas chiques.

— Você sente falta de lá?

— Do tipo de comida, sim.

— Então por que saiu?

— No resort, meu horário me fazia trabalhar quando todo mundo estava de folga. Agora tenho as noites e os finais de semana de volta. Trabalhar aqui me dá tempo para ficar com minha família.

Família de novo. Era importante para todo mundo. Como comer. Como respirar.

— Você gosta do trabalho em si? De cozinhar?

— É só ok. Os cardápios são definidos por um nutricionista da equipe, e os ingredientes vêm de um grande distribuidor, então grande parte é bem básica.

Pikey levou-a por uma rápida excursão pelas instalações, e Annie ficou animada por estar falando de comida com alguém que conhecia bem uma cozinha. Ela estava ansiosa para ajudar na preparação de algum alimento.

— E o que acha de conseguir os ingredientes na região em vez de recorrer a um grande distribuidor?

— Não sou responsável pelas compras. Eu poderia sugerir isso na reunião mensal.

— Este lugar é cercado por hectares de espaço de cultivo. Está no calendário de atividades diárias que devemos sair e ajudar com a jardinagem. É terapêutico. Pense só: e se os jardins se transformassem em hortas, cheias de legumes, frutas e ervas em vez de flores?

— Nossa, toda a equipe da cozinha ficaria empolgada com isso. Gosto do seu jeito de pensar, menina.

— Sério? Porque eu mesma não tenho ideia de como penso. Desde que acordei, tenho que pensar em tudo até que alguma coisa faça sentido.

— Você está fazendo muito sentido agora. Uma pensadora criativa. Gosto disso. Você é chef?

— Não. Eu... — Annie não completou.

Ela sentiu os ombros ficarem tensos, e a mente disparou para um buraco escuro, cheio de imagens indistintas.

Pikey provavelmente reparou na mudança de atitude dela.

— Vou falar com o coordenador de atividades.

— Coordenador de atividades. Parece que a gente está em um cruzeiro.

Ela não sabia se já tinha estado em um cruzeiro.

Inspirada pelo projeto da horta, Annie não quis dormir depois do almoço. Dormir era para pessoas que não tinham nada melhor para fazer. Ela foi para o quarto, encontrou o caderno de exercícios de escrita, um lápis macio e uma borracha. Então passou um bom tempo perdida em pensamentos, esboçando um plano detalhado de horta. O papel quadriculado facilitou o desenho de canteiros e a organização de coisas de acordo com a altura das plantas e as necessidades de irrigação. Era um projeto bacana. Annie tinha crescido em uma fazenda, e fazer um plano de plantio era um ritual anual na família. Todo ano, depois da temporada do açúcar, todos se sentavam com os catálogos de sementes e decidiam o que queriam cultivar no verão. Lembrando-se daqueles tempos, ela arregaçou as mangas e começou a tarefa. Quando terminou, olhou para os esboços com satisfação. Era um excelente começo.

Annie ainda não estava com sono, por isso decidiu se organizar. O pessoal da terapia ocupacional queria que ela criasse o próprio sistema de organização de pertences: roupas, livros, materiais de escrita. Não havia muita coisa; algumas mudas de roupa, artigos de higiene fornecidos pelo hospital, coisas para ler, quebra-cabeças e jogos, o quadro de sentimentos e outros equipamentos usados na fisioterapia. Na gaveta de baixo da mesa de cabeceira, ela encontrou uma pilha de formulários e papéis encadernados em pastas de arquivo. Formulários médicos e de seguro. Muitas anotações tinham sido escritas em taquigrafia, com códigos numéricos, mas Annie conseguiu decifrar trechos de informações sobre um hematoma subdural e hemorragia cerebral intracraniana. Como era uma lesão dentro da cabeça, um dreno tinha sido colocado no crânio para aliviar a pressão até que o inchaço e o sangramento diminuíssem. Ela tocou a cabeça, tentando imaginar o dreno. Seria como uma torneirinha, do tipo usada para retirar amostras de um barril de uísque ou de vinho? Os diagnósticos secundários eram mais difíceis de traduzir, e Annie acabou perdendo a paciência e guardando as informações médicas.

Em um saco identificado como PERTENCES DA PACIENTE, encontrou um envelope longo e fino, fechado. Annie virou o envelope na cama, e uma pasta de arquivo grossa deslizou para fora, seguida por um anel de ouro. Uma aliança de casamento.

Annie recuou de súbito, como se a aliança fosse uma aranha. Sentiu uma pontada de dor nas têmporas. Ela pegou a aliança com cuidado e colocou no dedo anelar esquerdo. Estava muito folgada e parecia esquisita em sua mão, por isso a tirou. Talvez pertencesse a outra pessoa. Talvez tivesse sido esquecida por outro paciente.

Annie colocou a aliança de volta no envelope e abriu a pasta. Havia um documento legal com selos de aparência oficial, presos na parte superior com um grande clipe. "Decreto de divórcio. Referente ao casamento de Martin Harlow (requerente)."

Annie sentiu um arrepio de medo percorrê-la. Martin Harlow. Quem era aquele?

O requerente.

O nome dela também estava no documento. Ela era a requerida: Anastasia Rush.

Annie ficou um longo tempo olhando para o papel, e tentou descobrir que emoji no gráfico de sentimentos descrevia como aquele documento a fazia se sentir. 😊?☹?✌?

Decreto de divórcio. *Sou divorciada.*

Annie sabia o que era um divórcio. Tinha acontecido com os pais dela. Com a família dela. Com sua infância. Com toda sua concepção do que era família.

E pelo jeito ela também era divorciada.

Tinha sido casada com uma pessoa, mas não se lembrava daquilo. Estava divorciada daquele homem, e também não se lembrava daquilo.

O primeiro impulso foi pegar o telefone e ligar para a mãe. Annie tinha memorizado o número e sabia como conseguir uma linha para ligações externas. Estendeu a mão para o aparelho, então hesitou. O psiquiatra a encorajara a deixar o passado retornar por conta própria. Annie precisava pensar naquilo antes de interrogar a mãe. As lembranças tinham que partir *dela.*

Ela se deitou na cama e fechou os olhos. Ficou daquele jeito pelo resto do dia. No dia seguinte, só fez uma pausa para mais uma sessão de terapia já agendada.

Annie vasculhou os próprios pensamentos, mas as lembranças não estavam lá. De vez em quando, algo pairava como uma sombra no campo de visão. Um lampejo. Um sentimento, uma imagem fugaz. Contudo, assim que tentava se concentrar, a sombra se dissolvia como as lembranças muito frágeis de um sonho depois que a pessoa acordava.

Ela estava treinando o caminhar sozinha na academia de reabilitação quando as coisas começaram a mudar.

Seguindo as orientações de Nancy, Annie se apoiou entre duas barras paralelas, e foi colocando um pé na frente do outro enquanto se concentrava em manter o equilíbrio. Uma melodia vinha da TV grande no canto da sala ampla e espelhada. Foi quando ela teve a sensação de um lampejo no escuro, uma visão de uma fração de segundo de um homem seminu com botas de caubói.

Annie ficou paralisada, ainda segurando as barras, e olhou para a tela. A melodia que saía dos alto-falantes era indefinida, mas um tanto envolvente de um jeito "novo country" estridente. A música havia sido escolhida pela brevidade e simplicidade e porque estava disponível sem royalties a um baixo custo. E a coisa "pegara"; os tons simples da guitarra slide viraram um poderoso mecanismo de identidade para o programa.

Nancy chamava por ela, fazendo uma pergunta e outra, mas Annie continuou com a atenção fixa na tela da TV enquanto os créditos iniciais subiam acima de imagens de um chef lindíssimo e sorridente, usando calça jeans surrada e um avental por cima do peito largo, os braços musculosos à mostra. Surgiram alguns primeiros planos: o clarão do fogo, o requinte de um prato bem servido. Quando a música breve terminou, o quadro congelou no chef enquanto a companheira animada pairava ao lado, como um satélite cintilando para o sol brilhante. Então a cena estática ganhou vida.

— Eu sou Martin Harlow — falou o homem, lançando um olhar caloroso e acolhedor para a câmera, como se quisesse estender a mão e abraçar o espectador.

— E eu sou Melissa Judd — disse a coapresentadora loira com o sorriso de líder de torcida.

— E este — anunciaram os dois juntos: — é *O ingrediente-chave*.

— Ei, Annie — chamou Nancy. — Você precisa fazer uma pausa?

Annie estava atordoada. Estava muito pálida e sentia a boca e o rosto frios. Tentou falar, mas as palavras pareciam sair inaudíveis pelo buraco no pescoço. Annie tentou de novo e conseguiu apenas sussurrar:

— Não preciso de uma pausa. Tenho que parar e assistir a esse programa.

— Assistir ao quê? Ah, o programa? Acho que é uma reprise.

Nancy se apressou a ajudar Annie a se sentar em uma cadeira de rodas e posicionou-a de frente para a TV.

Sim, era uma reprise. O ingrediente-chave para aquele episódio tinha sido um peixe-rei. Filmar a sequência tinha sido um caos e também divertidíssimo. Todos tinham ido pescar à noite em um rio gelado no Canadá. Pegar redes cheias de peixinhos prateados à luz de lanternas tinha garantido muitas cenas divertidas. O prato que resultou da pesca foi um sucesso. Coberto com uma farofinha, temperado com plantas aromáticas e manteiga, e depois frito, o peixe-rei ficou suave e doce, fresco e com o gosto autêntico da natureza.

— É meu programa — sussurrou Annie, inundada por uma onda de lembranças tão intensas e rápidas que fizeram a cabeça latejar. Tinha a sensação de ter engolido um pedaço de gelo, e era como se o cérebro estivesse congelando. — É meu programa.

— É o programa de todo mundo hoje em dia. Todo mundo que eu conheço assiste.

— Não, estou querendo dizer que é… — Annie parou de falar. Já achavam que ela não batia muito bem, e não queria perder nem um momento do programa. — Eu só quero assistir.

— Parece que você precisa de uma pausa. — Nancy pegou o pulso dela para checar a pulsação. — É um programa legal. Eu assisto sempre.

Annie não moveu um músculo enquanto o episódio progredia. Talvez nem piscasse. Até os comerciais retinham sua atenção. Os patrocinadores de *O ingrediente-chave* eram tratados como realeza. Os dólares de publicidade possibilitavam toda a produção. Ela havia participado de reuniões intermináveis com produtores e planejadores de mídia. Annie e a equipe trabalhavam catorze horas por dia, criando vídeos de demonstração e organizando eventos para patrocinadores. Martin arrasava na hora de fazer contatos, usando todo o charme para vender espaços comerciais. Cortejar patrocinadores nunca tinha sido o aspecto preferido de Annie no trabalho, mas ela sabia que era importante. Ossos do ofício. Annie passou o resto da tarde maratonando o programa no computador da sala de estar. Os fios de lembranças se fundiram em uma onda crescente, então viraram um dilúvio. Parecia que ela mergulhava nos dias passados, como uma nadadora que partia do bloco de largada e rasgava a superfície, disparando com suavidade para o meio da raia. Annie afundou nos tempos esquecidos, quando tinha uma carreira, um lar, um marido. *Martin.*

Martin Harlow. O Requerente. Ele a encorajara a manter o sobrenome de solteira quando os dois se casaram. Adotar o nome do marido estava fora de moda, ainda mais quando a esposa era tão talentosa por si só. Ah, ele era um sedutor, não era? Annie havia feito o programa sob medida para Martin. E trabalhou durante anos para garantir o sucesso. *O ingrediente-chave* tinha sido ideia dela. A melhor ideia, a mais fantástica, uma paixão que ela havia cultivado desde a faculdade.

Encontrar o ingrediente-chave, reconhecer a origem e construir uma história em torno do prato era um conceito bastante simples, mas a execução era complicada. O papel de Annie era fazer tudo correr à perfeição. E ela era boa no que fazia. Ganhara até prêmios. Annie se lembrou da sensação surreal de segurar um troféu Emmy, sorrindo para a câmera, agradecendo ao marido incrível e talentoso, à querida amiga Melissa...

Quando a mãe dela apareceu naquele dia, Annie ainda estava com os olhos fixos na tela do computador. Ela analisava as lembranças e as recuperava aos trancos e barrancos, em pedaços estilhaçados, ainda tentando montar o quadro geral.

A mãe estava com uma das assistentes sociais, o que provavelmente significava que alguém tinha ligado para ela para dizer que Annie estava se comportando de forma estranha. Talvez estivessem preocupados com ela não conseguir lidar com tanta informação de uma vez, que a cabeça dela acabasse explodindo.

Annie tirou os fones de ouvido e deixou-os na mesa ao lado do computador.

— Eu vi os papéis do divórcio. Ouvi a música-tema do programa.

A mãe se sentou ao lado dela e apertou seu ombro.

— Você está bem?

— Não consigo nem começar a responder isso. Por que você não me contou sobre a minha vida? — A voz dela falhou, o tom sofrido.

— É tanta coisa. A gente não sabia por onde começar. — A mãe lançou um olhar desconfortável para a assistente social. — Os médicos nos avisaram para não inundar você com tudo de uma vez, sobretudo com as coisas dolorosas que tinham acontecido. Não queríamos te traumatizar, ainda mais quando você está fazendo um progresso tão incrível.

— Bom saber... — murmurou Annie.

A assistente social abriu um sorriso tranquilo.

— Você pode levar todo o tempo que precisar — garantiu ela a Annie. — Em minha experiência, as lembranças voltam quando a pessoa está pronta.

Annie se irritou com a condescendência na voz da mulher.

— Como assim "pronta"? É minha vida. Meu passado. — Ela apertou com força os braços da cadeira de rodas, frustrada. Queria se lembrar sozinha, não queria que outra pessoa lhe contasse como fora a própria vida. Só que também precisava saber. *Para já.* — Há lacunas demais. Por que não consigo só lembrar? Por que vocês não podem me ajudar a fazer isso?

A mãe soltou com gentileza as mãos de Annie dos braços da cadeira.

— Lógico que podemos. Conta pra gente o que você lembra, e vamos ajudar com o resto.

Antes

No outono do último ano na Universidade de Nova York, Annie andava pelos lugares favoritos do parque Washington Square, procurando alguma coisa para filmar. Ela havia requisitado uma câmera de última geração no laboratório do departamento de cinema para filmar um documentário. A tarefa era incorporar vídeo e fotografia, narração em off e uma entrevista. Seria o projeto mais importante até ali: a tese de graduação.

E ela queria arrasar. Só que faltava um fator crítico, essencial: um tema. Annie vinha quebrando a cabeça a respeito havia semanas. Os colegas de turma e os membros do grupo de estudo pareciam bem inspirados e motivados. Estavam abordando o aquecimento global. A controvérsia da vacinação. O retorno dos veteranos da guerra. O Marco Zero, tão perto do campus que chegava a ser assustador.

— Não preste atenção aos outros — aconselhou o professor Rosen. — Preste atenção a você mesma. O que mais quer?

Tudo. Óbvio que aquilo não ajudava. Ela teria que restringir as opções.

Joel Rosen, orientador da tese de fim de curso de Annie, era conhecido por ser exigente, crítico e inteligente ao extremo. Ele tinha um Pulitzer, um Peabody, um Oscar e um temperamento forte. Também era um homem sincero e, ao contrário de muitos dos colegas, não tinha medo de sentimentos nos filmes. Seu ensaio argumentando que

A felicidade não se compra era um filme melhor do que *Cidadão Kane* foi uma das peças mais controversas e inspiradoras que ele havia publicado.

— Digam-me seus cinco filmes favoritos, e direi quem são vocês. — Aquelas foram as primeiras palavras que Rosen proferiu aos alunos na primeira aula que Annie teve com ele.

A maioria dos alunos citou os títulos que achavam que ele queria ouvir: *O nascimento de uma nação, Regras do jogo, Era uma vez em Tóquio, Encouraçado Potemkin, O barco...* o tipo de filme que deixava Annie sonolenta.

Para surpresa dela, Rosen contestou as escolhas.

— Não respondam com o que acham importante, influente ou inovador. Quero saber o que vocês amam. O que mexe com vocês. O que faz com que queiram seguir esse caminho.

Depois de ouvir aquilo, Annie não hesitou. *O Mágico de Oz. O último dos moicanos. Um sonho de liberdade. Ratatouille. Chocolate.*

— Aplaudo sua franqueza, mesmo que não seu gosto — disse o professor, olhando para ela da frente da sala de aula. — Você é uma romântica incurável que ama comida e acredita em esforço, e que não ouve com atenção suficiente a única voz que importa.

— Que voz é essa? — perguntou Annie. — A sua?

— Engraçadinha — disse ele. — A sua.

A conversa arrancou risadas da turma e fez Annie ficar vermelha. Desde aquele momento, o professor Rosen passara a ser o mentor dela. Ele era rabugento, com certeza, mas, sob a orientação dele, Annie produziu trabalhos tão bons que surpreendeu até a si mesma.

Entretanto, a magia não estava acontecendo. Ela continuava tentando descobrir o que queria transmitir no projeto de conclusão de curso. Muitas vezes, não conseguia ouvir a própria voz. Talvez devesse ir para casa, conversar com a avó. Assim como acontecia com o professor Rosen, a avó trazia à tona o que havia de melhor em Annie, só que ela era muito mais gentil ao fazer aquilo.

No entanto, ir para casa era um problema, porque visitar Switchback significava ver Fletcher. Três anos depois do rompimento entre os dois, ela ainda pensava nele quando se sentia sozinha. Ou quando estava com as amigas, aquelas que eram empenhadas o tempo todo.

Ou tão brilhantes que chegavam a intimidar. Ou chatas demais na obsessão por farrear. Ela pensava em Fletcher quando estava com um cara cujos beijos não conseguiam acender algo dentro de si, ou quando sentia saudade de montanhas, florestas, riachos frescos e estradas abertas.

Só que tinha acabado tudo entre ela e Fletcher. Ele se dedicava a administrar a oficina do pai e a prosseguir com a reivindicação legal. As negociações do acordo estavam acontecendo já havia três anos. Sempre havia outra petição a ser protocolada, outro requerimento, mais uma reunião com advogados. O processo parecia não ter fim.

Deixar Fletcher para trás teve um benefício oculto. Aquilo fez Annie se dedicar aos estudos como se estivesse possuída. Não apenas na escola, mas também no Glow, o restaurante com uma estrela Michelin em que ela trabalhava nos fins de semana, absorvendo conhecimento como uma esponja, praticando as habilidades com facas e as técnicas de refogado, seguindo por todo lado a fascinante Claire Saint Michael, uma estrela em ascensão no mundo da culinária. Se Annie tivesse um namorado, aquilo a distrairia e ela se concentraria menos no trabalho e nos estudos.

Naquele dia, Annie sabia que deveria estar buscando inspiração para o projeto final, mas se pegou pensando no passado e em Fletcher enquanto caminhava pelo parque. O que ele estaria fazendo? Será que estava feliz? Será que ainda pensava nela ou já tinha partido para outra?

Ela colocou de lado todas as perguntas e procurou voltar para o presente. As melhores ideias pareciam surgir quando ela olhava para o mundo. E Annie amava aquele mundo que habitara durante os anos de faculdade. Amava deixar a mente vagar e especular sobre todas as vidas díspares que se cruzavam naquele parque, um lugar verde vibrante em meio à cidade movimentada.

O parque Washington Square tinha um arco de concreto ornamentado, algumas estátuas e uma fonte central. Os caminhos sombreados, ladeados por bancos de parque, eram um refúgio para trabalhadores no intervalo de almoço, para babás empurrando carrinhos de bebê e para turistas tirando fotos. Havia pessoas comendo de embalagens para viagem em mesas de piquenique e estudantes deitados ao sol, protegendo o rosto com livros didáticos abertos. O playground e as pistas para cães estavam cheios de crianças e cachorros. Havia aposentados sentados diante de partidas de xadrez e de Scrabble, com expressões pensativas.

Annie pensou em abordar os dois senhores que jogavam xadrez, e talvez pedir para entrevistá-los diante das câmeras. Então, um aroma peculiar chegou até ela; um cheiro incrível que fez Annie estacar no lugar. Ela ergueu o nariz como um cão de caça farejando e se virou na direção do vento. Em um canto do parque havia uma coleção de barraquinhas de comida cercadas por pedestres em movimento. A maior parte delas tinha as ofertas de sempre: cachorro-quente, falafel, pretzels macios, sanduíches de almôndegas.

Porém, havia uma barraquinha em específico, operada por um cozinheiro solitário que dava duro em uma grelha, que era de onde vinha o aroma mais glorioso que Annie já havia sentido. Era uma mistura perfeita de cebolas caramelizadas e carne crocante, junto à doçura fermentada de pão fresco banhado em ovos. Brioche, talvez. Annie havia dominado o preparo de brioche na aula interdisciplinar que tinha feito enquanto estudava em Provença. Ela seguiu o olfato e se adiantou até a frente da barraquinha.

Ali, viu uma placa escrita à mão e apoiada no chão que dizia apenas MARTIN M. HARLOW, CHEF PROPRIETÁRIO, junto com o endereço de um site e um número de telefone.

Annie esticou o pescoço para enxergar por cima do grupo de pessoas que fazia fila para comprar o que ele vendia. E o que ela viu ali foi ainda mais atraente do que os aromas deliciosos. Martin era um deleite aos olhos. Usava uma calça jeans desbotada nos lugares certos. Os ombros e braços eram esculpidos de uma forma linda, e cintilavam ao sol da tarde. O cabelo loiro e ondulado estava preso em um rabo de cavalo casual, e o rosto tinha uma barba por fazer com a textura perfeita. Ele trabalhava com foco e competência. Fez Annie se lembrar de Vulcano trabalhando na forja, só que, em vez da forja, o homem trabalhava em uma grelha.

Ela contornou a multidão, com os olhos fixos nele com uma fascinação arrebatada. O cardápio simples estava afixado em uma lousa preta na frente da barraquinha. Ele oferecia confit de pato com opção de Stilton ou cheddar defumado, servido em um brioche macio por cima de uma cama de cebolas roxas caramelizadas, queijo de cabra grelhado, torresmos crocantes de pato, rúcula doce, mostarda Dijon e mel trufado. Um confit era um método de assar devagar, cozinhando a carne na gordura por um longo tempo até que estivesse muito macia, quase derretendo. Parecia uma opção sofisticada para o cardápio de uma barraquinha de comida, mas, a julgar pela multidão que se aglomerava ali, o homem tinha fãs.

— Como é a comida aqui? — perguntou Annie ao cara ao lado dela. — Você já experimentou?

— Ah, sim. Sou um cliente fiel.

— E?

— É pato no pão — falou o cara com naturalidade. — Como não gostar?

Annie sorriu e esperou sua vez. O chef brindou-a com um sorriso brilhante e aberto quando ela se aproximou do carrinho e fez o pedido. Annie o observou preparar o prato, a técnica nítida e precisa, sem qualquer presunção. Ele era uma figura dinâmica, os movimentos rápidos e seguros enquanto brincava o tempo todo com os clientes famintos. O cara tinha um jeito leve e sedutor, e também era muito agradável aos olhos.

Ele serviu a obra embrulhada em papel-manteiga, com um pouco de sal grosso marinho no topo do pão. Era tão delicioso quanto Annie esperava, e ela saboreou cada mordida devagar. A bebida que ele sugeriu para acompanhar foi um refrigerante Orangina gelado. A doçura gasosa era perfeita para acompanhar o sanduíche.

Quem era aquele cara e como ele tinha criado o melhor sanduíche do mundo? Annie ficou para trás, assistindo a correria do almoço. Então, durante uma pausa na ação, ela acenou para chamar a atenção dele.

— Ei, tem problema eu te filmar? — perguntou.

Foi a coisa perfeita a dizer. O rosto do homem se iluminou como o placar de um jogo. O sorriso aberto e envolvente tinha uma qualidade de modéstia tímida que a fez sorrir também. Os olhos dele eram do azul da flor miosótis.

— Para você, qualquer coisa — respondeu o homem.

— Me chamo Annie — anunciou ela, enquanto ligava a câmera. — Finja que eu não estou aqui.

— Prazer, Annie. Vou tentar fingir, mas não tenho o hábito de ignorar garotas bonitas.

Ela gostou do brilho sedutor nos olhos dele.

— Então ignore a câmera — sugeriu a jovem.

Um casal que passeava de mãos dadas se aproximou da barraquinha. Eram o tipo de casal sonhador de Nova York que Annie via nos parques e avenidas da cidade: sem pressa, bem-vestidos sem serem chamativos, românticos de forma sutil. Antes Annie pensava que ela e Fletcher seriam assim. Ela capturou os gestos e expressões dos dois enquanto analisavam o cardápio da barraquinha e faziam os pedidos.

Martin ajustou a chama sob a grelha e começou a preparar os sanduíches. Mais alguns clientes se aproximaram, e ele parecia não ter problemas em acompanhar cada pedido. Era como um maestro regendo uma orquestra enquanto atendia às solicitações sozinho. Martin ficava em constante movimento, tocando um espetáculo solo enquanto grelhava as cebolas roxas na chapa preparada com perfeição e montava os sanduíches. A apresentação simples, com uma Orangina na garrafa de vidro fosco em forma de bulbo, fez Annie ficar com água na boca outra vez.

Enquanto trabalhava, Martin conversava com os clientes, como se estivesse fazendo uma demonstração de culinária. Annie manteve a câmera firme. Ele indicou com um gesto os pães fumegantes sob uma *cloche* de vidro em um lado da grelha.

— Eu compro o brioche do mestre padeiro do Le Rossignol, um cara que eu conheço da escola de culinária.

— Onde você estudou culinária? — perguntou uma mulher.

— No Texas. Em uma escola de nome chique: Escola de Artes Culinárias Le Cordon Bleu.

A pronúncia em francês dele foi mais do que adequada.

— Foi lá que você aprendeu a fazer esse prato?

Martin sorriu.

— Não, senhora. Inventei o prato sozinho, no meu apartamento que fica a algumas quadras de distância. Eu confito o pato na cozinha e deixo para tostar na grelha aqui.

— Então qual é o seu segredo? Você tem, não sei, algum ingrediente especial? — perguntou outra mulher.

Provavelmente era uma estudante e parecia estar meio apaixonada por ele.

— Não tem nenhum segredo. Eu só uso os melhores ingredientes que consigo. Meu fornecedor favorito é uma fazenda um pouco ao norte no Vale do Hudson.

Annie estava no paraíso. Tinha encontrado o tema perfeito: um cara fotogênico, usando ingredientes locais e a criatividade, todo à vontade. Ele não parecia nem um pouco constrangido, e o cenário era ótimo. Ela capturou a cena com tomadas mais amplas, fazendo uma panorâmica ao redor da área do parquinho, do espaço para os cães e das trilhas sombreadas, então se concentrou nos detalhes: as mãos fortes do chef, o brilho do sol através de um fio de mel trufado, os pés de um cliente se afastando na calçada. Depois de algum tempo, a aglomeração de clientes diminuiu. Martin cobriu a placa da barraquinha com uma mensagem de: "Até amanhã".

— Fechar é só o começo do meu dia — anunciou ele.

Annie manteve a câmera rodando.

— Qual é sua parte favorita do dia?

— Que tal quando uma garota se oferece para tirar uma foto minha? — Ele sorriu. — Beleza, falando sério… Minha parte favorita do dia é quando a barraquinha está toda preparada. Os ingredientes estão prontos, estou acendendo a grelha, e as pessoas estão circulando pelo parque, pensando em comer alguma coisa. É o começar. Para mim, é meio como ter uma brisa. Acha esquisito?

— Nem um pouco. E obrigada por me deixar filmar. Sou aluna da Universidade de Nova York e eu tinha que estar trabalhando no projeto de conclusão de curso.

— A Tisch Film School?

— Isso mesmo.

Annie ficou impressionada por ele saber.

— E qual é o seu tema?

— Esse é o problema. Ainda não tenho um.

Martin tirou o avental, dando a ela um vislumbre de músculos abdominais desenhados e um peitoral definido. Então ele vestiu uma camiseta KEEP AUSTIN WEIRD — "Mantenha Austin esquisita", como dizia o slogan famoso na cidade do Texas.

— Mas acho que sei qual eu gostaria que fosse o tema — acrescentou Annie.

— É mesmo? — Ele estava arrumando a cabine, guardando os ingredientes e limpando o equipamento. — Eu seria um tema incrível.

Nenhuma falsa modéstia ali. Só que ele estava certo. Annie descreveu o projeto e o que ele implicaria.

— Você teria que se acostumar comigo sendo sua sombra — alertou ela.

— Você é uma sombra bastante atraente. Eu adoraria. Ficaria honrado em ser sua tese de conclusão de curso.

— Sério?

— Lógico que sim, mas tenho uma condição.

Ótimo. Uma condição. Desde que começara a faculdade, Annie já conhecera uma boa quantidade de manés e babacas. *Por favor, não seja um deles*, pensou.

— Qual? Qual é a condição?

— Um jantar. Quero cozinhar pra você.

Ela sorriu. Seu trabalho de fim de curso seria de arrasar.

— Acho que não seria um sacrifício.

— Não é um encontro — disse Annie a Vivian, uma das colegas de quarto, enquanto se preparava para visitar Martin Harlow em uma noite fresca de sábado.

Ela havia mostrado às colegas parte do que filmara no outro dia. Todas as três quase desmaiaram quando viram Martin.

— Você vai transar com ele hoje? — perguntou Shauna.

— Ela vai, sim — afirmou Vivian.

— Não vou, não — contrapôs Annie. — Isso é para a faculdade. É…

— Essa calcinha aí grita segundas intenções — argumentou Vivian, olhando para a peça rendada de Annie. — Bonita demais para o dia a dia.

— A calcinha não tem segundas intenções, e não vou me desculpar por gostar de lingerie bonita. E a lingerie não vai aparecer, de qualquer forma.

— Por que você não ia querer sair com ele? Essas fotos que acabou de mostrar para a gente vão assombrar meus sonhos por muito tempo.

— Eu nem conheço o cara. Só acho que ele vai ser um ótimo tema para o meu documentário.

Annie pegou uma calça jeans escura e uma saia evasê colorida no armário abarrotado.

— O que preferem?

— A calça. É justinha e fica sexy em você.

— Tudo bem, então vou usar a saia.

— Parece o tipo de roupa que você usaria numa feirinha de bairro.

— Você tem um bom olho. Na verdade, comprei essa saia na feira da rua Fulton algumas semanas atrás. É feita de saris reciclados.

— Não é mesmo um encontro romântico, então — admitiu Vivian, com uma expressão desolada.

— Eu avisei.

Annie combinou a saia com uma regata e um suéter curto e resistiu à vontade de se maquiar. *Talvez só um pouco de gloss.*

Porém, apesar dos contra-argumentos com as amigas, tinha a sensação de estar saindo para um encontro. Jantar com um cara que queria cozinhar para ela. Aquilo soava como... um encontro. Só que Annie tinha outro motivo e uma mochila pesada abarrotada de equipamentos de fotografia. Queria que ele fosse o tema do documentário, nada mais. Tornar a relação entre os dois mais pessoal poderia estragar tudo, e aquilo era bom demais para ser estragado.

Na primeira vez que filmou Martin, Annie tinha sentido aquilo: como o zumbido de um diapasão bem no fundo do âmago, ressoando através dela. Era sua voz, falando com ela com nitidez. Óbvio, o homem era um colírio para os olhos, mas havia algo mais nele. Martin tinha paixão pelo ofício e um tipo de energia sexy e carregada de motivação que se traduzia na câmera de um jeito belo.

Ela caminhou até a casa de Martin em Greenwich Village. Era um loft sem elevador, com paredes de tijolos, vigas expostas e tetos altos.

— Minha humilde morada — disse ele, fazendo uma reverência de brincadeira e um movimento amplo com o braço enquanto abria a porta para ela.

Martin estava vestido de um jeito casual, com calça jeans e uma camiseta branca, os pés descalços e o cabelo um tanto úmido.

O lugar não era nada humilde. Era incrível. Como um vendedor ambulante podia pagar por aquilo? Dinheiro de família?

— Obrigada por me receber — falou Annie. — E por fazer isso. Você está sendo muito gente boa.

— Sou um artista nato. — Ele pegou a mochila dela e ergueu as sobrancelhas ao sentir o peso. — Quer começar a filmar agora mesmo?

Santo Deus. O cara era um sonho que tinha virado realidade.

— Uhum. Só preciso de alguns minutos para me preparar.

Enquanto trabalhava, Annie aproveitou para analisar a casa dele. Havia uma sala grande e arejada, com um sofá baixo e uma daquelas TVs de tela plana novas e caras fixada em uma parede; uma área com uma mesa; e uma grande cama em cima de uma plataforma, arrumada com cuidado. A atração principal era a cozinha. Tinha um fogão a gás comercial com um exaustor de aço inoxidável de qualidade industrial, uma variedade de facas e utensílios que fizeram Annie ter vontade de cozinhar ao lado dele. Talvez aquele fosse o diferencial do cara, o fato de convidar à colaboração. Ela havia estudado aquilo nas aulas, a maneira como um espectador se envolvia em uma história ao se identificar com o assunto e como passava a querer fazer parte dele. Engajamento do público, era como se chamava.

Annie arrumou o tripé ao lado da bancada alta e começou a gravar. Martin serviu a ela um old fashioned, o coquetel feito à moda antiga, com uísque de centeio artesanal e uma cereja Luxardo saborosa. Ela tomou um gole da bebida deliciosa e agridoce, sentindo-se o auge da sofisticação. A câmera capturava a ação enquanto ele preparava o jantar.

— Presumi que você não tem nenhuma alergia ou aversão alimentar.

— Bom palpite. Tenho aversão à comida que não tem um gosto bom, mas algo me diz que não é provável que isso aconteça em sua cozinha.

— Já errei a mão algumas vezes.

Martin cozinhava com extrema confiança, fritando cogumelos *maitake* delicados em azeite de oliva e servindo-os por cima de homus temperado com coentro. Então ele ofereceu a Annie uma delicada torta de tomate com cebola caramelizada e lascas de erva-doce, acompanhada por um rosé seco. A sobremesa foi compota de pera e maçã regada com molho de caramelo feito com leite de coco.

Annie ficou extasiada com a comida maravilhosa.

— Não vou embora daqui nunca mais — declarou. — Posso me mudar hoje?

Ele riu.

— Boa comida faz isso com uma pessoa.

— E ainda assim você é solteiro. Por que as mulheres não estão fazendo fila na sua porta?

— Nesse momento, estou me dedicando totalmente à culinária. Quer dizer, eu adoraria encontrar alguém, mas estou concentrado em cozinhar.

Annie se recostou na cadeira e deixou escapar um suspiro de satisfação.

— Que comida fantástica!

— Obrigado.

— Todos os pratos eram veganos, não? — comentou ela, sorrindo.

— Eram, sim. — Martin ergueu as sobrancelhas, surpreso. — Algumas pessoas nem percebem isso.

— A melhor refeição que já comi em anos.

— Gosto de exibir a versatilidade — revelou ele.

Martin não a deixou ajudar a lavar a louça. Em vez disso, ela o filmou enquanto ele trabalhava e contava mais a seu respeito. Martin nasceu e foi criado no Texas. Os Harlows eram uma família dona de restaurantes havia muito tempo, com três churrascarias muito populares em Houston. Depois da escola de culinária, Martin tinha ido para Nova York para tocar a carreira por conta própria, fazendo algo diferente com a comida que preparava. Como não podia contar com o tipo de apoio de que precisava para abrir um restaurante, acabara optando por uma barraquinha de comida.

Ele serviu dois dedos de grappa como digestivo em dois copos. Annie ajustou a câmera no tripé enquanto Martin carregava as bebidas para a área de estar.

— Como você chegou à fórmula perfeita para a barraquinha?

— Tentativa e… erro. Muitos — confessou ele com um sorriso autodepreciativo. — Comecei com sanduíches cubanos. Depois tentei sanduíche de queijo quente, tapas espanholas e até creme de ovos que aprendi a fazer em Macau.

— Você estudou na China?

— Passei um ano na Ásia. Adorei cada minuto. Mas foi o ano na França que me deu a fórmula vencedora: o método de confitar. Enfim cheguei a um prato que me diferencia e faz as pessoas irem à barraquinha.

— A julgar pela quantidade de pessoas que eu vi lá, é um grande sucesso.

— Não foi sempre assim. No começo, o negócio demorou a engatar, e aí tive um golpe de sorte. Saiu um artigo de Guy Bellwether na *Time Out New York*. Ele é um aficionado por comida com muitos seguidores e me fez um monte de elogios. Na semana seguinte, meu caixa quadruplicou.

Martin tomou um gole da bebida. Então, mostrou a Annie uma coleção de recortes de várias publicações. Ela leu algumas manchetes. Um novo padrão em comida de rua. O sanduíche imperdível. O molhinho secreto de Martin Harlow.

Annie riu.

— Molhinho secreto? Jura?

— Ei, não sou eu que escrevo.

— O crítico tem razão. O molho é a chave.

— Eu também acho.

— Seu mel trufado é fantástico. O sabor é muito sutil, mas, sem ele, o prato é só mais um sanduíche gostoso.

— Exatamente. Você entendeu. Adoro que você entenda. Como uma estudante de cinema sabe tanto de culinária?

— É meu primeiro amor. Minha avó é a melhor cozinheira que conheço, e ela acredita que cada receita tem um ingrediente-chave.

Que define a receita. Na verdade, eu estava pensando em chamar meu projeto de *O ingrediente-chave*.

— Eu gosto. E gosto do jeito que sua mente funciona.

A mente dela não estava trabalhando. Estava se divertindo. *De volta ao trabalho, Annie.*

— O que mais eu posso contar a você? — perguntou ele, virando-se para encará-la no sofá.

— O que você quiser. Quero saber o que te motiva, empolga e inspira.

Ele pegou o copinho de grappa de Annie e colocou na mesa de centro. Então, se inclinou em direção a ela e segurou seu rosto entre as mãos.

— Você — disse baixinho, com os olhos fixos no rosto dela. — Você me empolga. Você me inspira.

— Martin.

Annie sentiu o coração apertado. Não queria flertar com ele. Queria filmá-lo.

Ele recuou, erguendo as mãos, a expressão de pura inocência.

— Não pode me culpar por tentar.

— Na verdade, posso, sim. Falando sério, para isso funcionar, a gente precisa agir como colegas. Profissionais. Quando um cineasta se envolve demais com o tema, o filme está fadado ao fracasso.

— Ensinaram isso na faculdade?

— Ensinaram, e também aprendi por experiência própria. No primeiro ano, fiz um curta sobre um entregador de bicicleta que se machucou no trabalho, e senti muita pena dele. Meu filme ficou piegas, horrível. Por isso preciso manter o distanciamento.

Ele pegou o copo e ergueu em um brinde.

— Tudo bem. Boa sorte, então.

— Martin.

Ele deu um sorrisinho tímido.

— Beleza, focando no trabalho. Entendi o que você quer saber. Eu me inspiro quando alguém me entende, do jeito que você faz. Quando alguém compreende que não estou só preparando sanduíches no parque. Fico animado quando alguém me faz sentir bem em relação ao que estou fazendo.

— Ah. — Annie ficou perturbada com a sinceridade dele. — Nesse caso, fico feliz em ajudar.

Ela percebeu que Martin estava com os olhos fixos em sua boca. Sabia que ele queria beijá-la. Era lisonjeiro, e Annie meio que queria que ele fizesse aquilo. Era raro ela sentir aquele tipo de atração.

No entanto, precisava se conter e lembrar a si mesma que beijar aquele cara só complicaria as coisas. Martin Harlow deveria ser um projeto de conclusão de curso, não um namorado.

Ainda assim, pela primeira vez em muito tempo, ela começou a pensar que talvez houvesse vida depois de Fletcher Wyndham.

15

Agora

—Estou pronta para ir pra casa.

Annie falava com a equipe de atendimento reunida na mesa de reunião.

Os pais também estavam ali, sentados um ao lado do outro enquanto a observavam com expressões ansiosas. Annie desejou que os dois relaxassem e parassem de observá-la como se ela tivesse uma bomba presa com fita adesiva no peito.

— Vocês todos me ajudaram aos montes — afirmou Annie, sentindo a garganta apertada. — Muito mais do que eu jamais vou saber, considerando que dormi a maior parte do tempo.

Sorrisos e acenos de cabeça ao redor.

— Agora é hora de seguir por conta própria.

Ela parecia uma presidiária tentando convencer o conselho de liberdade condicional a deixá-la sair. Seu destino dependia de um comitê de pessoas que, em tese, sabiam o que era melhor para ela.

O médico, a assistente social, vários terapeutas e enfermeiros a observavam com gentileza. Contudo, Annie percebeu que estavam céticos. Ela já conseguia interpretar as expressões alheias sem precisar consultar o quadro de sentimentos com os emojis. Aquilo não era um sinal de progresso?

— Gosto de sua confiança — elogiou o dr. King.

Ele era incrível. Ninguém tinha esperado que ela saísse do coma. A maior parte dos pacientes na situação dela permanecia em um estado crepuscular assustador, sem jamais voltar a ser eles mesmos por completo. Entretanto, o dr. King não tinha desistido dela. Annie desafiara as probabilidades e dava o crédito àquela equipe.

— Quero melhorar. *Estou* melhor. — Ela olhou ao redor da mesa. — "Melhor" não é o mesmo que voltar a ser exatamente a pessoa que eu era. Até porque não posso jurar que era uma pessoa tão boa assim.

— Você era você. E agora é hora de deixar de lado a pessoa que foi. E tentar conhecer a nova pessoa que está surgindo de tudo isso e acolhê-la. É um processo. Um processo de luto. Não uma morte literal, mas uma perda.

O comentário atingiu Annie de uma forma para a qual ela estava de todo despreparada. A antiga Annie se fora. Quem ela passara a ser? Quem queria ser?

Uma vida nova. Que conceito. Annie sentiu empolgação e depois medo. Então muitos outros medos. Aquele era o novo normal, eles disseram. O problema era que "normal" parecia apenas estranho. Desconhecido. Os começos eram assim, não eram?

— É o começo de uma jornada — declarou o dr. King. — Uma jornada cheia de oportunidades que você talvez não tivesse imaginado antes.

— Não sei o que imaginei. Ainda há tantas coisas que não lembro.

— Você não precisa se preocupar em lembrar de cada coisinha. A Annie do passado se foi. Você nasceu de novo, mas com um superpoder... agora tem o dom do conhecimento prévio. Não precisa reinventar a roda toda vez que quiser fazer um movimento.

Annie soltou um suspiro longo e lento, então encarou os pais.

— Então. O que acham da nova eu?

— Sempre achamos você incrível. A nova você é ainda mais incrível — respondeu a mãe.

A sra. Rowe, a assistente social, se manifestou, então, lembrando que Annie tinha um ambiente seguro para retornar e uma rede de apoio para acolhê-la: a casa de infância em Switchback, na qual os pais e o irmão cuidariam dela.

— Só minha mãe — corrigiu Annie, lançando um olhar penetrante ao pai. — Minha mãe é solteira.

— Eu também estou aqui para cuidar de você, Annie — garantiu o pai, com os olhos se suavizando enquanto ele parecia absorver o golpe das palavras.

— Seu pai também vai fazer parte disso. — A sra. Rowe colocou óculos de leitura e checou um dos papéis. — Ethan Lickenfelt, não é isso?

O pai de Annie confirmou com a cabeça.

— Sim, senhora.

— Seu papel é descrito aqui como apoio emocional e financeiro, companhia e apoio ao treinamento de força.

— Isso mesmo — confirmou ele.

Ele estava suando um pouco na testa.

— Em outras palavras, então, todas as coisas que ele não fez quando eu era criança — constatou Annie.

O pai se encolheu.

— Achei que você tivesse problemas de memória.

— A família continuará com sessões regulares de terapia — prosseguiu a sra. Rowe, lançando um olhar significativo para Annie.

— Meu momento favorito — disse ela.

— Humor e sarcasmo são excelentes mecanismos de enfrentamento — informou o psicólogo da equipe. — Não deixe que mascarem suas dificuldades.

— Eu quero ajudar — falou o pai baixinho. — Sinto muito por não ter estado por perto quando você precisou de mim antes, mas estou aqui agora. Estou morando com meus pais em Milton. Eles estão envelhecendo, então vou assumir os negócios.

Annie fez uma pausa enquanto absorvia a informação. A ideia de ele morar e trabalhar por perto era apenas... desconcertante. Ela olhou para a mãe.

— Você sabia desse plano?

A mãe apertou a bolsa com força no colo.

— Ele me contou hoje de manhã.

— E está tudo bem pra você?

— Eu... sim. Queremos que você tenha o máximo de apoio possível.

O pai lançou um olhar agradecido para a mãe.

— Estamos todos comprometidos em dar a Annie tudo o que ela precisar.

— Uau — comentou Annie. — É como um daqueles filmes piegas em que os pais separados se reúnem de novo pelo bem da filha moribunda e descobrem que ainda se amam.

— Isso não tem a menor graça — disse a mãe.

Contudo, para sua surpresa, Annie viu o rosto da mãe ficar vermelho.

No final da reunião, todos concordaram que Annie estava pronta para receber alta, desde que a família cumprisse o combinado de continuar a terapia em casa. Ela sentia uma confusão de emoções: gratidão, apreensão e uma leve tristeza que não compreendia. Annie agradeceu a todos, distribuiu abraços, aceitou os bons votos, posou para fotos.

— Sua vida vai ser incrível — disse o dr. King. — O próximo passo depende de você.

— Não tenho ideia de que passo quero dar.

— Você não precisa identificar o que está na sua frente, ainda não. Com o tempo, tudo vai entrar em foco. E esse tempo é diferente para cada um. Seja paciente consigo mesma. Apoie-se nas pessoas que te amam. Estou entusiasmado com a ideia de vê-la construir a vida que deseja.

Lágrimas ardiam nos olhos de Annie.

— Vou me esforçar para isso — disse baixinho.

Uma vez que tinha se lembrado da carreira na Califórnia, Annie sabia que precisava retomá-la, mas aquilo parecia impossível no momento. Tinha que ficar mais forte. Precisava da família.

Depois que todos foram embora, Annie e os pais voltaram para o quarto. Ela ficou parada no meio do cômodo e girou o corpo devagar. As paredes já não mostravam mais as obras de arte e cartões, nem os avisos diários e a programação. Até o colchão à prova d'água já tinha sido tirado da cama. A vida dela reduzida àquele momento.

Annie sentiu um leve aperto de pânico no estômago quando se lembrou de quanto tempo havia passado ali, naquele casulo, isolada do mundo como Aurora, dormindo profundamente na torre encantada. A diferença era que a Bela Adormecida tinha acordado e se deparado com o Príncipe Encantado. Annie tinha acordado e se deparado com os papéis do divórcio.

Ela respirou fundo, endireitou os ombros, levantou o queixo e seguiu os pais pelo corredor até o estacionamento.

— Muito bem, então — disse a mãe em um tom animado, mas a empolgação não conseguiu disfarçar uma sombra de preocupação. — Vamos lá.

— Quer se sentar no banco do passageiro? — perguntou o pai, segurando a porta do passageiro da frente aberta. — Sempre gostou de ser a copiloto quando era criança.

Não sou uma criança, pensou Annie. Mas disse apenas:

— Quero, se não tiver problema para você, mãe.

— Não tem.

O pai ligou o rádio, provavelmente para afugentar o silêncio. O caminho para Switchback bombardeou Annie com lembranças. Estar no mesmo carro com o pai e a mãe desencadeou uma série de imagens havia muito esquecidas. Visitas ao centro da cidade no fim do verão para comprar roupas para a escola. Excursões com a turma até a fazenda Robert Frost e a propriedade de Calvin Coolidge. Viagens de férias para Burlington ou Montpelier no Natal para assistir a apresentações de *O quebra-nozes* e *O Messias* de Handel. Visitas empolgadas ao hospital para conhecer os bebês de Kyle e Beth. O passado desfilou diante de Annie junto à paisagem pela janela do carro. Casa. Ela estava indo para casa. Não era só um lugar.

E a cidade não era só uma cidade. A ponte coberta que atravessava o rio tinha uma nova camada de tinta vermelho-celeiro, e a passagem se abria como se lhe desse as boas-vindas. Aquela cidade, com as ruas arborizadas e os antigos prédios de tijolos e madeira, tinha sido o cenário da infância de Annie. Ela se pegou inundada pela nostalgia ao ver a biblioteca e as escolas, as lojas e o parque ao lado do rio com a passarela em arco, o coreto no parque no qual se sentara com os amigos em cima de uma manta para assistir aos shows de verão. E também os campos de esporte e o estádio em que ela passara todas as noites de sexta-feira no outono, torcendo pelas Panteras.

Annie sentiu o nervosismo se amenizar quando eles começaram a subir a montanha. Ela experimentou uma conexão imediata com a casa em que havia crescido. Era cercada por jardins e pomares, e a floresta de bordo que se estendia a perder de vista. A beleza daquele lugar deixou seu peito apertado. Por que tinha ido embora dali?

Porque havia seguido um sonho, que a levara a Nova York. Então a Los Angeles. Cada parte da jornada a levara para mais longe… a outro lugar. Outra vida. Outro lar.

Onde era seu lar? Era a casa em Laurel Canyon? Iluminada, elegante e moderna, com uma cozinha gourmet e um deque que se estendia a partir da suíte principal com vista para a cidade ao longe. Quando estavam se acomodando em Los Angeles, ela e Martin praticamente tiveram que vender um rim para conseguir comprar aquela casa.

Eles tinham sido felizes lá, não tinham? Annie se lembrava de receber amigos para o happy hour, de pendurar uma das pinturas da mãe na casa, de transar no chuveiro, de escolher móveis. Havia construído uma vida com um homem que tinha desistido dela e a mandado de volta para a mãe. Será que deveria entrar em contato com ele? Ver se Martin tinha mudado de ideia uma vez que ela havia acordado?

Algo dentro dela se contorceu diante da ideia. *Ainda não.*

Mas onde era seu lar? O imóvel em Los Angeles ou ali em Switchback?

Annie entrou na cozinha da fazenda andando por conta própria, ouvindo o rangido e o estalo familiares da porta de tela atrás dela. Bastou inspirar fundo uma vez e ela soube onde era seu lar.

A mera visão da mesa grande e bem gasta despertou ecos do passado, momentos de alegria, tragédias e tudo mais: "Estamos nos divorciando". "Seu irmão vai se casar." "Seu avô morreu." "Você ganhou uma fita azul na feira estadual." "Foi aceita na Universidade de Nova York."

Era ali que residiam as lembranças mais profundas.

Annie se lembrou de amar a avó e de perdê-la. De perder Fletcher, reconquistá-lo, então perdê-lo para sempre. Lógico que nada daquilo tinha durado. A avó morrera, Annie e Fletcher tinham se separado, e ela seguiu em frente.

Havia conhecido Martin. Confiado nele. Tinha confiado o próprio sonho a ele. Contudo, enquanto dormia, também tinha perdido Martin.

Antes

Annie ficou eufórica quando se deu conta de que o documentário estava quase pronto. Tinha horas e horas de imagens brutas de Martin, havia tirado centenas de fotos dele, de sua arte, de seu mundo. Quando se tratava de Martin Harlow falando de si mesmo e do trabalho, não havia escassez de material. E ele ainda conseguia ser convincente, fosse falando de colher alho-poró selvagem e cogumelos morelos na primavera, fosse encontrando a apresentação perfeita para um prato simples. Ele era tão generoso com o tempo quanto com a culinária.

Annie mergulhou de cabeça no projeto, editando até tarde da noite, selecionando as horas de filmagem e montando a história usando as palavras dele, som ambiente, música, cenas de rua e vídeos da viagem dos dois pelo Vale do Hudson, onde haviam visitado fazendas orgânicas. A produção do filme se tornou mais do que apenas uma tarefa da universidade. Enquanto trabalhava no corte final, Annie atingiu uma zona criativa que nunca havia alcançado. Ela se dedicava ao trabalho por horas a fio, fervorosa, quase sob o efeito de uma droga. Havia perdido a noção do tempo e, certo dia, quando o celular tocou às cinco da manhã, Annie se deu conta de que tinha virado a noite. Ela encontrou o aparelho tarde demais e perdeu a chamada, mas a mãe havia deixado uma mensagem: "Sua avó está doente. Você precisa voltar para casa".

* * *

Annie dormiu na cama da avó naquela noite, do jeito que fazia quando era criança e ficava solitária na própria cama. O quarto da avó se localizava no outro extremo do corredor do seu quarto de infância. E, assim como quando era menina, Annie ficou deitada em meio aos edredons e travesseiros macios enquanto conversava com a avó sobre a vida, comida, família e sonhos.

Daquela vez, havia uma pungência especial na conversa delas. A doença da avó chegara de repente e ela estava sob cuidados paliativos, uma vez que tinha se recusado categoricamente a tentar tratamentos invasivos e arriscados. A avó de Annie estava determinada a sair da vida da mesma forma que escolhera vivê-la: como bem entendesse, quando bem escolhesse. Ela estava frágil ao extremo, mas a luz intensa nos olhos ainda cintilava quando ela olhou para o rosto da neta.

— Você é muito especial para mim — disse a avó. — Sei que você sabe disso, mas mesmo assim quero que escute as palavras.

Annie estava se esforçando para controlar as lágrimas desde o momento em que embarcara no trem de Nova York.

— Ah, vó. Por favor, não me deixe.

— Não vou te deixar — respondeu ela com um sorriso gentil. — É só me manter sempre no coração, e você vai saber onde me encontrar. — Com a mão trêmula, a pele fina como papel, acariciou o cabelo de Annie. — E sim, eu sei que não é a mesma coisa, mas nada permanece o mesmo, nunca.

— Odeio isso.

— Não, você não odeia. São as grandes mudanças que nos fazem progredir.

— Ah, vó — repetiu Annie. — Eu não tenho nem palavras para descrever como estou triste.

— Então pense nos momentos maravilhosos. Na vida linda que eu tive. Tão cheia de tudo que é importante… E continua linda hoje.

— Fico feliz que você possa dizer isso. Assim como fico muito feliz por fazer parte dela.

Outro sorriso, doce e cansado.

— É maravilhoso ver você indo atrás dos seus sonhos.

— É isso que eu estou fazendo? Indo atrás dos meus sonhos? — A voz de Annie vacilou. Ela estava perdendo a única pessoa que de fato a compreendia. E o pensamento a assustava demais. — Este é o único lugar no mundo que vejo como um lar, mas, quando penso no que quero para mim, meus sonhos me levam para longe daqui.

— Ah — murmurou a avó, assentindo devagar, com uma expressão sábia. — Essas escolhas nem sempre são fáceis, mas as respostas virão. Seja paciente consigo mesma. Ouça a si mesma.

Annie deu um sorriso choroso. Era incrível como o conselho soava semelhante ao que o professor Rosen lhe dera.

— Eu faço isso, mas não paro de me contradizer.

— Eu fiquei muito insegura quando me casei com seu avô e me mudei de Boston. Naquela época, foi como vir para uma terra estrangeira. Eu não sabia se me adaptaria aqui, nas florestas do norte. Não tinha ideia se amaria viver em uma fazenda e produzir açúcar de bordo, ou se faria amigos. No fim das contas, acabei construindo toda minha vida aqui, tudo o que sempre quis, e muitas coisas que eu não sabia que queria.

— Como você soube que o vovô era o homem certo? Quer dizer, sua vida toda estava em Boston. Família, amigos. Aí você conheceu um fazendeiro de Vermont... Ele deve ter parecido muito diferente de todo mundo que você conhecia.

— E era mesmo. Começar uma vida com ele parecia muito improvável para uma garota da cidade. Então, eu tive um momento-chave. Sabe o que é isso?

— Um momento-chave? Me conte.

— É o momento em que tudo muda. Tem um *antes* e um *depois* desse momento. E depois que acontece um momento-chave, não há como voltar ao antes. A gente faz uma escolha, e é como uma revelação. Não há como voltar atrás. Um momento-chave é um sentimento. É seu coração falando. O segredo é prestar atenção.

— E eu não faço isso? — Annie suspirou. — Um momento-chave. Vou ter que procurar um.

— Então não tenho dúvidas de que vai encontrar.

— Eu nem tenho certeza se vou gostar das coisas que eu quero — confessou Annie. — Eu amei meus estudos. Aprendi demais. E tenho grandes ideias e ambições. — Ela alisou a colcha por cima do ombro da avó, sentindo os ossos delicados como os de um passarinho sob o tecido. — Coisas que me mantêm ocupada, mas às vezes me sinto tão sozinha que dói até os ossos. Tenho amigas, é verdade. Mas muitas já estão se enfiando em compromissos sérios agora que terminamos a faculdade. Três das minhas colegas de quarto no dormitório já estão noivas.

— Você quer ficar noiva?

— Não. — A resposta de Annie foi rápida. — Quer dizer, não agora, mas seria incrível me apaixonar de novo.

— E você vai se apaixonar de novo.

— Quando?

— Você e a sua juventude urgente. Não dá para escolher quando. Só precisa estar aberta à possibilidade.

Annie pensou nos caras que tinha conhecido na universidade. Ela havia saído com alguns. Tinha aberto espaço para os caras, mas então os dispensara. Sempre que conhecia alguém, seus pensamentos acabavam voltando para Fletcher Wyndham e para a tempestade de emoções que ele despertava nela. Ninguém que conhecera desde então estivera à altura dele.

Annie se virou de lado e colocou a mão embaixo da bochecha.

— Não quero ter que ficar em um mundo no qual não tem você, vó.

— Você não tem escolha, meu amor, mas sei que vai ficar bem.

— Não vou, não. Eu vou desmoronar.

— Se fizer isso, então nós duas perdemos. Porque vai significar que eu deixei de lhe ensinar alguma coisa.

— Você me ensinou tudo.

— Não. Você está só começando. Tudo o que você precisa saber está aqui. — A avó tocou a testa de Annie. — Você só precisa se conhecer e descobrir o que precisa. E o que quer. E como conseguir.

— Simples… — sussurrou Annie. — Vó?

— Estou aqui.

— Você se arrepende de alguma coisa? Tem mais alguma coisa que gostaria de ter feito?

— Não que eu saiba. Se eu queria alguma coisa, ia lá e fazia. Em relação ao seu avô, à cozinha, à família. Não me arrependo de nada. É uma bênção, não é? Não se arrepender de nada.

A avó sorriu, mas era um sorriso cansado. A mãe de Annie já tinha avisado que ela dormia muito. Na noite da véspera, depois da chegada de Annie, uma enfermeira tinha se reunido com a família para ajudá-los a se preparar para o que estava por vir. Saskia Jensen era uma mulher sábia e incrivelmente gentil que ouvia mais do que falava. E, naquele momento, Annie se lembrou de um dos seus conselhos.

— Saskia falou que a gente não deveria deixar de dizer nada — contou à avó. — A gente disse tudo? Como isso pode ser possível?

— Nós temos muita sorte, você e eu, Annie. Eu sei que você me ama. Senti seu amor por mim todos os dias de sua vida. Sei que você me deu muita alegria, muito motivo de orgulho.

Annie fechou os olhos, contendo as lágrimas. Então, voltou a abri--los e fitou o rosto da avó. Era o rosto mais lindo do mundo, os olhos âmbar escuro, da cor de xarope de bordo, os lábios curvados em um leve sorriso. As linhas do rosto dela eram como um mapa de uma vida bem vivida.

— Eu já agradeci? — sussurrou Annie. — Talvez tenha sido isso que faltou dizer. Muito obrigada, vó, por cada coisinha mínima. Quando eu penso em você, penso em tudo de bom no mundo. E não acredito que nunca agradeci.

— Ah, Annie, meu amor. Você acabou de fazer isso.

Annie tinha cozinhado, preparado todos os pratos favoritos da avó, mas ela mal conseguia comer. Tinha provado um pouquinho dos pãezinhos doces amanteigados e do crème brûlée e elogiara a culinária da neta; mas, de modo geral, se satisfazia apenas tomando soro caseiro e comendo um biscoito de água e sal de vez em quando. Annie fez smoothies para despertar o apetite da avó: uma mistura pecamino-sa de chocolate, feita com malte em pó de verdade que Annie tinha comprado em uma loja gourmet em Nova York, e outro com xarope de bordo e noz-moscada.

Eles transferiram a cama da avó para o andar de baixo, para a saleta, um pequeno cômodo com lareira junto à cozinha. Quando a casa fora construída, a avó tinha dito que aquele era o lugar em que as pessoas ficavam quando estavam doentes ou prestes a darem à luz. Ou morrendo. A saleta tinha uma janela panorâmica que dava para o jardim dos fundos.

Uma última rajada de vento frio do inverno de repente cobriu o quintal com uma neve melancólica, que ameaçava os delicados brotos das macieiras. Flocos de neve pesados e tardios tinham caído sem parar durante a noite, apagando todos os vestígios do dia anterior.

Imperturbáveis com a tempestade de primavera, as crianças se agasalharam e saíram para brincar do lado de fora. A avó assistia à diversão pela janela. Annie os ajudou a construir um boneco de neve, no qual colocaram o velho boné de caça xadrez do avô dela, com protetores de orelha, e que segurava uma placa com a letra da música favorita da avó: "You Are My Sunshine".

Anastasia Rush não quis nem ouvir falar da possibilidade da neta adiar a formatura na universidade. Segundo ela, Annie precisava terminar o trabalho que tinha começado e podia ir visitá-la nos fins de semana. Conforme as semanas passavam, Annie viu a avó definhar pouco a pouco.

Em um sábado de maio, Annie pegou a caminhonete para ir à cidade e sair um pouco de casa. Ela encontrou a amiga Pam Mitchell para colocarem o assunto em dia. Acreditasse quem quisesse, Pam tinha virado mestra destiladora de uísque, seguindo os passos do pai. Ela trabalhava no negócio da família, uma destilaria de pequenos lotes, que enviava as bebidas exclusivas para bares sofisticados no interior do estado e em Boston.

— Me mostre o lugar — insistiu Annie. — E posso filmar sua operação?

— Lógico. Você vai adorar.

— Você me conhece bem.

Pam mostrou a ela o recipiente em que guardava a receita secreta da família: milho, cevada maltada e centeio em flocos torrados.

— Olhando assim, parece alpiste, mas, depois de juntarmos a água de poço artesiano e o fermento de uísque, vamos coar os sólidos e canalizar o líquido para o alambique. Os porcos do vizinho ficam com os sólidos restantes, e ele jura que os animais nunca foram tão felizes.

O alambique de cobre brilhante ficava em um antigo celeiro de cavalos convertido, que no momento cheirava a mosto fermentado. Annie inalou o aroma inebriante enquanto Pam servia uma amostra do líquido transparente e lhe entregava para provar.

— Esse é o que a gente chama de "uísque *white dog*", é o termo que se usa para bebidas não envelhecidas que antes eram chamadas de *moonshine*.

Annie deu um pequeno gole e fez uma careta.

— Caramba, parece fluido de isqueiro.

— Só fica bom quando envelhece.

As antigas baias para cavalos estavam abarrotadas de barris de carvalho branco, cada um queimado por dentro com carvão rígido para dar sabor ao uísque. Havia tambores de cinquenta e cinco galões cheios com o mosto: grãos e milho cozidos para produzir álcool.

— Produzimos só uns vinte galões por semana, que são colocados nos barris para o envelhecimento em madeira — continuou Pam. — Aqui está uma dose da mesma bebida, sete meses depois.

Ela entregou uma prova a Annie. O uísque era da cor de xarope de bordo de primeira qualidade. Tinha gosto de fumaça, baunilha doce e nozes torradas.

— Uau — comentou Annie. — É fantástico.

— Obrigada. É uma arte, sem dúvida. Venho testando o equilíbrio dos sabores. E chamo este de nossa receita secreta: tem gosto de conhaque, mas é mais suave e delicado.

— Concordo.

Annie filmou e tirou fotos. Ela se inspirou no trabalho da amiga e na alquimia da água e dos grãos sendo transformados pelo processo.

A operação de engarrafamento ocupava outra parte do prédio.

— Gostei da ideia de usar potes de conserva — elogiou Annie.

— Obrigada. Eu queria criar uma garrafa mais sofisticada, mas o dinheiro tem sido escasso. Cobramos cinquenta dólares por garrafa hoje em dia. Parece muito, mas a despesa é alta. Meu pai tem esperança de encontrar um sócio oculto. Cada barril custa oitenta dólares. — Ela apontou para uma coleção de barris de carvalho desgastados empilhados perto da área de carga. — A maioria deles tem pelo menos vinte anos. Depois de um tempo, paramos de reutilizar. Espero dar uma segunda vida a esses barris, passando para pessoas que querem transformá-los em outra coisa… móveis, escultura, talvez até para pessoas que desejem colocar outra coisa para envelhecer no barril. Isso está meio na moda.

Uma ideia surgiu na mente de Annie, toda formada.

— Como xarope de bordo.

Pam sorriu.

— Conte-me mais dessa ideia.

— Não é só uma ideia. Sei que é absurdo, mas vamos fazer. Supondo que eu precise de alguns barris de xarope. Você envelheceria o bordo aqui para mim?

— O Doçuras Rush? Com certeza. Feito. — Pam serviu mais um gole para cada uma. — Olha só como a gente é descolada! Adultas e fazendo coisas absurdas juntas.

— Um brinde a sermos adultas — propôs Annie. — Mesmo que não seja tudo o que dizem.

— Bem, a gente tem idade para beber — rebateu Pam com um brilho nos olhos. — Já é alguma coisa.

Elas brindaram. Então, conversaram sobre o tempo de colégio e repassaram o roteiro que a vida das duas tinha tomado para levá-las aos últimos três anos.

— Vamos fazer um joguinho — sugeriu Pam. — Toda vez que uma de nós disser "Você se lembra…", temos que tomar um gole.

— Nesse caso, não duraríamos cinco minutos. E seu pai ficaria bem bravo se bebêssemos o uísque de cinquenta dólares a garrafa. Me atualize das fofocas — pediu Annie. — Estou totalmente por fora.

— Não sei de nada. Trabalho o tempo todo.

— Ah, qual é, me dá só um aperitivo.

— Bem, estou saindo com um cara. Não só saindo com ele. Estou me apaixonando por ele.

— Pammy!

O coração de Annie se alegrou pela amiga.

Pam enrubesceu.

— O nome dele é Klaus, e ele é sommelier. E trabalha em Boston. É difícil para a gente ficar separados, mas já rolou um papo sobre morar juntos.

— Que bom. Espero que dê certo.

— Eu também. O problema é que não posso deixar a destilaria. Somos pequenos demais, tenho que estar aqui o tempo todo. E, por mais que eu ame Switchback, não vejo muitas oportunidades para um sommelier aqui na cidade.

— Minha avó diria que quem segue o coração consegue dar um jeito.

— Ah, que conselho bom. E como ela está? Quer dizer, ela está confortável?

Annie bebeu o resto do uísque, e a bebida desceu com dificuldade pela garganta apertada.

— Acho que sim. Ela às vezes está consciente, às vezes não. É terrível estar perdendo a vovó, mas ela parece estar em paz. A gente teve um monte de conversas incríveis. — Annie respirou fundo. — E ela não gostaria que eu ficasse chorando por ela. Mais fofocas, por favor.

— Vamos ver. A vigilância sanitária fechou a lanchonete de Sly por violações ao código sanitário.

— Ah, que chato, eu amo os hambúrgueres e a batata frita dele.

— Sly prometeu resolver os problemas e reabrir. Ele agora quer trabalhar com ingredientes locais, carne de gado alimentado com capim, produtos orgânicos.

— Bom para ele. E bom para todos nós.

— Ginnie Watson pegou o marido com uma mulher do programa de doze passos dele. Acho que esse deve ser o décimo terceiro passo.

Annie se lembrou de Ginnie no ensino médio, uma garota calada, bem-comportada, dedicada ao namorado, com quem tinha se casado na semana seguinte à formatura.

— Uau. Tadinha.

— Ginnie vai ficar bem depois que superar o choque. Devia haver uma regra de que ninguém pode se casar antes de ter idade para beber.

— Um brinde a isso.

— Ah, e Celia Swank estava noiva de um cara rico, sócio do resort em Stowe, mas aí ele deu um pé na bunda dela.

— Aposto que ela não aceitou nada bem.

Celia nunca tinha sido calada ou bem-comportada, só absurdamente linda e obcecada por dinheiro e compras. Seu momento infame no ensino médio tinha acontecido no último ano, quando ela se envolveu com um professor assistente, o que acabou com a carreira do cara antes que começasse.

— Para mim, ela sente mais falta do dinheiro do que do noivo — opinou Pam.

Todo mundo tem uma amiga assim, pensou Annie. Mesmo nos dias atuais, havia mulheres que não confiavam em si mesmas para se sustentar. E que buscavam um homem para cuidar delas. Annie ficava feliz por vir de uma longa linhagem de mulheres fortes que sabiam como encontrar sozinhas seu lugar no mundo.

— Sempre ouvimos que dinheiro não compra felicidade, mas continuamos a achar que compra — comentou Annie. — O cara mais rico da cidade, o velho sr. Baron, é uma das pessoas mais infelizes que já conheci.

Ela se lembrava de que as crianças em Switchback tinham medo dele. O milionário do setor madeireiro era bravo e mesquinho, e enxotava qualquer um que aparecesse na porta de sua casa para arrecadar dinheiro para o Clube 4-H ou para a banda da escola. Ele morava em uma mansão histórica cheia de objetos de arte e de tesouros, mas a esposa se separara dele havia muito tempo e os filhos nunca iam vê-lo.

Annie se lembrou então do fluxo constante de parentes e amigos que apareciam para visitar a avó, e teve certeza de uma coisa. Dinheiro *nunca* era o ingrediente-chave.

— Eu concordo — respondeu Pam. — Se dinheiro fosse importante para mim, eu não estaria fazendo uísque artesanal. A propósito, só para você saber, o sr. Baron não é mais o homem mais rico da cidade.

— Não? Quem é, então?

— Sanford Wyndham… o pai de sua antiga paixão.

Annie sentiu um aperto no estômago. Bastava ouvir o sobrenome para despertar uma onda de emoção.

— Como assim?

— Aquele processo, lembra? Por conta do acidente horrível? Parece que enfim foi encerrado, e ele ganhou uma fortuna. Mas o sr. Wyndham ainda administra a oficina.

— Uau. Nossa.

Ela se lembrou de como Fletcher estivera envolvido, obcecado com o caso. Por muito tempo, Annie tinha presumido que aquele fosse o motivo para os dois terem se separado. Só que já sabia que aquilo não era verdade. Assim como a pobre Ginnie e o canalha dos doze passos com quem se casara, ela e Fletcher foram só jovens demais.

— Você devia ir falar com Fletcher — sugeriu Pam.

Annie sorriu.

— Aham. Vou dizer que, agora que ele é de uma família rica, quero que a gente reate o namoro.

Quando Annie chegou em casa, viu um carro que não reconheceu estacionado na garagem. Ela entrou e se deparou com Kyle ajudando as crianças com o dever de casa.

— O pai está aqui — avisou Kyle, sentado na mesa da cozinha. — Ele está com a vó.

Annie sentiu um frio na barriga. O efeito das doses de uísque que tinha tomado com Pam já havia passado, e ela lamentou. O pai estava ali. Ela entrou no quarto, que estava escuro e silencioso, com música tocando baixinho no rádio.

— Oi — cumprimentou ela.

— Olha lá quem chegou.

O pai estava bronzeado, em boa forma e usava calça cáqui e uma camisa branca com as mangas dobradas. Ele se levantou e estendeu os braços.

Annie se inclinou para um abraço breve. Não importava quanto tempo tivesse passado, ele ainda tinha cheiro de pai, do homem em quem ela se aconchegara quando era pequena e que lera histórias para ela antes de dormir.

— Eu não sabia que você vinha.

— Eu queria ver sua avó.

Annie se sentou no lado oposto da cama. A avó parecia estar em um sono profundo.

— Sinto tanto, meu bem — disse o pai. — Você e sua avó têm uma ligação tão especial.

Annie concordou com a cabeça, sem ter o que dizer.

— Estou na casa dos meus pais — explicou ele. — Eles mandaram lembranças, e isso.

O pai ergueu uma cesta de vime transbordando de comida gourmet.

— Que gentil — respondeu Annie. — Vou ligar para eles amanhã.

Os dois ficaram sentados em silêncio, um de cada lado da cama, a avó no meio, de olhos fechados, mal respirando. Annie analisou o rosto tão amado, já pálido e muito magro. Ela se perguntou com o que a avó estaria sonhando. Com o passado e com as pessoas que amara? Ou visitava outro lugar, aquele que não conseguíamos ver até chegar nossa hora?

— Eu amava sua avó — declarou o pai. — Gosto de pensar que ela me amava também.

— Ela nunca disse nada — retrucou Annie sem rodeios.

— Espero que isso signifique que ela guardava algum afeto por mim. — Ele ajeitou a manta por cima do ombro da avó. — Eu não culpo você por ser dura comigo. Queria que fôssemos mais próximos.

Ela observou a mão dele, acariciando com tanta gentileza a coberta macia.

— Eu também queria.

Annie não disse mais nada. Ela estava pensando que os homens iam embora. Sabia que aquela não era uma regra definitiva, mas era o que acontecia no mundo que conhecia. O avô dela tinha saído para trabalhar um dia, sofrera um acidente na floresta e nunca mais voltara. O pai tinha ido embora de casa e só aparecia duas vezes por ano para ver os filhos. As pessoas perguntavam à mãe de Annie por que ela quase nunca tinha encontros românticos, mas Annie sabia o motivo.

A mãe não queria se envolver com um homem só para vê-lo partir em algum momento também. Aquele parecia um bom modo de viver para Annie. Ela não planejava se envolver, ou, se não conseguisse evitar que aquilo acontecesse, planejava deixar o cara antes que ele a deixasse.

Ela se levantou, sentindo-se sufocada pelo clima na saleta e pelos próprios pensamentos sombrios.

— Até mais tarde, está bem? Me mande uma mensagem se quiser tomar um café ou alguma coisa assim enquanto estiver aqui.

— Lógico. A gente se vê depois.

Annie saiu, constrangida, deixando a porta entreaberta.

Então, se virou para trás e viu o pai abaixar a cabeça e começar a chorar com soluços violentos que sacudiram o corpo alto e magro. Annie ficou paralisada, sem saber se entrava de novo no quarto e o confortava ou se lhe dava privacidade. Se o conhecesse melhor, talvez soubesse o que fazer.

Só que não sabia. Ela não o conhecia. E não sabia o que fazer.

No dia seguinte, Annie foi visitar o pai e os pais dele em uma cidade a trinta quilômetros de distância. Como previsto, a visita foi estranha, com longos intervalos de silêncio quebrados por breves trechos de uma conversa banal. *Era aquilo que acontecia quando se perdia o contato com alguém*, Annie se deu conta.

Depois, ela decidiu parar em Switchback para comer alguma coisa antes de subir a montanha. Ela estacionou perto do café Starlight e, quando saiu do carro, arquejou com a queda repentina na temperatura. Já era início de noite, o frio vinha de uma corrente de ar brutal do norte. Enquanto o vento soprava das alturas, ela sentiu uma leve sensação de ardência no rosto. Então, inclinou a cabeça para trás e olhou para o céu arroxeado.

— Ah, não é possível — disse em voz alta. — Não é possível.

Contudo, ela estava em Vermont, e o clima não se importava nem um pouco que já fosse maio. As rajadas de neve logo se transformaram em flocos, cobrindo os crócus de outono e as tulipas que começavam a brotar nos canteiros de flores do parque do tribunal.

Annie enfiou as mãos nos bolsos e continuou a andar, lembrando-se do que a avó havia dito. Nada de se arrepender.

Ela de repente esqueceu que estava com fome. A oficina GreenTree ficava a duas quadras de distância. Enquanto passava pelas lojas, empresas e restaurantes familiares da cidade, Annie se perguntava se aquilo era uma boa ideia ou só uma decisão impulsiva, do tipo que parecia brilhante até ela pensar melhor.

Nada de se arrepender, lembrou a si mesma. Se não procurasse Fletcher, jamais saberia.

Saberia o quê?

Ela o viu na baia principal da oficina, trabalhando ao lado do pai em um carro com o capô aberto. Ver os dois trabalhando juntos a fez lembrar como eles sempre tinham sido próximos. "Os dois contra o mundo", havia dito Fletcher uma vez. Mesmo fazendo tarefas banais, eles eram uma equipe, passando ferramentas um para o outro, conversando. A intimidade entre os dois era palpável. Fletcher tinha visto o pai passar por uma das provações mais horríveis da vida, e Annie supunha que eles tinham ficado mais próximos do que nunca por causa do que acontecera.

O olhar de cineasta dela enquadrou a cena da silhueta dos dois homens contra a luz forte da loja. Aquilo dava a eles a aparência de uma pintura de Edward Hopper, um momento comum, congelado no tempo. Fletcher e Sanford teriam sido um assunto interessante para o documentário dela. Talvez ela devesse… não. Só não.

Annie respirou fundo e revirou a bolsa em busca de um batom. O melhor que conseguiu foi protetor labial. Sabor Piña Colada. Quem achou que aquele sabor era uma boa ideia? Ela guardou o protetor labial e chupou depressa uma bala de menta. Então se aproximou da porta aberta da oficina, firmando os pés na calçada escorregadia.

O estômago se revirou todo de nervoso, mas ela se forçou a continuar.

— Oi, rapazes — disse, já entrando na oficina.

Um aquecedor elétrico na parede garantia um calor bem-vindo no lugar.

— Annie! Quanto tempo.

Fletcher se virou para ela com um sorriso que misturava surpresa e prazer. Ele estava com uma aparência incrível, mesmo de macacão e botas de segurança. O cabelo já não era mais longo e rebelde como nos dias do ensino médio. No entanto, de algum jeito, o novo corte o deixava ainda mais bonito.

Fletcher parecia... o mesmo, mas diferente. Estava maior. Mais sólido do que o garoto que ela tinha conhecido na adolescência, ou o jovem determinado que a dispensara porque não tinha tempo para ela. Quando ele pendurou uma ferramenta, disse alguma coisa e sorriu para o pai, Annie sentiu uma pontada funda de desejo. Aquele sorriso. Era o mesmo que costumava incendiar seu coração. A lembrança nunca fora embora de vez.

— Oi, sumida. — Sanford deu um passo à frente, o andar um pouco oscilante. — Vem pra cá, onde está quente. Ora, nós adoraríamos dar um abraço de urso em você, mas isso estragaria essa sua roupa bonita.

— Vou cobrar depois, hein?

Ela foi até a área bagunçada em que funcionava o escritório, para esperar enquanto os dois tiravam os macacões e lavavam a graxa das mãos em um tanque grande. Ela sentiu o cheiro de lubrificante e de pneus novos e viu o calendário e os pôsteres nas paredes, exibindo garotas de biquíni, posando com pneus e ferramentas.

— Acabei de desligar a cafeteira — disse Sanford. — Ainda está quente. Posso preparar uma xícara para você.

— Ah! Obrigada, eu mesma me sirvo. — Annie serviu a substância semelhante a lodo em uma caneca na área do café. Morar na cidade e trabalhar em um restaurante sofisticado a havia transformado em uma esnobe em relação a café, mas ela respirou fundo e deu um gole.

— Quis passar para ver como você está.

— Muito bem — respondeu Sanford, enxugando as mãos em uma toalha. — E eu adoraria ficar e conversar, mas estou saindo para encontrar uma dama.

— Sério? Que legal.

Ela percebeu um rubor no rosto dele.

Sanford vestiu uma parca e luvas e virou a placa na porta da oficina para FECHADO.

— Aham — concordou ele. — É, sim. Fletch, não esqueça de programar o alarme quando trancar a porta.

— Deixa comigo.

Annie ficou olhando Sanford sair, sem conseguir desviar os olhos da forma que ele andava. O andar do pai de Fletcher era suave e seguro e, quando ele entrou no carro, ela percebeu que não conseguia notar a diferença entre as duas pernas.

— Ele está tão bem quanto parece? — perguntou ela.

— Está. A prótese é de última geração. Com um microprocessador no joelho. Ele está ótimo. Passa mais tempo na casa da namorada do que em casa hoje em dia.

— Nossa, fico feliz. Quer dizer, fico feliz por ele. — Ela se recostou em um balcão cheio de papéis. E o que sentia se tornou mais intenso. — E como *você* está?

Fletcher pendurou o macacão em um gancho atrás da porta.

— Estou bem. E você?

— Eu não estou… tão bem. — Ela sentiu a garganta apertada. — Minha avó está doente.

— Ah, não. — Ele se virou para ela com um olhar suave. — Lamento muito, eu não sabia.

Annie estremeceu e abraçou o próprio corpo.

— Ela está em casa no momento, mas em cuidados paliativos. Eu estou… Estamos todos só tentando não ficar tristes o tempo todo.

— Sua avó não gostaria de ver você triste.

— Eu sei, mas é tão difícil. Quando ela nos deixar, o mundo vai ser totalmente diferente. Eu amo demais minha avó, Fletcher.

Ele apertou alguns interruptores na parede, ativando o alarme.

— Vamos sair e tomar uma bebida decente.

Annie despejou o café no ralo e passou água na xícara e na jarra. A ideia de beber com Fletcher era irresistível.

— Boa ideia.

A neve caía forte enquanto eles percorreram os dois quarteirões até o centro da cidade. A cervejaria artesanal de Switchback era quente e aconchegante, com um belo fogo aceso no fogão de ferro fundido, e havia alguns caras jogando sinuca. Eles pediram dois chopes e se sentaram em uma mesa com bancos, lado a lado. A coxa de Fletcher roçou na de Annie, e ela se ajeitou melhor, sentindo um calor curioso. Familiar. Estar tão próxima a Fletcher era como vestir o mais macio e confortável dos suéteres.

Ele tomou um gole de cerveja e se virou para encará-la.

— Como vai a faculdade?

— Quase acabando. A formatura é daqui a algumas semanas.

Fletcher levantou o copo em um brinde.

— Isso é fantástico, Annie! Você conseguiu. Está se formando.

Eles ficaram sentados ali, em silêncio, por alguns minutos. Annie se viu de repente dominada por uma melancolia peculiar, e começou a conversar com Fletcher como se fossem meros conhecidos. Antes ele soubera tudo dela. E antes ela se deleitara com o toque das mãos e dos lábios de Fletcher em seu corpo, encantada com a facilidade com que entregava a confiança e o coração a ele. Annie lembrou dos planos que os dois tinham feito juntos. Lembrou dos sonhos que tinham compartilhado e se perguntou onde estariam se tivessem concretizado tudo aquilo. Será que Fletcher iria mesmo para Nova York, construir uma vida com ela lá? Ou aquilo tinha sido apenas um devaneio adolescente? O mais provável era que tivessem acabado como Ginnie e o ex-marido.

— Pam disse que a questão da indenização foi resolvida — comentou ela.

— É, finalmente.

— Deve ser um alívio.

— É.

— Não sei o que você passou, mas só o fato de ter levado três anos… uau. É bom saber que vocês deixaram isso para trás. Pam também disse que seu pai agora é, tipo, um multimilionário.

Fletcher riu.

— Vamos apenas dizer que ele não vai ter que se preocupar com dinheiro nunca mais. Meu pai ainda preferiria ter a perna de volta, mas acabou se conformando. Acho que ter ganhado o processo também deu a ele uma sensação de que a justiça foi feita. A causa do acidente ficou bem nítida desde o começo.

— Que bom. A justiça foi feita. E agora?

Annie sentiu uma pequena chama de esperança arder dentro dela: *A gente pode tentar de novo? Por favor?*

Fletcher abriu um sorrisão.

— Engraçado a gente estar falando de justiça, porque eu decidi seguir carreira no Direito.

— Não! Jura?

Ele confirmou com a cabeça.

— Aprendi muito com o processo. Consegui um diploma de bacharel, principalmente fazendo aulas online. A juíza do nosso caso me incentivou muito, me deu força para seguir em frente. Tirei uma nota alta no teste de aptidão para a Faculdade de Direito e vou começar as aulas no outono.

— Fletcher, isso é muito bom.

— Tem sido uma jornada longa e absurda. Meu pai passou por uma época difícil, mas agora está bem. E vai ficar bem sem mim.

— Ele sabe a sorte que tem de ter você? — perguntou Annie. — Sério, Fletcher, você foi incrível nisso tudo.

Ele balançou a cabeça.

— Fiz o que tinha que fazer. E não vou mentir. Não foi moleza. Mas aprendi muito e, no meio do caminho, descobri uma coisa que quero fazer.

Fletcher tinha planos, então. Estava tocando a vida.

— A nós dois, então — falou Annie, e encostou o copo no dele em um novo brinde.

O anseio profundo que sempre sentia quando estava com Fletcher apertou seu coração.

Ele sorriu.

— A nós dois. Uma pergunta.

— Qual?

— Você tem namorado?

Ela enrubesceu.

— Não. E você?

— Nada de namorado. Não é minha praia.

— Rá rá. Você está saindo com alguém?

Ele balançou a cabeça.

— Não. — Então pressionou mais a perna na dela. — Tenho andado ocupado demais.

Annie sentiu um arrepio quente percorrer o corpo.

— Está falando do processo?

— Ocupado sentindo sua falta.

Ah, caramba.

Ela encarou os olhos dele. E a boca.

— Eu também senti sua falta.

Annie imaginou o amor deles como as brasas de um fogo quase extinto, bem enterrado em cinzas. Então, com uma centelha de emoção renovada, o amor explodiu de volta à vida. O fim de semana se transformou em uma maratona de sexo. Annie estava faminta por ele, literalmente morrendo de fome. Ela não tinha ideia se era por causa da tristeza que sentia pela avó, pelo alívio pelo fim da provação do pai de Fletcher ou se era só a química absurda que os unira desde o momento que se conheceram. Apenas sabia que a sensação dos braços de Fletcher ao seu redor, a pressão dos lábios dele nos dela e a união dos seus corpos pareciam perfeitas.

Os dois ficaram com a casa só para eles. Annie não perguntou por quê, não questionou se Fletcher havia pedido ao pai para ficar longe ou se Sanford já tinha outros planos. Só o que ela sabia era que estar nos braços dele era como voltar para casa. Tudo no mundo assumia um brilho especial.

— Que sorriso é esse? — perguntou ele, os olhos fixos no rosto dela enquanto permaneciam deitados, no final da manhã, zonzos de prazer depois do sexo matinal.

Annie abaixou a cabeça e se aninhou mais ao ombro musculoso.

— Só... divagando. Imaginando.

— Imaginando o quê?

Ele traçou a curva da coxa dela com a mão.

Annie hesitou. Aquele momento era pura magia. Ela não queria estragá-lo.

— É bobagem. Eu estava imaginando a casa em que a gente moraria um dia.

— Aquela na rua Henley?

Fletcher não pareceu nem um pouco surpreso com o comentário dela.

— Não acredito que você se lembrou — falou Annie. — Sim, a casa Webster. Mas vai precisar de algumas reformas. A gente precisa de uma cozinha gourmet. — Ela se espreguiçou e se enrodilhou nele. — E estantes de livros em todos os cômodos. Eu amo livros.

— Eu sei. Sei o que você ama.

— Muitas janelas e claraboias, porque, bem, é Vermont. Um jardim cheio de tomates e ervas. E a varanda dos fundos precisa de um balanço de madeira. Um daqueles rústicos de troncos polidos, com almofadas macias, e comprido o bastante para a gente poder se esticar e tirar um cochilo.

— Eu gosto de balanços na varanda.

— Eu gosto de *você* — foi a vez de Annie declarar, e distribuiu um monte de beijos no peito dele.

Então a casa que ela estava imaginando desapareceu em outro tipo de fantasia, e eles fizeram amor de novo. Annie se deixou envolver pelo imenso prazer de estar outra vez com Fletcher. Mas ela não era mais uma adolescente, e tinha perguntas a fazer.

— A gente se afastou um do outro antes — falou ela.

Bem, aquilo não era uma pergunta.

— É verdade.

— E se isso acontecer de novo?

— Acho que depende de nós.

— Só sei que quero ficar com você. O tempo todo.

— Isso vai ser difícil. Você está em Nova York. E eu aqui, até a Faculdade de Direito começar.

— A gente vai dar um jeito — afirmou Annie.

— Está certo. Beleza — concordou Fletcher, puxando-a para os braços. — Vamos dar certo. A gente dá um jeito.

O grupo de estudos de Annie organizou uma noite de exibição para os projetos de conclusão de curso. Ela teve dificuldade para se concentrar, porque a mente estava tomada por Fletcher e pelo que eles tinham começado. E se lembrou com esforço de que as apresentações e avaliações finais seriam em uma semana.

Todos estavam ficando com os nervos à flor da pele. O grupo estava junto desde o segundo ano, se reunindo para se preparar para trabalhos e provas, apoiando uns aos outros em rompimentos românticos, notas baixas em provas e problemas familiares. Nas semanas anteriores, Annie vinha se apoiando muito neles enquanto se preparava para a morte iminente da avó.

Era um grupo de cinco, e a exibição levaria horas, porque, embora os filmes fossem curtos, as discussões e críticas provavelmente seguiriam até tarde da noite. Era um trabalho necessário, lógico. E um projeto decisivo para estudantes de cinema. O comitê de avaliação era liderado pelo reconhecido professor Joel Rosen.

Annie havia feito a primeira prova do curso com Rosen, então parecia justo que ele também fosse o último a avaliá-la. Quando ela pensou em como tinha chegado longe, rezou para que fosse longe o suficiente.

A exibição dos trabalhos do grupo foi inspiradora e intimidadora ao mesmo tempo. Quando assistiu à produção da amiga Padma sobre uma maternidade pública em Bengala, Annie não conseguiu encontrar uma única falha. O filme de Shirley mostrando a vida cotidiana de um centro residencial geriátrico que oferecia cuidados especiais para problemas de memória foi engraçado, de um jeito inesperado, nos momentos certos. O estudo de Moe sobre tatuagens em prisões foi visceral e importante. Royston, a quem tinham apelidado de Riquinho Rico, fizera um bom uso do dinheiro do pai. Ele tinha pegado um avião para a Groenlândia para mostrar em detalhes desoladores como o aquecimento global estava destruindo o modo de vida dos inuítes.

Era hora do jantar quando começou a exibição do filme de Annie. Depois de ver os trabalhos dos outros, sua autoconfiança vacilou. O grupo tinha criado filmes maravilhosos e importantes. Ela só esperava que a paixão pelo tópico levasse seu trabalho além de apenas mais um filme sobre comida. Mas, de verdade…? Pato no pão. O que ela estivera pensando?

— Não vamos fazer intervalo para o jantar — avisou Annie ao grupo.

A resposta foi gemidos altos, e xingamentos ainda mais altos.

— Parem com isso — falou ela com uma risada. — Vocês sabem que eu nunca deixaria ninguém com fome. Sabem que eu tenho um plano.

— É verdade. Os petiscos que você serve enquanto a gente está estudando são incríveis, Annie. Por favor, diga que trouxe alguma coisa — respondeu Moe, levando a mão à barriga.

— Vocês são todos muito mimados — brincou Annie. — Venho mimando vocês desde o segundo ano.

E adorava fazer aquilo. Annie tinha presenteado o grupo de estudo com provas das aulas de culinária que fazia ou sobras do trabalho no Glow. Às vezes ela fazia as coisas do zero, usando o humilde fogão elétrico e a torradeira do dormitório. As barrinhas de bordo com cobertura eram lendárias.

— Fiz melhor — declarou. — Eu trouxe *alguém*.

— Opa, isso vai ser bom.

Annie checou o celular. Sim, estava tudo conforme o planejado.

— Venham comigo — convidou ela, então se virou para o monitor da sala. — A gente volta logo. E não se preocupe, vamos trazer alguma coisa pra você.

Eles desceram para o nível da rua. Uma nuvem de vapor perfumado saía da barraquinha no estacionamento ao lado do prédio de comunicação.

— Ai, meu Deus — disse Shirley. — Que cheiro maravilhoso é esse?

— Você vai amar. Confie em mim.

Annie foi na frente, em direção à barraquinha de comida.

— Eu deveria estar andando de joelhos, como um peregrino indo para Lourdes — declarou Royston.

— Por favor, não faça isso — disse Padma.

— Estou babando. Estou morrendo — murmurou Moe.

Martin estava preparando a especialidade, fazendo o confit de pato no brioche para o grupo de estudo. Ou, no caso de Padma, que era vegetariana, um confit sem pato com cogumelos silvestres. Annie tinha esbanjado ao adquirir duas boas garrafas de Madiran, um vinho tinto da Gasconha, no sudoeste da França. A adstringência refrescante do vinho combinava com o confit quente e defumado de maneira perfeita. O grupo ficou fora de si com o sabor intenso do pato que quase se desfazia de tão macio.

— Eu nem te conheço — disse Shirley para Martin —, mas quero pedir sua mão em casamento.

Martin brindou-a com aquele sorrisinho de lado, a expressão camarada.

— Tarde demais. Vou me casar com Annie.

Ela mostrou a língua para ele.

— Engraçadinho.

— Espere para ver.

— Que jeito de nos adular pra gente gostar do seu filme, hein? — provocou Padma com um sorriso brincalhão. — Comendo uma comida dessas, eu conseguiria assistir àquele programa *The Gong Show* pela próxima hora e ainda ficar feliz.

— Você não gosta do *The Gong Show*? — perguntou Royston. — É um clássico. Quem não gosta de ver os jurados tocarem o gongo para aquelas apresentações bizarras?

— Não comecem — avisou Shirley. — A gente precisa terminar lá em cima. Só podemos usar a sala de exibição até as nove.

Depois que devoraram os sanduíches deliciosos e terminaram o vinho, todos ajudaram Martin a ajeitar a barraquinha e o convidaram para a exibição final.

— Topo sim — aceitou ele. — Mas não esperem qualquer ajuda minha. Como avaliador de filmes, sou um ótimo cozinheiro.

Annie sentia o estômago se revirar quando a sala escureceu e a tela em branco cintilou. Talvez estivesse cometendo um erro terrível, presumindo que o filme fosse bom só porque ela amava o resultado. Mas não foi aquilo que a avó sempre lhe ensinou, que, se ela amasse alguma coisa o bastante, então seria boa naquilo? E Annie amava fazer filmes. E precisava se sentir confiante de que era boa naquilo.

Martin surpreendeu a todos com trufas de chocolate caseiras amanteigadas para acompanhar o que restava do vinho.

— Certo — murmurou Royston —, você não pode se casar com Annie. Tem que se casar comigo.

Martin riu com gosto, recebendo a admiração de todos com a desenvoltura de sempre. Amava comida e cozinhar, e sabia que era bom naquilo. Annie se perguntou se ele já havia se questionado em relação à vocação do jeito que ela fazia.

— Muito bem, vamos começar — anunciou Annie, tomando um último gole de vinho.

As luzes se apagaram e a tela ganhou vida.

A abertura não mostrou qualquer crédito, começava apenas com um único som: um chiado. Então, o barulho de utensílios. O burburinho de pessoas se intensificou, cada elemento adicionando mais textura. Sons foram sendo adicionados como instrumentos entrando na abertura de uma sinfonia urbana, construindo pouco a pouco um crescendo: o barulho ambiente da rua ao redor do parque Washington Square. Cachorros latindo, crianças rindo, buzinas e sirenes de carros, um artista de rua tocando uma marimba. Então, a cena se abriu para revelar o tema: Martin Harlow e a barraquinha de lanche.

— Meu Deus — comentou Shirley, batendo no braço de Annie. — Ficou genial.

— Shhh — ralhou Padma.

A cena se demorou em Martin usando a grelha. Então a trilha sonora começou a tocar enquanto os créditos subiam. Annie sentiu um arrepio de orgulho quando apareceu o título: *O ingrediente-chave: Um filme de Annie Rush.*

A narrativa ia direto ao ponto. Ela havia optado por deixar que a história contasse por si mesma, em vez de fazer uma entrevista com o tema. Martin era um contador de histórias nato, que falava enquanto cozinhava. Annie editara cada cena para que os movimentos das mãos dele e dos utensílios ficassem em perfeita harmonia com as palavras. As brincadeiras bem-humoradas de Martin com os clientes não eram forçadas, sobretudo com as clientes bonitas. A viagem dos dois para as fazendas no interior do estado serviu como pano de fundo para a história de Martin. Ele falou das churrascarias da família no Texas, das viagens que tinha feito, dos altos e baixos enquanto tentava começar um empreendimento próprio em Nova York.

A conclusão do filme era uma montagem de rostos, acompanhada por uma música incrível que Annie havia encontrado: uma fusão de música francesa e violão country. Os créditos rolaram em um final lento e reflexivo. Então, ela prendeu a respiração, esperando para ouvir o que os outros tinham achado.

— Antes de começarmos a debater, vamos ouvir o que o tema do filme tem a dizer — sugeriu Padma.

Martin chegou mais para a frente na cadeira, apoiou os pulsos nos joelhos e pareceu sem reação por um momento quando as luzes se acenderam.

— Uau — murmurou por fim. — Estou em choque.

— De um jeito bom? — perguntou Annie.

— Ah, pelo amor de Deus, sim. Nunca tinha me assistido trabalhando. É meio surreal. De um jeito bom — acrescentou Martin com um sorriso.

As críticas de todos foram no geral elogiosas, e Annie soltou um grande suspiro de alívio. Tinham gostado.

— São nove horas. Precisamos liberar a sala — anunciou Royston. — Bom trabalho, pessoal. Vamos passar tranquilos nas provas finais.

— Que Deus te ouça — respondeu Moe.

Martin saiu da sala ao lado de Annie.

— Vamos tomar uma. Por minha conta.

— Só uma — alertou Annie. — Preciso preparar as anotações para o comitê de avaliação.

— Você não tem nada com que se preocupar. Para mim, o trabalho ficou perfeito.

Ele a levou para um lugar escuro e simplesinho não muito longe do dormitório da universidade e pediu um old fashioned com uísque de centeio, que era o coquetel favorito de Annie desde que Martin o apresentara a ela. Quando os drinques chegaram, ele levantou o copo em um brinde.

— Você arrasou, Annie. Sabia que você arrasaria, mas foi ainda melhor do que eu imaginei.

— Fico feliz que tenha gostado.

Ele se inclinou na direção dela.

— Eu quero beijar você.

Opa. Annie deu um gole rápido no drinque, e sentiu o toque doce e intenso do uísque de centeio aquecer a garganta.

— Prefiro que não faça isso.

— Eu levo jeito pra coisa — anunciou Martin com um lindo sorriso.

Sim, pensou Annie, *ele provavelmente leva mesmo*.

— Estou meio que... eu comecei... estou saindo com uma pessoa. Quer dizer, com um cara...

— Alguém novo?

Annie ficou tímida, queria proteger o que tinha começado a desabrochar entre ela e Fletcher. Não conseguia parar de pensar nele. Os dois tinham um histórico juntos, mas ele tinha sido interrompido.

— Sim e não. É um cara que eu já conhecia. Lá da minha cidade.

Martin soltou um suspiro.

— E o negócio é sério?

— Sério o bastante para eu dizer que não vai rolar beijo hoje.

— Merda. Então é sério, com certeza.

— Vamos ver. — Para mudar de assunto, Annie entregou a ele um pen drive com a versão final do filme. — É todo seu.

— Ótimo. Depois de ver isso, minha família enfim vai parar de temer que eu esteja pedindo esmola nas ruas de Nova York. Mais uma pergunta. Posso mostrar isso ao meu agente?

— Um agente. Você tem um agente?

— Uhum. Ele é um agente artístico. Tive algumas aulas de atuação quando cheguei aqui.

— Você queria atuar?

— Não, mas queria aprender alguns truques do ofício. Aí contratei um cara que representa vários chefs de TV. Eles eram meus ídolos quando eu era criança. Quero mostrar seu filme para Al.

— Ora, lógico. — Annie ficou surpresa e satisfeita. Um profissional da indústria daria uma olhada no trabalho dela. — Pode usar o filme como quiser. Há alguns trailers e prévias, e um pequeno vídeo de demonstração com alguns destaques. Também coloquei muitas fotos no pen drive. Você pode publicar em seu site.

— Lindo! — disse ele. — Você é muito linda, Annie Rush. Quem quer que seja esse cara na sua cidade, espero que ele te valorize.

O telefonema inevitável enfim chegou. A avó se fora; tinha morrido, quietinha, em uma noite de primavera, e o mundo de Annie saiu do prumo. A dor daquela tristeza era diferente de tudo que ela já havia vivenciado. Não havia nada com que comparar, embora ela tentasse, porque queria convencer a si mesma de que sobreviveria. Havia ficado desolada quando perdera o avô. Ficara furiosa e custara a aceitar o divórcio dos pais. Mas a morte da avó era algo muito mais profundo. Estava perdendo um pedaço de si mesma, o que deixava um vazio enorme que não cicatrizaria. Houve alguns momentos em que Annie sentiu a tristeza apertar seu peito como um peso real, tão forte que ela mal conseguia respirar.

Ela só se sentia normal quando estava nos braços de Fletcher. Ele era o lugar macio em que podia se permitir desmoronar, a pessoa a quem podia recorrer para deixar o coração transbordar.

— É impossível — confessou a ele no dia do funeral, com a presença de pelo menos uma centena de amigos e vizinhos. — Eu não tinha ideia de que seria impossível dizer adeus ao amor, à alegria e à esperança que a gente tinha. Não consigo fazer isso. Não consigo.

— Talvez morrer seja incrível — sussurrou Fletcher. — Talvez seja como estar hospedado naquele resort de luxo, o Club Med.

Annie riu em meio às lágrimas.

— Pare com isso.

— Club Morte.

— Você é horrível.

— Sei que eu sou. Eu sei.

Fletcher não disse para ela ser forte nem afirmou que Annie conseguia lidar com a situação e seguir em frente, mas a abraçou com todo o carinho, ajudou-a a respirar e mostrou a ela que era possível seguir aos poucos, de momento em momento, sem desmoronar por completo. Todos os outros ofereceram compaixão, mas Fletcher ofereceu o coração.

Embora parecesse impossível encontrar alegria nas profundezas da dor, Annie sentiu que era aquilo que a avó estava tentando lhe dizer o tempo todo. Ela enfim entendeu. Aquela tristeza que sentia era o preço de amar de todo o coração. Só que ter tido a avó na vida valia cada momento de dor.

E algo aconteceu enquanto Annie soluçava nos braços de Fletcher. Ela sentiu uma alegria inesperada e intensa.

Aquele, então, era o presente de despedida da avó. Permitir que Annie encontrasse alegria mesmo no momento da tristeza mais aguda. Aquela tristeza angustiante tinha mostrado a Annie como Fletcher era importante, como era imprescindível.

Com o tempo, a dor se transformou em uma sensação oca com surtos ocasionais de agonia. Era como um hematoma de que Annie se esquecia até esbarrar em uma saudade. *A avó.* Eram os pequenos momentos que mais doíam: a lembrança de um sorriso, um gesto, uma frase dita em voz suave.

Apesar da tristeza, Annie fez o que a avó teria desejado que fizesse: se recompôs e olhou para a frente. Sabia que a melhor maneira de homenagear a avó era construir uma vida incrível. Foi isso que a avó desejou para ela o tempo todo.

Só havia um problema. Como era aquela vida?

Na semana anterior à formatura, o telefone de Annie tocou.

— Aqui é Joel Rosen — disse a pessoa do outro lado da linha.

— Ah, professor Rosen. Oi.

— Annie, preciso marcar uma reunião com você. É sobre seu trabalho de conclusão de curso.

Ela sentiu uma pontada de nervosismo no peito. A nota tinha sido ruim? Será que havia cometido algum erro? Violado algum princípio? Será que tinha escolhido um tópico que ninguém levaria a sério?

— É claro — respondeu Annie, e se preparou para o que ele diria.

Rosen nunca fora uma pessoa efusiva. Os elogios tendiam a ser comedidos, as críticas pontuais e às vezes duras. Annie se orgulhava de não se deixar abalar com facilidade, mas aquele projeto deveria ser sua maior conquista. Ela investira tudo o que tinha no filme que criara, tudo o que aprendera e que acreditava que traduziria a arte e o ofício que estudara nos quatro anos anteriores.

Annie chegou ao escritório de Rosen cinco minutos adiantada e, quando entrou, ficou surpresa ao ver que o professor não estava sozinho. Ele e os outros dois homens que o acompanhavam se levantaram quando Annie parou à porta.

— Martin — disse ela em um arquejo. — O que você... — Annie se interrompeu, então, lembrando-se das boas maneiras. Ela secou as palmas das mãos suadas nas laterais da calça jeans. — Professor Rosen — cumprimentou, então se virou para o desconhecido ao lado de Martin. — Sou Annie Rush.

O homem sorriu e apertou sua mão.

— Alvin Danziger. É um prazer conhecer você.

— Eu comentei com você de Al — disse Martin. — Meu agente.

Martin estava bem-vestido, de calça jeans escura e uma camisa social bem passada sob um paletó esporte. Com o cabelo penteado de um jeito elegante, ele estava muito parecido com Matthew McConaughey. O agente era um homem rechonchudo e de olhos afiados, e vestia uma calça um tanto surrada e uma camisa listrada. Ele pouco se parecia com o titã da indústria que Annie havia imaginado quando Martin o mencionara.

O sr. Danziger colocou um laptop em cima de uma mesa baixa no escritório.

— É um prazer conhecer o senhor — respondeu Annie, nervosa. Então se virou para Joel Rosen. — O que está acontecendo?

— Vamos nos sentar. — Rosen indicou o conjunto de sofá e poltrona perto da mesa. — Esse tipo de reunião geralmente pede bebidas mais elegantes, mas quisemos marcar o mais rápido possível.

— Reunião sobre...?

— Seu filme, lógico — explicou Alvin, logo acrescentando: — Adorei o que você fez. E isso não é um exagero. Na verdade, é um eufemismo.

— Nossa — murmurou Annie, sem conseguir conter um sorriso. — Estou lisonjeada.

— Acostume-se com isso.

— Não, não se acostume — interveio o professor Rosen na mesma hora.

Ele sempre dizia aos alunos para ficarem alertas quando a bajulação começava.

Annie sorriu para os dois e deu a mesma resposta a ambos:

— Beleza.

— O que está acontecendo é o seguinte — começou Alvin. — Seu filme, e também os vídeos e fotos que você deu a Marty, está on-line há menos de uma semana.

— On-line — repetiu ela. — Como assim?

— Nós publicamos o material no site do Martin, com links para o Facebook, para aquele site chamado YouTube, e alguns outros canais.

Annie tinha tido aulas sobre mídia e as redes sociais em constante expansão. Era um território vasto e inexplorado, uma nova mídia, mas ninguém tinha uma compreensão nítida do poder, ainda.

— Entendo — falou ela. — Eu disse a Martin que ele poderia usar o material como quisesse.

— Então dê uma olhada. Foi isso que eu fiz. — Alvin clicou no teclado. — Ou melhor, contratei um especialista para fazer. Esse gráfico mostra a evolução das visualizações únicas da página.

Annie se inclinou para a frente e analisou o gráfico.

— Uau, mil visualizações. Isso é muito legal.

Rosen balançou a cabeça enquanto Martin se recostava no sofá e abria um sorriso radiante.

— Olhe de novo — instruiu Rosen. — Não são mil.

Ela se inclinou mais para perto, analisou o gráfico e arquejou, chocada.

— Caramba. Cada *unidade* representa mil visualizações. Então vocês estão dizendo que meu filme teve um milhão de visualizações? Isso é maravilhoso.

— É incrível — afirmou Martin. — A essa altura, é provável que o número tenha dobrado. Vem aumentando exponencialmente.

Annie tentou imaginar desconhecidos sentados diante de computadores, assistindo ao documentário dela. Olhando para as fotos que ela havia tirado. Um milhão de desconhecidos.

— Bem — disse ela devagar —, isso é bom, certo?

— Isso é ótimo — confirmou Al. — Seu filme é um sucesso.

— Meu e-mail está explodindo de mensagens — acrescentou Martin. — Já recebi de tudo, de ofertas de emprego a pedidos de casamento. E algumas outras propostas absurdas também.

Annie ficou atordoada. O peito parecia prestes a explodir de orgulho.

— É fantástico. Todas essas pessoas assistindo ao meu filme. É inacreditável. — Ela riu. — Martin, você nunca vai dar conta da demanda pelo seu confit.

— Já foi muito além disso — disse ele.

— Como assim?

Pela primeira vez desde que o conhecera, Annie viu o professor Rosen abrir um sorriso de orelha a orelha.

— Prepare-se, srta. Rush. A jornada está prestes a começar.

— Como assim? Desculpe, mas tudo isso é muito novo para mim.

— O que ele quer dizer é que houve interesse de uma produtora — explicou o sr. Danziger. — Interesse sério. Uma produtora chamada Atlantis está fazendo parceria com uma nova emissora de programas de comida e estilo de vida. E eles estão procurando novos talentos e programas voltados para um público jovem. Depois de ver seu curta, e sobretudo depois de ver o número de visualizações on-line, os executivos da empresa pediram para marcar uma reunião. Em Los Angeles. O mais rápido possível.

— Uma reunião. — Annie sentiu arrepios. — O que isso quer dizer?

— Exatamente isso. Eles querem se encontrar com você e com Marty para falar sobre a criação de um programa.

— Um programa? — Annie se deu conta de que só estava repetindo o que o homem falava, provavelmente soando como a amadora que era. — Tipo, um programa de televisão?

Martin riu alto.

— Entendeu certo, meu bem.

Annie estava fora de si. Ela não conseguiu se conter e abraçou Joel Rosen.

— É um sonho que se tornou realidade — falou. — Não pode ser tão fácil.

O professor riu e deu um tapinha carinhoso nas costas dela.

— Acredite em mim. Não é.

Assim que saiu do escritório de Rosen, Annie ligou para Fletcher para contar as novidades.

— Acho incrível, mas não fiquei surpreso — respondeu ele. — Estou muito orgulhoso de você, de verdade. Que demais, Annie.

— Obrigada. Ainda estou zonza! Zonza! O professor Rosen disse que seria uma jornada e tanto. Eu não percebi que seria como uma montanha-russa.

Fletcher riu.

— Você sempre gostou de jornadas radicais. Lembra do parque de diversões em Stowe, no verão depois do fim do ensino médio?

— Eu fui a única que não enjoou na montanha-russa com looping. — Ela suspirou. — Queria que você fosse para a Califórnia com a gente.

— Eu também queria poder ir. Tenho a sensação de que está chovendo aqui desde 1968.

— Sinto sua falta — falou Annie.

— Idem.

— Volto para casa logo depois da viagem.

— Mal posso esperar para te ver — confessou Fletcher. — Mas vou esperar. Você vai arrasar na Califórnia!

Annie chegou a Switchback tarde da noite e arrastou a bagagem para dentro de casa, elétrica de empolgação. Já era muito tarde para ligar para Fletcher, mas a mãe dela ainda estava acordada, ansiosa para saber das novidades.

— Não sei nem por onde começar — disse Annie. — Parece que acabei de pular em um trem em alta velocidade. Está tudo acontecendo rápido demais!

A mãe sorriu para ela.

— Estou tão empolgada por você — afirmou a mãe. — E muito impressionada. Quero saber tudo.

As duas se aconchegaram juntas no sofá, diante do fogo crepitante da lareira, cada uma com uma xícara de chá na mão. Era difícil acreditar que ela havia deixado o calor do sul da Califórnia ainda naquela manhã. A longa viagem para casa a levara de Los Angeles para Nova York e depois Burlington, então a produtora tinha alugado um carro para a viagem até Switchback. Uma produtora. Um carro alugado. Era um mundo completamente novo para Annie.

Exausta e exultante, ela descreveu as rodadas vertiginosas de reuniões na Califórnia. A emissora era uma start-up, mas era financiada por uma empresa de mídia gigante. A Atlantis Productions queria trabalhar com ela e com Martin para desenvolver uma abordagem inovadora de um programa de culinária, um formato sempre popular. Estavam cansados de chefs tagarelas, em cenários reproduzindo cozinhas, misturando ingredientes medidos e separados de antemão em tigelas. A intenção da produtora era expandir a ideia de Annie de levar a produção para as ruas. Eles queriam um programa-piloto com possibilidade de mais episódios.

Poucos dias antes, ela fora uma recém-formada... E no momento tinha um agente e um advogado de entretenimento. E tinha até um cargo: produtora.

— Eu nem acredito que estou dizendo isso, mãe. Mal consigo acreditar que está acontecendo de verdade.

Caroline tocou a testa da filha com gentileza.

— Acredite, Annie. Você trabalhou muito para isso. Merece tudo o que está acontecendo! Sua avó ficaria orgulhosa de você, mas não surpresa. Ela sempre acreditou cem por cento em você. — Ela ficou com os olhos marejados. — Deus, sinto falta dela.

Annie pegou a mão da mãe.

— Eu também. Deve ser ainda mais difícil para você.

— Eu sou órfã. É uma sensação estranha e horrível.

— Ah, mãe. Sinto tanto... — Annie sentiu o coração apertado ao ver a mãe com aquela expressão perdida. — Como posso ajudar?

A mãe apertou a mão dela.

— Você já está ajudando, não tem ideia do quanto. A gente vai ficar bem. Sua avó ia querer nos ver bem.

* * *

Como o professor Rosen já tinha avisado, mergulhar em uma produção televisiva não seria fácil. Para Annie, a parte mais difícil foi a conversa com Fletcher.

A oficina e revendedora de scooters GreenTree tinha passado por mudanças radicais desde que Sanford ganhara a causa no tribunal. Foi lá que Annie encontrou Fletcher, não trabalhando, de macacão, mas usando calça jeans e uma camisa social branca. Na área da oficina, quatro rapazes mexiam em scooters enquanto um homem com sotaque italiano falava com eles. Para a surpresa de Annie, Fletcher estava conversando com a cunhada dela, Beth.

Quando viu Annie, Fletcher abriu um sorriso que fez o coração dela disparar.

— Ela voltou — falou ele, puxando-a para um abraço e enfiando o nariz em seu cabelo. — Puta merda, como senti saudade.

— Digo o mesmo — sussurrou ela, então recuou um passo e cumprimentou Beth. — Deixe-me adivinhar. Seus alunos estão aprendendo ao mesmo tempo italiano e mecânica de automóveis.

— Bom palpite — disse Beth, então riu da expressão de Annie. — Fletcher e o pai dele foram muito gentis e estão patrocinando o programa. A escola e a oficina montaram uma iniciativa de preparação para o mercado de trabalho. A gente começou um programa de educação técnica e profissionalizante para os alunos que querem aprender mecânica. Falando nisso, é melhor eu ir lá supervisionar.

Beth pediu licença e foi para a oficina.

— Você está patrocinando um programa? — perguntou Annie a Fletcher.

— Meu pai e eu estamos. Parece um bom jeito de ajudar a comunidade.

— Beth deve estar muito grata. Ela está sempre batalhando por financiamento e procurando opções para os alunos.

Fletcher pegou a mão de Annie e levou-a até um conversível de dois lugares, azul-escuro metálico.

— Vamos dar uma volta. Quero saber tudo da viagem.

Annie não entendia muito de carros, mas a potência do motor daquele era óbvia enquanto eles se afastavam da cidade. Ela soltou um gritinho quando ele acelerou na via expressa.

— Você gostou? — perguntou Fletcher, sorrindo para ela.

— Gostei. Você está vivendo bem, Fletcher Wyndham.

— É tudo do meu pai. A indenização foi para ele, não para mim. — Ele reduziu a marcha e fez uma curva suave, com habilidade. — Mas é, estou mesmo vivendo bem. Às vezes, ainda estranho.

— Estou feliz por você e pelo seu pai. O que aconteceu foi terrível, e fico muito orgulhosa por vocês terem dado a volta por cima.

— Espere até ver a casa que ele comprou.

Poucos minutos depois, Fletcher guiou o carro por uma longa entrada de veículos ladeada por campos floridos. A casa era ultramoderna, uma construção de vidro e pedra, no topo de uma colina com vista para um vale a oeste. Havia uma garagem para vários carros, um riacho e um lago de trutas, além uma piscina coberta e banheira de hidromassagem.

— Que lugar incrível — comentou Annie, descendo do carro.

— A casa foi construída por um turco que fez fortuna com iogurte — contou Fletcher.

— Ouvi falar a respeito, mas nunca estive aqui.

— Meu pai comprou a casa já mobiliada, considerando que nunca tivemos muitos móveis antes. Na verdade, nunca tivemos uma casa.

Annie lançou um olhar penetrante para ele.

— É fantástica — elogiou ela. — Nossa, como a vida mudou para o seu pai. No geral para melhor, espero.

— Ele está aproveitando ao máximo a indenização. É possível que eu acabe tendo uma madrasta que é modelo de pneu e tem sotaque russo, mas não posso reclamar.

— Modelo de pneu?

— Você sabe, aquelas loiras de biquíni que posam para os pôsteres de anúncios de pneu que mandam para as oficinas.

Ela riu.

— Você acha que estou brincando? Espere só até conhecer Olga.

— Tenho certeza de que ela deve ser muito legal — afirmou Annie. — Seu pai está aqui?

Ele checou o relógio.

— Espero que não. — Então, passou um braço ao redor da cintura de Annie e puxou-a mais para junto do corpo. — Quero você toda só para mim.

Ela prendeu a respiração e sentiu a pele vibrar.

— É mesmo?

— É. Vamos entrar.

Eles fizeram amor com voracidade. Era um pouco assustador o quanto ela ansiava pelo toque de Fletcher. Era como precisar do oxigênio da próxima inspiração: fundamental, vital, substancial. Havia coisas que ele sabia dela, lugares que encontrava, que mais ninguém havia chegado nem perto. Os dois fizeram amor três vezes: a primeira, um encontro frenético dos corpos no hall de entrada, contra a porta, com tamanha urgência que mal conseguiram passar dali. Depois disso, Fletcher a levou para o quarto dele e a amou de um jeito lento e doce, em uma cama absurdamente grande e confortável. Mais tarde, os dois assistiram ao filme dela na sala de TV e voltaram a fazer amor.

Annie deixou o corpo cair no sofá, atordoada.

— Isso foi…

Sua voz sumiu quando ela se viu sem palavras.

— É — concordou Fletcher, vestindo de novo a calça jeans com um sorriso preguiçoso e satisfeito. — Eu sei.

Annie passou o vestido por cima da cabeça; ela o havia comprado na boutique do hotel em Los Angeles, mas Fletcher só reparou nele para comentar como era fácil despi-lo. Então se aninhou no ombro dele e olhou para a tela grande na parede oposta. Fletcher voltou a passar os créditos finais, que rolavam tendo como fundo uma música que ambos amavam: "Everybody's Got to Learn Sometime", do Beck.

— Me conte de Los Angeles — pediu Fletcher.

Annie tentou conter os cachos bagunçados.

— Eu ia fazer isso, mas me distraí. Foram tantas reuniões. Tantas pessoas para conhecer. É um pouco assustador.

Ela contou a ele do conceito para o programa que a produtora tinha em mente.

— Que incrível! Você vai trabalhar no seu próprio programa de TV.

Annie riu, mas ao mesmo tempo sentia a empolgação vibrando no peito.

— Ainda é cedo. Fazer o programa acontecer de verdade ainda é um grande talvez.

— Depois de assistir ao seu filme, eu diria que é garantido. Sério. Você é muito talentosa.

Annie deu um beijo longo e intenso nele.

— O que eu aprendi em todas essas reuniões é que preciso de muito mais do que talento para ter sucesso na TV. — Ela contou a ele sobre o agente, o advogado, e o turbilhão de criatividade que explodira na reunião que havia tido com um grupo na chamada sala dos roteiristas. — Havia uma energia incrível naquela sala. Eu realmente acho que eles esperam que isso dê certo.

Fletcher acariciou o braço dela, distraído.

— Parece incrível. E agora, o que acontece?

Annie fez uma pausa, respirou fundo.

— Eles querem que eu trabalhe com a equipe de roteiristas e de produção do estúdio. Então, vamos gravar um piloto. — Ela estava zonza só de falar naquilo. — Estou surtando, Fletcher. Tento ser realista. Sei que a maior parte dos projetos fracassa ainda na etapa de desenvolvimento e nunca chega a ver a luz do dia, por isso não quero criar muitas esperanças.

— Você está brincando? Merece ter o máximo de esperança que quiser.

Annie subiu no colo de Fletcher e montou nele, os joelhos apoiados no sofá.

— Você é um amor. Como eu tive tanta sorte?

Ele a beijou.

— Sendo você. Quando você vai?

E ali estava a parte difícil disso.

— Vou daqui duas semanas. E... — Annie apoiou as mãos nos ombros dele. — Eles estão me pagando uma ajuda de custo para eu me mudar para lá e me instalar em um apartamento mobiliado. Vou morar no bairro de Century City.

— Por quanto tempo? — perguntou Fletcher, e Annie sentiu os músculos dele ficarem tensos. Então, com uma voz muito calma, ele respondeu à própria pergunta: — Indefinidamente.

Annie ouviu o que Fletcher não estava dizendo com ainda mais nitidez do que ouviu as suas palavras. Assim, saiu do colo dele e se acomodou ao seu lado.

— Essa chance... em Los Angeles. É tudo o que eu sempre quis. Tudo pelo que trabalhei ao longo da faculdade.

— E o que você quer está na Califórnia.

— Está. — Ela sentiu o estômago apertado de nervoso. — E nós? Ainda vai haver um nós?

Fletcher permaneceu em silêncio, olhando para a tela congelada no final do filme dela. Então, respondeu:

— Você fez muitos planos antes de fazer essas perguntas.

Annie sentiu uma terrível sensação de mau presságio.

— Não quero perder você de novo.

— Então é melhor a gente descobrir como ficar juntos.

— Você poderia ir para a Califórnia — sugeriu Annie.

— Faculdade de Direito, lembra?

— Lógico que lembro. E acho maravilhoso. E... quando eu estava no avião, fiquei pensando em como a gente podia fazer dar certo. A Califórnia tem Faculdades de Direito. Boas. Como a da UCLA ou a da USC. Pepperdine.

— Sem dúvida. Mas eu tenho outros planos — revelou Fletcher. — E a Califórnia não está nesses planos.

— Pelo menos pense na possibilidade. — Annie torceu para não estar soando desesperada ou reclamona. — Sei que é muito longe daqui, mas seu pai parece estar indo muito bem, e essas Faculdades de Direito...

— São boas, como você disse.

— Então qual é o problema?

— Não estou interessado nessas Faculdades de Direito.

— Mas aí a gente poderia...

— Fui aceito em Harvard.

Annie o encarou, chocada. De repente, as faculdades da Costa Oeste perderam o brilho.

— A Faculdade de Direito de Harvard. Caramba, você não tinha me contado.

— Você não perguntou.

Ele estava certo. Ela não havia perguntado. Por que não perguntara? Será que estivera tão concentrada nos próprios planos que não tinha sobrado espaço para os dele? *Por favor, não*, pensou Annie. *Por favor, não me deixe ser essa pessoa.*

— Escute — disse Fletcher, e segurou o rosto dela com carinho entre as mãos. — Tem produtoras de TV na Costa Leste. Em Boston, até.

— Não desse jeito. Ninguém em Boston está me oferecendo uma oportunidade.

— Seu filme teve um milhão de visualizações. Qualquer produtora ficaria impressionada com isso.

— Mas só uma me ofereceu meu próprio programa.

— Beleza. Digamos, então, que eu diga um "não, obrigado" a Harvard e vá com você para a Califórnia. Você mesma disse que a maior parte dos programas não vinga. A coisa toda pode acabar em alguns meses. Aí eu vou ter desistido de Harvard para quê?

— Eu não estou pedindo para você desistir de Harvard.

— Você acabou de fazer isso.

Annie havia investido demais na Universidade de Nova York para ignorar aquela oportunidade.

— E você me pediu para desistir de *O ingrediente-chave*. Estou indo atrás de um sonho que tive a vida inteira.

— E você só me conhece há alguns anos, né? — retrucou Fletcher, brusco.

— É você que está dizendo isso, não eu. E não foi isso que eu quis dizer. Para mim, parece que a gente se conhece há uma eternidade.

— Annie. — Ele olhou no fundo nos olhos dela. — Você sabe o que precisa fazer. E eu também.

— Sei. — A resposta saiu rápido, mas acompanhada de uma tristeza esmagadora. — Fletcher…

— Eu não pediria para você escolher. E você não me pediria.

Ele se inclinou para a frente e deu o beijo mais gentil nos lábios dela.

Aquele beijo. Foi gentil demais. Tinha gosto de tristeza e arrependimento. Era o tipo de beijo que significava um adeus.

— Então a gente só… o quê? Acaba desse jeito?

— Eu não vou com você para a Califórnia. E não vou pedir para você jogar essa oportunidade fora. — Ele estreitou os olhos.

— Você está sendo inflexível.

E eu também, percebeu Annie. Porque ele estava certo. Ela não estava disposta a deixar escapar uma oportunidade daquela.

— Eu estou sendo realista.

Annie também estava com raiva, ardendo de frustração. Eles não eram mais adolescentes apaixonados. Ela e Fletcher eram adultos, adultos colocando a vida em ordem. Os planos que tinham individualmente haviam criado um obstáculo, e nenhum dos dois conseguia ver uma forma de contornar aquilo. Ela sentia o peito apertado. A garganta apertada. Tudo doía.

Annie olhou, fixa, para o rosto de Fletcher, e foi muito fácil entender o que estava acontecendo. Ambos estavam começando algo novo, algo que exigiria toda a concentração deles. E estavam se afastando… de novo.

— Não me ligue — falou ela. — Não escreva, nem mande e-mail, nem mensagens de texto. Vamos só… deixar pra lá.

— É isso que você quer?

Os homens iam embora. Era o que faziam. A única maneira de evitar que aquilo acontecesse era indo embora primeiro. Antes que ele a abandonasse. Antes que tivesse a chance de partir o coração dela mais uma vez.

— É — falou Annie, torcendo para que ele não percebesse a hesitação na voz. — É o que eu quero.

17

Agora

— *É* o ciclo da vida — declarou a mãe de Annie, chegando à área de serviço com uma cesta de roupas sujas no momento em que Annie transferia as roupas da máquina de lavar para a secadora.

— O quê? — perguntou Annie. — A roupa para lavar?

— Com quatro crianças em casa, sim.

— Isso te incomoda, lavar a roupa da família dia após dia?

— É uma tarefa doméstica como outra qualquer. Um trabalho de amor. Beth dá duro na escola, e seu irmão trabalha do amanhecer ao anoitecer. — A mãe de Annie suspirou. — Eu queria que ele tivesse ido para a faculdade.

— Kyle sempre detestou a escola — lembrou Annie.

Mais lembranças tomaram sua mente, caindo de uma nuvem invisível: Kyle caminhando para a escola todos os dias como um homem condenado à forca. Os sermões da mãe sobre notas. As discussões sobre o comportamento dele, enquanto Annie enfiava o nariz em um livro e fingia não ouvir.

"Se você não melhorar na escola, vai acabar como seu pai."

"E daí? Pelo menos ele tá feliz."

— A faculdade não é para todo mundo — argumentou Annie. — Especialmente para Kyle. Lembra como ele nunca conseguia ficar sentado quieto? E ainda é assim, Kyle está sempre fazendo alguma coisa com as mãos. Ele tem uma ótima família e cuida bem deles.

— Acho que sim.

— Como assim, você "acha"? Ele não cuida deles?

— Seu irmão ama todos eles e é um bom homem. Um bom pai de família. Um pai de família que planeja cultivar maconha.

— Acho isso legal. Quando a lei mudar, ele não vai fazer nada diferente do que os Mitchells estão fazendo com a produção de uísque deles.

— Eu sei, Annie. Não estou preocupada com a maconha.

— Então com o que você está preocupada, mãe?

— Com dinheiro. Com as finanças… — Caroline não completou.

— As coisas não estão bem? — Ela viu um lampejo de pânico nos olhos da mãe. — O que está acontecendo?

— Ah, Annie. Não quero incomodar você nem te deixar preocupada.

— Tarde demais. Estou incomodada. Estou preocupada. Vamos lá, mãe. Fale logo. Qual é a gravidade da situação?

— Vamos subir para o ateliê. Tenho tudo no computador. — Ela sorriu ao ver a expressão da filha. — Não fique tão surpresa. Aposentei os livros contábeis há muito tempo. Agora é tudo digital.

Annie seguiu a mãe até o loft acima da garagem. O cubículo do escritório era separado do ateliê por um painel shoji alto, porque a mãe não gostava de distrações quando pintava.

Caroline Rush tinha tomado conta da contabilidade da fazenda a vida toda. Ela era boa naquilo e não cometia erros. Annie também era boa naquilo e se deu conta disso quando a mãe lhe mostrou as últimas planilhas digitais. Como produtora do programa, Annie tinha um olhar experiente para finanças.

E a situação financeira da família Rush estava ruim. A produção de xarope de bordo dava um pequeno lucro. A extração de madeira e a sidra geravam uma quantia justa, mas, depois que todas as contas, despesas e impostos eram pagos, não sobrava muito.

— Nossa — comentou Annie.

— A fazenda sempre operou quase no limite — explicou a mãe. — Nós não teríamos conseguido chegar até aqui se…

Ela parou e olhou de relance para Annie.

— Se o quê? Fala, mãe.

— Se seu pai não estivesse nos ajudando.

— Você está falando da pensão alimentícia.

Annie sempre havia tido uma relação de amor e ódio com o conceito. Ela era a criança a quem a pensão era devida. Aquele cheque tinha sido seu sustento. Mas o que ela precisara mesmo não podia ser garantido com um cheque.

— Ele depositava mais do que a pensão. E continua a fazer isso até hoje. E foi esse dinheiro que sempre evitou que a gente ficasse no vermelho. Pequenos produtores nunca ficaram ricos com xarope de bordo.

— E é isso que você quer? — perguntou Annie. — Ficar rica?

Caroline soltou uma gargalhada.

— É melhor eu não querer, porque isso faria de mim uma grande fracassada. — Ela balançou a cabeça. — Tudo o que eu sempre quis foi que nossa família estivesse confortável e bem estabilizada. E a gente vem conseguindo.

Annie tocou a mão dela por um momento.

— Graças a você. Eu provavelmente nunca vou saber como você deu duro pra manter as coisas de pé depois que meu pai foi embora e o vô morreu.

— Eu nunca quis que você se preocupasse. E não quero que se preocupe agora.

Annie afastou a divisória para o lado e entrou na parte principal do estúdio. Claraboias inundavam o espaço com luz, e o lugar inteiro estava cheio de pinturas da mãe, nas paredes, em pilhas inclinadas no chão, ou apoiadas em cavaletes de tamanhos diferentes. Annie estava acostumada com as paisagens que a mãe pintava e com as naturezas-mortas lindamente retratadas, reproduzindo o encanto bucólico da vida na fazenda. Mas os quadros que ela via ali, no momento, eram bem diferentes.

— O que é tudo isso? — perguntou, olhando ao redor.

Ela sentiu o cheiro oleoso da tinta enquanto analisava o trabalho. As grandes telas pareciam vivas e em movimento com abstrações selvagens que pareciam arder com cor e emoção. Eram vivas de um jeito que as representações precisas da vida no campo da mãe nunca tinham sido. O trabalho atual tinha uma energia peculiar que empolgou Annie.

— Tenho trabalhado em algumas peças diferentes — revelou a mãe.

Havia um certo nervosismo em seu sorriso.

— Por que nunca vi essas?

— A maioria delas eu produzi enquanto você dormia. Fiquei imaginando o que poderia estar passando pela sua cabeça.

Annie estava fascinada.

— E você acha que era isso que passava pela minha cabeça?

— Provavelmente era isso que estava passando pela *minha* cabeça.

— Bem, eu achei fantástico.

— Você gostou? — O rosto de Caroline se animou. — Tenho outras. Eu fiz uma série de peças abstratas quando sua avó morreu. Foi um momento muito intenso para mim.

As pinturas mais antigas estavam guardadas em um rack móvel. As mais novas expressavam emoções exageradas com pinceladas líricas de cores intensas que eram ao mesmo tempo fascinantes e difíceis de olhar.

— Eu sempre soube que você era talentosa — elogiou Annie —, mas esses quadros são muito especiais.

— Obrigada. É muito bom ouvir isso.

— Você já pensou em fazer uma exposição? Alguma coisa assim?

— Para dizer a verdade, penso nisso o tempo todo.

— E?

— E... o quê? É só um devaneio. Sou autodidata, Annie. Meu único aprendizado em belas artes vem de aulas de arte na TV e, mais recentemente, de vídeos do YouTube.

— Com seu talento, você não precisa de mais aprendizado.

— Mas e se eu *quiser* aprender mais?

— Você deveria ir para o Pratt. Foi aceita lá uma vez e não cursou. Talvez agora seja a hora.

A mãe riu de novo.

— Acabei de mostrar como a gente está falido. E agora você quer que eu vá para o Instituto Pratt.

Annie analisou os outros quadros. As obras estavam catalogadas em ordem cronológica, mostrando como o trabalho da mãe havia se transformado ao longo dos anos. As primeiras obras eram bem executadas e encantadoras, retratando um mundo idealizado. Havia indícios do ardor secreto da mãe nas representações do céu, das nuvens e da água, e era fascinante ver a progressão em direção à abstração. Ela via a mãe com novos olhos no momento, não apenas como mãe, mas também como uma artista com talento, visão e algo a dizer.

— Não importa o que eu quero. O que importa é o que *você* quer. Olhando para isso aqui... — Uma inesperada onda de emoção fez Annie lacrimejar, e assim as cores se fundiram e tremularam em sua vista. — Você é incrível, mãe. Teve esse dom incrível a vida toda, mas passou o tempo cuidando da gente... de Kyle e de mim, dos seus pais, da fazenda e agora dos netos. Nós nunca prestamos atenção a isso de verdade, porque você vem fazendo tudo sem alarde.

— É mesmo? Provavelmente porque eu não tenho nada do que reclamar.

— Você era tão nova quando o meu pai foi embora.

— Fico feliz que você ache que 39 anos seja nova.

— E você nunca namorou. A maior parte das mulheres se casa de novo depois do divórcio.

A mãe pareceu melancólica.

— Algumas de nós encontram o amor apenas uma vez.

Annie queria ajudar. Ela era boa em ajudar, não era? A fazenda, a família... Havia mesmo abandonado tudo aquilo e partido para Los Angeles? Annie pensava naquilo enquanto dirigia com cuidado até o centro da cidade para ir ao mercado. A lista de compras tinha um quilômetro de comprimento. Com oito pessoas na casa, estavam sempre precisando de mantimentos.

O mercado local era um negócio familiar, cheio de rostos do passado. Annie sorriu e disse a todos que estava bem e feliz por estar em casa. Ela se perguntou o que aquelas pessoas estariam pensando de verdade. Será que tinham pena dela, a mulher de quem o marido havia se divorciado enquanto ela estava em coma? A mulher que tinha acordado sem nada?

Ela quase colidiu com outro carrinho no corredor de cereais e, quando ergueu o olhar, viu Celia Swank.

— Ah, oi — cumprimentou Annie. — Oi.

— Annie.

Celia deu um sorriso tenso.

Ela tinha sido a garota mais bonita do ensino médio, e ainda era linda, o cabelo sedoso com luzes loiras bem-feitas, as unhas de um rosa perolado para combinar com o batom, os dentes absurdos de tão brancos. Celia usava uma calça jeans skinny e uma blusa de seda de aparência cara, e segurava uma bolsa de grife.

— É bom ver você — comentou ela.

— É, eu... É bom ver você também.

Era mesmo? Annie ainda estava reaprendendo os códigos sociais.

— Ouvi dizer que você sofreu um acidente. E sinto muito pelo seu programa de culinária. Deve ser uma grande perda.

— Sim, é — admitiu Annie.

O ingrediente-chave era o programa dela. *O programa dela.* E ela só desistiria? E se quisesse recuperar o programa? O que deveria fazer?

— A gente devia se encontrar um dia desses — sugeriu Celia. — Para colocar o papo em dia.

Dez anos antes, Celia Swank não fora ninguém para Annie, ninguém além de uma garota que ela conhecia do ensino médio. Celia tivera a vida que Annie teria com Fletcher, mas jogara tudo fora. E aquilo deixava Annie furiosa.

— Para ser honesta, não sei se a gente teria muito o que conversar.

Celia estreitou os olhos.

— Sempre podemos falar do Fletcher.

— E por que raios falaríamos dele?

— Nós duas somos ex dele — retrucou Celia. — E nós duas falhamos na relação.

Antes

— *P*ara um cara que conseguiu entrar em Harvard, você é mesmo bem estúpido — disse Sanford Wyndham, antes de pegar duas cervejas geladas na geladeira e entregar uma ao filho.

Três anos após o acidente, ele havia se transformado em uma pessoa diferente. Ele ainda era o mesmo meninão, cheio de ideias audaciosas, mas o trauma e a recuperação do acidente o haviam mudado de alguma forma. Sanford agia mais como um pai do que quando Fletcher era mais novo.

— E é para eu fazer o quê? — perguntou Fletcher. — Ir atrás dela na Califórnia e… depois? Ficar carregando a bolsa dela? Levando Annie de carro de um lugar para o outro? Arrumar um emprego como mecânico?

— Beleza — rebateu o pai, e deu um gole na cerveja. — Continue agindo assim. Chafurde na infelicidade e, quando tiver minha idade, vai olhar para trás e se perguntar o que aconteceu com sua vida.

— É isso que você faz, pai?

O pai caiu na gargalhada.

— Eu? Cara… De verdade, olho para você e não sinto nada além de gratidão. Olhe só para nossa vida. A gente se deu bem. A gente está bem. Não estou infeliz. Estou o oposto disso.

— Isso é ótimo, pai. Eu também não estou infeliz.

— Então está tudo bem para você deixar a garota se mandar para a Califórnia.

— Pode ter certeza de que eu não vou implorar para ela desistir disso.

O pai suspirou.

— Se é importante para vocês ficarem juntos, vão conseguir dar um jeito.

Fletcher continuou tentando imaginar como seria se mudar para a Califórnia. Ele teria que dizer um "não, obrigado" à Faculdade de Direito de Harvard e começar o processo de inscrição de novo para uma faculdade na Costa Oeste, o que adiaria seus planos por mais um ano. E, mesmo que fizesse aquilo, nada era garantido. E se o projeto do programa de Annie não desse certo, o que aconteceria depois? Ela iria atrás de outra coisa? Voltaria para Nova York? Iria para outro lugar?

Fletcher tinha passado a vida se mudando de um lugar para o outro. E estava farto de fazer aquilo. Queria ficar em um lugar só. Queria construir uma vida que fizesse sentido para si mesmo. Um lugar para chamar de lar.

Nem ele nem Annie fariam concessões. Eles tinham seguido por caminhos separados… de novo. E era a coisa certa a fazer, mesmo que parecesse tão errado. Fletcher lidou com a situação como qualquer homem com H maiúsculo faria. Tomou um porre e transou com Celia Swank. Ela era gostosa e queria ficar com ele.

E Fletcher não podia ignorar a realidade, ele tinha passado a ter dinheiro e não era ingênuo a ponto de acreditar que aquilo não tinha importância para Celia. Depois de alguns drinques, os motivos da garota deixaram de ter qualquer importância para ele. Celia era boa de cama. Muito boa. Quase o bastante para distraí-lo das lembranças de Annie.

Com Annie, o sexo era algo mais do que sexo. Era um tipo de intimidade que só conseguia sentir com ela. E ele se esforçou para não sentir muita falta daquilo.

Celia era uma distração bem-vinda, porque ele não precisava pensar muito quando estava com ela. Fletcher a levou para velejar no lago Champlain no novo barco do pai. Eles passaram um fim de semana no Château Frontenac, na cidade de Quebec, no Canadá; andaram de mountain bike e até tentaram saltar de paraquedas. Era tudo uma diversão sem sentido, a distração de que Fletcher precisava naquele momento. Fletcher só descobriu o que Celia queria mesmo quando o verão já estava chegando ao fim e ele se preparava para se mudar para Cambridge, onde cursaria Direito.

— Estou grávida — anunciou ela.

Lógico que ela estava.

É meu? Fletcher mordeu a língua para não perguntar. Celia era muitas coisas, mas estúpida não era uma delas. Ela não prepararia uma armadilha daquelas para ele a menos que tivesse certeza do DNA que carregava no ventre.

E seria mesmo uma armadilha? Ou ele quisera aquilo em algum nível?

Era o truque mais antigo de todos, e ele se deixara levar. Sim, tinha sido cuidadoso. Supercuidadoso. Ainda assim, Celia conseguira arquitetar uma falha de preservativo.

Um filho. Aquela mulher teria um filho dele. Então, Fletcher tomou uma decisão, o tipo de decisão de que não poderia voltar atrás.

Com contratos assinados e Martin assumindo o posto de chef residente e apresentador do programa, eles estavam se preparando para começar o episódio piloto. Annie e Martin mostraram a última fita demo para Leon e a equipe dele. Era bom, talvez o melhor deles até ali, mas foi rejeitado. Mais uma vez.

O diretor de elenco enfim disse em voz alta o que Annie sabia que ninguém queria lhe dizer:

— Você não é a pessoa certa para o papel.

— Nem ninguém que testamos — argumentou Leon.

Martin estava procurando alguma coisa no celular.

— Posso fazer uma sugestão?

— Por favor — disse Leon. — O prazo está quase acabando.

Martin digitou algo no laptop que estava conectado ao monitor grande.

— Conheci uma pessoa na aula de ioga…

Ele não tinha comentado nada com Annie a respeito. Ela franziu o cenho enquanto o vídeo de um teste não muito bom rodava na tela. A pessoa, Melissa Judd, era um encanto, mas o desempenho era rígido, artificial, e a personalidade espalhafatosa demais.

— É esse o visual que estamos buscando — declarou o diretor de elenco.

— É? — perguntou Annie, mas ninguém estava prestando atenção.

— É ela — afirmou Leon. — Quer dizer, ela vai precisar de um treinamento sério, mas Annie pode ajudar com isso.

— Posso? — Annie olhou para a imagem congelada na tela da sala escura. — Você está brincando, né?

Martin sorriu e deu um tapinha no ombro dela.

— Annie Rush, conheça sua nova melhor amiga.

Desanimada, Annie voltou dirigindo para o apartamento em que estava morando. O programa dela tinha virado um trem desgovernado, e ela mal conseguia se manter de pé. As reuniões e sessões de planejamento intermináveis, que tinham sido tão emocionantes no começo, já a deixavam exausta.

— Sai dessa — murmurou para si mesma, já enfiando a chave na fechadura.

O apartamento era descrito como sendo "funcional", um eufemismo para um espaço monótono que já tinha visto dias melhores. Annie deixou as coisas de lado, serviu-se de uma taça de vinho e se acomodou para passar mais uma noite trabalhando. O computador era como um apêndice do corpo; ela passava mais tempo com o aparelho do que com pessoas de verdade.

É assim que é lançar um programa, lembrou a si mesma. Se fosse fácil, todo mundo teria um. Mas não era nada fácil. O tipo de programa com que Annie sonhava, um programa de culinária que celebrasse as ideias que lhe eram mais caras, exigiria muito trabalho duro.

Ela lembrou a si mesma que a produtora estava do seu lado. Eles também queriam um programa jovem e descolado sobre boa comida, bem preparada, usando ingredientes de origem local, com pratos acessíveis a qualquer espectador. Tinham até usado o título dela, *O ingrediente-chave,* e a contrataram como produtora.

Aquele deveria ser um momento de júbilo, o ápice de um sonho antigo. Ainda assim, quando checou a hora no relógio do computador e viu que era quase meia-noite, Annie foi dominada por uma onda de exaustão e frustração. Lágrimas arderam em seus olhos. De repente, ela estava chorando aos soluços... soluços grandes, compridos, feios, do tipo "Que droga estou fazendo?".

A vida estava acontecendo em uma velocidade vertiginosa ao redor. Parecia se desenrolar como as páginas de um flip-book de bonequinhos-palito animados. Mas, no fim de cada dia, ela se pegava sozinha naquela bosta de apartamento, debruçada sobre o computador, trabalhando, sem ninguém para conversar, a menos que quisesse falar da produção do programa. A praia ficava a apenas alguns quilômetros de distância, e Annie só estivera lá uma única vez para filmar um mercado de peixes em Venice. As pessoas jogando vôlei, andando de bicicleta e patinando pelo parque lhe pareceram estranhas.

Ela sentia saudade da avó. Sentia saudade de Fletcher. Ansiava por ele com uma intensidade que a fazia tremer. Os dois tinham sido tão próximos, tão íntimos, tão absurdamente felizes juntos. Como podiam ter só desistido do amor que sentiam um pelo outro e se separado?

Na época, parecera uma decisão madura e racional. Ela e Fletcher reconheceram que havia complicações demais para que conseguissem levar adiante um relacionamento. Que tipo de vida teriam, vivendo em lados opostos do país? Annie tinha achado que sua vida seria tão plena que ela nem perceberia o vazio irregular que no momento parecia ocupar o lugar de seu coração.

Fletcher estava cumprindo sua parte do acordo e não tinha telefonado nem mandado e-mails ou mensagens de texto. O rompimento havia sido cirúrgico.

Annie terminou a garrafa de vinho e olhou ao redor do apartamento insosso. Ouviu o barulho e o rangido do trânsito que nunca cessava. Ouviu o silêncio da própria solidão. Estar longe de Fletcher provocava um sofrimento emocional tão profundo que ela não conseguia comer nem dormir. Às vezes, achava que não conseguia nem respirar.

— Isso é absurdo — murmurou, falando a verdade em voz alta pela primeira vez desde que se mudara para lá. — O jeito que estou vivendo é absurdo.

Então, Annie se levantou de um pulo e entrou em ação. Vinte minutos depois, estava em um táxi, a caminho do aeroporto. Ela desabafou com o motorista, que mal falava o mesmo idioma.

— Tenho que fazer alguma coisa — afirmou Annie. — Tem mais um voo na madrugada para Boston que sai em uma hora. Tenho que fazer isso. Não quero duvidar de mim mesma, perder a coragem ou deixar que alguém me convença a desistir.

Ela estava viajando com pouca bagagem: documento de identidade, telefone, carteira. Houve um momento de hesitação:

— Talvez fosse melhor eu ligar para Fletcher — murmurou, os olhos fixos na janela, nas faixas âmbar projetadas na rodovia pelas lâmpadas a vapor de sódio. — Não. Ele só faria todas as objeções de sempre, e não quero ouvir nenhuma delas.

O táxi pegou a entrada para o aeroporto e deixou-a no terminal de embarque.

— O que a gente tinha… o que a gente *tem*… vale a pena salvar. Se eu tiver que contorcer minha vida toda como um pretzel para fazer dar certo, estou disposta.

Ela pagou a corrida e deixou também uma boa gorjeta.

— Boa sorte — desejou o motorista com um forte sotaque.

O clima úmido e tempestuoso cercou Annie quando ela saiu do táxi em frente ao Hastings Hall, a residência de estudantes a algumas quadras da Faculdade de Direito de Harvard. Só tinha conseguido cochilar no voo da madrugada, por isso não se importou com o golpe de ar frio que afastou o sono de vez.

Cambridge estava tranquila no início da manhã: alguns alunos de aparência séria, com fones de ouvido e leggings, corriam por ali, um grupo de estudantes levava o café para o alojamento. Annie entrou no prédio com eles e encontrou o número do apartamento de Fletcher anotado em uma caixa de correio.

Ela sentiu palpitações quando parou na frente da porta dele. Sabia que seu cabelo estava arrepiado por causa da umidade e que provavelmente tinha olheiras acentuadas, mas torcia para que ele não se importasse. Torcia para que Fletcher entendesse quando ela explicasse que não queria só namorar com ele. Queria uma vida com ele. Queria o felizes para sempre com ele.

Lá vamos nós, pensou Annie, e bateu com firmeza à porta.

Fletcher abriu, e ela entrou. Era um apartamento mobiliado simples, não muito diferente do dela em Los Angeles. Pequeno, com um leve cheiro de vapor do sabonete do banho.

A surpresa no rosto de Fletcher era algo mais do que surpresa. Era... choque? Preocupação?

— Annie. Nossa, eu não sabia que você estava vindo para cá. Aconteceu alguma coisa?

— Aconteceu, mas não do jeito que você está pensando. — Ela falou sem preâmbulos, porque não queria perder a coragem. — *Não.* Essa é minha resposta.

— Sua resposta. — Ele passou a mão pelo cabelo. Então olhou ao redor, como se procurasse uma saída de emergência. — Hum, para quê?

— Quando você me perguntou se o programa na Califórnia era o que eu queria, eu disse que sim. Só que eu estava errada. A resposta certa é não.

— Ah. Então não deu certo?

Ele esfregou a nuca.

— Pelo contrário, o programa parece estar indo muito bem. Mas esse é o ponto. É um trabalho, mas não é o meu sonho. Descobri que há uma diferença.

Annie segurou as mãos dele, e se deleitou com o calor familiar daqueles dedos. Era tão bom tocá-lo. O problema de viver sozinha era que, além de um aperto de mão social ocasional, você nunca tocava ninguém.

— Annie...

— Odeio o jeito que deixamos as coisas entre nós — falou ela, e deixou escapar um suspiro de alívio por enfim confessar aquilo. — Odeio não estar com você. Sinto sua falta a cada minuto de cada dia. Nada parece certo sem você.

— Annie, espere aí.

— Não, me deixe terminar. — Ela deu um passo na direção dele e encostou dois dedos em sua boca. Aqueles lábios macios em que não conseguia parar de pensar. As palavras saíram em um fluxo de emoção: — O que eu vim dizer é que cometi um erro quando deixei você. Sou apaixonada por você, Fletcher. Há muito tempo. Para sempre. Esse sentimento não vai passar e não consigo viver sem você. Está me ouvindo? Eu te amo. Eu te *amo*. Nada faz sentido sem você. Passei a noite toda dentro de um avião para dizer isso. E para perguntar: a gente pode descobrir um jeito de tocar a vida juntos? Por favor?

Annie estava vulnerável e cheia de esperança, um pouco assustada, mas também cheia de certeza.

Talvez ele não se sentisse da mesma forma, mas ela seria corajosa. Não permitiria que o medo ou o falso orgulho a impedissem de dizer o que estava em seu coração. Nada de se arrepender.

— Então é isso — continuou ela, sem desviar o olhar do dele. — Eu te amo, Fletcher. Não quero que isso acabe. Não quero que *a gente* acabe.

— Annie. Para de falar. Para. — Ele se afastou dela e esfregou a nuca de novo. — Ah, Senhor. É muito… Tem uma coisa que eu preciso contar.

A expressão rígida dele provocou um arrepio de apreensão em Annie. Ela estivera tão certa de que Fletcher a amava. De que queria construir uma vida com ela…

— O que foi?

— Eu não posso… Ainda sinto… — Ele parecia estar procurando as palavras certas. Então seu olhar endureceu. — A gente não pode ficar junto.

— Não, não fala assim. Tenho pensado nisso o tempo todo, e sei que vai ser complicado, mas sempre foi complicado com a gente, não é? Ainda assim, você não acha que vale a pena salvar o que temos? A gente poderia…

— Eu vou me casar com Celia Swank. — Ele disse o nome como se tivesse um gosto amargo.

Por alguns segundos, Annie não conseguiu processar a informação. "Vou me casar com Celia Swank." Parecia o começo de uma pegadinha ruim.

Ela ficou vários segundos em um silêncio atordoado. Em algum momento, se deu conta de que o chuveiro estava ligado desde que havia chegado. O som da água parou de repente. Então, Annie ouviu o rangido de uma porta, e Celia apareceu, enrolada em uma toalha.

— Ei, Fletch, você acha que a gente pode… — Celia estacou no lugar quando viu Annie. — Ah. Eu não sabia que a gente tinha companhia.

Annie recuou um passo, sentindo como se todo o sangue tivesse sido drenado de seu corpo. Então, deu mais um passo para trás. E outro. Uma sensação de profunda vergonha a invadiu em uma onda ardente.

— Uau — sussurrou, e passou os braços ao redor da cintura como se para se manter de pé. — Uau…

Celia estreitou os olhos.

— Vou me vestir. Vai demorar uns minutos. Deve ser tempo o suficiente para você dizer o que quer que tenha vindo dizer.

Ela deu as costas, voltou para o banheiro e fechou a porta.

Celia Swank. Celia? *Sério?* Annie sentiu uma pontada de ressentimento em relação à mulher. Então percebeu que o alvo do ressentimento era Fletcher.

— Quanto tempo você esperou depois que eu fui embora? — perguntou, furiosa. — Você começou a trepar com ela assim que eu fui para o aeroporto ou pelo menos esperou até o avião decolar?

— Annie, me desculpa. Eu…

— Desculpa? Desculpa? Por quê? Você deve estar eufórico. Conseguiu encontrar alguém que quis vir com você para Harvard. Bom para você, Fletcher.

Enquanto falava, Annie recuava em direção à porta, porque de repente precisava fugir dali. Ela tateou atrás do corpo para achar a maçaneta da porta, então voltou para o corredor e quase colidiu com um cara que vinha na direção oposta com uma bandeja de café quente.

— Olha por onde anda! — esbravejou o cara.

Fletcher parecia querer dizer mais alguma coisa. Annie percebeu que não importava o que mais ele pudesse dizer, que explicação pudesse dar. O fato era que Fletcher se casaria com Celia Swank. Fim da história. Era o fim da história *deles*.

— Tudo bem, então.

O mundo de repente parecia diferente para ela: estranho, inóspito, frio. Do jeito que pareceu quando o pai dela tinha ido embora. De nada tinha adiantado aquela viagem romântica e transcontinental para abrir o coração...

— Não há mais nada a ser dito, Fletcher. A não ser "boa sorte", eu acho.

— Espera, Annie, escuta...

— Para quê? — perguntou ela, arrasada pela humilhação. — Você já me disse tudo o que eu precisava saber. Adeus, Fletcher.

19

Agora

Annie acordou com a sensação estranha de estar sendo observada. Ela abriu um olho e depois o outro. O borrão ao lado da cama se transformou em um rosto gorducho e sério.

— Knox — disse ela, ao se dar conta de que o visitante era o sobrinho pequeno. A cabeça dele mal chegava ao nível da altura da cama. — Não ouvi você entrar.

— A mamãe disse que não é pra eu fazer barulho — revelou o menino.

— Ora. — Ela se apoiou em um cotovelo. — Você não fez barulho algum. — Ela chegou para o lado e deu uma palmadinha na cama, convidando-o a subir. — Vem.

Knox deu um sorrisinho e ergueu o corpo até subir na cama, ao lado dela.

— Dug também pode subir?

— Tudo bem.

O menino se inclinou pela lateral da cama e falou:

— Dug, sobe!

Em um piscar de olhos, o dachshund de pelo marrom brilhante saltou para a cama e cumprimentou os dois com golpes entusiasmados da cauda fina e longa. Annie sorriu e brincou com as orelhas sedosas do cachorro.

— Eu gosto de Dug. Ele é fofo e legal.

— É.

Knox encarou Annie. Seu rosto estava muito sério, a pele absurdamente macia, a expressão inquisitiva.

— Ei, você se lembra de mim? — perguntou ela. — Você era muito pequeninho da última vez que eu vim aqui. Ainda usava fraldas.

— Eu já sou crescido agora — declarou Knox, e mostrou a ela a cueca, estampada com algum super-herói que Annie não reconhecia.

— Você é mesmo. E é muita gentileza sua vir me ver de manhã.

Ela se sentou com a coluna reta e passou os braços ao redor dos joelhos dobrados. O quarto tinha as mesmas cortinas de renda penduradas nas mesmas duas janelas de empena como fora o caso durante toda a sua vida. As estantes de livros e o cantinho de estudo despertaram lembranças de romances que tinha lido, do esforço para fazer as tarefas de casa, de amigas indo dormir ali.

— Quando eu era pequena, este era meu quarto — contou Annie.

— Agora é o quarto de hóspedes.

— Eu sou uma hóspede ou moro aqui? — ponderou Annie em voz alta.

Knox ficou olhando para ela sem entender. Distraído, ele acariciava a cabeça do cachorro com a mão gordinha.

— Esse quarto tem um esconderijo secreto — revelou Annie. — Quer ver?

O menino confirmou com a cabeça, animado.

Ela jogou as pernas pela lateral da cama e colocou os pés no chão. Era um alívio não ter mais que pensar em cada movimento. As pernas enfim pareciam firmes quando ela foi até a estante embutida na parede.

— Aqui — falou Annie, soltando as travas escondidas.

A estante se abriu nas dobradiças na direção do quarto, revelando um espaço atrás, no momento coberto de teias de aranha e tufos de poeira.

Dug disparou lá para dentro, farejando, frenético. Uma aranha correu para se proteger.

— Aranhas são nojentas — murmurou Knox, pegando a mão de Annie.

O coração dela se aqueceu ao sentir a maciez úmida dos dedos do menino.

— Eu também acho, mas elas não querem fazer mal pra gente. — Annie encontrou uma lanterna na gaveta da mesa de cabeceira. — Segure isso pra mim, beleza?

Knox obedeceu com gosto e se agachou ao lado dela. Annie mostrou a ele um cubículo pequeno, em um canto, no qual havia escondido uma velha caixa de sapatos da marca Hush Puppies. Ela soprou a poeira e abriu a tampa.

— Está vendo? Tesouros.

Knox se apressou a inspecionar o conteúdo da caixa, uma coleção de bugigangas que tinham sobrado da infância da tia. Enquanto olhava para os objetos aleatórios, Annie se viu inundada por lembranças. Cada item estava ligado a um momento específico de que ela lembrava com perfeita nitidez. A coleção de "contas de honra", insígnias do Campfire, um grupo semelhante às escoteiras, estava guardada em uma velha bolsinha azul que já comportara uísque Crown Royal, e despertou lembranças das reuniões do clube que ela frequentava com as amigas depois da escola. As etiquetas de metal usadas para a identificação de bichinho de estimação, um leal labrador chamado Bunky, provocaram uma pontada de afeto doce e triste ao mesmo tempo. Annie e o sobrinho vasculharam a caixa, analisando os prêmios ganhos em parques de diversão, chaveiros, um anel de humor, um CD da Mariah Carey, um bilhete apaixonado de um garoto da turma dela do sexto ano. Havia uma caixa de fósforos e um pacote de papéis de seda para fumo pela metade. Annie folheou um pacote de fotos e sentiu uma pontada de nostalgia.

— Eu era assim quando tinha mais ou menos sua idade — falou e mostrou a Knox uma foto dela aos 3 ou 4 anos na manhã de Natal, abraçando a boneca nova e o cachorro velho.

Havia uma foto de Annie dirigindo o trator quando era tão pequena que precisava ficar de pé para alcançar os pedais. Outra mostrava ela e a avó usando aventais idênticos, preparando alguma delícia na cozinha. A mais recente, provavelmente tirada pouco antes de ganharem uma câmera digital, era uma foto de Annie com Fletcher Wyndham na noite do baile da escola. Águas passadas.

— Olha só pra gente — disse ela a Knox, e se lembrou de como tinha achado Fletcher bonito e "adulto" naquele dia.

O smoking alugado dele não tinha o caimento perfeito e exalava um leve odor de benzina e naftalina, mas Fletcher aparecera para buscá-la com um *corsage*, aquele buquê de pulso, e os olhos cheios de amor, e os dois tinham dançado a noite toda. A jovem sorridente na foto não tinha ideia do que o futuro lhe reservava.

— A gente era tão feliz. Tão sem noção.

O sobrinho assentiu, solene, mas logo se viu atraído por um conjunto de colares de contas de Mardi Gras, uma festa de Carnaval. Houvera um fluxo de seiva precoce em um ano, e o pai de Annie havia comemorado organizando um Mardi Gras para todos os trabalhadores e amigos.

— Eu tô com fome — anunciou Knox, passando o colar de contas pela cabeça.

— Eu também. Vamos lá preparar o café da manhã.

O menino voltou a dar a mão a ela e os dois desceram juntos para a cozinha, com Dug logo atrás. Enquanto segurava os dedinhos do sobrinho, Annie chegou à conclusão de que havia mais poder de cura no toque de uma criança do que em todas as horas de terapia que havia feito. Knox tinha a mente e o coração abertos. Ele não julgava, apenas observava e dizia o que passava pela cabeça no momento em que o pensamento lhe ocorria.

Eles foram os primeiros a acordar. A luz do sol nascente inundava a sala, dando às bancadas e utensílios um brilho dourado. Annie sempre amara a cozinha pela manhã, antes que qualquer coisa fosse tocada. Os utensílios de cobre cintilavam nas bancadas de aço inoxidável. Os copos e assadeiras estavam alinhados nos armários. A mesa vazia parecia estar só esperando por ela. Annie parou para absorver tudo aquilo, com os sentidos se enchendo não apenas de lembranças, mas também da sensação de possibilidade. A náusea diária de medo se foi, do nada.

Ela tocou o ombro do sobrinho.

— Qual é a melhor coisa para se comer no café da manhã?

— Bolinhos de mirtilo — respondeu Knox sem hesitar.

— Acho que a gente consegue fazer isso.

Annie acendeu o forno a gás.

A maior parte dos ingredientes e utensílios estava guardada nos mesmos lugares de sempre. A grande despensa ainda tinha o cheiro seco de farinha e temperos. A forma de bolinhos de ferro Griswold, a favorita da avó, estava na gaveta de utensílios para pães e bolos. A avó se recusara a usar uma peça de ferro fundido que não fosse da Griswold, o que era um desafio, uma vez que a linha havia sido descontinuada décadas antes.

Annie colocou o sobrinho sentado em uma banqueta diante da bancada, e eles começaram os trabalhos. Ela foi recitando a receita para o garotinho enquanto juntava os ingredientes: ovos e leitelho, um pouco de manteiga derretida e os ingredientes secos, as frutas vermelhas congeladas.

— Pareço minha avó falando comigo — disse ela baixinho. Então, sorriu para Knox. — Ela foi minha avó e minha melhor amiga, a vida toda. Você tem um melhor amigo ou amiga?

O menino indicou com a cabeça Dug, que estava sentado por perto, ansioso por um petisco.

— Que legal. Dug é um ótimo amigo para se ter. Vamos ver se ele gosta de mirtilo.

Ela jogou a fruta para o cachorro, que a cheirou com certa desconfiança. Então engoliu de uma vez só.

Annie voltou a preparar os bolinhos, a mente se concentrando na tarefa. O trabalho foi restaurador e deixou-a com a sensação de que estava se recuperando. Knox ajudou com prazer a mexer a massa e encher as formas, e ela deixou que o sobrinho roubasse mais alguns mirtilos. Enquanto os bolinhos assavam, Annie fez café e colocou o leite, o açúcar, a manteiga e a geleia na mesa. Enquanto o cheiro dos bolinhos assando enchia a cozinha, Knox botou as mãos meladas no rosto da tia.

— Por que você tá chorando? — perguntou, os olhinhos arregalados de preocupação. — Sua cabeça tá doendo de novo?

Annie pegou as mãos dele, deu um beijo em cada uma e esboçou um sorriso.

— Não estou sentindo dor. É o oposto disso. Você me deixou muito feliz agora de manhã. Estar nesta cozinha me deixa feliz. Pegamos os ingredientes que tínhamos, preparamos alguma coisa e vai ficar uma delícia.

— Quando?

Ela indicou o cronômetro.

— Assim que você ouvir o *pi*.

O aroma de café e dos bolinhos atraiu o restante dos moradores da casa para a mesa. Annie secou as lágrimas, mas elas quase voltaram a correr quando viu a família se reunindo ao redor bancada da cozinha. Ver a mãe servindo o café, Beth arrumando a bolsa para ir ao trabalho, as outras três crianças comendo, Kyle lendo alguma revista agrícola aqueceu seu coração. Estava em casa com a família. Uma deliciosa sensação de harmonia a envolveu, como se tudo estivesse certo no mundo.

As crianças mais velhas distribuíram abraços e subiram pela entrada de carros íngreme até o ponto em que parava o ônibus escolar, e Beth foi para a escola dela. Knox declarou que construiria um forte para os trolls e se pôs ao trabalho embaixo da mesa da sala de jantar com uma caixa de papelão e algumas peças de blocos de construção. Annie, Kyle e a mãe se demoraram tomando uma segunda xícara de café diante da mesa da cozinha.

— O que você está lendo? — perguntou Annie ao irmão.

Ele levantou a publicação.

— *Guia de seleção de cannabis*? Então você realmente está pensando em cultivar maconha.

— Isso mesmo — respondeu Kyle. — Vou plantar um acre na encosta sul, onde tem uma boa incidência de sol.

— Sério? O plantio foi legalizado nesse estado enquanto eu dormia? — perguntou Annie.

A mãe balançou a cabeça.

— Não, e já cansei de repetir pra ele que é perda de tempo. Se você empregasse toda essa dedicação e energia na floresta de bordo, talvez conseguíssemos reverter a situação.

— Estou preparando o terreno — explicou Kyle. — O legislativo vai aprovar a legalização para uso recreativo. Já existe um projeto de lei na mão deles. E, quando isso acontecer, vou estar pronto. Dá pra fazer uma fortuna com isso, e tenho quatro filhos para alimentar e educar.

— Maneiro — disse Annie.

Ela se lembrava de fumar maconha. Tinha ficado tão chapada nas vezes que tentou, que logo chegara à conclusão de que aquilo não era para ela. Só tinha servido para deixá-la confusa e preguiçosa.

— Beth também comprou a ideia?

— Estamos... conversando.

— Ah. — A mãe fez uma careta. — Imagino que poderia ser problemático se a diretora de uma escola para adolescentes rebeldes começasse a cultivar maconha.

— Não depois que for legalizado — argumentou Kyle. — Ela vai mudar de ideia.

— E se não mudar? — perguntou a mãe, dando um gole no café.

Kyle voltou a ler.

Antes do divórcio dos pais, Annie se lembrava de conversas tensas entre eles, em voz baixa... como se achassem que, daquele jeito, ela não conseguiria ouvir. O impasse entre o pai, que queria ir para os trópicos em uma aventura, e a mãe, que desejava permanecer na fazenda, nunca fora resolvido. O anseio dele por algo diferente era como água nas rachaduras de pedra sólida, congelando e, enfim, destroçando tudo.

— Metade de todos os casamentos termina em divórcio — lembrou Annie, olhando para o irmão por cima dos papéis que ele estava lendo. — Então, estatisticamente, meu divórcio é bom para você e Beth, certo?

— Beth e eu estamos bem — afirmou Kyle e se levantou da mesa.

Ele lavou a louça do café da manhã e foi trabalhar. Cortaria madeira naquele dia e levaria alguns bordos usados para um moinho em Greensboro para serem descascados, moídos e curados para virar lenha. O casco seria usado para cobrir o jardim e o pomar.

Annie sentiu uma onda de afeto pelo irmão mais velho. Ele era dedicado à família. Nunca parecia estar buscando outra coisa além da vida que tinha, como um acampamento de surfe nos trópicos... ou uma carreira na TV em Los Angeles. Annie invejava a nitidez que Kyle tinha sobre o que queria.

No entanto, graças às planilhas financeiras que a mãe havia lhe mostrado, Annie estava preocupada com a propriedade da família.

E se tivesse que ser vendida? E se uma construtora, ou uma grande empresa de produção de açúcar de bordo, comprasse o lugar?

Depois que Kyle saiu para o trabalho, a mãe conferiu algumas correspondências, e fez uma careta quando mostrou a Annie um anúncio de uma iniciativa para aposentados, que promovia uma vida sem esforço para idosos.

— Como entrei nessa lista de clientes? Ah, lógico. Estou velha. Quando isso aconteceu? Quando fiquei velha e esqueci de ter uma vida?

— Não diga que é velha, mãe. Você não é. Está fantástica. E olhe a casa. Você tem uma vida, *sim*.

A cozinha e o cantinho do café da manhã estavam cheios de fotos de família, lembranças e objetos de oito gerações dos Rush. As paredes eram de um azul gelo, decoradas com quadros originais da mãe em molduras que combinavam com os vitrais da janela de sacada.

— É — concordou a mãe. — É verdade. Lógico que sim. Mas é a vida que eu quero? Não faço ideia.

— Agora você está se lamuriando. Vá pintar alguma coisa. Você sempre fica feliz quando está pintando. Eu tomo conta de Knox.

— Depois, talvez. Preciso te mostrar uma coisa. Duas coisas, na verdade, e sei que você vai querer fazer perguntas a respeito.

— Tudo bem.

Annie ficou curiosa enquanto seguia a mãe até a sala de estar. Elas ligaram a TV no programa *Vila Sésamo* para Knox e se sentaram juntas no sofá. A mãe lhe entregou um álbum de fotos grosso, com capa de marfim, e nosso casamento gravado em letras douradas na capa.

— Só se você estiver pronta — disse Caroline com gentileza.

— Fiz bolinhos de mirtilo hoje. Estou pronta para qualquer coisa.

Só que as mãos de Annie estavam frias quando ela colocou o álbum no colo. O nome do fotógrafo estava impresso na capa interna abaixo de Annie + Martin.

Ela começou a virar as páginas devagar, tensa ao ver as expressões animadas das pessoas nas fotos, reunidas na praia em um pôr do sol de setembro.

— Estávamos todos tão felizes por você naquele dia — comentou a mãe.

— Tudo parecia perfeito, né?

Annie e Martin tinham planejado a cerimônia na praia juntos, e o foco havia sido boa comida, música ao vivo e dança o tempo todo. O churrasco foi oferecido pela família de Martin. Embora os moradores de Vermont e os texanos tivessem pouco em comum, criaram uma conexão por causa dos sanduíches de carne de porco desfiada, de um bolo de chocolate conhecido como *Texas sheet cake* e de vinho do vale de Santa Ynez. Annie analisou uma montagem de fotos dos Rush e dos Harlow.

— Até nossas famílias se deram muito bem, pelo que posso ver.

— Nos demos mesmo. Os Harlow pareciam pessoas fantásticas, e logo vi que adoravam você. A mãe de Martin comentou comigo como estava animada com o programa e grata por tudo ter começado com você.

Annie olhou para uma foto de grupo em que estavam ela, Martin, os pais e os irmãos dele. Era como olhar para a foto de uma desconhecida. Uma desconhecida usando um vestido e um sorriso lindos.

Ela não se lembrava do que se passara por sua cabeça naquele momento. Mal conseguia ver o anel de diamante, de extração ética, em seu dedo: um solitário com corte princesa em ouro rosé. Martin tinha vendido a moto dele para comprar o anel.

Ela o amara? Sim, amara.

Do jeito que tinha amado Fletcher? Não chegara nem perto. Era como a diferença entre um fósforo e uma pira de fogo.

Só que Annie não soubera disso na época. Ela e Martin tiveram uma parceria dinâmica e animada. Tinham total afinidade. Trabalhavam como uma equipe, desafiavam um ao outro, conversavam sobre planos para o futuro, faziam um ao outro rir, compartilhavam deliciosos orgasmos com frequência. Era amor. Um tipo de amor. No momento Annie se dava conta de que não fora o bastante. Ela não o amara o *bastante*.

Onde estava o anel?, ponderou Annie. E acabou encontrando-o no saco de "pertences da paciente". O que ela deveria fazer com ele? Penhorar?

Annie se demorou em uma foto de Melissa usando um vestido Céline, o braço delgado erguendo um copo de água com gás enquanto fazia um brinde. Annie ainda lembrava da música e das risadas naquele dia. As duas foram amigas, ela e Melissa. Annie tinha dado à mulher um papel no programa. Lembrava de Melissa perguntando se aquele era o dia mais feliz da vida dela. E no momento não lembrava de qual resposta dera à ela.

— Bem — murmurou, fechando o álbum com um baque. — Não sei o que fazer com isso. Quer dizer, o que se faz com fotos de pessoas que já não fazem mais parte da nossa vida?

A mãe hesitou.

— Você não precisa decidir agora. Aqui tem outra coisa. — Ela entregou a Annie outro livro grosso, encadernado em couro. — Sempre tive a intenção de organizar tudo em um álbum de recortes. Achei que poderia lhe dar de presente um dia, mas… — Ela hesitou de novo. — Acabei não terminando.

Annie olhou para a capa.

— "Minha carreira brilhante." Acho que agora acabou, né?

Caroline deu um empurrão brincalhão nela.

— Pare com isso. Esse é um novo capítulo, e vai ser ainda mais brilhante. Na verdade, é assim que vou chamar a próxima parte: "Minha carreira ainda mais brilhante".

— Ah, sim…

— Sempre tive muito orgulho das suas conquistas, Annie. Você é brilhante, *sim*, fez tanto em tão pouco tempo…

Annie ficou comovida.

— Bem, então… Sinto o mesmo em relação à sua carreira. E acho que nunca disse isso, mas deveria ter dito.

— O quê? Minha carreira? Eu não tenho carreira.

— Você tem coisa melhor. Sua família e sua arte. Quando me mostrou as pinturas abstratas, quase caí para trás. Amo ver como você é talentosa, e vou encher sua paciência até fazer alguma coisa com a arte além de guardar tudo no ateliê.

— Fazer alguma coisa… — repetiu a mãe. — Como o quê?

— Me diga você. Organize uma exposição. Continue os estudos. Dê mais propósito à arte.

— Isso é muito improvável.

— Tanto quanto eu produzir um programa de TV logo depois de terminar a faculdade?

A mãe abriu a boca para responder, então deu uma risadinha.

— Quando você ficou tão esperta? Foi o golpe na cabeça?

— Talvez. — Annie abriu o álbum, que parecia estar cheio de fotos e recortes de notícias dela desde os primeiros anos de vida. — Uau. Não acredito que você fez isso.

— Ainda não está finalizado. Sempre quis decorar as páginas, ou alguma coisa assim, mas nunca consegui. Ai, meu Deus, olhe como você era fofa.

Havia fotos de Annie na cozinha, às vezes com a avó, às vezes sozinha. Ela sempre parecia muito séria ao cozinhar. As fotos mostravam que aquilo nunca tinha sido uma brincadeira. Era uma vocação. Uma paixão.

A julgar pela profunda satisfação que sentira preparando os bolinhos naquela manhã, ainda era.

Havia recortes de jornal mencionando o desempenho de Annie na natação do ensino médio, as menções honrosas na lista de mérito acadêmico na faculdade e reportagens sobre o Glow, o restaurante em que ela havia trabalhado. Após os anos da faculdade, a coleção se ampliara e passara a incluir reportagens de revistas importantes de circulação nacional: *Variety, Entertainment Weekly, Food & Wine, Good Housekeeping, People.*

As manchetes anunciavam a popularidade crescente do programa de Annie: "Upstart Network divulga programação de outono". "Atlantis Productions lança programa de culinária inovador." "O astro em ascensão Martin Harlow leva a culinária para as ruas." "*O ingrediente-chave* é a chave para o sucesso do programa de culinária." "*O ingrediente-chave* ganha o terceiro Emmy consecutivo."

— Ganhei um Emmy por edição de câmera única — comentou Annie. — Meu Deus, isso foi incrível.

— Eu sei. Aqui, todos nós vestimos roupas dignas de tapete vermelho e assistimos à transmissão pela internet — contou a mãe.

Annie analisou a foto que ilustrava a matéria, em que aparecia segurando o troféu, e se lembrou de como aquele momento tinha sido importante para ela. Estava com um sorriso vitorioso no rosto e um vestido que tinha lhe custado mais do que ela havia investido no primeiro filme. Como era um prêmio técnico, a transmissão acontecia somente on-line. Todas as grandes publicações de culinária cobriram o evento.

— Eu comecei a chorar quando seu nome foi anunciado — revelou a mãe. — Que momento! E tudo começou com o projeto de conclusão de curso na faculdade.

— Eu jamais poderia ter previsto o impacto que um único vídeo teria.

— Ninguém poderia. Mas eu sempre soube que você conseguiria, Annie. Tanto talento...

Annie encontrou uma reportagem a respeito de um dia que ela se lembrava bem.

— Essa foi a primeira entrevista que dei com Martin. Para o *TV Guide*, em 2007.

A fotografia mostrava os dois sorrindo um para o outro e brindando com taças de champanhe. As taças eram da Lalique, a principal patrocinadora do site do programa.

— Olhe como a gente estava feliz — murmurou Annie.

Ela e Martin tinham acabado de ficar noivos e estavam empolgadíssimos com a estreia do programa. O episódio do xarope de bordo, que Annie tivera certeza de que seria um desastre que provocaria o cancelamento do programa, fora um sucesso de audiência. O fato de terem emplacado aquela entrevista só tinha aumentado a sensação de que estavam no caminho certo.

A entrevista começou com a história já muito repetida do "encontro fofo" dos dois: uma estudante de cinema entusiasmada e um chef sem dinheiro, mas talentoso, unindo ambos os talentos para criar um novo tipo de programa. As perguntas do entrevistador não eram bem contundentes, mas Annie se lembrava de um momento que a surpreendera. O jornalista tinha perguntado a Martin como ele havia criado o título do programa: *O ingrediente-chave.*

"O nome surgiu de forma orgânica a partir do conteúdo." Fora a resposta dele, sem hesitação, e assim fora impressa ali em preto e branco.

"Cada prato tem um determinado ingrediente-chave que o define ou o eleva. A história se concentra nisso."

Annie se lembrava de ter ficado surpresa ao extremo com a resposta. Ela não o contradissera durante a entrevista. Depois, tinha ficado mais perplexa do que magoada. Não tinha ideia de por que Martin não havia dito a verdade. Quando ficaram sozinhos, ela perguntou:

"Por que você não me deu crédito por ter criado o nome *O ingrediente--chave*?"

"Nós criamos juntos", respondera Martin, acenando com a mão em descontração. "É assim que eu me lembro."

Annie tinha deixado passar. No turbilhão do sucesso do programa, aquele lhe pareceu um mero detalhe. Talvez ela devesse ter chamado a atenção dele. Com o passar do tempo, alguns detalhes ainda menores surgiram: Martin se apropriava de uma variação de uma ideia, de uma frase de efeito, e toda vez ela deixava passar em vez de fazer um alarde a respeito. *Afinal*, racionalizava, *os dois eram uma equipe*. A função deles era trabalhar juntos.

À luz do que acabara descobrindo depois, Annie se perguntava se a manipulação de Martin tinha sido proposital. Será que a intenção dele sempre tinha sido eclipsá-la, para se posicionar como a força motriz por trás do programa?

— Ele tirou coisas de mim — contou Annie à mãe no momento. — Pequenos pedaços, aqui e ali. Ideias. Inspiração. Crédito. Nada gritante, nada de que eu pudesse acusá-lo de verdade. Ele só se serviu das minhas ideias. E eu deixei.

— Vocês eram um casal — argumentou Caroline. — Pareciam felizes.

— Eu era. Mas... — Ela sentiu um desconforto que não conseguiu compreender direito e virou a página depressa: DUPLA CULINÁRIA FAZ SUCESSO. A matéria se concentrava no relacionamento entre Martin e a coapresentadora, Melissa. Annie prosseguiu, baixinho: — Eu queria apresentar o programa com ele, mas fui rejeitada.

— Sempre achei que essa tinha sido uma péssima decisão.

— E eu sempre achei que a decisão tinha sido de Leon e que eu tinha que acatar, porque ele era o produtor-executivo. Agora me pergunto se não foi Martin que plantou a semente.

Annie se lembrou dos muitos testes que haviam criado juntos. Ela e Martin tinham ritmo, e, por certo, entrosamento o bastante para conseguir sinal verde para um episódio piloto. Ambos eram bem informados e perspicazes. Será que Martin havia tido medo de competir com ela?

— O que eles alegaram pra não escolher você? — perguntou a mãe. — Que você era "étnica demais"? Alternativa demais?

— Alguma coisa assim.

— Deveriam ter mantido você na frente das câmeras. Em vez disso, escolheram aquela garota sem graça de que ninguém consegue lembrar. Ela não era ruim, mas não era ótima.

— Foi Martin que descobriu Melissa. Sozinho. Eu já contei isso?

— Como assim "descobriu"?

— Os dois se conheceram em uma aula de ioga. O diretor de elenco gostou do visual, mas não a achou boa de cara. Ela era só mais uma garota estridente e falante de um programa de compras noturno, mas Martin a defendeu horrores.

De súbito, Annie sentiu calafrios. E teve uma recordação rápida e indelével de Martin e Melissa, nus no trailer dele. Aquela não era uma lembrança imaginada. Era tão real quanto os álbuns de fotos pesados na frente dela.

— O que foi? — perguntou a mãe, preocupada com a expressão no rosto de Annie.

— Martin e Melissa. Eles estavam tendo um caso.

— Ah, Annie. Não.

Annie estremeceu quando uma névoa escura tomou conta de sua mente. Uma onda de dor a dominou, e ela teve uma sensação nauseante de choque e raiva.

— Foi… Ah Deus, mãe. Eu vi os dois juntos.

— Eu não sabia — respondeu a mãe, parecendo ainda mais preocupada. — Ah, meu bem, sinto muito. Deve ter sido horrível.

— Peguei os dois no trailer de Martin — contou Annie, com a lembrança se desenrolando na mente como um filme de mau gosto. — Então eu saí. E foi quando o céu desabou.

— Você está falando do acidente.

— É a última lembrança antes do enorme cochilo que eu tirei.

Caroline pegou a coleção de recortes de notícias que estava no colo dela.

— Vamos guardar isso por enquanto.

Annie percebeu algo furtivo no comportamento dela.

— O que foi? Acho que depois do que acabei de descobrir, consigo lidar com seja lá o que for.

A mãe suspirou, pegou um exemplar da *People* e entregou a ela.

— Isso foi publicado depois do acidente. Eu guardei porque você está tão linda nas fotos, e é nítido que a jornalista ficou impressionada com você. Então, aconteceu o acidente, e ela fez um adendo à entrevista com Martin, de agora em diante conhecido como aquele canalha dissimulado.

— Do que trata o adendo?

— O canalha dá a justificativa dele para se divorciar de você.

— Porque Martin sem dúvida teria uma justificativa para mandar a esposa em coma para Vermont e se divorciar dela — concluiu Annie, mais cética do que ofendida. — Deixe-me ver isso.

Martin sempre tinha sido um mestre da manipulação, e quando trabalhou com um coach de mídia, um cara que chamava a si mesmo, a sério, de "Jim, o Excepcional", aquele talento tinha sido aprimorado ao nível de uma obra de arte. A continuação do artigo de CJ era intitulada "No rescaldo da tragédia, um adeus lancinante". Martin foi retratado como um jovem marido no auge da vida, que teria perdido a esposa e o próprio futuro de forma cruel a menos que se forçasse a seguir em frente. Ele declarou que havia solicitado a um juiz para nomear um tutor ad litem para Annie e que pedir o divórcio fora a coisa mais difícil que já havia feito, mas não poderia viver no limbo de um homem cuja esposa se fora "basicamente em todos os sentidos". Havia explicado: "Ela ainda é tão linda, mas não é mais minha Annie. Preciso deixar que se vá e que vá em paz".

— Ah, pobre homem — murmurou Annie com ironia.

— Desgraçado imundo — bradou a mãe. — Mas não lamento que ele tenha lhe trazido para casa. Era horrível pensar em você presa lá em Los Angeles. Se Martin não tivesse se oferecido, eu teria insistido. Foi sorte ele mesmo ter desejado fazer isso.

— Me trazer? Você quer dizer que ele veio até aqui? A Vermont?

A mãe confirmou com a cabeça.

— Eu abracei o canalha, e nós choramos juntos. Acreditei mesmo que ele estava tão desolado quanto eu.

Annie assentiu e se levantou, segurando o encosto do sofá para se firmar. A manhã que passara com CJ voltou à mente em imagens incisivas. Ela sentiu uma dor física tão forte no peito, que levou a mão à altura do esterno e se perguntou se era aquilo que se sentia em um ataque cardíaco.

— Vamos dar uma olhada em Knox — sugeriu, porque precisava de uma distração.

O menino estava em um sono profundo na frente da TV, que no momento exibia um programa de arte na emissora pública, uma reprise do cara com cabelo frisado pintando pequenas árvores felizes. Annie desligou a TV e cobriu o sobrinho com uma manta. O rostinho doce estava relaxado, a expressão, suave, os lábios rosados, franzidos. Ele se ajeitou e colocou o punho embaixo do rosto. Enquanto o observava, Annie sentiu uma nova onda de emoção. Ele era tão lindo. Tão inocente.

— Eu amo esse menino — disse Caroline, passando os dedos pela testa do neto. — Amo todos eles, mas Knox é especial para mim, acho que porque passamos muito tempo sozinhos juntos. Seu irmão pode ter algumas ideias meio tortas, mas faz bebês bonitos, não é?

Annie concordou com a cabeça. Ela se abaixou para pegar os trolls e os outros brinquedos espalhados ao redor do caminhãozinho de Knox. Então, encontrou uma chave antiga presa a um chaveiro de Doçuras Sugar, aquele em forma de folha de bordo. Apertou o chaveiro na mão, as bordas da folha de bordo machucando a pele.

Um arrepio gelado percorreu seu corpo, e ela ficou de pé, olhando para o chaveiro. Então, foi inundada por uma avalanche de imagens e sons confusos. O cheiro de lírios. "Entrega para Annie Rush."

— Meu Deus — sussurrou. Então deixou a chave cair no chão e pressionou as mãos na barriga. — Meu Deus.

— O que foi?

— Eu estava grávida.

— O quê? Não.

A mãe a encarou, horrorizada.

A manhã inteira voltou à mente de Annie: a briga sobre a búfala. Uma entrega de flores. A revista *People*. Duas linhas cor-de-rosa. *Estou grávida.*

Ela se afastou de Knox em movimentos lentos e cuidadosos e afundou o corpo em um sofá pequeno, do outro lado da sala. Caroline se sentou ao lado dela e a abraçou. Annie contou a história em frases entrecortadas.

— Você sabia? — perguntou ela.

— Não. Meu Deus, não. — A voz da mãe saiu trêmula de emoção.

Annie enfim tinha todas as peças do quebra-cabeça no lugar e podia ver os acontecimentos daquele dia passando pela mente como quadros de um filme. Ela reviveu a alegria que sentiu no momento em que o teste de gravidez deu positivo. Como se tivesse acontecido no dia anterior, lembrou da esperança crescente enquanto seguia de carro para o estúdio para dar a notícia a Martin, já idealizando o bebê, com uma sensação de alegria tão grande que quase explodia do peito.

A alegria tinha sido destruída tão depressa. O trailer escuro, os rostos chocados de duas pessoas em quem ela confiara. A saída apressada e cambaleante. Martin indo atrás dela, chamando seu nome, uma figura ridícula de botas de caubói de cano alto e cueca boxer. Aquela era a última imagem na mente de Annie antes de ela ouvir um som metálico e sentir o sopro de ar. Não se lembrava de sentir medo, apenas um resquício de choque e horror pelo que tinha visto no trailer.

Então não havia mais nada. Escuridão total. Um ano inteiro perdido, um ano inteiro de nada, até o "Abra os olhos".

Ela e a mãe analisaram os relatórios e formulários do processo de sinistro que haviam sido apresentados sobre o incidente. Após o colapso, todos que estavam por perto se aproximaram correndo. Quando a ambulância chegou, vários operários, com Martin, já tinham a retirado de debaixo do equipamento. Annie fora levada às pressas para uma unidade de trauma de alta complexidade.

— Aqui — disse Annie, os olhos fixos em um formulário hospitalar muito detalhado. — Tem um código numérico, mas quando a gente olha as letras miúdas na parte de baixo…

Ela mostrou o formulário para a mãe. "Perda dos produtos da concepção do útero antes que o feto fosse viável."

Annie se perguntou o que havia passado pela mente de Martin quando ele descobrira que ela estava grávida. Culpa? Tristeza? Alívio?

— Que horror. — A mãe a abraçou. — Sinto muito por não ter visto isso antes. Tinha tanta coisa para assimilar… Quando Martin ligou e nos pediu pra ir para lá, os médicos disseram que era pra gente se despedir de você.

Annie estremeceu, imaginando o sofrimento da família enquanto a equipe de transplante de órgãos pairava ao redor como urubus em cima de carniça fresca. Então, as tomografias cerebrais ofereceram um vislumbre de esperança. Ela havia desafiado o prognóstico e não morrera. E também não acordara.

— É tão estranho me imaginar deitada ali, com a vida acontecendo ao redor, decisões sendo tomadas, meu futuro sendo planejado, e eu só alheia a tudo.

— Você não está alheia agora.

— Agora eu tô com fome. — Knox esfregou os olhos e bocejou. Então, subiu no colo de Annie e se aconchegou como um pássaro no ninho. — Pode ir lá fazer alguma coisa?

— Ah, rapazinho — murmurou Annie junto ao cabelo cheiroso do menino. — Eu posso fazer qualquer coisa.

20

Annie entrou em um frenesi de cozinhar e de preparar pães e doces. Ela fez macarrão com ovos frescos do galinheiro e preparou uma lasanha sublime com molho bechamel cremoso. Também assou pão com raminhos de alecrim e uma camada de sal por cima. Do forno saiu ainda uma *tarte tatin* com a crosta âmbar bem dourada. Fez saladas salpicadas com flores de aspérula doce e capuchinha, e bebidas adoçadas com caldas caseiras simples, aromatizadas com extratos de frutas vermelhas. Em adição, preparou um cordial de morango e ruibarbo para agradar à mãe.

Estava quase obcecada na busca pelo scone perfeito, ou pelo molho holandês mais aveludado, ou ainda pelo bolo chiffon mais leve. Quando se concentrava na arte e no ofício da culinária, Annie se sentia segura e no controle. A cozinha era o único lugar em que era ela mesma.

A cada prato que criava, recuperava partes da própria identidade, das lembranças e sonhos. Em certos momentos quase conseguia sentir a avó segurando sua mão, pressionando-a na massa macia e dobrando-a com delicadeza até formar um pão suave e claro. "Não deixe que as coisas que você tem que fazer roubem o lugar das coisas que você ama fazer", dizia a avó.

Annie não *tinha* que fazer nada. Ela estava no limbo. Contudo, amava a cozinha. Parecia o único lugar que a mantinha protegida dos pesadelos. E restava a ela sovar um pão ou mexer um risoto enquanto contabilizava as perdas: o casamento e a confiança em um homem que amava. A carreira e o programa que havia criado: *O ingrediente-chave*. E, pior de tudo, a tão sonhada e desejada possibilidade de ter um filho.

Eu não cheguei nem a ter a oportunidade de te amar, falou em silêncio para o bebê que havia perdido.

Para evitar ser tragada pela fúria e pela tristeza, Annie preenchia os dias cozinhando. Agradecida, a família consumia todos os quitutes, embora ela percebesse que eles estavam preocupados. E não os culpava. Porém, trabalhar na cozinha era a única maneira de se lembrar de quem era. Enquanto preparava couve-flor com açafrão, Annie enfim entendeu a escolha que precisava fazer. Poderia deixar aquela coisa destruí-la ou poderia se recuperar. Não havia meio-termo.

Annie terminou a preparação do prato com uma pitada de salsa e mandou uma mensagem de texto: "A gente pode conversar?".

— Ele é lindo.

Fletcher se virou para a pessoa que falara atrás dele. Estivera esperando por Annie desde que ela lhe enviara uma mensagem de texto dizendo: "A gente pode conversar?", mas não estivera preparado para o breve lampejo de pura felicidade que sentiu ao vê-la.

Annie abriu mais o sorriso enquanto acompanhava o progresso de Teddy. O garoto estava balançando de mão em mão nas barras do parquinho da cidade, perto do tribunal. Ele subiu até o alto do forte de madeira, acenou para algumas crianças e desceu para se juntar a elas.

— Seu filho é realmente lindo — elogiou Annie. — Aposto que você ouve muito isso.

— Um pouco.

O filho tinha cabelo loiro e olhos azuis como a mãe. As pessoas diziam que ele se parecia com o pai, mas Fletcher não via aquilo. Teddy era ágil e atlético, e amava qualquer coisa que envolvesse correr e escalar.

Annie estava bonita. Muito bonita. O cabelo curto e cacheado era tão brilhante quanto o sorriso. Ela usava um short e uma blusa de algodão sem mangas. O tênis de lona surrado a fazia parecer jovem ao extremo, não muito diferente da garota que ele tinha conhecido no ensino médio. Ela tinha engordado um pouco e não parecia mais a mulher pálida e de aparência doentia que ele havia visitado na clínica de reabilitação. Aquela era a Annie de que se lembrava, a Annie cujas curvas ele já havia mapeado com as mãos, a boca e o corpo.

— Obrigada por aceitar me encontrar — disse Annie. — Sei que você deve estar ocupado.

— Nunca estou ocupado demais para você. Eu costumo tentar coordenar um recesso do tribunal para poder passar alguns minutos com meu filho.

— Você também deve ser um advogado incrível para ser nomeado juiz ainda tão jovem.

— Esse sou eu. Incrível — respondeu Fletcher com um toque de ironia. — Como você está?

— Cozinhando. Cozinhando e fazendo pães e doces, é assim que estou.

— Certo. E isso é uma coisa boa?

— É alguma coisa. Minha mãe acha que estou me escondendo na cozinha. Que não estou enfrentando os problemas.

— O que você acha?

— Hum. O que eu acho? — Ela tocou o queixo com o dedo indicador. — Acho que a maioria das pessoas não consegue distinguir entre ketchup chique e ketchup comum. Acho que a linha de três pontos da NBA é genial. Acho que passar duas horas em um salão de beleza faz mais por uma mulher do que uma hora de terapia. — Ela passou a mão pelo cabelo brilhante. — Acabei de sair do salão de Sunny.

— Seu cabelo está bonito.

— Obrigada. — Ela colocou uma caixa de doces no banco ao lado dele. — Pães doces amanteigados de framboesa e amêndoas. Achei que você e Teddy fossem querer um lanchinho.

Fletcher levantou a tampa da caixa e foi atingido pelo aroma açucarado e amanteigado de doces caseiros. Ele não conseguiu resistir a dar uma mordida em um.

— Talvez Teddy e eu queiramos que você se mude para nossa casa.

— Estou divorciada — revelou Annie. — Acho que você já sabia disso.

— Eu também estou.

— Só que eu não tive escolha. Levei uma pancada na cabeça e acordei divorciada.

Annie suspirou, caminhou até um banco na sombra, e chamou-o com um gesto de mão para que se juntasse a ela.

— Meu divórcio não foi assim — contou Fletcher e se sentou ao lado dela. — Embora às vezes desse a impressão de que eu tinha levado uma pancada na cabeça, sim.

Ou talvez não, ele pensou. Houve momentos em que o divórcio tinha sido mais como arrancar as veias dos próprios braços, enquanto ainda consciente. Celia fora terrível durante todo o processo. Ela o contestara em todos os pontos, desde o cronograma de visitas de Teddy até a herança do imóvel do pai dele. Ela havia tentado transformar a divisão de bens na Terceira Guerra Mundial, mas superestimara o apego de Fletcher às coisas deles. Ele não se importava mesmo se ela levasse os móveis, os cristais que tinham ganhado de presente de casamento e as obras de arte. Não dava a mínima por Celia ficar com as luminárias Waterford e os tapetes persas, com móveis de grife e dois carros caros, com as joias e todas as coisas que tinha adquirido em um frenesi de compras logo após o casamento.

Tudo o que Fletcher quisera mesmo era tempo com Teddy. Pelo bem do garoto, ele se concentrou em evitar o drama constante que girava em torno da esposa problemática e furiosa. E se forçou a lembrar o tempo todo que Celia era a mãe de seu filho e que ele estava preso a ela. No final, Fletcher tinha conseguido o mesmo tempo que ela com Teddy. E se contentara com uma casa na rua Henley, perto da escola e do tribunal, e com uma vida que não se parecia em nada com a vida que ele havia imaginado para si mesmo.

— Bem, sinto muito que isso tenha acontecido com você — afirmou Annie. — Tenho certeza de que foi sofrido. E difícil.

— A dor se foi. Agora é mais como uma leve decepção por a gente não ter conseguido fazer dar certo. — Naquele momento, ocorreu a Fletcher que aquela era uma das conversas mais honestas que havia tido sobre o divórcio. Era estranho falar com Annie de coisas pessoais, do jeito que faziam tanto tempo antes. — E agora acabou. Estamos todos melhor, incluindo Teddy.

Annie olhou de relance para ele.

— O que Teddy diria?

— Que ele está melhor. Embora às vezes eu me pergunte se ele diz isso porque está tentando me poupar. Eu me sinto mal vendo o vaivém dele entre a mãe e eu, semana após semana.

— Eu tinha mais ou menos a idade de Teddy quando meus pais se separaram e não achava de forma alguma que a gente estava melhor. Desculpe, mas não achava mesmo. Só estou falando da perspectiva da criança.

— Isso significa que ele vai acabar todo problemático?

— Como eu?

— Não foi isso que eu quis dizer... Nossa...

— Estou implicando com você. E olhando para a situação em retrospectiva, eu me lembro de discussões entre meus pais que eram como um raio. Eu me escondia no quarto, me sentindo péssima. Mas era minha família, e eu queria que permanecesse intacta. — Ela tocou no braço dele por um instante. — Isso não ajuda, né? Eu queria poder dizer que todos nós saímos ilesos. Mas eu me senti... lesionada. Será que essa palavra serve? De qualquer forma, a gente se resolveu.

Teddy e os dois amigos estavam envolvidos em uma brincadeira de perseguição mais violenta no momento, empunhando bastões como espadas largas. As crianças disputavam algum tipo de falsa batalha, tratando o grande ginásio de escalada como território inimigo. Celia tendia a reclamar de brincadeiras barulhentas, e alertava Fletcher de que aquilo deixaria o filho agressivo. Fletcher discordava. Teddy sabia, e sempre soube, a diferença entre brincar de forma violenta e ser violento.

Annie estava observando Teddy e os amigos com uma expressão pensativa e suave.

— Por que esse sorriso aí? — perguntou ela.

— Estou esperando você me dizer que a brincadeira dos meninos está ficando violenta demais.

Ela riu da luta desajeitada dos garotos.

— Eles vão deixar bem nítido, em alto e bom som, quando não estiver mais sendo divertido.

O sorriso permaneceu no rosto de Fletcher. Era muito bom conversar com alguém que não ficava nervosa o tempo todo, pronta para se adiantar e começar a paparicar Teddy. Ele ficou surpreso por se sentir tão confortável com Annie. Por se sentir tão atraído por ela. E se viu dominado por um desejo intenso de tocá-la. Talvez só segurar a mão dela. Só que não fez aquilo. Era tudo muito novo. E Fletcher não sabia ao certo o que era *aquilo*. Um sentimento. Uma lembrança. Só sabia que era frágil e tênue.

— A gente vai jogar basquete — avisou Teddy aos gritos.

E, sem esperar resposta, ele e os amigos saíram correndo para a quadra.

— E *agora*, o que você está pensando? — perguntou Fletcher, porque de repente o olhar de Annie se desviou para longe, para algo que ele não conseguia ver.

— Eu estava grávida — revelou ela bem baixinho, olhando para a frente.

Inferno. Ele esperava que ela fosse lhe contar alguma outra curiosidade peculiar, como o fato de o coração do camarão ser na cabeça.

— Ah.

O que mais um homem poderia dizer sobre aquilo?

— Perdi o bebê por causa do acidente.

Ela falou mais baixo, ainda mantendo o olhar distante e inabalável.

— Ah, Annie. Sinto tanto.

— Eu tinha acabado de descobrir. Estava indo contar a novidade para o meu marido, e foi assim que descobri que ele estava me traindo.

Ai.

— Foi o pior dia de todos. Depois de acabar de descobrir que estava grávida, pegar Martin transando com a coapresentadora do programa, então ser atingida por meia tonelada de metal caído e perder o bebê.

— Não sei o que dizer. Caramba, Annie.

Ela se virou um pouco para encará-lo, e sua expressão era tão triste que Fletcher ficou arrasado também.

— Eu dormi enquanto tudo acontecia. Não senti o bebê ir embora. Ele estava ali, então não estava mais, e eu nem senti a perda.

Ah, inferno. Fletcher sentiu o coração apertado. Então fez a única coisa que fazia sentido para ele. Pegou Annie nos braços e puxou-a para um abraço delicado.

— Você pode sentir agora. Pode chorar agora.

E, nossa… ela chorou mesmo. As lágrimas vieram como uma tempestade. Fletcher se sentiu bem inútil. Ele não tinha nem um lenço de papel para dar a ela, e Annie tateou na bolsa, encontrou um, e chorou um pouco mais. Ele olhou ao redor do parque, inibido. Teddy, entretido no jogo de basquete, não estava prestando atenção, o que era bom, porque, se visse o pai abraçando uma desconhecida em prantos, provavelmente acharia bizarro.

No entanto, Fletcher não queria mover um músculo. Annie se encaixava nele como a peça que faltava em um quebra-cabeça que ele vinha tentando completar havia anos. Ela cheirava a salão de beleza e à Annie que ele conhecera tanto tempo antes, aquela pele macia com a própria essência sutil e única. Aquela mulher tinha quase recebido o diagnóstico de morte cerebral e passara um ano inteiro apagada. Quando enfim acordou, se viu divorciada. E tinha perdido um bebê no acidente. E a partir dali precisava descobrir um meio de reconstruir a vida e seguir em frente.

Havia semelhanças assustadoras entre o acidente dela e o do pai dele. No entanto, o dela parecia muito pior do que o trauma que o pai havia sofrido, porque pelo menos o pai tinha mantido o controle da própria vida. Ter tudo arrancado de si enquanto dormia devia ser desolador.

Depois de mais alguns minutos, Annie ficou em silêncio e imóvel. Então, muito devagar, se afastou dele no banco e pressionou o lenço de papel nas bochechas.

— E pensar que você planejava passar o intervalo de trabalho relaxando e brincando com seu filho no parque — comentou ela.

— Pois é, como eu tive tanta sorte?

Annie guardou o lenço de papel.

— A crise de choro passou. Ao menos por enquanto.

Fletcher tentou não parecer aliviado demais. Aquele era o motivo para ela querer se encontrar com ele? Será que precisava de um amigo? O que ela precisava dele?

— Quando recebi sua mensagem… — começou ele.

— Preciso de um advogado. Houve um acordo com a empresa de elevadores hidráulicos. Sei que você está familiarizado com esse tipo de coisa. — Annie abriu um documento no celular e mostrou a ele. — Eu valho muito mais dormindo do que acordada.

Ele ficou impressionado com o valor, mas não muito. O valor das contas médicas, das perdas pessoais, da dor e do sofrimento dela, sem dúvida, tinha sido altíssimo.

— A questão é que Martin controla os fundos do acordo de inde- nização — continuou Annie. — Agora que acordei, isso não parece certo. O acidente aconteceu comigo, não com ele.

— Você tem razão. Precisa de um advogado. Gordy Jessop pode ajudar.

— Foi o que eu achei que você diria. Então ele é o melhor?

— Com certeza. Já duelei com ele no tribunal e também julguei os casos de Gordy. Ele é exatamente a pessoa de que você precisa.

— Tudo bem. Vou ligar para Gordy. — O olhar dela se desviou para a quadra de basquete, na qual Teddy tentava fazer uma cesta. — Eu queria conhecer seu filho.

— Teddy? Com certeza.

— Não vou dizer na cara dele que ele é lindo.

— Provavelmente é melhor. Ele está naquela fase.

— Dez anos e dois meses. — Ela o encarou. — Sim. Eu fiz as contas há muito tempo.

— Fez?

— Eu era obcecada por você, Fletcher. De um jeito vergonhoso. Óbvio que eu fiz as contas. Celia estava grávida quando eu apareci e pedi para você voltar pra mim.

Ele confirmou com a cabeça, lembrando daquele dia em detalhes. Tinha ficado de coração partido ao enfim ouvir Annie dizer aquelas palavras. "Eu te amo. Quero ficar com você." Àquela altura, já era tarde demais para dar a resposta que ela quisera ouvir.

Desde então, Fletcher sempre se perguntava como a vida deles teria se desenrolado se ele estivesse desimpedido naquele dia. Se tivesse esperado um pouco mais antes de tentar curar o coração partido transando com Celia… mas não podia voltar no tempo. E tinha mandado Annie embora sem explicação. O que mais poderia fazer? Celia tinha acabado de lhe dar a notícia da gravidez. Se ele quisesse ter qualquer participação na vida da criança, teria que assumir a responsabilidade.

A proposta inicial para Celia tinha sido garantir pensão alimentícia e compartilhar a guarda da criança. Ela rejeitara a ideia de cara. Queria se casar. Celia disse que o amava, mas Fletcher não era tão tolo assim. Sabia muito bem o que ela amava, e não era ele. Também sabia que Celia tinha a carta na manga: uma noção bem nítida de que Fletcher faria o que fosse preciso para ser pai. Não havia a menor possibilidade de um filho dele vir ao mundo e passar pela vida sem um pai.

— Fiz o que tinha que fazer — declarou ele. — Agora tenho Teddy, então não posso dizer que me arrependo. Sinto muito por ter magoado você.

— E sinto muito por eu… — Annie parou de falar. — A gente deveria parar de se desculpar um com o outro. A vida aconteceu, e estamos aqui agora.

— Essa coisa de tempo certo das coisas nunca foi nosso ponto forte.

Annie concordou com a cabeça.

— Primeiro foi o acidente do seu pai. Então me mudei para a Califórnia. Aí veio Teddy. Talvez o universo estivesse tentando nos dizer algo.

— Como o quê?

— Que a gente não estava… destinado a ficar junto.

Fletcher analisou o rosto dela: delicado, pensativo, melancólico.

— Você não acha isso de verdade.

— Não. Eu não acho.

— Bom, uma ideia: e se a gente parasse de se preocupar com o momento certo e fizesse deste nosso momento?

Annie se virou e olhou para ele com um olhar carregado de emoção.

— E isso supondo que a gente não se preocupe com o que acontece quando o momento acabar?

— E se a gente decidir que não precisa acabar?

Ela deu um sorrisinho triste.

— Esse é um "e se" grande demais.

Não, pensou Fletcher. *Não é grande demais.*

— Você quer sair comigo?

— Sair… para onde?

— Não sei. Algum lugar legal. A gente podia jantar e assistir a um filme. Como em um encontro.

— Um encontro. Meu Deus, parece divertido.

— Agora você está sendo sarcástica.

— Escuta, eu não posso… não devo. Não, Fletcher. E não tem a ver com o momento certo. Não posso sair com você. Não posso me envolver romanticamente com ninguém até eu me entender.

Droga.

— Então você vai… fazer o quê? Se esconder na cozinha e preparar pães e bolos?

— É. Talvez eu faça isso. — Ela se levantou, movendo-se devagar, e enxugou o rosto mais uma vez. — É horrível dizer isso, mas tenho um longo caminho a percorrer antes de estar recomposta o bastante para ser eu mesma de novo. Na verdade, o dr. King disse que vou ser uma nova pessoa. Posso acabar sendo alguém de quem você nem gosta.

Fletcher sorriu.

— Aham…

— Você não devia estar em algum outro lugar? Julgando alguma coisa, ou o que quer que você faça?

Ele confirmou com a cabeça.

— Vem. Vou te apresentar ao meu filho.

As outras crianças tinham ido embora, e Teddy estava treinando dribles sozinho. Fletcher chamou o menino com um gesto.

— Essa é Annie — apresentou ele. — Uma amiga minha.

Teddy abriu um sorriso rápido.

— Oi. Eu sou o Teddy.

Ele estendeu a mão em um gesto meio constrangido, mas olhou nos olhos de Annie e apertou a mão dela com firmeza, do jeito que Fletcher ensinara desde que ele era pequeno.

Annie parecia encantada.

— Eu estava assistindo a você jogar basquete. Você é muito bom.

Teddy sorriu.

— Valeu.

— A sra. Malco ainda é a professora de educação física da escola?

— É, sim, senhora.

— Não sou uma senhora — corrigiu Annie. — Senhoras são velhinhas. Sou só Annie. Malco foi minha professora de educação física quando eu tinha sua idade. Eu cresci aqui. Ela ensinou a você o jogo de Cavalo?

— Hum, acho que não.

— É um jogo de basquete para dois. Quer que eu mostre?

Os olhos de Teddy brilharam.

— Claro.

Fletcher checou mais uma vez a hora no relógio da torre.

— Tenho que ir. Termino na hora de sempre, Ted.

— Tá certo, pai. Tchau.

Ele os deixou com o jogo, sentindo-se muito feliz por Teddy e Annie parecerem à vontade um com o outro.

— Preciso avisar — disse Annie a Teddy enquanto Fletcher se afastava. — Sou meio descoordenada.

— Vou pegar leve com você.

— De jeito nenhum. A primeira regra de qualquer jogo é que você sempre joga pra vencer.

21

Annie pensou muito na conversa que teve com Fletcher no parque.

"E se a gente parasse de se preocupar com o momento certo e fizesse deste nosso momento?"

Não. Ela não podia começar nada com ele. Porém, queria. Naquele exato momento? Não. A vida estava uma bagunça. Ainda tinha muitas coisas a resolver. Estava morando na fazenda com a família, mas aquele era seu lar? Ela não sabia. Não tinha certeza se queria que fosse. Só o que sabia era que, por enquanto, era na cozinha que se sentia segura e feliz.

— Oi, linda.

A porta da cozinha bateu.

— Oi, pai.

Annie sorriu, embora fosse assombrada por uma lembrança.

Quantas vezes o pai tinha entrado pela porta dos fundos com um sorriso e um "oi, linda"? Aquele fora o jeito que ele sempre a cumprimentara no final de cada dia de trabalho. Depois que ele foi embora, Annie sentia um pequeno sobressalto no coração cada vez que a porta dos fundos batia, e aquilo era seguido por uma profunda sensação de decepção quando se lembrava que ele tinha ido embora para sempre.

— Acabei de preparar uma fornada de tortinhas de geleia — contou Annie. — Sirva-se.

O pai pegou uma tortinha da bandeja, deu uma mordida e revirou os olhos de satisfação.

— Fantástica. Está igualzinha à que sua avó fazia.

— É a receita dela, lógico. Não tem como melhorar o que já é perfeito.

Ele olhou ao redor da cozinha.

— Cadê todo mundo?

— Vejamos… Kyle levou uma carga de madeira para Darrington Mills. Beth está no trabalho, e as crianças mais velhas, na escola. Knox tem creche hoje, e minha mãe está pintando. — Ela sorriu. — Faz só um mês que eu não conseguia dizer nem meu próprio nome, e agora estou de olho em todo mundo.

— Você sempre foi muito esperta. É bom ver que está voltando a ser quem era.

— Como você sabe? — Annie não conseguiu evitar fazer a pergunta óbvia. Ela usou um tom tranquilo, mas firme. Não havia mais nenhum traço de rouquidão. A cicatriz da traqueostomia tinha quase desaparecido. — Já faz vinte anos.

Ele estremeceu.

— Eu errei, isso te magoou, e não posso mudar o que aconteceu. Mas estou aqui agora, Annie. E te conheço melhor do que você pensa. Sei que seu sorriso ilumina o mundo. Sei que você é mais doce do que essa tortinha de geleia, e inteligente até demais. Mas essa atitude durona é nova.

Ela concordou com a cabeça.

— Eu não gosto de ser durona, mas ser doce parou de funcionar para mim. Eu era tão doce que meu marido me traiu e roubou minha vida.

— Ele é um desgraçado. Eu queria ter percebido isso nele. Como posso ajudar?

Annie deu uma gargalhada.

— Quebrando o joelho dele?

— Seria um prazer, mas não adiantaria nada.

Ela ficou séria.

— Eu sei, pai. E agradeço por querer ajudar.

— Você entrou em contato com o cara? Ele ao menos sabe que você acordou?

— Não sei. Gordy, o advogado que está me ajudando, vai cuidar de tudo que se refere a Martin. — Foi a vez de ela estremecer. — Isso é esquisito demais, né? Eu era casada com o homem, entrei em coma e, agora que acordei, nem posso ligar para ele.

— Você quer ligar?

— Não — respondeu Annie depressa. — Não vamos falar de Martin, beleza?

O pai terminou de comer a torta e lavou as mãos na pia.

— Do que quer falar?

— Como estão a vovó e o vovô? — perguntou ela, referindo-se aos avós paternos.

— Eles estão bem. Adorariam ver você.

— Eu também adoraria.

Annie não era próxima dos pais do pai. Depois que ele foi embora para a Costa Rica, ela não os vira muito.

— Eles precisam de muita ajuda hoje em dia — revelou o pai.

— Foi por isso que você voltou?

— Foi parte do motivo.

— E a outra parte?

— Annie, não me diga que você está na cozinha de novo… Ah. — Caroline entrou, o macacão que usava para pintar todo respingado de tinta, como um original de Jackson Pollock. Ela parou quando viu o pai de Annie. — Ethan. Oi. Eu não sabia que você vinha hoje.

Os dois se encararam por um momento tenso. Era estranho vê-los juntos, tão estranho quanto já tinha sido vê-los separados. A mãe parecia inquieta, e tocava o lenço que usava na cabeça quando pintava.

— Eu queria ver nossa menina.

— Ah. Tudo bem. — Caroline olhou para o tabuleiro. — Annie, se você continuar fazendo todas essas comidas, vou engordar.

A mãe ainda era jovem e bonita. E, naquele exato momento, estava enrubescida como o emoji de bochechas rosadas no gráfico de sentimentos da clínica de reabilitação.

Annie sentiu uma vibração inesperada no ar. Durante todo o período de reabilitação, os pais tinham passado mais tempo juntos do que desde o divórcio. No começo, ela pensou que eles se davam bem para apoiá-la. Mas, às vezes, percebia uma certa melancolia nos dois. Nostalgia, talvez.

— Vou fazer o seguinte — falou Annie, tomando uma decisão rápida. — Vou tirar a tentação daqui. — Enquanto falava, guardou algumas tortas de geleia em uma caixa. — Prometi levar isso para Pam. Posso usar o carro?

— Ela já está dirigindo? — perguntou o pai, tenso.

— O médico disse que não tem problema — explicou a mãe.

— O médico disse que eu podia — respondeu Annie ao mesmo tempo.

— Que ótimo, Annie.

É mesmo?, ponderou ela. Como podia ser ótimo o fato de uma mulher de 33 anos conseguir guiar um carro? Em Los Angeles, ela dirigia como uma profissional, se deslocando pelo trânsito com confiança. Ninguém tinha questionado sua aptidão ou bom senso. Como parte da reabilitação, Annie tivera que passar por testes de tempo de reação, percepção, habilidades de sequenciamento e tomada de decisão. Ela havia repetido cada teste várias vezes antes que a liberassem.

Annie pegou as chaves e a bolsa, e saiu pela porta. Ela se perguntou do que os pais falariam em sua ausência. Será que compartilhavam em voz alta as preocupações com a filha? Relembravam o passado? Discutiam em tom áspero, como faziam antes do divórcio?

Em uma das sessões de terapia familiar, eles tinham sido orientados a evitar tomar para si problemas que não pertenciam a eles. Bom conselho, mas às vezes era difícil determinar quem era o dono de qual problema.

Annie entrou no carro, segurando a caixa de doces bem reta. E narrou para si mesma o passo a passo... outra técnica da reabilitação. "Narre enquanto faz." Sim, aquilo fazia sentido, mas parecia tedioso. Às vezes, falava consigo mesma com um sotaque inventado ou com a voz de Minnie Mouse. Só que nada mudava o fato de que as tarefas que antes fazia sem pensar no momento tinham que ser reaprendidas, passo a passo.

Concentre-se, disse a si mesma. *Você agora pode dirigir. Não estrague tudo.*

Annie ficou concentrada ao longo do trajeto até o centro da cidade, e depois pela estrada da fazenda que levava à destilaria. Fazia anos que não ia até lá e estava ansiosa para ver como estava indo a operação local de fabricação de uísque.

Ela se lembrou de ter lançado uma sugestão de um programa sobre o uísque dos Mitchells na sala dos roteiristas em Century City, mas a ideia fora rejeitada. As pessoas se lembravam da gravação anterior que tinham feito em Switchback e de como aquilo quase terminara em desastre, e ninguém estava ansioso para voltar. Eles chegaram a um acordo e fizeram um especial sobre a tequila Casa Dragones. Annie não ficara nada satisfeita com o episódio. San Miguel de Allende era uma cidade linda nas montanhas do México, mas o produto era tão caro que a maior parte dos espectadores só conseguiria prová-lo em sonhos.

Melissa tinha adoecido durante a viagem. E Martin fora para a suíte dela à noite, levando biscoitos de água e sal e refrigerante à base de gengibre.

— Olhe só, é minha desmiolada favorita — brincou Pam, chegando ao estacionamento para cumprimentar a amiga. — Você está fantástica. Estou gostando do cabelo curto.

— Obrigada. — Annie estendeu a caixa. — Tortinhas de geleia de morango.

— Você é cruel. Estou tentando controlar o peso. Ainda não perdi os quilos extras da gravidez.

Pam tinha um bebê, um garotinho. Ela e Klaus, o sommelier de Boston, se casaram. Ele havia se mudado para Switchback, e os dois começaram uma família. Annie sentiu uma pequena pontada de inveja. *Um bebê.*

Elas entraram, e Pam mostrou a Annie as melhorias recentes no lugar: mais um alambique de metal reluzente, fileiras e mais fileiras de barris e tonéis com o logo da destilaria, uma operação de engarrafamento expandida. O lugar cheirava ao *angel's share* ("a parte do anjo"): os vapores invisíveis que escapavam conforme a bebida envelhecia. O nome da marca deles era Dulçor de Switchback e, a julgar pela expansão, estava tendo sucesso.

— Este lugar cresceu desde minha última visita — comentou Annie.

— Foi um baita progresso desde o celeiro dos cavalos.

— Então os negócios vão bem?

— Os negócios estão difíceis. Conseguimos expandir graças a um sócio investidor. — Ela tirou as botas e calçou um par de tamancos. — Sanford e Fletcher Wyndham.

Annie ergueu as sobrancelhas.

— Caramba.

— Eles nos salvaram. Sou grata pela injeção de fundos, mas agora o desafio é atender à demanda. O uísque do meu pai ganhou um prêmio importante, e o último lote foi vendido em um dia.

Ela serviu um gole de uma garrafa numerada e assinada e entregou a Annie.

O líquido âmbar cintilou sob a luz. Annie provou.

— Delicioso. Nossa, Pam, é incrível. E essa garrafa. Parece um item de colecionador.

A bebida estava na mesma garrafa de vidro que eles sempre usavam na destilaria, mas no momento ostentava um lindo rótulo representando uma árvore estilizada com folhas douradas em relevo. Todas as palavras-chave estavam presentes: "lote limitado", "artesanal", "feito à mão".

— Embalagem é tudo. As pessoas gostam da sensação artesanal — explicou Pam.

— No seu caso, todas as palavras são verdadeiras. Tudo é destilado e engarrafado aqui, certo?

— É. Somos firmes com isso. Não queremos ser o tipo de uísque de "lote limitado" que na verdade é produzido em massa em Indiana e enviado para engarrafadores. Nós *queremos* que os consumidores leiam as letras miúdas. Abrimos o espaço para visitas guiadas. — Ela mostrou a Annie um barril marcado, no outro extremo das prateleiras de barris envelhecidos. — Por isso que eu queria que você viesse. Estava guardando uma coisa para você. Lembra disso?

Annie se abaixou e leu o rótulo escrito à mão: DOÇURAS RUSH. E se lembrou na mesma hora, com uma nitidez que causava sentimentos conflitantes, do dia em que as duas tinham enchido o barril com xarope de bordo.

— Nossa, eu tinha esquecido por completo do nosso experimento.

— Ficou parado aqui, esperando, desde então.

— Xarope de bordo Doçuras Rush envelhecido em um barril de uísque. — Annie se afastou e olhou para o velho barril de carvalho. — Envelhecimento em barril está na moda hoje em dia.

— Eu sei. Recebi pedidos de todo tipo para comprar os barris usados… para vinagre, molho picante, molho de peixe, bitters, todo tipo de bebida alcoólica que possa imaginar. — Pam colocou a mão no barril rústico. — Você acha que está estragado?

— Só tem um jeito de descobrir.

— Bem o que eu pensei. Espero que tenha envelhecido bem. Imagina como seria legal se desse certo? — Pam foi até a sala de degustação e voltou com uma torneira de atarraxar e duas taças de cristal. — Lá vai. Momento da verdade.

Ela encaixou a torneira no barril, e um fino fio de xarope de um âmbar escuro fluiu da torneira para cada copo.

Annie segurou o dela contra a luz.

— Gosto da cor. Ai, meu Deus. O aroma. — Era uma mistura maravilhosa de bordo e conhaque. Ela encostou o copo no de Pam em um brinde. — A envelhecer muito bem.

Cada uma deu um pequeno gole hesitante, apenas umedecendo os lábios com o líquido suave e viscoso. Elas se entreolharam e deram outro gole.

— Então…? — perguntou Pam, com as sobrancelhas erguidas.

Annie quase desmaiou com o sabor do xarope envelhecido em barril. Uma essência defumada e alcoólica cintilava através dele, dando ao líquido uma profundidade complexa.

— Incrível.

Pam abriu um sorriso deslumbrante.

— Com certeza causa impacto.

Annie saboreou mais um ou dois goles. O sabor era cheio de camadas, e intenso com o gosto rústico do bordo. Com cuidado, abaixou o copo.

— Acho que a gente pode estar no caminho certo.

— Bem o que estou pensando. — Pam sorriu, animada. — Podemos colocar mais do xarope para envelhecer nos barris?

— Lógico. Temos bastante ainda não engarrafado, armazenado na fazenda. É bom ter um projeto.

— Muito bom. Ei, a gente também podia tentar defumar o xarope a frio. Ou que tal isso: a gente podia criar um coquetel artesanal com esse xarope que deixaria todo mundo de queixo caído. Que tal um old fashioned feito com Doçuras Rush em vez de xarope simples?

— Boa ideia.

Pam deu outro gole no xarope Doçuras Rush.

— Isso é incrível. Amo tanto que me casaria com ele.

— Por falar nisso, como está indo a vida de casada? — questionou Annie.

— Altos e baixos, principalmente altos. Hudson e Klaus são meu mundo inteiro agora. Ter um bebê me transformou de maneiras que eu nunca imaginei. Não só no número do manequim. É como se ele tivesse mudado tudo dentro de mim.

A antiga ânsia apertou com força o peito de Annie, e o vazio da tristeza ficou mais amplo. Em certos dias, ela não conseguia parar de pensar no bebê que perdera.

— Ah, Pam. Que incrível. Estou feliz demais por você.

— Obrigada. Sabe o que está *me* fazendo feliz agora? Esse xarope incrível. Vamos engarrafar e vender.

— Simples assim.

— A gente pode, você sabe. A operação de engarrafamento foi modernizada. Vamos pedir para Olga criar alguns designs de rótulos. Ela faz um trabalho lindo. Foi ela que redesenhou nosso rótulo de uísque.

— Olga, a modelo com sotaque russo?

— Ah! Você a conhece?

— Não. Fletcher disse que o pai dele estava namorando uma pessoa chamada Olga.

— Sanford se casou com ela já faz alguns anos. Ela é incrível. A especialidade dela são xilogravuras, e ela também é designer gráfica. Vem, vou apresentar vocês.

A área do escritório ocupava um prédio novo, construído com toras descascadas e tinha amplas janelas de vidro e um deque com vista para as colinas vizinhas. Olga estava em uma mesa de trabalho, em frente a um computador e a um quadro de avisos coberto de recortes. Ela devia estar na casa dos 40 anos, mas mantinha a aparência voluptuosa de modelo de biquíni e o forte sotaque russo.

— O gosto é delicioso — declarou Olga quando as duas lhe deram uma prova do xarope. — Precisamos dar um rótulo especial a essa bebida. — Ela se virou para Annie. — Então. Você é Annie Rush da Montanha Rush. Sanford e Fletcher sempre falaram muito bem de você.

Annie não sabia como reagir àquilo.

— É mesmo? Que tipo de coisas?

— Você foi muito gentil com eles depois do acidente de Sanford. E ficou famosa por causa do programa de televisão.

— *O ingrediente-chave* — adicionou Pam. — Todo mundo na cidade assiste ao programa. Annie fez o discurso de formatura na escola de ensino médio depois de ganhar um Emmy, e minha mãe disse que metade dos alunos quis trabalhar na televisão depois de ouvir.

— Você está aqui para uma visita? — perguntou Olga. — A gente vai poder conhecer Martin Harlow? Você é casada com ele, não é?

— Não mais. Quer dizer, estamos divorciados.

— Estão? — Pam a encarou, boquiaberta. — Você não me contou.

— Ninguém me contou também. Eu mesma só descobri recentemente. Na reabilitação. Descobri o divórcio antes mesmo de me lembrar do casamento.

— Espere um pouco — disse Pam. — Ele se divorciou enquanto você estava em coma?

Olga disse alguma coisa em russo que não precisava de tradução.

— Bem o que eu pensei — concordou Pam. — Uau, que canalha.

Ela serviu algumas doses de uísque, e cada uma tomou uma.

Annie fez um rápido resumo dos acontecimentos. Era bom conversar com amigas, saber que tinha apoio total delas.

— *Podonok* — bradou Olga, quase cuspindo —, *gavnoyed!*

— Quando ela está brava, só russo serve — explicou Pam.

— Ora. Da minha parte, agradeço a indignação — respondeu Annie. — Coloquei a situação na mão de Gordy, meu advogado.

— Ah, esse aí é bom — opinou Olga. — Foi ele que redigiu meu *prenubzhy.*

— Acordo pré-nupcial — traduziu Pam, enquanto enchia outra vez as taças de degustação. — Annie, odeio saber que você está passando por isso também, além de todo o resto que aconteceu. Fale: como a gente pode ajudar?

— Você já está ajudando — afirmou Annie, indicando o uísque. — E seja lá o que for que Olga tenha dito… também ajudou.

— Não acredito que Martin fez isso. Como ele conseguiu evitar a crise de imagem na mídia? Os tabloides não acabaram com ele? — perguntou Pam.

— Não, aconteceu o oposto. Martin e os assessores dele são especialistas em manipulação. As matérias que saíram na mídia enfatizaram a tragédia da perda de Martin, de como era horrível para ele ser casado com um vegetal enquanto estava no auge da vida. Que ele merecia seguir em frente e blá-blá-blá. O que não disseram foi que ele já estava em outra *antes* mesmo de eu virar um vegetal.

— Que canalha — repetiu Pam. — Que desperdício de oxigênio.

Olga se ofereceu para levar Annie para casa. Annie estava só um pouco tonta por causa das várias doses de uísque, mas não queria se arriscar a pegar no volante. Olga dirigia um SUV luxuoso com clássicos dos anos 1980 no volume máximo. Depois de um tempo, ela abaixou o volume.

— Você namorou Fletcher.

Annie olhou pela janela enquanto elas passavam pelas montanhas de granito e pelo vale do rio.

— Isso foi há muito tempo. A gente era muito novo.

— Fletcher é um bom homem. Ele nunca trairia. Talvez ainda haja alguma coisa entre vocês.

— Não estou pronta para explorar isso, mesmo se houver.

— Você vai estar. Seu coração vai se curar e se abrir de novo para o amor.

— Espero que esteja certa.

Annie se perguntou se Fletcher ainda estaria interessado quando ela chegasse àquele ponto. Já não contava que ele a esperaria. Como ambos admitiram, tinham talento para o momento errado. Olga parou na entrada de carros da fazenda.

— Sua casa é linda. Fletcher me contou daqui.

Ele tinha contado? Annie não conseguiu conter um sorriso.

— Quer entrar?

— Não, obrigada. — Ela analisou a casa e os jardins. — Quero começar logo a trabalhar no seu rótulo.

Quando Annie entrou na cozinha, a mãe e o irmão estavam preparando o jantar. A cozinha cheirava a molho de tomate fervendo e a pãezinhos assados, duas das especialidades da mãe. Ela viu o pai no quintal com Knox e Hazel, empurrando o pequeno Knox em um balanço. O pai dela tinha passado o dia todo ali? Aquilo era incomum.

— Parem o que estão fazendo e venham aqui, vocês dois — falou Annie, enquanto colocava os pacotes que carregava em cima da mesa.

Algo em seu tom chamou a atenção deles.

— Você está bebinha — disse a mãe.

— Por um bom motivo. Preciso mostrar uma coisa. — Ela parou e olhou para a mãe. — Tem problema meu pai vir aqui também?

Annie já tinha se dado conta de que, se fossem seguir com aquela ideia, precisariam da ajuda dele.

— Não, lógico que não.

A mãe levou a mão ao cabelo, tirou o avental e foi até a porta dos fundos.

— Ethan, pode entrar um minutinho? Annie quer mostrar uma coisa pra gente.

O pai entrou na mesma hora, o rosto muito sério enquanto observava Annie.

— Tudo bem?

— Está, sim.

Annie pegou as garrafas de uísque de trigo e o bourbon que Pam tinha lhe dado.

— Não é de espantar que você esteja assim — comentou a mãe.

— Ela andou bebendo? — perguntou o pai.

— Ah, pelo amor de Deus, não estou mais no ensino médio. Só me escutem, beleza?

Annie hesitou, tentando se lembrar da última vez que os quatro tinham estado juntos como uma família. No casamento com Martin, ela supunha. O pai não a entregara ao noivo no sentido tradicional. Dadas as circunstâncias, aquilo tinha parecido hipócrita. Ela tinha mantido a cabeça erguida e caminhado sozinha para os braços de Martin.

Annie deixou a lembrança de lado enquanto tirava o vidrinho de amostra de xarope que ela e Pam tinham preparado.

— O que é isso? — questionou Kyle.

— Nosso novo projeto. Acho que a gente talvez tenha encontrado um novo produto para lançar. Que pode gerar muito dinheiro.

Ele olhou curioso para o vidro com o líquido âmbar.

— É?

— Seis palavras — disse Annie, abrindo a tampa. — Escutem com atenção.

— Somos todo ouvidos.

A mãe se sentou e cruzou os braços em cima da mesa. O pai se sentou ao lado dela. A imagem dos dois daquele jeito levou Annie de volta à infância, quando ela chegava ansiosa para mostrar aos pais um boletim cheio de notas boas, um passarinho que havia resgatado ou uma travessa de biscoitos que ela mesma havia preparado. No momento, a expressão no rosto deles era praticamente a mesma daquela época: um orgulho indulgente.

— Xarope de bordo envelhecido em barril.

Annie se serviu de um pãozinho quente, recém-saído do forno e mergulhou o pão no xarope. Então, deu uma prova a cada um e ficou observando enquanto experimentavam.

— Uau — murmurou Kyle. — Cara, é muito bom.

— Senti falta dos seus pãezinhos, Caroline — disse Ethan para a ex-esposa.

— Você deveria estar prestando atenção ao xarope — argumentou ela. — É delicioso. É alcoólico?

— Não, só tem o sabor. É incrível, não? Xarope de bordo Doçuras Rush, mas com um toque extra. A gente deixou envelhecer em um barril de uísque. — Ela contou a eles, então, do barril de xarope que tinha deixado com Pam anos antes. — E esqueci por completo. Agora temos cinquenta e cinco galões.

Ela explicou o plano de engarrafar e rotular como um produto gourmet de alta qualidade.

O pai se recostou na cadeira e cruzou as pernas.

— Quando você pode me entregar? Quer dizer, presumo que eu esteja aqui porque posso cuidar das autorizações necessárias e da distribuição. Foi assim que conheci sua mãe. Já contamos isso?

— Ethan — advertiu a mãe. — São águas passadas…

— Vocês nunca me contaram como se conheceram — retrucou Annie, então tocou a testa. — Ou talvez tenham contado, e a informação foi apagada do meu disco rígido.

— Eu trabalhava com meus pais, estava subindo a montanha de caminhonete para pegar uma carga de maçãs. Desci a montanha com dez alqueires de maçãs McIntosh, algumas caixas de xarope de bordo e o número de telefone da garota mais bonita que já conheci.

— E agora é a hora de todos nós dizermos "aaahhh" — disse Kyle.

— Seja como for — rebateu o pai. — Nós nos apaixonamos, criamos uma família, e as coisas mudaram.

Ethan estava olhando bem para Caroline quando disse aquelas palavras. Ela o encarou de volta, a expressão suave e triste ao extremo.

É assim que o amor funciona às vezes, pensou Annie. Preenchia cada canto, cada fenda do coração, então um dia você se dava conta de que aquele amor tinha ido embora. Ela se perguntou para onde os sentimentos iam. Talvez se dissolvessem na atmosfera para serem inalados por outra pessoa, um desconhecido ou uma desconhecida que, de repente, via alguém do outro lado da sala e se apaixonava na mesma hora. Aquilo seria muito incrível, certo?

Annie se perguntou se teria perdido o amor de Martin em um único momento, ou se fora um escoamento lento, invisível para ela até o fim. Ela vinha tentando se lembrar de como era amar Martin e, de maneira estranha, não conseguia.

— … ajudar como eu puder — dizia o pai a ela.

Annie piscou algumas vezes, deixando de lado os pensamentos que giravam na mente.

— Com o xarope?

— Lógico. Se quiser. Se todos nós quisermos. — Ele olhou ao redor da mesa. — Querem unir forças?

Naquele momento, Annie se lembrou de como era ser uma família de novo. Não havia uma imagem para aquilo naquele quadro de sentimentos da clínica de reabilitação, mas era algo tangível, quente e macio como os pãezinhos frescos saídos do forno, como um casulo de segurança envolvendo todos eles.

Annie se deu conta de que aquele era o sentimento que estava procurando quando dissera a Martin que queria um bebê. Contudo, não havia encontrado aquele sentimento com Martin. Precisou voltar para casa para recapturá-lo.

Então, o momento passou, e Kyle afirmou:

— Esse produto é incrível. É o tipo de coisa que a gente quer que todo mundo prove. Se depender de mim, a gente produz.

— Estou dentro — falou Annie. — Mãe?

As mãos de Caroline pressionavam o tampo da mesa como se estivesse tentando segurá-la. Então ela percebeu o que estava fazendo e relaxou.

— O jantar está pronto. Ethan, pode trazer os pequenos para dentro para tomarem banho? E abrir uma garrafa de vinho?

— Está me pedindo para ficar?

O sorriso no rosto dele não conseguiu disfarçar o brilho nervoso nos olhos.

— Para o jantar — respondeu ela, amarrando o avental.

22

Caroline Rush enfim teve uma noção do que Annie devia ter vivenciado quando acordou em um mundo virado de cabeça para baixo. Era assim que se sentia naquele momento, enquanto o crepúsculo se estendia sobre a Montanha Rush e ela subia as escadas com o neto mais novo para dar banho nele. As crianças mais velhas estavam arrumando a cozinha depois do jantar enquanto Annie, Beth, Kyle e Ethan se demoravam com uma última taça de vinho, conversando sobre a ideia de Annie para o xarope de bordo. Caroline ouvia o murmúrio profundo da voz estranha, embora familiar, de Ethan se transformando em riso de vez em quando, enquanto ele conversava com os filhos adultos.

Ela segurou a mãozinha de Knox para ajudá-lo a entrar na banheira e se viu de relance no espelho do banheiro. Parecia... inquieta. Aquela provavelmente era a palavra para descrever sua expressão. O ex-marido tinha acabado de jantar com a família. A presença dele na casa que eles já haviam compartilhado era perturbadora.

— Isso foi o vovô que deu — disse Knox, sentado em meio à água morna e tirando um pequeno bonequinho em cima de uma prancha de surfe da caixa de brinquedos.

— Sim, é. Ele mandou pra você no Natal passado.

— O que tá escrito?

Knox apontou para as palavras na prancha.

— Acampamento Rush de Surfe no Pacífico. É o nome do negócio do vovô na Costa Rica.

Knox soltou um som chiado, enquanto deslizava o surfista pela água. Com gentileza, Caroline lavou o cabelo do neto com xampu e ensaboou os ombrinhos ossudos. Ela e Ethan haviam batizado o acampamento juntos, na época em que pensavam que seriam parceiros para sempre. Na época em que Caroline acreditava de verdade que comprar um complexo em uma praia na Costa Rica era só um sonho, algo sobre o que conversar na cama depois que as crianças dormissem e eles estivessem cansados demais para transar.

— Vou pra praia do vovô — declarou Knox. — Vou ver o mar.

Caroline jogou água nele para enxaguar o sabonete e limpar as migalhas de biscoito do rosto do menino.

— Vai ser divertido, hein.

Caroline não estava preparada para a força do golpe que a atingiu quando soube que o ex-marido tinha conhecido alguém na Costa Rica. Ele a deixara por um sonho, não por uma mulher. Só que deveria ter se preparado. Ethan era bonito demais, com o tipo de charme afável que atraía as pessoas.

Em segredo, ela se deleitara com a descrição de Imelda que Annie fizera: a voz seca e incisiva, o suor escorrendo entre os seios, o hálito de cebola; então se sentira mal por ter se permitido se deleitar. Queria superar a mágoa, a raiva, a decepção.

Caroline tirou Knox da banheira e o envolveu em uma toalha, amando a sensação suave e úmida de uma criança recém-lavada.

— Você está com cheiro de hortelã fresca — falou, dando um beijo na cabeça úmida do menino.

— Você também — disse ele, com educação.

Ela supervisionou a escovação dos dentes. Então, ele se preparou para dormir sozinho, vestindo a cueca e o pijama como um profissional. Knox não era mais um bebê. A transição sempre acontecia tão rápido... e aquilo a deixava melancólica. Netos eram a recompensa mais doce da vida, e ela ansiava por eles de todo o coração. Quando soubera da perda do bebê de Annie, Caroline tinha chorado até não conseguir enxergar direito.

Knox devia ter percebido a mudança no humor dela, porque lhe deu um abraço e um beijo.

E assim, de repente, o humor de Caroline melhorou.

— Não preciso de sobremesa hoje — declarou ela. — Você é mais doce que açúcar de bordo. Vamos dar boa noite a todos.

— Tá bom.

Ela olhou de novo para a mulher no espelho. Ainda inquieta. Precisava de um toque de batom. Só um brilho labial, na verdade... não queria ser muito óbvia. Não queria que Ethan pensasse que ela estava se enfeitando para ele.

Caroline desceu com Knox, e o menino distribuiu abraços e beijos a todos, incluindo os dois cachorros, Hootie e Dug. Quando viu Ethan levantar o garotinho até as vigas e depois lhe dar um beijo, Caroline lembrou de um Ethan mais jovem com Kyle, os dois rindo, felizes. Haviam sido uma família feliz, não? O que tinha acontecido com eles?

Simples, pensou: *colapso de comunicação*. Ela nunca contou a Ethan dos sonhos ambiciosos de frequentar uma escola de arte e construir uma carreira como pintora. Até planejara fazer aquilo, mas, quando se vira grávida de Kyle, achara que não tinha mais sentido. Por que gastar energia com algo que nunca aconteceria?

E Ethan nunca disse a ela que odiava trabalhar para o Serviço Florestal e nos negócios da família. Por lealdade à Caroline e aos pais dela, que haviam lhe dado um lar na casa grande e ampla da fazenda, ele havia tentado aprender a gostar da extração de madeira e da produção de açúcar de bordo e permanecera preso aos hectares de terra que sustentavam a família Rush havia duzentos anos. Na época, Caroline não percebeu o descontentamento dele, assim como ele não percebeu o desejo dela de cursar uma escola de arte.

As coisas teriam sido diferentes se eles tivessem sido sinceros um com o outro? Ela não sabia. O que sabia era que era impossível se esconder de um sonho. O desejo não realizado tinha um jeito todo particular de se esgueirar de alguma forma, causando rachaduras invisíveis na base de um relacionamento.

Knox estendeu a Annie o privilégio de colocá-lo na cama.

— Quero ler *dois* livros — avisou ele.

— Acho que consigo dar conta disso. Que tal você escolher um, e eu outro?

— *Vai, Cachorro. Vai!* — escolheu ele na mesma hora, já seguindo em direção à escada.

Ethan tirou o lixo.

— As latas de lixo estão no mesmo lugar? — perguntou ele.

— Não. Vou mostrar onde ficam agora. — Caroline abriu a porta dos fundos. — Aqui. Tivemos alguns problemas com ursos, então a gente faz diferente agora.

A noite já caíra de vez, e algumas estrelas precoces pontilhavam o céu. Caroline usou o celular para iluminar o caminho ao redor da lateral da casa até a lixeira. Uma vez por semana, Kyle levava os recicláveis e o lixo para a estação de reciclagem.

— Muito eficiente — comentou Ethan, checando o mecanismo à prova de ursos. — Algo assim me teria serventia em Dominical, mas não para ursos. Para macacos.

Caroline não sabia o que dizer sobre aquilo. O nome por si só a fazia lembrar das discussões acirradas que eles haviam tido sobre aquilo. Quando estava no último ano do ensino médio, Kyle já estava ansioso para assumir o negócio de bordo... quase tão ansioso quanto Ethan para entregar a responsabilidade ao filho.

Ethan tinha mostrado a ela fotos de um acampamento de surfe na Costa Rica, fazendo-a lembrar das conversas que tiveram antes de os filhos nascerem. Ele tinha encontrado um imóvel. Queria comprá-lo e montar um negócio.

Caroline achou que o marido estava brincando. A ideia parecia tão absurda que ela chegou a alimentar o sonho por um tempo, descrevendo a varanda aberta e arejada que gostaria de projetar, enfeitada com redes de tecidos coloridos. Haveria um canto especial para seu cavalete e suas tintas, no qual ela poderia ver o oceano e ouvir o barulho das ondas enquanto trabalhava.

Quando ficou nítido que Ethan estava falando sério sobre montar um negócio na propriedade, as objeções de Caroline não conseguiram impedi-lo.

"Eu vivi essa vida com você por dezenove anos", falara Ethan, a voz soando cansada e triste. "Tentei gostar dela. A verdade, Caroline, é que não posso mais fazer isso. Venha comigo. Vamos todos para lá."

Ela tinha se recusado a sequer considerar a possibilidade. Havia a fazenda e os pais dela. Eles não podiam só despejar tudo no colo de Kyle por causa do devaneio de Ethan.

Ele alegou, então, que tinha que deixá-la, tinha que deixar a família, para salvá-los dele mesmo e da pessoa irritada e frustrada que ele havia se tornado. Ethan ansiava por uma vida mais emocionante e diversificada e, se ela não o acompanhasse na aventura, ele jurou que faria aquilo sozinho.

O descontentamento do marido não foi surpresa para Caroline. Ela já havia percebido. E parte dela ficou aliviada por dizer adeus à tensão e à angústia de viver com alguém que ansiava por outra vida. Mesmo assim, viu-se dominada por um enorme pavor diante da perspectiva de criar os filhos sem ele, da preocupação de dividir a guarda com alguém que estaria morando do outro lado do mundo. O que Caroline nunca poderia admitir, nem para si mesma, era que a fazenda de bordo da família Rush também nunca tinha sido o sonho dela. Ela amava o lugar, mas aquela não era a vida que havia imaginado para si mesma. Ainda assim, era um lar seguro e conhecido para os filhos e, com Kyle tendo nascido logo depois que eles se casaram, tinha feito sentido continuar ali.

Ethan nunca havia encontrado um único momento de contentamento na vida ali. A ideia de que ele estivera só aguentando o fardo até Kyle ter idade suficiente para assumir o negócio fez Caroline se perguntar se ele a amara de verdade.

No momento, anos depois, uma onda quente de raiva irrompeu.

— Talvez Imelda possa assustar os macacos — sugeriu ela.

Ele riu, sem se deixar perturbar pelo comentário.

— Não estou mais com Imelda. Já faz algum tempo. — Então Ethan ficou sério. — Meu coração sempre foi seu, Caroline.

A declaração a atingiu em um ponto vulnerável, mas ela se agarrou à raiva.

— Você tem um jeito engraçado de demonstrar isso. Mal esperava para ir embora daqui.

— Eu esperei. E tentei. Jesus, esperei dezenove anos e me esforcei pra caralho para fazer dar certo. Então, quando eu quis ir para a Costa Rica, você se recusou.

— Eu me recusei? Você ao menos me consultou? Talvez houvesse coisas que eu também quisesse.

— Como o quê? E como eu saberia que tinha que perguntar?

— Eu queria estudar arte — admitiu Caroline. — Queria ir para o Instituto Pratt.

— Em Nova York? Achei que você amasse a fazenda.

— Eu amava *você* — retrucou Caroline, então arquejou e desejou ter conseguido conter as palavras que acabara de dizer. — Mas você foi embora.

— Então por que você ficou depois que eu fui embora? Poderia ter ido para qualquer lugar.

— Eu precisava de um lugar para criar nossos filhos. Precisava da ajuda dos meus pais e, quando os dois ficaram mais velhos, foram eles que precisaram da *minha* ajuda. Deus sabe que você nunca pensou nisso.

— Isso não é justo.

— É mesmo? E o que é justo, Ethan? Me responde. Foi justo você ter ido embora?

— Eu fui embora para não me autodestruir, mas nunca deixei de amar você. Nunca deixei de sentir sua falta.

Ele passou a mão pelo cabelo, aquele cabelo louro-acinzentado abundante, tão sexy no momento quanto tinha sido na juventude.

— Por que eu deveria acreditar em você? São palavras vazias.

— Você está certa. São vazias mesmo, a menos que eu faça alguma coisa a respeito.

— Vai fazer o quê? Voltar para a Costa Rica para… para me amar um pouco mais?

Ethan ficou em silêncio e, na escuridão, Caroline não conseguiu interpretar sua expressão.

— Eu não vou voltar para a Costa Rica.

— Isso, para mim, é novidade.

— Se você conversasse comigo sobre outra coisa além de Annie, talvez já soubesse que eu vendi o acampamento de surfe.

— Você está mentindo.

— A documentação está correndo neste exato momento.

Caroline estava chocada.

— Você abandonou sua família para construir aquele lugar. Foi tudo em vão?

— Não… Por Deus, não.

— Então por que fazer uma coisa dessas? Por que você venderia seu sonho?

— Porque, no fim das contas, era um sonho vazio, tão vazio quanto eu dizendo meras palavras. O lugar é o paraíso. Eu queria que você pudesse ter visto. Mas, mesmo depois de todo esse tempo, não significa nada sem você.

Ela o encarou, incrédula.

— E você só está me dizendo isso agora?

Ethan deu um passo na direção de Caroline.

— Estou pronto para seguir para a próxima grande aventura.

— Ah, é mesmo? E qual vai ser?

— E se eu dissesse que a próxima grande aventura é você?

23

— Nadadoras, em suas marcas.

Annie estava sentada na última fileira das arquibancadas do centro aquático, longe da água, e ainda seca. Ela usava a velha jaqueta de lã com emblema, por cima de um maiô novo. Aos pés estava a antiga bolsa da equipe, também com emblema, uma toalha e uma muda de roupa.

O alarme soou, e Annie ficou tensa por um momento, condicionada pelos anos de treinamento ali naquela piscina, que tinha vinte e cinco metros de comprimento e formato em L, com a área de mergulho na extremidade mais distante. As raias eram demarcadas com cordas flutuantes.

As jovens nadadoras saltavam dos blocos e disparavam pela água com o máximo de velocidade. A treinadora Malco andava pelo convés com o cronômetro e a prancheta, bem como fazia quando era a treinadora de Annie. A prova, um sprint de cinquenta metros livres, terminou em cerca de trinta segundos.

Annie se virou para Pam e para Olga, que a acompanhavam.

— Competi em um triatlo alguns anos atrás. E terminei.

— Não é nenhuma surpresa — respondeu Pam, e continuou, se virando para Olga: — Ela sempre foi a melhor atleta do time.

Annie suspirou.

— Agora é um desafio andar do vestiário até a piscina recreativa.

— Você não precisa fazer isso hoje — falou Pam.

— Ela precisa, sim. — Quem falou foi a treinadora Malco, a aparência inalterada pelo passar dos anos. O mesmo cabelo grisalho, a expressão dura como mármore, o brilho de aço nos olhos acima dos óculos de leitura. — Vá para a piscina recreativa e comece o treino, Rush.

— A senhora não tem piedade.

Annie se levantou.

A treinadora pegou a mão dela, ajudou-a a descer as arquibancadas e apontou na direção da piscina recreativa.

— Bem-vinda de volta, Rush — disse ela, com um breve sorriso.

— Obrigada. Estou cansada de estar cansada.

Annie conseguiu dar uma volta na piscina. Foi um começo. Era bom estar na água, embora ainda estivesse fraca demais. Pam e Olga nadaram com ela, incentivando-a. Ela se arrastou para fora, ofegante, mas com uma sensação de triunfo. Então, viu Fletcher, Sanford e Teddy vindo na direção dela.

— São três gerações de bonitões ali — murmurou Pam.

— Olga, olha só! — Teddy correu até a esposa do avô, brandindo um distintivo de pano. — Eu sou um peixe-voador. — Ele se virou para mostrar a Annie. — Agora sou um peixe-voador.

— Que legal — comemorou Annie. — Parabéns.

Ela tentou não olhar para Fletcher de calção de banho, mas sem sucesso. Era impossível não olhar para Fletcher de calção de banho. Annie sentiu um ardor intenso de desejo, e de repente se deu conta: tinha passado mais de um ano sem sexo.

Estava com as bochechas vermelhas quando encontrou os olhos dele.

— Oi — cumprimentou.

— Oi, Annie. De volta aos treinos?

Ela sentiu o rosto ruborizar ainda mais. Houve um momento na vida em que disparava sem esforço algum pela água.

— Acabei de começar.

— Pode me ajudar com minha perna, amigão? — pediu Sanford a Teddy, e foi até um banco.

— Você não me respondeu — disse Fletcher.

Ele tinha deixado uma mensagem de voz e outra de texto para ela.

— Não respondi. O que foi uma profunda falta de educação. Desculpe.

— Não se desculpe. Só diga sim. Tipo, sim, vou adorar sair para jantar com você.

— Fletcher...

— Pai — chamou Teddy. — Pai, vem!

Fletcher encarou-a com um olhar intenso.

— Responda à mensagem — pediu.

Annie alcançou Olga, que já seguia em direção ao vestiário.

— Você disse a eles que a gente estaria aqui?

Olga deu de ombros com toda a calma.

— Eu e Pam achamos que você precisa de um homem.

— Preciso de uma vida primeiro — argumentou Annie. No vestiário, ela se viu de relance no espelho. — Eca. Estou pálida. E peluda.

— É — concordou Olga sem rodeios. — Você está precisando de muita ajuda.

— Não do tipo que teve na reabilitação — acrescentou Pam.

E, sem mais discussão, as duas a levaram ao Maple Grove Day Spa para um tratamento facial e depilação, manicure e pedicure. Depois foram todas à loja Peek-a-Boutique para comprar roupas e maquiagem novas.

Annie analisou a própria imagem no espelho da loja. O vestido tubinho coral servia com perfeição. As sandálias plataforma de tiras exibiam a unha feita. Ela ainda não estava acostumada a ter cabelo curto. Tentou dizer a si mesma que era bom recomeçar a vida com um cabelo novo, mas nos últimos tempos não estava tendo muito sucesso em mentir para si mesma.

— Esses cachos estão horríveis — falou.

— Ah, qual é — contrapôs Pam. — Estão uma graça.

— Eu estou parecendo a Betty Boop.

— E ela é uma graça, *sim*.

— Ela é um desenho animado.

Olga passou os dedos pelo cabelo de Annie, modelando-o com alguns grampos cheia de habilidade.

— Melhor — comentou a mulher mais velha. — Agora você precisa de mais batom e blush.

Annie sabia que era inútil discutir com Olga. Ela se rendeu aos retoques finais, então voltou a se olhar no espelho.

— Olha só — murmurou Annie, então, sem conseguir conter o sorriso. — Voltei ao mundo dos vivos!

— Tenho boas notícias — anunciou Lorna Lasher, a consultora de marca que o pai de Annie havia contratado.

Lorna havia convocado uma reunião em uma manhã de sexta-feira em seu escritório em Burlington para discutir o plano de lançar o novo xarope Doçuras Rush. Todos ao redor da mesa (Annie, o irmão e os pais) se inclinaram para a frente, tensos.

— Gostamos de boas notícias — respondeu Annie.

Desde que começara os treinos na piscina, ela parecia e se sentia forte.

— Não gostamos todos? Vocês receberam autorização para distribuição, o que não foi surpresa, levando em consideração o histórico que têm. A rotulagem está concluída, ou seja, está tudo pronto.

— Ótimo — respondeu Kyle. — Também já está tudo engarrafado e pronto para envio.

Ethan permaneceu com os olhos fixos em Lorna.

— Não é essa a boa notícia — falou ele.

Ela sorriu.

— Você está certo. Essa é a notícia *esperada*. A boa notícia é que consegui inserções na mídia para vocês.

Ela distribuiu uma lista de programas de entretenimento, sites e revistas que apresentariam o novo produto.

Caroline arquejou.

— *Oprah Magazine*. O Santo Graal das revistas.

Annie reparou que a mãe estava especialmente bonita naquele dia. Ela havia arrumado o cabelo e usava um vestido que valorizava a silhueta. Annie se perguntou se seria para a reunião… ou para o ex-marido.

— O programa *Today* — disse Annie. — Ainda melhor.

Eles repassaram um plano para o lançamento do produto. Tudo naquela reunião parecia muito familiar a Annie: os termos usados, a discussão ágil, os gráficos e planilhas. Tudo... exceto a presença do pai. Era estranho vê-lo naquele contexto.

Annie percebia coisas naquele momento que não havia reparado quando criança. Ethan era um bom homem de negócios. Ele manteve o controle da reunião e criou um plano com Lorna que fazia todo o sentido.

E ele mesmo também tinha novidades: havia conseguido fechar um pedido de cem caixas de xarope para lojas gourmet por toda a Nova Inglaterra e na parte alta de Nova York, com a empresa da família dele como única distribuidora.

Depois, foram todos almoçar em um antigo restaurante na margem do lago Champlain. O prédio já havia sido um depósito de gelo, mas, desde que Annie lembrava, abrigava um restaurante famoso por acolher celebrações familiares: formaturas, bar mitzvahs, casamentos e aniversários.

Entrar ali foi como voltar no tempo para o dia da formatura do ensino médio de Kyle. Annie tinha 10 anos e usava o vestido de verão favorito, de pregas, e sandálias. Naquela época, eles eram um grupo de seis, com o avô sentado na cabeceira da mesa, a avó ao lado. Annie se lembrava de ficar parada no parapeito vendo a balsa do lago Champlain passar. Ela havia pedido um Shirley Temple e massa *pappardelle* com lagosta, e tinha se sentido toda chique quando o prato chegou. Naquele momento, Annie sentira apenas felicidade e segurança, e jamais poderia ter imaginado que aquela seria a última vez que a família celebraria alguma coisa todos juntos.

Alguns dias depois, o pai anunciou que estava indo embora. E, de repente, o céu viera abaixo.

No momento, vinte anos depois, Annie se dava conta de que a partida do pai era a chave para o seu modo de pensar sobre os homens.

— Está tudo bem? — perguntou o pai, e se inclinou sobre a mesa na direção dela.

— Ah, tudo bem — respondeu Annie, afastando a preocupação dele. — Só... pensando.

— No quê?

Ele a encarou com o sorriso de pai no rosto, o mesmo que antes deixava Annie orgulhosa de ter o pai mais bonito de Switchback. Ela o idolatrara, depositara toda a admiração e confiança nele... então ele tinha ido embora.

— Eu estava me lembrando da última vez que a gente esteve neste restaurante, todo mundo junto — respondeu ela, porque não queria contar a ele, ou a qualquer um, o que de fato estava em sua mente. — A vovó e o vovô estavam com a gente.

— Foi na formatura de Kyle — disse a mãe, lançando um olhar rápido para o pai.

Annie observou os pais, então, e percebeu... alguma coisa. Ela focou o olhar no do irmão e tentou transmitir uma pergunta do tipo "o que está acontecendo?", mas ele era Kyle, e homem, e não se deu conta de nada.

O sommelier chegou com uma garrafa de champanhe Billecart-Salmon, e Annie teve certeza de que alguma coisa estava acontecendo.

— Champanhe rosé — murmurou ela. — E tão cedo. Qual é a ocasião?

— Vamos fazer um brinde — convidou o pai, depois que todas as taças estavam cheias.

— Ao Doçuras Rush envelhecido em barril — continuou Kyle. — E ao nosso outro produto novo, o Head Rush.

— Espere — interrompeu Annie. — O que é o Head Rush?

Os pais trocaram outro olhar, ambos parecendo tão perplexos quanto ela.

— Eu me qualifiquei para uma licença de cultivo para fornecer a um dispensário licenciado.

— Meu Deus. Você vai cultivar maconha — concluiu a mãe.

— Impressionante — comentou o pai baixinho.

— Só para uso medicinal — explicou Kyle —, até que seja legalizado, o que provavelmente deve acontecer em um ou dois anos.

— E Beth concordou com isso?

— Mãe. Pare de se preocupar. Beth concorda com o plano.

O pai tomou um gole de champanhe.

— Você vai tomar conta de tudo sozinho. O xarope, a fazenda, a erva... tudo.

— Esse sempre foi o plano, pai — retrucou Kyle.

Até onde Annie sabia, o irmão nunca havia confrontado diretamente o pai por ter ido embora, mas havia uma pontada de irritação no comentário dele.

— O que seu pai está tentando dizer é que nem ele, nem eu, vamos estar *diretamente* envolvidos daqui em diante — explicou a mãe. — Nós temos outros planos.

Annie ficou arrepiada. Nós? *Planos?*

— Que tipo de planos? — perguntou Kyle.

Os pais se entreolharam outra vez. Eles faziam Annie se lembrar de adolescentes nervosos tentando descobrir como admitir um pequeno acidente. Havia algo nos dois, algo novo e estranho, que fazia com que *parecessem* adolescentes.

— O pai de vocês e eu... vamos morar juntos — revelou a mãe em um rompante.

— Quê?! — exclamou Annie.

— Jesus — disse Kyle ao mesmo tempo.

O pai pegou a mão da mãe.

— Desde que eu voltei, nós temos... conversado.

Annie teve a ligeira desconfiança de que "conversar" era um código para... Ela não deixaria a mente seguir por aquele caminho.

— Encontramos um apartamento em Nova York — anunciou o pai. — No bairro de Chelsea.

— Mas o que vocês vão fazer em Nova York? — perguntou Annie.

— Vou começar aulas de educação continuada na Pratt, e seu pai está expandindo a divisão de alta gastronomia da distribuidora dele para Manhattan.

— Vocês estão falando sério — concluiu Kyle.

— Estamos — confirmou a mãe. — Sei que deve parecer precipitado ou súbito, mas a gente está falando sério. E estamos felizes. E queremos que vocês fiquem felizes por nós. Felizes *com a gente.*

Ela estava radiante. *Radiante.* Annie não via a mãe animada daquele jeito desde que Caroline era uma jovem mãe, valsando pela cozinha quando Ethan chegava do trabalho.

Aquele era o momento dela, percebeu Annie. A chance da mãe de cursar a instituição de arte, a mesma que não tinha aproveitado todos aqueles anos antes. Annie estava bem feliz pela mãe em relação àquilo. Mas voltar com o pai? Com um homem que a abandonara vinte anos antes?

— Eu quero que você seja feliz — declarou Annie.

— Mas… — incitou a mãe.

— Estou meio cética — disse Annie. — Como vou saber que isso vai dar mais certo do que da última vez?

— Você não tem como saber — admitiu o pai. — Precisa confiar. Mas posso prometer que nossa intenção é fazer dar certo. E vamos conseguir.

— Você ouviu isso? — perguntou Annie ao irmão. — Alguma coisa nessa história faz sentido pra você?

Kyle estava mastigando um pãozinho.

— Não — respondeu ele. — Mas essa história tem que fazer sentido para a mãe, não para a gente.

— E faz — garantiu Caroline aos dois. — Vocês vão ver.

Annie tomou um gole do champanhe. Santo Deus, estava delicioso. Ela tomou outro gole e encarou os pais do outro lado da mesa. Estava dominada por uma confusão de sentimentos que levariam muito tempo para serem identificados. Por um lado, estava tomada pela doce ilusão de uma família restaurada, pelo prazer de ver como aquilo fazia os pais parecerem jovens e revigorados. Ao mesmo tempo, sentia um rugido sombrio de ressentimento vibrando no peito. Por que eles não tinham conseguido se acertar anos antes, quando ela era uma criança que precisava dos pais juntos?

"O amor acontece em seu próprio tempo", dizia a avó. "Não se pode determinar quando ou como."

"Nunca é tarde demais para ter a vida que se quer."

— Quando? — perguntou Annie.

— Quando você estiver melhor — respondeu a mãe.

— Ah, qual é. Quer dizer que está esperando que eu dê um aval a vocês? Não ousem jogar essa responsabilidade em cima de mim.

— Parece que estamos todos cheios de novos planos — comentou o pai, mudando de assunto com astúcia. — E você, Annie? Qual papel você quer ter nisso? Além de deusa do envelhecimento em barris?

— Você pode recomeçar — acrescentou a mãe. — Uma vida nova, como disse o dr. King. Pode ir a qualquer lugar. Fazer qualquer coisa.

O irmão terminou de tomar o champanhe.

— Se pudesse fazer qualquer coisa que quisesse agora, o que faria?

Annie foi invadida por uma onda de amor enquanto olhava para eles... para a família. Aquelas pessoas a tiraram da escuridão, a resgataram de uma existência no limbo. Ela devia tudo a eles, e ainda assim só o que pareciam esperar dela era que começasse de novo.

Fletcher estava saindo do chuveiro quando o celular e a campainha tocaram, quase ao mesmo tempo. Na entrada dos fundos, Titus deu um latido de aviso. *Momento perfeito.* Ele enrolou uma toalha na cintura e foi procurar o celular, deixando um rastro de umidade atrás de si. Encontrou o aparelho na cômoda do quarto... Chamada perdida de Annie Rush.

Annie tinha ligado para ele. Ela enfim havia decidido retornar as mensagens.

A campainha tocou de novo, então Fletcher vestiu uma calça jeans e correu para a porta.

Annie.

— Oi — cumprimentou ele, segurando a porta aberta. — Entra.

Ela entrou e ficou parada no hall, segurando uma ecobag com força demais. Seu olhar parecia uma borboleta que tentava se desviar do peito nu e úmido dele, mas não sabia onde mais pousar.

Fletcher não ficou nem um pouco incomodado com aquele olhar. Annie estava linda naquela noite. Diferente...

— Eu estava no chuveiro — explicou ele, se demorando para abotoar o primeiro botão da calça. — Acabei de chegar de um passeio de mountain bike.

— Tentei ligar primeiro, mas você não atendeu. — Ela deu um sorriso tímido. — Tudo bem, eu liguei quando já estava na entrada.

— Tudo bem. Não me importo que você apareça sem avisar. Nem um pouco.

— Tem certeza? Quer dizer, é sexta à noite...

— Eu não vou sair para um encontro nem nada do tipo.

— Talvez o encontro tenha *vindo* até você — declarou Annie. A reação dele devia ter sido transparente, porque ela se apressou a acrescentar: — Não entre em pânico. Estou brincando.

Fletcher queria que fosse verdade.

— Entra.

Ele a levou até a grande sala de estar, que se conectava à cozinha aberta.

— Você comprou a antiga casa Webster — comentou Annie, olhando ao redor e reparando na lareira, nas estantes de livros, nos vitrais das janelas e na claraboia acima da cozinha, nas portas francesas que levavam ao deck dos fundos. — É linda demais, Fletcher.

— Escolhemos juntos, lembra?

— Óbvio que lembro, embora tenha sido há uma eternidade.

— Olga cuidou da decoração.

Fletcher entrou na lavanderia e pegou uma camiseta na secadora. Não queria que Annie achasse que ele era um exibido que ficava andando pela casa sem camisa.

— Olga é incrível.

— Ela diz o mesmo de você. Desde que soube que criou o programa favorito dela, a mulher não para de falar de você. Olga é obcecada por *O ingrediente-chave.*

— O programa não é mais meu.

— Olga disse que vem piorando muito nos últimos tempos.

Annie estremeceu, e Fletcher se arrependeu de ter dito aquilo.

— É sexta à noite — lembrou ele. — Deixe-me pegar uma bebida para você.

— Obrigada. Eu trouxe uma coisa.

— É mesmo? Opa, uma visita de milhões.

— Eu só não queria beber sozinha. Teddy está aqui?

Fletcher negou com a cabeça.

— Está com a mãe dele.

— Tudo bem. — Ela fez uma pausa e mordeu o lábio de um jeito que o fez querer agarrá-la e beijá-la. Então, Annie pegou uma garrafa de bitters e uma laranja. — Preciso de gelo e de uma coqueteleira. E de um pilão, se você tiver.

— Tenho certeza de que não tenho um pilão.

— Uma colher de pau serve, então.

Ela se pôs à vontade na cozinha na mesma hora, fazendo Fletcher se lembrar da Annie que ele conhecia: inteligente e um pouco mandona, segura de si. Ela encontrou uma tábua de corte e uma faca, e pegou dois copos... aqueles chiques e baixos que um cliente havia lhe dado de presente quando ele tinha o escritório de advocacia.

— Vamos tomar old fashioneds — anunciou Annie. — Pam e eu criamos uma receita especial para realçar o xarope de bordo envelhecido em barril. — Ela pegou uma garrafa da sacola de compras que tinha levado. — Tome, abra aqui. E aproveite para experimentar. Acabamos de fechar um acordo de distribuição do xarope.

Em um impulso, Fletcher encostou a ponta do dedo dela no xarope e lambeu.

Annie arquejou e recolheu o dedo.

— Ei!

— Uau — falou ele com um sorriso descarado. — Não achei que você conseguiria melhorar o xarope de bordo, mas isso é de outro mundo.

— Doçuras Rush virou gourmet. A gente já tem pedidos para o novo lote.

"A gente." Aquilo significava que ela estava de volta aos negócios da família?

Annie continuou a trabalhar com total concentração: ela misturou os drinques e finalizou tudo com uma cereja conservada no conhaque e uma rodela de casca de laranja. A bebida estava deliciosa. No geral, Fletcher era um cara do tipo cerveja e sinuca, mas aquele drinque o conquistou por completo: a força do uísque de Pam, o xarope cobrindo o fundo do copo e, acima de tudo, o modo que os olhos dele encontraram os de Annie quando ela bateu a borda do copo no dele em um brinde.

— A... novos começos.

— Você está recebendo a ajuda de que precisa de Gordy?

— Acho que sim. Não deve ser nada divertido para ele lidar com um cara como Martin Harlow.

— Sinto muito que você esteja passando por isso. Não sei mais o que dizer.

— Está tudo bem. Foi estranhamente fácil superar a perda dele.

— Por ele ter traído você?

Fletcher teria enorme prazer de arrebentar a cara do ex dela se o covarde aparecesse por ali.

— É. Mas também porque... — Annie pousou o copo e cruzou os braços. — Porque eu não amava Martin o bastante. Sei que vai parecer absurdo, mas me sinto culpada por isso. A gente formava uma boa equipe, trabalhando juntos. A parte do casamento... era meio insípida. Aconteceu gradualmente, e eu não percebi que havia problemas, ou talvez estivesse em negação.

Caramba. Fletcher sabia muito bem como era aquilo. Ele estivera determinado a fazer o casamento com Celia dar certo. Ambos queriam o melhor para Teddy. Ele havia cultivado a família como um jardineiro dedicado, plantando raízes naquela cidade, encorajando Celia a se cercar das coisas que a faziam feliz. No fim, tinha chegado à mesma conclusão de Annie sobre o casamento: havia amor, mas não o bastante.

— Não fique se martirizando por isso.

Ela deu um sorrisinho.

— Eu pareço estar me martirizando?

— Você parece estar saboreando um drinque delicioso. — Fletcher pegou a mão dela. — Vamos lá para os fundos, aproveitar esse clima gostoso. E tem alguém aqui que você precisa conhecer. O nome dele é Titus.

Titus, o *bernese* que Fletcher tinha adotado logo depois do divórcio, cumprimentou os dois com fungadas e espirros de alegria.

— Ele é lindo.

Annie entregou o copo a Fletcher, então se ajoelhou e abraçou a cabeça grande do cachorro.

Celia achava cachorros bagunceiros e fedorentos, o que eles eram mesmo, e sempre se recusara a ter um. Assim que Fletcher se vira sozinho, tinha adotado o cachorro mais bagunceiro e fedorento que conseguira encontrar. Titus tinha um rabo despedaçado e um sorriso torto, e havia sido abandonado na entrada da cidade. Fletcher e Teddy eram apaixonadíssimos pelo bicho.

Annie se levantou e limpou os pelos de cachorro do vestido. Então, parou de repente e deixou escapar um arquejo baixo.

— Você tem um balanço.

— Eu tenho um balanço.

— Parece exatamente com...

Ela parou de falar, então tirou as sandálias e se sentou no balanço, fazendo a corrente tilintar baixinho.

— Não é coincidência.

Fletcher se sentou ao lado dela, embora não perto o bastante para se tocarem.

Annie dobrou a perna embaixo do corpo, deixou a outra balançando no chão do pórtico, e se virou para encará-lo.

— Você lembrou.

— Eu lembrei.

— Das outras coisas também — completou ela com suavidade. — Estantes de livros em todos os cômodos. Janelas, claraboias e uma lareira. Um jardim cheio de tomates e ervas. Você lembrou de tudo.

— Lembrei.

Annie girou a bebida no copo, então colocou-a na mesa lateral com um gesto nervoso.

— Meu irmão vai começar a plantar cannabis em nosso terreno.

— Que fantástico.

— Como pode dizer isso? Você é um juiz. Deveria condenar esse tipo de coisa.

— Não se ele estiver operando legalmente. E Kyle está fazendo isso legalmente.

— E você sabe disso... como?

— Porque conheço Beth Rush e a cruzada dela para transformar a vida de cada criança que entra pelas portas da escola. De jeito nenhum aquela mulher colocaria a missão em risco.

— Bem pontuado.

Annie observou o pátio dos fundos. O terreno tinha uma cerca alta e uma sebe de espinheiros ainda mais alta para conter Teddy e Titus.

Annie afundou mais nas almofadas do balanço.

— Meus pais estão reatando o relacionamento deles.

— Ei, isso é ótimo… Não é?

— Não sei. Os dois vão se mudar para Nova York. Eles pegaram o trem de Burlington depois do almoço hoje para verificar o espaço do depósito, ou foi o que disseram. Algo me diz que só queriam passear juntos. Então eu… acho que quero ficar feliz por eles. Ainda estou assimilando a novidade.

Fletcher tinha um monte de perguntas para fazer. Queria saber por que ela estava ali. Só que não perguntou, porque não queria assustá-la. Então, esperou. Ouviu. Era algo que tinha aprendido no tribunal, como juiz. "Fique calado e escute, e a história acaba vindo à tona."

— Eles vão fazer o que tiverem que fazer, e para mim tudo bem. Mas aí eu perguntei para os dois quando esse grande plano se desenrolaria, e eles disseram que seria depois que eu estivesse melhor. Isso é meio passivo-agressivo, certo? Eu já estou melhor. Posso dirigir. E beber… de forma responsável. Consigo raciocinar. O que eles estão esperando de fato? — Annie colocou o balanço em movimento com um ligeiro impulso do pé. — Meu mundo mudou muitas vezes desde o acidente. Estou enfim saindo da névoa, e não preciso de ninguém por perto, preocupado que minha cabeça vá explodir. Minha cabeça está bem. *Bem.*

— Fico feliz em ouvir isso. Fico feliz por você estar melhor.

Fletcher se levantou e acendeu algumas velas de citronela para afastar os insetos enquanto o crepúsculo começava a se transformar em noite.

— Preciso bolar um plano — declarou Annie. — Essa é a parte que me assusta. Toda vez que faço um plano, acontece alguma coisa para estragar tudo.

— Ah, espere aí. Olhe só para tudo o que você conquistou. A faculdade, depois o próprio programa de TV recém-saída da universidade, e agora esse novo xarope…

— É um jeito de ver as coisas. Mas lembra, eu planejei ficar com você, no verão depois do ensino médio, e então seu pai precisou mais de você. Aí a gente tentou de novo, e parecia que daria certo mesmo, depois eu fui para a Califórnia e, quando recuperei o bom senso, você estava tendo um bebê com Celia. Por isso que eu não vejo sentido em planejar nada.

— Então não planeje.

— Isso prova que você não me conhece — contrapôs Annie.

— Eu conheço você bem demais.

— Ah, claro.

Com cuidado, Fletcher colocou o copo na mesa, se virou para Annie e segurou o rosto dela entre as mãos.

— Eu conheço você — repetiu, olhando nos olhos dela. — Sei que você gosta de balanços na varanda, estantes de livros e lareiras. Sei que consegue fazer biscoitos sem nem precisar checar uma receita. E que tinha um esconderijo secreto no quarto em que guardava lembranças, e que algumas dessas lembranças têm histórias incríveis. Sei o que você vê quando aponta a câmera para um tema. Sei que, quando você sorri, sua boca parece ainda mais macia. Aliás, sei bem como é a textura dessa boca. Conheço o sabor dela, e a sensação que provoca quando toca qualquer parte do meu corpo...

— Fletcher. Você está dando em cima de mim?

— Com certeza. Pensei em você quando pendurei esse balanço.

— Pensou em mim. Como?

— Bem, mais ou menos assim... — explicou ele em voz baixa.

— Fletcher!

— Shhh. Eu tenho vizinhos.

Ela riu baixinho.

— E uma reputação a zelar. Talvez seja melhor a gente entrar.

— Ou não.

Ele ajeitou o corpo dela ali mesmo, e o balanço se tornou um lento passeio em um barquinho. Annie deixou escapar um arquejo que provavelmente foi ouvido na casa ao lado, mas ele nem ligou.

24

Quando batera à porta de Fletcher, o plano inicial de Annie não fora passar o fim de semana lá, mas estava começando a perceber que as melhores coisas não eram planejadas. Só aconteciam. Ela se deixou envolver pela experiência como se estivesse mergulhando em um riacho, seguindo a corrente para onde quer que a levasse.

Tantos anos depois, Fletcher estava diferente. Ela estava diferente. Contudo, a conexão profunda e poderosa que sempre existira entre eles permanecia ali.

Uma vez que o casamento havia terminado, a intimidade assumia um significado especial para ela. Depois de ter permanecido tanto tempo com um único parceiro, Annie se pegou pensando: *ainda sou boa o bastante? Desejável o bastante? Ainda consigo despertar o interesse de alguém novo?*

Só que Fletcher não era apenas alguém novo, certo? Havia coisas nele das quais ela nunca esquecera. E coisas que ele sabia dela que ninguém mais soubera, desde os menores segredos até as maiores verdades.

Depois dos drinques e do balanço da varanda, Annie saqueou os suprimentos da cozinha dele, que eram sofríveis em maior parte — macarrão com queijo em caixa, vinho branco, além de um punhado de tomates-cereja e manjericão da horta — e preparou um jantar com os ingredientes humildes. Depois, os dois se aconchegaram juntos na cama, com tigelas de sorvete de bordo e nozes e ouviram músicas de

Serge Gainsbourg que saíam de um alto-falante escondido. Aí fizeram amor de novo, e mais uma vez, de madrugada, sonolentos. E ainda outra vez pela manhã, saudando o amanhecer com ardor renovado. Foi uma maratona de sexo, incansável e voraz, como se tivessem sido jogados de volta na adolescência e acabado de descobrir um ao outro.

No sábado, eles foram caminhando até o mercado de produtores, compraram comida fresca e levaram para a casa de Fletcher. Annie preparou martinis de menta fresca, uma torta de tomate com queijo Cabot, ervilhas-de-cheiro amanteigadas com cebolas grelhadas e, de sobremesa, frutas vermelhas com crème fraîche aromatizado com licor de avelãs Frangelico.

— Eu nunca vou deixar você ir embora — anunciou Fletcher, levando uma segunda porção de frutas vermelhas para o quarto depois do jantar.

As frutas vermelhas e o creme adoçaram o sexo, e os dois ficaram deitados ali até altas horas da noite, ouvindo os sons do jardim. Nem um pouco cansada, Annie se levantou e preparou uma porção de pipoca de bordo salgada, então voltou para a cama, ao lado de Fletcher, levando o laptop.

— Quero mostrar uma coisa. Essas são as primeiras gravações que fiz com Martin, quando *O ingrediente-chave* estava em fase de desenvolvimento. Os episódios nunca foram ao ar porque escalaram outra pessoa como coapresentadora.

Ela tinha a sensação de estar olhando para uma pessoa diferente. No entanto, apesar da qualidade ruim da imagem, a Annie que aparecia ali era ávida e radiante, apaixonadíssima pelo assunto. Era estranho ver Martin ao seu lado. Ela conseguiu encará-lo com um olhar desapaixonado. Não havia qualquer dor pela perda, apenas uma sensação de estar vendo um antigo conhecido. Annie se perguntou por que perdê-lo não doía mais.

Porque nunca o amara do jeito que amara Fletcher.

— É impressão minha ou você está roubando a cena aqui? — perguntou Fletcher, tocando o botão de pausar.

— Eu estou roubando a cena — concordou ela em voz baixa. — Não percebi na época. Por isso não me queriam na frente das câmeras com

Martin. Talvez por isso *Martin* também não me quisesse com ele. Eu roubo a cena.

— É mesmo — concordou Fletcher com uma risada. — A câmera ama você, e você é uma ladra. Você rouba coisas. Programas de TV. Corações…

— Pare com isso — brincou Annie, mas por dentro ficou encantada. — Eu mostrei isso por um motivo. Quero que você veja o que eu estava fazendo quando comecei.

— Você sente falta de fazer aquele programa em Los Angeles.

— Sinto. — Ela não conseguia mentir para ele. — Tento não checar muito o que está acontecendo no setor de entretenimento, mas é difícil resistir. Era minha vida não muito tempo atrás.

Eles passaram uma manhã de domingo preguiçosa, comendo cereal em tigelas enormes e folheando o *New York Times*. A vontade de Annie era se deitar no sofá Chesterfield de Fletcher para assistir a filmes antigos e esquecer do mundo inteiro. Provavelmente não era a melhor ideia. Ele tinha que trabalhar de manhã, e ela tinha… o quê?

— Conheço essa expressão — disse Fletcher e deu um beijinho na têmpora dela. — O que está preocupando você?

Annie mordeu o lábio, tentando se forçar a pensar com nitidez. Queria investigar melhor o que estava recomeçando entre eles, mas os riscos eram altos. Ela sabia o que aconteceria se atravessasse aquela porta.

E não tinha certeza se era o caminho que queria seguir. Já havia deixado Fletcher… não uma, mas duas vezes. Por quê? Porque o pai os abandonara? Porque ela nunca quis correr o risco de vivenciar a desolação e a solidão que sentira depois da partida do pai?

— Vá jantar lá na fazenda hoje — falou Annie, cedendo ao impulso. — Vou preparar um jantar fantástico.

— Não precisa dizer mais nada. Já estou lá. O que posso levar?

— Só você mesmo. — Ela se levantou em um pulo e começou a se vestir, então riu enquanto os olhos dele a devoravam. — Talvez um colete à prova de balas. Afinal, é minha família.

* * *

Os pais de Annie tinham acabado de voltar de Nova York quando ela irrompeu pela porta dos fundos, carregando sacolas do mercado.

— Vou preparar o jantar de domingo — anunciou ela.

— Oba — respondeu a mãe. — Como posso ajudar?

Caroline parecia tão rejuvenescida que beirava o absurdo. Usava calça jeans escura bem justa e uma camisa branca impecável, com sandálias de cortiça, um cachecol colorido que lembrava uma aquarela de Kandinsky e brincos de argola grandes. O rosto estava ruborizado de leve e, por mais que Annie tentasse evitar que a mente seguisse aquele rumo, não conseguiu deixar de reparar que a mãe tinha a aparência de uma mulher que acabara de transar.

Então, ela se preocupou em estar com a mesma aparência.

— Vocês arrumam a mesa — sugeriu Annie. — Vou colocar o assado no forno e depois preciso tomar um banho.

— Vou afixar o extensor na mesa — disse a mãe. — Agora que somos nove para o jantar...

— Coloque dez lugares — avisou, tirando as compras das sacolas às pressas.

— Quem é a décima pessoa?

— Eu convidei Fletcher.

Caroline virou depressa a cabeça para Annie.

— Convidou?

— Seja legal, beleza?

— É óbvio que eu vou... — A mãe parou de falar. — Você estava usando essa roupa na sexta-feira.

Annie abaixou os olhos para o vestido tubinho coral que tinha usado na reunião. Estava um pouco amassado por ter ficado pendurado em uma cadeira na casa de Fletcher o fim de semana todo.

— Vou me trocar depois do banho.

E foi só o que ela disse.

Conforme mergulhava no relacionamento ainda indefinido com Fletcher, Annie se lembrou de algo em que acreditava de todo o coração: a vida às vezes nos presenteava com momentos abençoados.

Eram momentos tão doces que podiam ser guardados como as menores lembranças, para nunca serem esquecidos. Ela descobriu muitos momentos assim com Fletcher. Annie sentia um calor gostoso no peito só de olhar para ele. Estava tão apaixonada. Mal conseguia acreditar em como estava feliz.

Ela também ficava mais forte a cada dia e parecia flutuar pelos dias frescos de verão que continham doces ecos da própria infância, quando a família ainda estava unida e o mundo parecia bem seguro. Eles levaram Teddy para fazer piqueniques e se deleitaram com o sumo dos pêssegos, deixando escorrer pelo queixo. Até conseguiram que o menino pulasse na água da Pedreira do Luar, subindo juntos os três metros de altura até a base de granito.

Fizeram caminhadas no riacho e se deitaram na grama para observar as nuvens. Levaram ingredientes da feira para casa e prepararam comidas caprichadas ao ar livre, enquanto ouviam tilintar os sinos do caminhão de sorvete que atravessava a cidade devagar. Ficavam do lado de fora de casa até tarde, correndo descalços na grama úmida e orvalhada depois do anoitecer, pegando vaga-lumes.

Annie e Fletcher visitaram todos os antigos lugares favoritos, mas daquela vez sem se preocuparem com a hora limite para chegarem em casa, com planos para o futuro ou com qualquer coisa além de estarem juntos. De vez em quando, Annie se dava conta de um sentimento agudo ao ver a alegria de Teddy ao encontrar um ninho de pássaro, o orgulho do menino depois de pegar uma truta, a afeição gentil pelos cães quando ele ia até a fazenda ou a alegria genuína com os toboáguas na pedreira. Naqueles momentos, ela não conseguia evitar pensar no bebê que havia perdido no acidente. E lamentava todo aquele potencial que nunca seria alcançado, o doce corpinho que nunca abraçaria, os olhos que nunca tinham chegado a vislumbrar a maravilha do mundo.

Então, a onda de melancolia recuava, e Annie se considerava sortuda por estar viva, por ter aquele momento inesperado com Fletcher, por ter a família, a fazenda e tudo mais, como deveria ser.

Havia momentos em que ela sentia uma felicidade tão completa que nem parecia real.

Ao mesmo tempo, a alegria idílica do verão parecia frágil, como se a menor alteração pudesse fazê-la se desintegrar.

Para se proteger daquelas preocupações, Annie alimentava o devaneio de ficar isolada ali mesmo em Switchback, se reapaixonando por Fletcher, conhecendo melhor o filho dele e, um dia, tendo um filho com ele. Sim, ela ousou pensar aquilo. Imaginar aquilo. *Querer* aquilo.

Os pais dela se mudaram para Nova York. Kyle e Annie trabalhavam longas horas, já que o lançamento do xarope envelhecido em barril obteve mais sucesso do que imaginaram.

— Os consumidores são um mistério para mim — comentou Kyle, mais de uma vez. — Reclamam de pagar dez dólares por litro do xarope comum, mas pagam tranquilamente quinze dólares por uma garrafa de meio litro de xarope envelhecido em barril.

Foi impressionante a rapidez com que tiveram que aumentar a confecção do novo produto.

— Que fantástico — comentou Beth, juntando-se a Annie e Fletcher na cozinha-laboratório recém-instalada na escola. — Os alunos vão ficar fora de si quando virem este lugar.

— De um jeito bom, espero — disse Annie.

Ela ficou muito realizada ao olhar o espaço concluído. A cozinha, financiada pela fundação de Sanford, tinha sido projetada para garantir aos alunos habilidades para a vida e para o trabalho. Annie planejara o ambiente de forma que as aulas pudessem ser filmadas com facilidade, com um grande console no meio da sala e espelhos inclinados para mostrar a ação.

— Sério — continuou Beth —, o espaço está lindo. Fletcher, me avise o melhor dia para você e seu pai virem para a inauguração, depois que as aulas começarem.

— Pode deixar — confirmou ele. — Fico feliz por você ter gostado. Quem diria que meu pai, que desistiu de estudar no ensino médio, acabaria financiando projetos educacionais?

— Tenho a sensação de que ele recebeu um empurrãozinho do juiz — brincou Beth.

Era assim que ela se referia ao trabalho de Fletcher na justiça juvenil. Quando lidava com crianças em risco, ele tendia a orientá-las para alternativas melhores em vez de mandá-las para o centro de reabilitação para menores em Woodside.

— Falando nisso, o juiz tem uma reunião amanhã cedo. Preciso ir me preparar — lembrou Fletcher e deu um beijo rápido na testa de Annie. — Vejo você de noite?

Ela sorriu e assentiu, então se virou e ficou olhando até ele sair. Beth cutucou seu ombro de um jeito brincalhão.

— Então. Você e Fletcher…?

Annie confirmou com a cabeça.

— Eu e Fletcher.

— Fico feliz, Annie. Ele é incrível, e tenho certeza de que sabe disso.

Ela sabia. Fletcher era incrível. Ele poderia ter ido para qualquer lugar, feito qualquer coisa, mas tinha ficado ali, naquela cidade, onde criara raízes depois de uma infância itinerante da qual quase nunca falava. Fletcher tinha chegado à cidade levado pelo pai, e naqueles tempos permanecia ali por Teddy. E provavelmente porque nunca havia tido aquilo na vida, um lar permanente, uma comunidade. O filho era feliz ali. Ele se sentia seguro.

— A fundação deles tem sido tão generosa com a escola — acrescentou Beth. — Ele é um cara tão bacana.

— Escuto isso o tempo todo, de todo mundo.

— O ponto principal é: *você* acredita nisso?

— Cem por cento.

— Mas…? Consigo ouvir o "mas" em sua voz.

— Você tem uma audição aguçada, então. — Annie se virou e olhou para o ambiente que eles haviam criado para a escola. Podia imaginar com facilidade uma produção de vídeo ali, e a ideia de trabalhar de novo a empolgou. No entanto, outra parte dela queria dedicar toda a energia a Fletcher. — Estou me apaixonando por ele. De novo. Com a mesma intensidade.

— E isso é um problema?

— É incrível. Não consigo nem acreditar que está acontecendo.

— Deixe acontecer, Annie. Permita-se ser feliz.

— Eu quero. De verdade. Mas minha vida implodiu, e nem sei se posso confiar em meu próprio bom senso. O programa... Eu tinha uma vida na Califórnia. Que foi tirada de mim.

— E você quer essa vida de volta?

— Não sei o que eu quero.

— Você está tentando se convencer do contrário? Está tentando *me* fazer te convencer do contrário? Porque, se for esse o caso, está perdendo tempo.

— Não é isso. Eu quero que aconteça. Mas talvez... não tão rápido. Preciso me resolver antes de me deixar enredar em um relacionamento. Quero ser independente outra vez. Tenho que começar tudo do zero. É possível fazer isso enquanto minha visão está nublada pelo amor?

O verão terminou em Switchback do jeito que acontecia havia gerações. A cidade inteira se reuniu ao redor do lago para um piquenique no Dia do Trabalho. Era a última chance de as crianças nadarem na água fria e límpida, a última chance de ficar sentado tomando cerveja, relaxando e aproveitando o sol antes de o outono chegar, a última chance de comer melancia, espiga de milho e fatias grossas de tomate Brandywine colhidos frescos da horta.

— Dizem que, se os tomates não amadurecerem até o Dia do Trabalho, é melhor desenterrar a receita de chutney — contou Annie à sobrinha mais velha, Dana, que estava ao seu lado, ajudando a preparar as tortas de amora para o piquenique.

Para ser mais precisa, Dana estava com os olhos fixos no laptop de Annie, que estava aberto no balcão, enquanto a tia preparava o doce. Aos 17 anos, a garota era desengonçada e adorável, muito mais interessada em garotos e maquiagem do que em cozinhar. E também era uma pessoa esperta, ainda mais interessada em viajar pelo mundo do que em garotos e maquiagem.

— O que é chutney? — perguntou Dana.

— É uma espécie de molho condimentado. Tem origem na Índia e no Nepal.

— Você já foi à Índia e ao Nepal?

— A ambos os lugares. — Annie voltou a picar as frutas. — Filmamos lá para o programa. Índia, Nepal e Butão. Se você clicar na aba dos meus arquivos na nuvem, vai ver as fotos.

Beth sempre dizia que Dana era sua filha de espírito nômade.

— Para onde você iria se pudesse ir para qualquer lugar do mundo? — perguntou Annie.

— Para todos os lugares — respondeu Dana. Ela se aproximou mais da tela do computador. — Começando pelo Butão. Parece incrível.

— Você parece comigo na sua idade. Espero que consiga ir a todos os lugares. Nós preparamos Ema Datshi no Butão, um prato com pimentas e queijo de leite de iaque por cima de arroz vermelho.

A filmagem daquele episódio tinha corrido bem, embora Melissa tivesse reclamado sem parar das estradas lamacentas da montanha, das viagens desconfortáveis de ônibus e das instalações sanitárias. Annie se lembrava de não sentir nada além de puro fascínio, que emanava dos picos cheios de neve, dos desfiladeiros sombreados e das florestas exuberantes cobertas por todos os tons de verde, que cintilavam com as cores irreais de pássaros peculiares. O ar tinha uma limpidez que ela nunca havia sentido, e os vilarejos eram impregnados com o cheiro de fumaça de madeira e de pimentas fritas.

— Qual foi o melhor lugar em que você já esteve? — questionou Dana.

— Bem aqui. — Annie riu da expressão da garota. — Sei que isso parece um absurdo para você agora, mas, na verdade, é uma sensação boa perceber que seu lugar favorito é o lugar onde você está. Embora, para descobrir isso, você tenha que ir para muitos outros lugares.

— O que tem nessa pasta, "Annie na Cozinha"? — perguntou Dana, já clicando no link do arquivo.

— Nossa, não vejo isso há anos. São versões digitalizadas de algumas VHS que gravei quando era pequena. Sabe o que são fitas VHS?

— Sei, são fitas de vídeo antigas.

Annie concordou com a cabeça.

— Eu usei uma câmera de vídeo para produzir programas de culinária de mim e da minha avó na cozinha.

— Que legal! Posso assistir a um?

— Lógico. É só clicar nele que vai rodar.

— Tá certo... Aqui tem um chamado "O segredo para a massa perfeita".

Annie sorriu enquanto colocava a primeira fornada de torta em uma grade de resfriamento.

— Nem me lembro desse, mas, a julgar pelo título, eu estava muito confiante.

Knox, Lucas e Hazel entraram, provavelmente atraídos pelo cheiro de torta de amora assando. A receita de Annie levava amêndoas moídas na farofa doce e crocante da cobertura, e um toque de extrato de amêndoa e limão misturados às frutas vermelhas, criando um equilíbrio perfeito de sabores. Já pronta para a fome precoce dos sobrinhos, ela havia preparado uma torta pequena para o pessoal da casa e algumas maiores para o piquenique.

— Vocês devem ser o esquadrão de degustação — brincou Annie. — Chegaram bem na hora.

Ela serviu uma pequena porção a cada um deles, com sorvete de baunilha de acompanhamento, e os sobrinhos ficaram olhando para a guloseima como se tivessem descoberto El Dorado. O vínculo de Annie com a família do irmão parecia especialmente forte naquele momento. As crianças a faziam lembrar dos prazeres da própria infância.

— Você é a melhor — declarou Knox.

— Não sei, não, aposto que minha torta de amora silvestre é melhor. Hazel assentiu.

— Não é de espantar que Teddy Wyndham tenha dito que o pai dele vai se casar com você.

Annie olhou para ela.

— Teddy disse o quê?

— Que o pai dele vai se casar com você. — Hazel começou a comer. — E devia mesmo, se for pra comer desse jeito.

Annie sentiu um frio na barriga.

— Quando Teddy disse isso?

Hazel deu de ombros.

— No recreio, eu acho.

— Ei, venham assistir — chamou Dana, e inclinou o laptop para que todos pudessem ver. — É a tia Annie fazendo um programa de culinária quando era pequena.

A primeira cena mostrava a avó.

— Olha só para ela — disse Annie, o coração se expandindo de amor pela mulher na tela. — Essa é a vovó. Minha vovó.

Ela teve vontade de entrar na imagem, quis sentir o toque da mão da avó e inalar o cheiro de farinha do avental dela.

O avô entrou na cena, deu um beijo nela, roubou um biscoito e saiu com um sorriso no rosto.

— Ele gosta dos meus biscoitos — disse a avó com um brilho nos olhos. — Eu nunca vi um homem que não ficasse mais feliz depois de comer barrinhas de passas com cobertura.

Annie sentiu um aperto cálido, ilusório. *Eles não se foram*, pensou. *Ainda estão aqui. Ainda estão comigo.*

— Eu me lembro dela — murmurou Dana.

— Eu também — afirmou Lucas.

— Queria que o mundo inteiro conhecesse minha avó — confessou Annie.

— Agora a gente conhece — argumentou Dana. — Não do jeito que você conheceu, mas ela parece tão viva aqui.

Annie se deu conta, então, de que aquele era o valor do que ela fazia. Sua arte e seu ofício mantinham as coisas vivas.

O arquivo seguinte mostrava um programa com Annie. Ela se sentou em um banquinho da cozinha e colocou Knox no colo para assistir. O menino permaneceu no mais completo silêncio, com a boca cheia de torta e sorvete derretido. A cena de abertura mostrava uma garotinha de cerca de 9 anos, com o cabelo em marias-chiquinhas amarradas com fita de bolinhas e um avental de chef que a mãe tinha feito sob medida para ela, com seu nome bordado no centro.

— Eu sou Annie Rush — disse a garota diretamente para a câmera. — Bem-vindos à minha cozinha.

Annie ficou impressionada. A voz parecia a de Minnie Mouse. Ela não se lembrava de ter produzido aquele episódio específico, mas lembrava de querer obter o mesmo visual dos programas de culinária favoritos.

Havia feito com cuidado cartões escritos com os créditos de abertura: "Estrelando Annie Rush". "Escrito por Annie Rush." "Gravado por Annie Rush." "Agradecimentos especiais a Anastasia Carnaby (também conhecida como Vovó)." E havia dado duro para que a letra saísse bonita.

Os sobrinhos ficaram hipnotizados enquanto Annie demonstrava como fazer massa de macarrão.

— A massa é o mais importante — garantiu a pequena Annie no vídeo. — Começar do zero é a única maneira de começar. A melhor farinha para usar é chamada de semolina. — Ela fez uma pausa e levantou o saco. — Depois disso, você só precisa de um ovo, sal e duas colheres de sopa de água. O mais importante é que tem que trabalhar a massa até ela ficar bem lisa. Misture bem todos os pedaços quebradiços. E não importa o que aconteça, não deixe a massa secar. Você vai saber quando estiver pronta... — Nesse momento a menina gaguejou um pouco, embora não tivesse interrompido o movimento ritmado de amassar com a base da mão. — Na hora você sabe. Suas mãos... sabem.

Annie ficou olhando para a criança na tela. A alegria em seu rosto era contagiante. Quando era pequena, ela sempre tinha acreditado que poderia fazer qualquer coisa se amasse o bastante, e amava demais cozinhar. A admiração e paixão infantis eram traduzidas em confiança e conhecimento.

E tinha o carisma de uma estrela. Àquela altura, Annie já trabalhava no ramo havia tempo suficiente para reconhecer aquilo. Ela tinha um jeito de se envolver com o público e com o assunto que prendia a atenção das pessoas. Aquilo estava escrito no rosto dos filhos do irmão. Sim, ela tinha o carisma de uma estrela.

Annie voltou então aos 9 anos de idade, e começou a se lembrar do que *ela* amava. Houve um tempo em que acreditava com fervor que podia fazer algo só porque amava. Era isso, se deu conta. Era assim que se recomeçava. Tinha que começar do zero.

25

Annie enfim encontrou uma maneira de se reconectar com o passado e com os antigos sonhos. No fim, a resposta era simples. Voltar ao sonho original.

Enquanto folheava o livro de receitas da avó, ela sentiu a avó ganhar vida de novo nos cantos mais profundos de seu coração, no ponto em que as pequenas bênçãos da vida estavam apenas se escondendo, apesar de ainda presentes.

Annie pegou a velha câmera, alugou um equipamento melhor de um lugar em Burlington e começou a gravar de novo. Ela riu e brincou na cozinha, gravando a si mesma, aos sobrinhos, aos amigos que passavam por ali, encostados no balcão, ansiosos por provinhas e fofocas.

Annie se gravou fazendo biscoitos com Knox, cuja fofura era quase demais para a câmera. E criou um episódio de happy hour com Pam e Klaus, apresentando o coquetel old fashioned Doçuras Rush e um Clover Club.

— Agite essa coqueteleira como se estivesse brava com ela.

Para um clube do livro, cujas participantes eram todas divorciadas, ela fez uma demonstração de preparo de ricota caseira.

— Aperte o pano que envolve o queijo como se fosse a "carteira" de seu ex-marido.

Para a equipe da biblioteca, Annie criou petiscos e bebidas inspirados na literatura: apanhador no pão de centeio, ovos verdes e presunto, madalenas de máxima lembrança.

Ela mergulhou no trabalho, capturando as risadas, os erros, as panelas batendo e os ingredientes derramados. Ficava acordada até tarde para encontrar as trilhas sonoras perfeitas enquanto produzia, filmava e editava as próprias peças. O ritmo de trabalho que antes a dominava voltou com força total. Annie passava horas criando vídeos, aprimorando-os, às vezes, uma cena de cada vez.

Era aquilo que ela amava: a pré-produção, a testagem de receitas, a filmagem, a animação e a edição, indo e voltando na frente da câmera e atrás durante as filmagens. Como a Annie de 9 anos, ela se tornou a própria redatora, produtora e estrela, e se deleitou com a liberdade criativa sem filtros.

Os novos vídeos eram uma celebração dos prazeres mais profundos da culinária caseira para amigos e para a família, embora não se concentrassem apenas na culinária. Ao longo dos vídeos, ela refletia em voz alta sobre a natureza da família, os laços que mantinham as pessoas unidas, o significado de lar. Aquele era o ingrediente-chave *dela*, e não tinha nada a ver com fígados de pato gordurosos, leite de búfala ou peixes venenosos. O ingrediente principal da vida ia além da cozinha.

Depois de recuperar a confiança, acompanhada de uma voz mais profunda e autêntica, Annie se viu pronta para dar o próximo passo.

Ela foi ver Fletcher, porque nas noites em que ele não estava com Teddy, ela não conseguia ficar longe. Mas, mais do que isso, ele estava se tornando de novo seu melhor amigo.

— Quero que você veja o que eu estou fazendo agora.

Ela conectou o laptop à TV e exibiu um pequeno trecho no qual tinha trabalhado por horas. Os créditos iniciais simples duraram meros segundos, doze batidas de uma ótima música e o título "Começando do zero".

Fletcher ficou imóvel enquanto assistia. Quando terminou com a tela de créditos, ele se virou para Annie.

— É nisso que você tem trabalhado?

— É. Eu amo fazer isso. Sinto falta. E me incomoda muito ver que não sou nada além de uma nota de rodapé enterrada em detalhes de produções antigas.

Ele apontou para a tela.

— Isso não é trabalho de uma nota de rodapé.

Naquele momento, Annie sentiu uma pontada de nervosismo.

— Tenho uma dúzia de programas prontos para ir ao ar.

— Onde?

Ela respirou fundo.

— Na internet.

— Outro programa de culinária?

— Sim. E não. Não vou fazer nada parecido com o material que já está por aí. Estou longe de ser a apresentadora perfeita, mas sei no que sou boa. Acho que as pessoas vão criar um vínculo com isso, talvez até encontrem inspiração. Chega de culinária de espetáculo. Chega de episódios absurdos sobre pegar sapos em um pântano ou insetos na Ásia. Só quero compartilhar o que eu sei com pessoas que amam comida e querem aprender.

Annie mostrou a Fletcher um pouco do que tinha feito no centro de reabilitação, onde preparara pizza com Pikey, o cozinheiro, e com um paciente que havia perdido um braço; e uma gravação com os caras do quartel de bombeiros.

Ela olhava para a cidade de Switchback com o olhar de uma cineasta. As lojas e os restaurantes independentes, os campanários pintados da igreja, a biblioteca e o tribunal, as ruas de tijolos ladeadas por casas de madeira e cercas de estacas brancas seriam o cenário para futuras produções. Conforme o canal on-line crescesse, dia após dia, ela absorveria as críticas dos espectadores, até mesmo as negativas, e vivenciaria uma sensação de conexão real que faltara na produção da rede de TV. Poderia levar o programa on-line para os velhos celeiros e riachos de trutas, para as fazendas escondidas entre as montanhas. Queria destacar uma conexão genuína da fazenda à mesa, compartilhar as coisas que a haviam inspirado antes, mas que tinham sido enterradas pouco a pouco pelo estilo de vida agitado que passara a levar.

— O que você acha? — perguntou ela.

— Acho que você faz magia — declarou ele, desligando a tela e tomando-a nos braços. — Sempre achei.

Annie acordou na manhã seguinte sonolenta depois de fazer amor. Fletcher já estava de pé e de banho recém-tomado, vestindo uma camisa bem passada, com uma gravata azul pendurada solta ao redor do pescoço. Ele entrou no quarto com café dentro de uma prensa francesa em uma bandeja com duas xícaras.

— Dê uma olhada no seu computador.

— Hum, bom dia?

— Ah, sim. Bom dia. Dê uma olhada no seu computador.

Annie se sentou devagar na cama e pegou o café. O canal dela tinha entrado no ar pela primeira vez na noite anterior. Ela abriu a página e estudou as ferramentas analíticas.

— Eu tenho visualizações. Tenho seguidores.

— Eu queria ser o primeiro — confessou Fletcher —, mas já havia quatro mil inscritos quando acordei.

Annie deixou o café de lado e se ajoelhou para ajudar com a gravata dele, dando um nó frouxo nas pontas.

— Dez anos atrás, comecei com um vídeo on-line. É patético que eu esteja de volta no mesmo ponto?

— É muito legal. O mundo está diferente. Você está diferente. Mais talentosa, mais segura de si. Seu canal vai ser enorme.

— Que Deus te ouça — disse Annie, beijando os lábios quentes de café dele.

Então deu um beijo na orelha de Fletcher.

Ele deslizou as mãos pelo corpo dela.

— Faz ideia de como seria fácil ignorar o mundo e ficar aqui com você o dia todo?

— Talvez a gente devesse fazer isso.

— Tenho deveres cívicos a cumprir.

— Tudo bem. — Annie ajeitou o nó da gravata dele e o soltou. — Eu estava sonhando com um episódio sobre sopa de abóbora com croutons fritos de manteiga de sálvia.

Ela pegou o laptop bem no momento em que apareceu um alerta de chegada de e-mail. E provavelmente emitiu algum som audível, porque Fletcher se inclinou e roçou a boca em seu ombro.

— Está tudo bem? — perguntou ele.

Annie confirmou com a cabeça, embora seu corpo todo parecesse congelado.

— É uma mensagem do meu ex.

Annie apagou a mensagem sem ler e tentou se livrar da sensação de violação. Não foi muito difícil, porque de repente tinha muito trabalho a fazer. Para manter o fluxo on-line, ela precisava produzir material com frequência, e a qualidade tinha que ser impecável.

Nas semanas seguintes, chegaram inscritos em massa. Grandes publicações escreveram sobre ela e colocaram links de referência. Com o tipo de hipérbole só encontrada na internet, ela foi apelidada de "a estrela gastronômica mais brilhante do futuro". Os vídeos bem elaborados atraíam a todos, matérias elogiosas surgiam de toda parte, não apenas dos amantes da gastronomia e dos profissionais. Os episódios autênticos e inteligentes agradavam a qualquer um que precisasse de uma nova abordagem em relação à vida.

Annie não deveria ter ficado surpresa quando Alvin Danziger entrou em contato, mas ficou. O agente fazia parte de um passado com o qual ela ainda não tinha lidado, e o celular parecia frio em sua mão enquanto ela ouvia.

Alvin disse:

— A Empire quer uma reunião com você.

Annie não se moveu, a não ser para apertar o aparelho com mais força. A produtora era uma das maiores do ramo, e trabalhava com grandes redes, não apenas em nichos de mercado. Em comparação, a Atlantis era uma empresa pequena. Por fim, ela encontrou a própria voz:

— Sou toda ouvidos.

* * *

A primeira pessoa com quem ela queria compartilhar a notícia era a última pessoa que queria ouvi-la: Fletcher. Porque, mais uma vez, Annie estava sendo puxada para uma direção diferente.

Eles se encontraram em um dos lugares favoritos deles em uma tarde de domingo, a Pedreira do Luar, para fazer uma caminhada com Titus.

Estavam no limite entre o outono e o inverno. As últimas folhas avermelhadas se agarravam aos galhos das árvores, o céu estava de um azul claro e forte, e o ar, um tanto frio. Annie sempre tinha gostado daquela época do ano. Para ela, significava tirar os suéteres, a calça jeans e as botas favoritos do fundo do armário, sentir as folhas estalando sob os pés, ir a jogos de futebol, comer donuts de canela e tomar sidra de maçã.

Quando Fletcher a viu, ergueu-a nos braços e girou com ela, parecendo tão feliz que quase partiu o coração de Annie. Não muito tempo antes, tudo o que ela queria era se isolar com ele e esquecer do resto do mundo.

Só que não mais. Ela não podia pertencer a ele. Como poderia pertencer a alguém até pertencer a si mesma?

Eles caminharam pela borda da pedreira. Titus ficou fora de si, pulando e farejando a vida silvestre ao redor. Ele espantou uma codorna, e o pássaro fez um barulho de chocalho enquanto disparava para o céu.

Annie deu o braço a Fletcher.

— Aconteceu uma coisa.

— E eu não vou gostar — respondeu Fletcher, interpretando o tom dela do jeito certo.

Os dois se sentaram em uma saliência de pedra com vista para a piscina natural. Annie colocou os braços em volta dos joelhos dobrados e ficou olhando para a água azul parada.

— Estou indo para Los Angeles.

Nada. Nenhum movimento. Nenhum som.

Ela não queria ofendê-lo dando desculpas ou racionalizando a decisão.

— Vou receber uma oferta para levar *Começando do zero* para uma grande rede de TV. Não estou dizendo que vou aceitar, mas quero ouvir o que eles têm a dizer. Se eu não for, vou ficar para sempre na dúvida do que poderia ter acontecido.

Eles ficaram sentados em silêncio por um tempo.

— Você sempre vai ficar na dúvida sobre nós — declarou Fletcher.

Annie apoiou uma das mãos atrás do corpo e se virou para encará-lo.

— Não vou ficar na dúvida. Eu já sei.

— Você está indo embora.

— Eu preciso encarar o que aconteceu comigo. Recuperar o que é meu.

Ele tocou o rosto dela, então se inclinou para a frente e beijou sua boca com suavidade.

— Essa é a terceira vez que nos despedimos — disse Fletcher. — Eu não vou mais fazer isso, Annie. Não vou.

— Nem eu. Fletcher…

— Então nós dois concordamos. Porque, da última vez, você mudou de ideia e voltou correndo…

— E você engravidou Celia antes mesmo que o trem de pouso do avião em que eu estava baixasse em Los Angeles. Isso não funcionou muito bem para nós, né?

— Beleza, eu mereci essa, mas somos pessoas diferentes agora. E tem Teddy. Eu não vou ceder em nada, por causa dele.

— Eu não pediria para você fazer isso.

— Então…

— Então você só vai ter que confiar em mim.

— Confiar em você. Em relação a quê?

— Para fazer a gente dar certo. O lugar não tem nada a ver com isso. O que mais importa é o que duas pessoas querem juntas.

— Eu sei. Annie…

— Eu tenho ambições. Você tem a posição de juiz e um senso inabalável de obrigação para com Teddy. Isso não faz de nós más pessoas.

— Isso faz de nós pessoas que parecem não conseguir coexistir no mesmo espaço por mais do que alguns meses.

26

Foi impressionante a rapidez com que Alvin Danziger, o agente de talentos, transferiu a lealdade de Martin para Annie. Tão impressionante quanto foi a facilidade com que ela reingressou naquele mundo. A rotina era familiar: trânsito sem fim e conversas superficiais; eventos com buffet e bajulação; cafés new age cheios de veganos cochichando e música de cítara; a vida noturna agitada cheia de paparazzi parasitas por toda parte, além de aspirantes esperançosos barulhentos e falantes demais. No final do turbilhão de reuniões, a oferta apareceu diante dela em um pacote entregue em mãos, como um convite para um baile formal.

Annie se viu em uma encruzilhada. Enfim, seu próprio programa, refletindo sua própria visão. Tudo seria bem como ela queria, até o último detalhe.

Ela prometeu dar uma resposta, então foi procurar o motorista contratado fornecido pela Empire. Antes que pudesse considerar o próximo passo, precisava cuidar de um detalhe sozinha. Não havia como seguir em frente até revisitar o passado.

Annie encontrou Martin e Melissa fazendo um programa em Pasadena, um daqueles episódios tão cheios de patrocinadores e inserções de produtos que a coisa toda parecia um programa de canal de vendas. Annie nunca gostara daquele tipo de episódio, embora fossem necessários para conseguir manter o programa dentro do orçamento.

A gravação estava acontecendo em uma linda mansão da velha Califórnia, provavelmente para divulgar o lugar como um bom cenário para casamentos.

Melissa estava sozinha, ajeitando um fio de microfone dentro da blusa. Ela estava grávida e radiante. Annie quase vomitou quando viu a barriga graciosa e inconfundível.

Só que retesou a mandíbula e foi até Melissa.

— Estou procurando Martin.

Melissa olhou de um lado para o outro como se estivesse procurando uma rota de fuga. Então, largou o fio do microfone e a bateria.

— Annie, estou tão feliz que você esteja melhor.

— Obrigada. Cadê Martin?

— Acho que ele foi para o jardim do terraço nos fundos para uma sessão de fotos.

Ainda lutando contra a onda de náusea, Annie seguiu em direção a uma escada larga ao ar livre.

— Ei, espere. Por favor. — Melissa foi atrás dela, um pouco sem fôlego pelo esforço. — Preciso falar uma coisa.

Annie olhou para a barriga dela.

— É bem autoexplicativo.

— Eu me sinto péssima por tudo que aconteceu. — O tom de Melissa era apressado e aflito. — Sei que não há desculpas, e não espero perdão. Mas preciso dizer que cometi um erro terrível… não só por ter dormido com Martin, mas por ter *escolhido* Martin. Ele não está apaixonado por mim. Martin só é apaixonado por ele mesmo. Tenho medo de que… Ah, Deus. A gente não vai dar certo. Sei que vou acabar lidando com isso sozinha.

— E qual é o objetivo do seu discurso?

— Quando recebi a mensagem de que você queria se encontrar com a gente hoje, não consegui deixar de pensar umas coisas. Acordei hoje pensando: e se nenhuma de nós duas trabalhasse com Martin? E a coisa toda fosse entre eu e você?

— Mim — corrigiu Annie no automático.

— O quê?

— Fosse entre *mim* e você, não eu. Após a preposição se usa pronome oblíquo.

Ela percebeu que Melissa não estava entendendo nada.

— Estou tentando dizer que queria fazer uma parceria com você em alguma coisa nova. Só nós duas. Só nós, as garotas — sugeriu Melissa.

Ah. Excelente...

— Ah, sim, Melissa. Peça para o seu pessoal ligar para o meu pessoal.

— Estou falando sério. A gente podia inventar alguma coisa incrível. Sei disso. A gente não precisa de Martin. Eu e você, a gente tem uma história. Um vínculo de confiança.

Annie não sentiu raiva. Só ficou... esgotada.

— Melissa, veja se você consegue entender: a pessoa de quem eu mais desconfio é a que tenta agir pelas costas de todo mundo para conseguir um acordo comigo.

— Não é isso que eu estou sugerindo.

— Você contou sua ideia para Leon? Para Martin? Para alguém?

O silêncio de Melissa foi a resposta. Annie não ficou nem um pouco surpresa.

— E falando em Martin...

Annie deu as costas e se afastou, apressada.

Atravessou o jardim no esplendor do outono da Califórnia: ásteres e crisântemos, lanternas chinesas e folhagens coloridas sussurrando contra o muro de terracota. O ex-marido dela estava rindo com duas garotas muitíssimo atraentes, usando vestidos justos de neoprene e sapatos caros. Ele era a imagem de uma elegância estudada, em calça jeans skinny e um paletó azul-marinho por cima de uma camiseta preta. Martin estava recém-maquiado para a sessão de fotos, e a pele parecia estranha de tão lisa.

Quando viu Annie, ele nem titubeou.

— Vocês vão ter que nos dar licença — falou Martin para as duas beldades, e elas se afastaram.

— Vamos deixar uma coisa bem clara — disse Annie. — Não estou aqui porque você me convocou.

— Imagino que Alvin já tenha ligado para você. — Annie não estava disposta a comentar nada com Martin àquele respeito. — Eu tinha que te ver. Annie, preciso ser sincero com você.

— Que emocionante.

— Não te culpo por nada do que esteja pensando agora. Nada mais foi o mesmo desde o acidente. Eu perdi algo muito especial naquele dia.

Era tudo sobre ele, observou Annie. Sempre.

— Eu faria qualquer coisa para voltar no tempo e recomeçar — continuou Martin.

— Qualquer coisa?

— Quero que a gente volte a ser *a gente*. A equipe que sempre fomos. Ele moldou a expressão mais doce e sincera nos olhos azuis.

A velha Annie talvez tivesse ficado tentada. Aquela Annie do passado tinha aprimorado a arte do autoengano. Ela conseguia se deparar com qualquer problema e se convencer de que não importava. A nova Annie perdera o domínio da técnica. Ela não conseguia mais mentir para si mesma. Não conseguia se iludir e fingir que poderia ser feliz com a vida em Los Angeles, com Martin e com o programa.

— E que parte de a gente ser uma "equipe" foi essa que fez você tentar roubar o que me era devido na produção do programa e em minha indenização pelo acidente, alegando que é propriedade comum? — A expressão no rosto dele deixou evidente que Gordy estava no caminho certo. — Ah — prosseguiu ela —, por essa você não esperava, né? Era muito mais fácil lidar comigo quando eu estava sobrevivendo com a ajuda de aparelhos, certo?

— Isso não é justo. Eu fiquei arrasado, Annie. Todos os especialistas que consultei me disseram que você nunca se recuperaria.

— E deve ter sido bem inconveniente para você eu ter me recuperado....

— Por favor. A gente pode começar de novo? Eu sei que você não me quer mais como marido, mas vamos ser parceiros de novo no programa. Juntos, a gente vai mudar tudo. Vamos reinventar o programa e torná-lo maior e melhor do que nunca.

— É sério isso?

— Muito sério. Preciso de você de novo, Annie. Sem você, o programa saiu dos trilhos. O orçamento da produção está se esgotando, os patrocinadores estão se retirando. Alguém já disse a palavra com C.

— Cancelamento.

— Não deixe que derrubem você, Annie. Você construiu esse programa. Juntos, a gente pode evitar que ele fracasse. Eu preciso de você. Cometi um erro estúpido e estou disposto a fazer o que quiser que eu faça para consertar tudo.

Martin. Implorando. Era uma coisa maravilhosa. Annie reconheceu a oportunidade de se gabar ou mesmo de se vingar. Então surpreendeu a ele, e a si mesma, respondendo apenas:

— Boa sorte com isso.

E deu as costas.

Martin correu atrás dela e se enfiou no meio do caminho.

— Eu não queria ter que trazer isso à tona, mas eu e você assinamos um contrato plurianual para o programa. Você está violando isso. — Do cós da calça, ele tirou uma cópia enrolada do contrato e entregou a ela. — Mas não precisamos entrar em uma batalha legal.

— Boa ideia. Então não entremos em uma.

— Volte a trabalhar comigo, Annie. Nós somos a dupla dinâmica, lembra? A gente consegue.

Ele abriu um sorriso que Annie conhecia muito bem: o clássico sorriso persuasivo e encantador de Martin. Ela achou incrível que ele ainda acreditasse que aquilo funcionaria com ela.

— Martin. No dia em que eu conheci você, no parque Washington Square, você me mostrou bem quem você é. Uma pessoa que usa as outras, um oportunista, um narcisista. Eu só não vi isso. Você me roubou, não apenas no sentido material, mas se apropriou de ideias, de qualquer coisa que achasse que poderia impulsionar sua carreira.

— Uau. A pancada na cabeça afetou seu cérebro. Não faço ideia do que você está falando.

— Você não faz mesmo. Nem sequer reconhece o que está fazendo, o que sempre fez.

Ele cerrou os punhos.

— Depois do acidente, eu fiquei um caco. Senti pena de você. Fiquei tão triste. Agora você acordou e está mais azeda do que nunca.

— Mais azeda do que nunca… Eu já fui azeda? Não me lembro disso.

— Por que você acha que a gente se afastou?

— Ah, ótimo. Você está me culpando.

— Por favor, Annie. Colabore.

— Já terminei essa conversa.

— Então isso é um não.

— É um "nem ferrando". Não vou fazer acordo nenhum com você.

— Quis fazer isso de uma forma amigável, mas pode não ser assim. Quando foi a última vez que você revisou seu contrato? Há uma cláusula de não concorrência, lembra? A única maneira de contornar essa cláusula é se eu te liberar dela. Você não pode fazer seu programa sem mim.

Ah. Então ele sabia da oferta da Empire. Não havia segredos naquele meio.

Annie tentou não demonstrar medo ao dizer:

— Eu posso, e vou.

Ele estava tramando algo. Ela sabia disso.

— Então vai se arrepender.

— Ah, arrependimentos. Acho que entendi. Esse é o jeito Martin de dizer "Vejo você no tribunal"?

O confronto deixou Annie abalada. Por que o deixara ter poder sobre ela, mesmo naquele momento?

Porque ele tinha. Todas as coisas que havia tirado dela a deixaram vazia. Criar uma nova produção não a preencheria.

Annie pediu ao motorista para sair da rodovia no mirante da Colorado Boulevard Bridge em Pasadena. Ainda agitada por causa da conversa com Martin, ela desceu do carro e leu a cópia do contrato no papel, e depois no celular. O que o ex-marido havia dito parecia ser verdade. Que irônico que, depois de tudo o que havia acontecido, ele ainda exercesse poder sobre ela.

E que irônico se encontrar ali, parada naquela ponte. A estrutura centenária tinha um apelido sinistro: Ponte do Suicídio. Gerações de pessoas com problemas tinham se atirado dos arcos graciosos de aço e concreto, dando um mergulho final no riacho abaixo.

Por que aqui?, se perguntou Annie. Havia muitos lugares altos na área: arranha-céus, andaimes. Mas quem pulava no geral era atraído para uma ponte. Havia algo hipnotizante nelas, percebeu Annie, enquanto andava ao longo do parapeito de pedra entalhada. Haviam colocado barreiras ali, mas, se a pessoa desse o impulso necessário, conseguiria ultrapassá-las.

"Nadadoras, em suas marcas."

Seria tão fácil.

Só que aquilo era para covardes. Annie sabia o que tinha que fazer. Ela resolveu encontrar uma maneira de fazer a coisa funcionar.

27

A vara de pescar fez o som de estalo típico no ar límpido da noite. Então uma libélula plainou na superfície da água bem no ponto em que a truta esperta tinha emergido para se alimentar.

— Nada — murmurou Fletcher. — Foi um lançamento perfeito, e não consegui nada.

— Tente ser imperfeito pelo menos uma vez na vida — sugeriu Gordy, lançando a vara de pescar a alguns metros do amigo, mas abaixo no rio.

A isca de Gordy se enroscou por um instante em algumas ervas daninhas, mas logo se soltou. Houve um lampejo de movimento quando uma grande truta a segurou. Gordy tentou puxá-la, mas a linha ficou esticada, então frouxa quando o peixe escapou.

— Como assim?

Fletcher sabia que poderia ter fisgado aquele peixe, sem problemas.

— Estou só bancando seu terapeuta — respondeu Gordy, o tom animado. — E lembrando a você que há muito mais na vida do que ser o pai de Teddy e ser bom no trabalho.

— Obrigado, Gord. Eu não fazia ideia disso.

— Por que você a deixou ir?

— Porque ela não precisa da minha permissão.

Ele lançou a isca de novo, mirando um meandro calmo no riacho. Pela terceira vez, Annie tinha partido a caminho de Los Angeles em busca de um sonho. Ele enfim entendia aquilo. Só precisava fazer as pazes com a ideia.

— Não é isso que eu quero dizer, e você sabe muito bem — retrucou Gordy.

— O que eu sei é que ela já me deixou três vezes.

— É aí que você se engana. Escute, ela foi embora. Isso não significa que ela deixou *você*.

— Que diferença faz?

— Caramba, se você não sabe, eu não posso te ajudar.

— Quem disse que eu preciso de sua ajuda?

— Talvez seja Annie quem precisa de sua ajuda. E, considerando que estou falando como advogado dela, é só o que posso dizer nesse momento, embora… Cacete!

A linha de Gordy ficou esticada. A truta saltou, a barriga cintilando no crepúsculo. Era grande, uma lutadora, mas Gordy estava determinado. Ele se esforçou e escorregou em uma pedra, soltando um grito enquanto a água gelada enchia suas perneiras. Contudo, continuou na luta, se recusando a soltar a vara de pescar.

Fletcher deixou o próprio equipamento de lado e correu para o amigo.

— Ei, não foge de mim — disse ele.

— Eu vou conseguir… Jesus, está frio.

Fletcher jogou a rede para ele. Gordy lutou, então conseguiu pegar o peixe e arrastá-lo até a praia. Seus lábios estavam azuis, embora ele sorrisse de orelha a orelha, enquanto inspecionava o peixe gordo e cintilante que capturara.

— Olha, isso sim é um peixe — declarou, tremendo, enquanto Fletcher tirava uma foto com o celular.

Fletcher viu uma mensagem recebida… do irmão de Annie.

— Boa hora para o peixe — falou. — A gente precisa ir. Agora.

Annie não se abalou. Havia deixado Los Angeles com a dignidade intacta e uma noção do que a esperava. Queria voltar para um lugar em que a comida fosse de verdade. E o amor também. No entanto, quando Fletcher apareceu no frio do início da noite, ela ficou com o estômago revirado de apreensão.

— Meu irmão não devia ter ligado para você — falou ela, encontrando-o na entrada.

E resistiu à vontade de abraçá-lo.

— *Você* devia ter me ligado.

— Eu ia fazer isso. Você está congelando — acrescentou Annie.

— Gordy e eu estávamos pescando.

Ele pendurou o casaco e deixou as botas perto da porta.

— Entra. Fiz café.

Ela foi até a cozinha e encheu duas canecas.

— Então, sua reunião em Los Angeles… — comentou Fletcher.

Sua expressão ficou mais dura, como se ele estivesse se preparando.

Ela havia pedido que Fletcher confiasse nela para fazer aquilo dar certo, e ele não o fizera.

— Eu teria carta branca para escrever, produzir e apresentar meu próprio programa.

— Uau. — O sorriso dele era forçado. — Parabéns, Annie. Estou feliz por você.

— Não está, não. Você quer me ver descalça e grávida em Switchback.

— Eu estaria mentindo se dissesse que não idealizei isso.

Fletcher envolveu a caneca de café com as mãos. Annie amava as mãos dele… o formato e a força, a maneira como a tocavam.

Concentre-se, disse a si mesma.

— Eu vou ficar aqui.

Os olhos dele cintilaram.

— Isso é ótimo.

— Não tenho escolha. Há um emaranhado legal com meu ex-marido que me forçaria a dividir a produção com ele. É complicado.

— Sou advogado. Consigo entender coisas complicadas.

— Eu teria que levar Martin ao tribunal. E não estou a fim de fazer isso. Só de pensar em ter que lidar com ele em qualquer nível já fico mal.

— Entregue tudo para os advogados. Um bom advogado vai proteger você.

— Eu queria. Se fosse qualquer outra pessoa que não meu ex-marido, eu estaria disposta a brigar. Mas Martin... Eu só não posso. Ele é tóxico para mim. Martin se apropriou do trabalho da minha vida e depois me traiu. Ah, e eu mencionei que ele e a Melissa vão ter um bebê juntos? Meu Deus, Fletcher. Espero que você nunca tenha que lidar com uma traição dessas.

— Sinto muito, Annie. — Ele a observou por um longo momento. — E se ele não estivesse em seu caminho? Isso significaria que você poderia seguir em frente com o programa?

— Imagino que sim.

— E como seria isso? Fazer seu próprio programa?

— Eu poderia enfim criar o programa que sempre quis.

— Em Los Angeles.

— Bem, sim.

— Você sente falta, então. Sente falta de Los Angeles.

— Sinto falta da energia. Da criatividade. Da empolgação de fazer um programa. Mas...

— Você devia ter o que quer, Annie. Devia ter tudo o que quer.

Mesmo depois de apenas alguns dias se deslocando pelas rodovias congestionadas de Los Angeles, Annie ficou aliviada por voltar ao ritmo lento de Switchback enquanto pegava o champanhe para a comemoração da noite. Eles provavelmente tinham pedido muito, mas o champanhe duraria. Era sempre melhor pecar pelo excesso do que pela falta.

Embora fosse bom estar de volta, Annie se preocupava com a pergunta que Fletcher havia fixado na mente dela. Como seria a vida dela ali? Será que definharia, insatisfeita, como acontecera com os pais? Ou desabrocharia como os bordos na floresta, tornando-se ela mesma do jeito que a avó tinha feito quando era uma jovem noiva? Se fosse honesta consigo mesma, se antes de mais nada repassasse os motivos iniciais para deixar Vermont, será que ela tentou realizar os sonhos de outra pessoa ou os dela mesma?

— Annie! Oi, Annie!

Teddy Wyndham acenou e correu em sua direção enquanto ela empurrava o carrinho com champanhe da loja de bebidas para a caminhonete.

— Oi, menino.

Ver Teddy sempre levava um sorriso ao rosto de Annie. Ele era animado e alegre como uma canção. Durante o verão, ela também se apaixonara por ele, passara a se importar com ele de um jeito que não esperava.

— Deixe a gente ajudar você.

Fletcher levantou uma caixa e Teddy logo segurou o outro lado. Annie sabia que Fletcher poderia ter levado a caixa sozinho, mas ele era o tipo de pai que dava ao filho todas as chances, grandes e pequenas, de ter sucesso.

— Pode levar o carrinho de volta, por favor?

— Pode deixar — respondeu Teddy.

— Ele é ótimo… — comentou Annie. — E parece muito feliz e seguro.

— Obrigado.

— Eu entendo por que você quer que a vida dele seja aqui, Fletcher.

— Às vezes me pergunto quanto este lugar tem a ver com isso.

— É um dos fatores, mas sem dúvida há outras coisas. Degan Kerry cresceu aqui, se fosse só o local…

— Ora, o inventor da manteiga roll-on e do spray de bacon também veio daqui.

Ele fechou a porta traseira da caminhonete dela.

— Gosto de encontrar você numa manhã de sábado. Estou feliz por você estar de volta.

Annie foi pega de surpresa e, para disfarçar a agitação, começou a procurar as chaves. Teddy se juntou a eles de novo.

— Tudo pronto, pai.

O menino olhou para Annie.

— A gente vai patinar na pista de gelo e depois assistir a um jogo. Quer vir?

A vontade de chorar persistiu, mas Annie forçou um sorriso.

— Obrigada, mas preciso ir para casa. Tenho que ir a um casamento.

— É mesmo? — Fletcher olhou para as caixas de champanhe na caminhonete. — Quem vai se casar?

— Meus pais.

Flocos de neve dançavam no céu enquanto Annie carregava as garrafas vazias, junto de caixas desmontadas e material da embalagem para levar para a estação de reciclagem. O sol tinha acabado de nascer, por isso a chegada de Fletcher a pegou de surpresa.

— Estou ocupada — avisou ela, sem interromper o trabalho.

— Estou vendo. — Ele colocou a segunda lixeira azul dentro da caminhonete, então se sentou no banco do carona e prendeu o cinto de segurança. — Foi muito champanhe para um casamento pequeno.

— Foi. Uma comemoração e tanto.

Era nítido que Fletcher tinha algo em mente, por isso ela engatou a marcha da caminhonete e desceu a montanha.

— Isso é bom. Seus pais merecem ser felizes.

Ele jogou um envelope grosso no console entre os dois.

Annie olhou de relance para o envelope.

— O que é isso?

— Um rascunho do novo acordo com seu ex-marido. Só precisa assinar, então pode seguir com a nova produção. Ele não vai ficar no seu caminho.

Annie quase se engasgou de surpresa. Tinha acabado de se conformar com aquela oportunidade perdida.

— Está falando sério?

— Sou juiz. Eu sempre falo sério. Você nunca ouviu a expressão "sério como um juiz"?

Ela acionou os limpadores de para-brisa para afastar os flocos de neve.

— O que fez Martin mudar de ideia?

— Ele não mudou de ideia. Teria mantido as garras cravadas em você de qualquer maneira que pudesse, se isso fosse possível. Mas não foi, porque ele fez algo estúpido depois do acidente.

— Não estou entendendo. Quer dizer, Martin fez várias coisas estúpidas. A qual delas está se referindo?

— Ele se divorciou de você no estado de Vermont.

Annie não achou isso tão estúpido.

— Porque assim conseguiu um acordo mais favorável do que teria na Califórnia — concluiu ela.

Aquilo já se sabia.

— É, mas também significa que o estatuto de Vermont se aplica ao acordo em relação ao programa, e ele jamais ganharia em Vermont. Você pode revisar isso com Gordy, lógico. Precisa autorizar tudo, mas é só uma formalidade. Depois que você assinar esse documento, Martin Harlow vai estar fora da sua vida, e você vai poder fazer o que quiser com o programa.

As garrafas no banco de trás tilintaram enquanto ela seguia pela estrada de cascalho até a estação de reciclagem. Annie não disse nada por um bom tempo. Estava tentando entender tudo. Depois de admitir que o novo acordo não era uma opção, ela já se preparara para ficar em Switchback. Uma vez que havia a possibilidade de novo, a decisão aparecia mais uma vez diante dela.

Eles foram os primeiros a chegar ao depósito de lixo. O atendente era Degan Kerry, que estava sentado no quiosque do portão com o café da manhã e fumando um cigarro. Desde o ensino médio, ele ganhara mau humor. Degan analisou a carga que Annie levara, ergueu as sobrancelhas quando viu quem estava no assento do passageiro e acenou para que passassem.

Annie deu ré até o contêiner fundo com paredes de aço, e ambos saíram do carro. Ela pegou uma grande garrafa de vidro verde e jogou no recipiente. A garrafa quicou, mas não quebrou.

— Eu não entendi — respondeu ela por fim. — Você queria que eu ficasse aqui, mas agora está ajeitando tudo para que eu possa ir para Los Angeles.

— Eu quero que você tenha uma escolha. Você não deveria estar aqui porque não tem outra opção, mas porque escolheu estar aqui.

Ele também pegou uma garrafa e atirou no recipiente, quebrando-a.

Annie jogou a próxima com mais força e foi recompensada por uma chuva satisfatória de cacos de vidro.

— Bom arremesso — comentou Fletcher. — A garrafa ficou em caquinhos.

— Caquinhos. Acho essa palavra muito engraçadinha. — Ela atirou mais três garrafas em rápida sucessão. — Eu disse para você confiar em mim e você não confiou.

— Eu disse que te amava e você não ouviu.

— Quando?

Que pergunta estúpida. De uma forma ou de outra, Fletcher Wyndham vinha dizendo que a amava desde que estavam no ensino médio. Mesmo com tudo o que aconteceu.

— Estou dizendo agora. E o que você precisa saber é que eu nunca deixei de te amar. Sei o que eu quero da vida e de você. De nós. E você deve ter o que *quiser* ter. Mas entendo sua cautela.

— Você acha que eu estou sendo cautelosa?

— É muita coisa, eu sei. Teddy e eu… somos muita coisa.

Ele quebrou outra garrafa. Flocos de neve giravam ao redor de Fletcher.

— É. Vocês são.

Eles jogaram as últimas garrafas, uma por uma, até a caçamba da caminhonete ficar vazia. A neve começou a cair com mais força. Annie segurou as mãos frias dele.

— Escute. Tudo o que aconteceu comigo me trouxe de volta para casa. De volta para você. De volta para o grande sonho que eu tive há muito tempo, e que se perdeu no caminho.

— *O ingrediente-chave* — concluiu Fletcher.

— O ingrediente-chave antes de virar um programa de TV. O ingrediente-chave quando eu sabia bem o que era. — Annie pressionou o corpo ao dele, e sentiu os lábios quentes de Fletcher tocarem sua testa, na mais doce das bênçãos. — Estou começando do zero, Fletcher. Quero começar do zero com você. Com a gente. E com Teddy. Esqueça o que a gente fez no passado. Esqueça que eu fugi, que não escutei a mim mesma e que fiquei com medo. Comece do zero comigo.

EPÍLOGO

Depois

—Não acredito que a gente está discutindo por causa disso — disse Annie, amarrando o avental.

A cozinha-laboratório na escola de Beth passara a servir como estúdio para *Começando do zero*. O programa via internet havia se tornado tão popular que a transmissão de casa não era mais viável.

— Porque importa — respondeu Fletcher apenas.

Como o marido era tímido diante das câmeras, fazia apenas raras aparições no programa dela. Quando havia um vislumbre de Fletcher, os fãs de Annie perdiam a cabeça nas redes sociais. Naquele dia, ele tinha concordado em fazer uma pequena aparição, mas Annie estava começando a se arrepender do convite. A câmera 1 já estava gravando, porque ela nunca sabia quando um momento interessante surgiria da conversa.

— Minha avó dizia que todas as discussões são sobre poder — declarou Annie.

— Sua avó provavelmente estava certa.

Fletcher pegou um pequeno profiterole caseiro recheado de uma bandeja.

Ela bateu na mão dele com as costas de uma colher de pau.

— Ei!

— Minha avó também dizia que a colher fala quando as palavras sozinhas não bastam.

— Não acho que era bem isso que ela queria dizer — contrapôs Fletcher, saboreando o doce roubado.

Annie afastou dele a bandeja de *pâte à choux* recheada de creme.

— Como sou eu que estou do tamanho de uma búfala-d'água, tenho a palavra final sobre o nome.

— Ah, pelo amor de Deus. *Panisse*? Que tipo de nome é esse para uma pobre bebê inocente?

— Um nome lindo, é esse tipo de nome. Lindo e único, assim como a nossa garotinha.

Annie passou a mão com delicadeza pela barriga de mais de trinta e seis semanas de gravidez.

— Eu pesquisei. *Panisse* significa bolinhos de grão-de-bico.

— Ninguém sabe disso.

— Eu sei. Qualquer pessoa com acesso à internet sabe. Vamos passar para o próximo, Annie. Que tal Julia, como a antiga e grande...

— Já estou entediada — declarou Annie com um bocejo teatral.

Os espectadores vinham apoiando-a durante a gravidez, enviando sugestões de nomes do mundo todo.

— Prove — pediu ela, mergulhando uma colher na calda de caramelo que estava aquecendo no fogão.

A mistura de creme, açúcar, manteiga (e um toque de bordo) derretida pouco a pouco colocou um sorriso no rosto dele.

— Isso me faz querer casar com você de novo. — Fletcher passou um braço ao redor da cintura dela e se inclinou para sussurrar: — Leve um pouco disso para casa hoje à noite, e eu...

Teddy chegou da escola e largou a mochila em uma cadeira com um baque.

— Oi — falou o menino. — Tem alguma coisa cheirando muito bem.

Aos 13 anos, Teddy era um menino alto, desengonçado e que estava o tempo todo faminto.

— Ted, filhote, me ajude aqui — pediu Fletcher. — Ela está tentando chamar minha filha de Panisse.

— Que incrível.

— Viu?

Annie entregou ao menino um profiterole mergulhado em calda de caramelo, e o rosto de Teddy se iluminou.

— Seu filho tem um excelente gosto para nomes.

— Ah, por favor. Me dê alguma opção decente, colabore.

— Gosto de nomes criativos — falou Annie, arrumando os profiteroles na bandeja de porcelana Salem favorita da avó. — Aquaria... esse é o nome desse padrão de porcelana. E como ela vai nascer no final de janeiro...

— Não — interrompeu Fletcher. — Só não.

— A mãe de Keegan chamou o novo bebê dela de Maple... que significa bordo! — informou Teddy.

— Você não está ajudando — reclamou Fletcher.

— Nomes de árvores. Pode servir — sugeriu Annie. — Que tal Liquidambar?

— Também é incrível — falou Teddy, e ganhou outra prova.

Fletcher deu um cascudo de brincadeira na cabeça do filho.

— Você só está dizendo isso para continuar comendo.

— Vocês dois, lavem as mãos e podem me ajudar a preparar o croquembouche — sugeriu Annie.

— Croque em quê?

Teddy e Fletcher foram até a pia.

— É um doce francês — explicou Annie. — Significa algo que fica crocante na boca. Você faz uma torre com todos esses pequenos profiteroles recheados e rega com caramelo.

— E depois morre de felicidade — adicionou Fletcher.

— É muito mais chique do que nossas receitas de sempre, mas, como é minha última antes de nossa Ganachinha vir ao mundo, eu queria que fosse marcante.

Ela estava fazendo um estoque de episódios para poder saborear uma longa e doce licença para cuidar do bebê.

— Ganachinha. — Fletcher olhou bem para a câmera. — Estão vendo com o que tenho que lidar?

Era uma sensação muito singular, saber que o programa dela alcançava todos os cantos da Terra. E acabou que pessoas no mundo todo tinham as mesmas alegrias e desafios, a mesma devoção à vida e ao amor, à comida e à família. Todas tinham segundas chances. Muitas precisavam começar do zero. Havia valor em começar do zero, em criar algo a partir de ingredientes escolhidos com cuidado e tornar o resultado todo da pessoa.

Annie nunca se arrependera de recusar a oferta da rede de TV. Nem todo o controle criativo do mundo, ou o palco mais artisticamente iluminado, conseguiria replicar o que ela fazia ali, naquela comunidade unida, cercada pela família e por amigos.

Nos dois anos anteriores, Annie tinha completado a jornada que a levara de volta para casa. Ela revisara e republicara o livro de receitas da avó e estava trabalhando em um livro próprio. Tinha lançado o Doçuras Rush envelhecido em barril.

E, em meio a um turbilhão de folhas de outono na floresta de bordos na Montanha Rush, Annie se casara com o amor de sua vida. E estava esperando um bebê. Fletcher era o lar de seu coração. Às vezes, quando ela pensava no quanto o amava, chegava a se esquecer de respirar. Então ela se lembrava de novo, da forma como tivera que reaprender após o acidente: "Cheire as rosas, apague a vela".

AGRADECIMENTOS

Este livro começou com uma tempestade... e com uma celebração. Escrevi as primeiras palavras do romance durante uma tempestade de neve que paralisou toda a cidade de Nova York em uma semana de janeiro. Ficar presa pela neve em um hotel no centro da cidade acaba sendo uma ótima maneira de lançar uma obra de ficção, sobretudo esta obra.

Naquela semana, também aconteceu uma celebração. Fui recebida na William Morrow/HarperCollins com um banquete de guloseimas caseiras inspiradas em meus romances anteriores e preparadas por Jennifer Hart, Jennifer Brehl, Helen Moore e Tavia Kowalchuk, cujos scones de lavanda, os bolinhos *morning glory*, o strudel de maçã e os cookies pignoli fizeram da reunião um momento delicioso.

Todos os romances deveriam ter um começo tão auspicioso. Preciso agradecer às minhas agentes literárias, Meg Ruley e Annelise Robey, da agência Jane Rotrosen, e à minha equipe de edição: Dan Mallory, Liate Stehlik, Lynn Grady, Brian Murray, Tavia Kowalchuk, Pamela Jaffee, Carrie Bloxson e os companheiros de trabalho na HarperCollins. Depois, há a equipe da casa: Willa Cline e Cindy Peters, que mantêm viva minha presença on-line. E, como sempre, o grupo de especialistas (minhas colegas escritoras Elsa Watson, Sheila Roberts, Lois Faye Dyer, Kate Breslin e Anjali Banerjee), cuja generosidade não tem limites. Um agradecimento especial à Marilyn Rowe e aos seus olhos de águia na revisão de texto.

E, por fim, termino no ponto em que comecei: com uma doce e querida lembrança de meu pai, eu aninhada em seu colo, cercada pelo seu cheiro confortável de lã velha e fumaça de cachimbo, lendo o livro *Go, Dog, go!* ("Vai, cachorro. Vai!").

Este livro foi impresso pela Vozes, em 2025, para a Harlequin. O papel do miolo é avena $70g/m^2$, e o da capa é cartão $250g/m^2$.